被绑架的青春

午夜清风／著

天津出版传媒集团
百花文艺出版社

图书在版编目（CIP）数据

被绑架的青春 / 午夜清风著 . -- 天津：百花文艺出版社，2016.3

ISBN 978-7-5306-6859-7

Ⅰ . ①被… Ⅱ . ①午… Ⅲ . ①长篇小说 - 中国 - 当代
Ⅳ . ① I247.5

中国版本图书馆 CIP 数据核字（2015）第 257285 号

责任编辑：魏　青

出版人：李勃洋
出版发行：百花文艺出版社
地址：天津市和平区西康路 35 号　**邮编：**300051
电话传真：+86-22-23332651（发行部）
+86-22-23332656（总编部）
+86-22-23332478（邮购部）
主页：http://www.baihuawenyi.com
印刷：北京东海印刷有限公司
开本：710 × 1000 毫米　1/16
字数：333 千字
印张：18
版次：2016 年 3 月第 1 版
印次：2016 年 3 月第 1 次印刷
定价：32.00 元

被绑架的青春

目录

楔子

也许在李可乐的眼中，玩电影早已不是追求艺术之道，而是一种让生命变得更可以承受非常人之道的方式。因为他用事实证明玩艺术不管玩得好或者烂，都只能被艺术玩。

时间已近午夜，整座城市外围的千年古城墙在流光溢彩的现代灯饰装点下释放着略显暧昧的气息。夏天已经到来，本来前些日子睡觉还要盖着被子的，可一场大雨过后，温度急剧回升。据前一天气象信息显示，最高气温已经达到了38℃。

这天是6月29号，天气更是出奇的热，有点像节节攀升的楼市。热法更是颇具水准，天气闷，湿度大，汗出不来，真是说不出的难受。用时下流行的话说就是——桑拿天

要说这个日子本身，并没有什么特殊。只是对李可乐来说有着一点小小的唏嘘。他不小心看了一眼自己活在这个世界上空间和时间的坐标，这天刚好是他正式当选并担任天娱董事长以来的第129天。也就是说这个曾经草根出身的穷小子，已光明正大、人模狗样地在这座城市的娱乐圈站出来做了129天老大。

“人不为梦想去奋斗，还不如去死！”这是李可乐一贯信奉的格言，事实上他做到了。现在算是熬出头了，这些日子，电视节目专访、新闻发布会一场接着一场，人前人后，台上台下，他看起来完全是个大人物。所有人看见的，是他的风光，他的荣耀，但没有人知道，四百多天以前，他像条狗一样东躲西藏，在城南墙根接近外环路的红灯区里，吃不饱睡不好，日日夜夜绞尽脑汁和秦一铭那只老狐狸做着明枪暗箭、刀光剑影般的斗争！

还好现在新片已经顺利杀青，后期制作也将马上告一段落。李可乐突然间发觉，自己能死里逃生并重振天娱，能脱掉束缚，放下一切娱乐世界里为维护自己那些表面的光鲜而在背后一直痛心疾首地坚守的生存规则，潇洒行走，是有着别人没有的筹码。现在，在这样的夜晚，跟个狗熊一样坐在一个烟熏火燎的烧烤地摊前的马扎上，脱掉了媒体前正统体面的服饰，光着膀子享受多年前蹲在大西北老家那村口大槐树下向往的自由，真是人生的一种奢侈享受。

也许，在李可乐的眼中，玩电影早已不是追求艺术之道，而是一种让生命变得更可以承受非常人之道的方式。因为他用事实证明玩艺术不管玩得好或者烂，最终都只能被艺术玩。现在他安静地坐在马扎上，觉得自己只是一个被记忆放逐的人。估计就连过路的人，都能从他微笑的表情里读出沧桑。此刻，李可乐的面前是一个满是油渍、近乎连颜色都辨不出的小桌子，桌子上面堆满了老板娘已经烤好送来的鸡翅、肉筋、猪腰子、板筋和馒头片。吃着热辣的烧烤，喝着冰镇的“金小麦”啤酒，抽着“黄鹤楼”香烟，时不时再看看眼前那个体重接近两百斤的老板娘满头大汗烤肉串的样子，以及为招呼顾客而刻意表现出来的友好神情，他的心情顿时舒畅了很多。

时间，就这样一点一点流逝着，尽数往看不见的地方去了。不知道什么时候，天空里已经飘起了细雨。在李可乐的面前，已经堆起了一小堆竹签子和一排空了的啤酒易拉罐。地上是一片七零八落的烟头。恍恍惚惚中，李可乐看到老板娘肥硕的屁股东摇西摆，酷似飞碟，来回在空中扭动，他知道自己已经喝了不少。用他哥们“阳痿”的话说，就是兄弟他喝长了！本来这个时候心情应该越来越爽的，因为人越是在喝长之后，就越可以抛开一切纷争烦恼和心灵的禁锢，无拘无束。特别在这样的桑拿天里，喝冰镇啤酒，吃烤串，看胖老板娘的“人体飞碟”表演，还有细雨滋润，真是人生一大快事。然而，就在李可乐爽到无法抑制，拿着一个烤馍片准备塞进嘴里的时候，事先营造的所有心情瞬间里全部都化为乌有。因为他看见在马路对面的便道上，发生了这样的一幕：一个男人左顾右盼后上了另一个男人的车子，两人上车后，车子便迅速开往了城南方向的外环路。如果单就两个一般的男人上车这件事来说，并没有什么，可偏偏这两个男人在李可乐看来都不是一般的男人。他们一个是李可乐交往多年的难兄难弟，曾经自认为可以穿一条裤子打天下的铁哥们，叫阳光；另一个是和李可乐因为合作反目成仇，嫁祸陷害于他，差点使他遭遇牢狱之灾的劲敌，叫秦一铭。尤其秦一铭，本来是销声匿迹了的，怎么此刻突然出来了？而且这俩人在这个时候发生交集，让李可乐有点难以想明白。

“哎，老板娘……老板娘……老板娘，你来帮我看看……看看……”本来李可乐是打算喊老板娘帮自己看秦一铭的。可是很显然，人喝长了之后不仅很快会忘记自己做事的本来意图，而且连简单的话也会重复着说。李可乐这一口气喊了七遍“老板娘”外加三遍“看看”，以致老板娘以为他又要加烧烤或是啤酒，于是赶紧丢下手中正在烤着的肉串跑过去招呼。那知道跑过去一看，才发现是个喝出了幻觉的人正捧着已经变方了的空易拉罐瞎唠叨呢。

“小伙子，你是不是喝多球了？别再喝了行吧撒。”老板娘说着地道的老家话，一边心疼烤煳了的肉串一边拿开李可乐手里抱着的易拉罐。

“没事儿，我问问你，你知不知道一年前有个叫李可乐的人被车撞死的事情？你……认不认识他？”李可乐说着又捋了两串羊肉串塞进嘴里。

“听说过，可后来据说是一场误会。其实死了的人并不是李可乐，而且听说是有人专门设计的一场阴谋！李可乐不是前段时间正在拍摄新电影吗？那天还在电视上看见他了呢！”显然，老板娘没能把眼前这个满嘴酒气的年轻小伙子和大名鼎鼎的导演李可乐联系起来。

“劫后余生，才发现吃肉喝酒真爽！你秦一铭牛，我也老牛啦！”也许是受到了酒精的刺激，李可乐忍不住骂骂咧咧，说出来的话也开始没了逻辑。

听到这话，对面不远处坐着的一中年男子有点屁股不沾地儿了，他似乎很惊讶这个小伙子怎么能说出这句经典的话，一抿嘴，叹了口气说：“哥们，别老牛 × 啦。要知道生活就这样，傻 × 的人永远比牛 × 的多！喝吧。”说完隔着桌子朝他挥了挥手中的酒瓶子。很显然，那兄弟同样也喝长了。

“老板娘，再来 30 块钱的鸡翅，分给对面那人一半！”李可乐喊道。

“唉，老弟，别这样，这些我请！”对面的人说着掏出自己的钱包，在桌子上使劲地拍着。

“没事没事，和哥们儿您谈得爽快，就当我请你了！”李可乐说着又灌了一口酒。此刻，两人都不知道自己和一个同样喝长的人隔着几米开外说着风马牛不相及的话。

“唉，那时候我也年轻，觉得自己在剧组当个置景那就牛 × 了！可是现在才知道有个人比我还牛 ×，他就是天娱的董事长李可乐！兄弟，你认识李可乐不？他可是个搞机械的出身啊！”看那哥们一甩脖子，很有气势地喷出李可乐的名字，分明是受到酒精的鼓舞，打开了心底尘封多年的话匣子。

而此刻听着这些话，尤其是后面那句“你认识李可乐不？他可是个搞机械的出身啊”，李可乐大脑里顿时有很多事都被慢慢拆下来，一点一点开始在心里拼凑，拼到最后却发现仅仅是这个庞大时代的小小碎片，尽管曾经有那么跌宕起伏的剧情在自己身上上演，但等咽下那口酒后终究发现物是人非。

在别人眼中他是个名人，是个成功者，但这些光鲜的背后所付出的只有他自己最清楚。尤其从认识秦一铭那天起，就鬼使神差地开始经历一些常人无法想象的离奇、黑暗、恐怖的事情。而现在，居然光着膀子在这样一个小烧烤摊上和一个素昧平生的“陌生人”饶有兴致地喝酒谈人生，有道是人生处处皆“意外”。

129 天前，他还是一个涉嫌经济诈骗被追查的嫌疑人。

129 天后，他已经爬上了显赫的娱乐圈头把交椅，成了大名鼎鼎的天娱董事长，又是响当当的著名新生代青年导演！

没错，也许，这就是人生，永远都会有“惊喜”。可此时此刻，李可乐哪里知道，此前他自己遭遇嫁祸的背后隐藏着一个巨大的未解棋局，而今这俩人的碰面即将带给他的是一场更大的灾难！

第一章 大片里的插播广告

如果说李可乐的人生是一部票房高涨的好莱坞大片，那秦一铭就是在情节演到最精彩的时候弹出来的插播广告，不仅玷污了艺术的名头，更是反了观众的胃口。

1

“就这么定了。协议一张纸，遵不遵守在义气，守道是讲义，不守是狗屁，你拟或者我拟都成，只要你找人把李可乐这事儿办妥了，事成之后按你说的，环宇影视的股份给你百分之四十九，你担任副董事长！”说完这话，秦一铭灼灼的目光盯视着阳光。

谈判结束了，阳光知道秦一铭已经答应了分给自己的股权份额，不过附加给他的这个交换条件让他有点纠结，毕竟李可乐是和自己一道打拼了几年的兄弟。阳光起身，将皮包抓在了手中，犹豫半晌后道：“协议还是你拟吧。一个月之内，我保证让李可乐离开天娱，不过秦总，可不可以……”

秦一铭打断阳光的话：“兄弟，先打住。李可乐这次必须得离开这座城市。我知道你和他一道儿打拼了那么多年，从个人交情上讲，你很难下这个手，这个我能理解。可是你得考虑一下我这边的处境，我们也是兄弟，手心是肉，手背也是肉啊！”说完又盯着阳光看了一眼，然后起身告别。

“那好吧，我知道该怎么做了。既然这样，我会按你说的办。希望从今往后这件事情成为秘密！”虽然做出这个决定的时候，阳光心里有很多的不忍，但最终说话的时候，他的大拇指还是往秦一铭的手背上紧紧地扣了上去。等他把手抽回来的时候，秦一铭的手背上硬生生地多出来了一道血印。

出了名人城市酒店，穿过檀溪路口的时候，借着夜幕中车灯的亮光，秦一铭清晰地看到外边细如牛毛的雨丝。在这样的情境下，秦一铭还是忍不住想起了那个女人谄媚的样子。他对着后视镜中自己的脸注视了良久，深深地叹了口气，然后使劲地踩了一脚油门，消失在夜色中。

一回到家里，秦一铭老婆就迎上来问：“你不是说今天要出差的吗？怎么没去？”

看着老婆惊讶的眼神，秦一铭才猛地想起来早上临出门前自己对老婆说过要“出国”的，可这国出得怎么晚上还就回家了呢？在为自己如此荒诞的谎言汗颜的同时，他灵机一动赶紧解释道：“临时有点事情，所以考察团改行程了，等忙过这两天了再去。”

“一铭啊，你是不是有什么事情瞒着我？看你这几天总是心神不宁的，是什么要紧事儿竟然连出国考察都放下了？”秦一铭的老婆似乎感觉到有点不对劲，便放下手中准备去洗的衣服问。

“跟你说过多少回了，别没事瞎想，我能有什么事啊？放心好了！”秦一铭不耐烦地摆摆手，进了里屋的书房。

这是秦一铭的习惯，每办完一件重大的事情之后总要在书房独处一阵子。特别是现在，刚刚和阳光达成了一项秘密的协议。

命运负责洗牌，但是玩牌的总还是自己，这句话对现在的秦一铭来说太贴切了。尽管这是密谋已久的事情，但到了真正决定实施的时候，他还是得静一静，理一理自己的思绪。关上门，秦一铭在沙发上躺下，开始思考。他心想，这是一个绝密的协议，不能让任何人知道。不过想到最后他觉得有一个人必须得汇报，因为这次行动一旦失败，他将会受到全市人民瞩目。到那个时候，很多人一定会找自己要说法，自己就会被推给全市人民当作公敌唾弃，如果事情败露，那么他也早晚会面临向李可乐做出解释。如果真是到了那个地步，自己也只能让背后的这个秘密尽可能地晚一些曝光而已。再说了，在这个圈子里，李可乐要是有个三长两短也就甭想保密，也没有可能保密。尽管使出这种手段有着被驱使的必然，可是毕竟掩盖不了自己卑劣的痕迹。

“欲望的眼中是不能有同情和退缩的……”当想到这里的时候，秦一铭腾地站起，掏出手机拨通了那个熟悉的电话号码。

2

李可乐摇摇晃晃地从烧烤摊上转回到北街小北门码头的时候，蒙蒙细雨已经笼罩了整个夜空。滨江大道两边灯光昏暗，显得特别冷清。这一晚，沿江两岸的所有附属物也仿佛凝固了似的，沉浸在寂静中。路灯没有亮，长虹大桥上面疾驰的各色汽车流星般的灯光把桥下马路照得通亮，这场景显得有点阴森。李可乐丢掉手里的最后一个啤酒易拉罐，加快了行走的步伐。甩出去的易拉罐撞击在古城墙角的砖石上，发出了刺耳的声响。就在这时，他忽然产生了一种不祥的预感，本来是打算西行去公司的，看到这情形后临时决定到对面打东去的出租车回家，心想这样出租车就不用掉头了。等过了中间光亮的地带，李可乐蓦然发现沿江码头的游船上下来一个人，那人上岸后快速朝自己奔了过来。李可乐加快了步伐，但那人在小北门码头边已经追上了他。就在此时，那人高举右手大声地喊了句“兄弟，对不住了”。

火光过后，李可乐脑袋里一声轰鸣，右腿一麻就直接往后倒了下去。

在黑暗中，李可乐很明显地感觉到自己在一点点跌坠，他不知道何时落底。很久很久之后，终于有了知觉，他感觉周身的疼痛在往外蔓延。就在这时候，突然从马路的另一侧有一辆车子疾驰而来……

等李可乐反应过来的时候，整个人已经沿着车头的朝向被抛起来甩出了一道弧线，然后重重地坠落在地面上。就这一下，原本仰躺在地的李可乐瞬间变成了蜷缩的姿势，脑海里的疼痛也瞬间被挤压了出来，像蚂蚁一样在周身往外爬。这下李可乐彻底地清醒过来，并且明白必须为求生而做出什么。他抬起头来，看到远处稀疏的车灯，周围除了雨声外没有一点动静。此时他已经弄不清楚自己是在地狱还是人间，撞他的那辆车子已经没有了踪影，不过李可乐能够确定应该是一辆轿车，要是别的什么大车，也许他的小命早就交出去了。想到这里，李可乐的后脑勺顿时渗出一丝寒意，突然感觉自己已经踏上了地狱之路。但有一个声音告诉李可乐，自己不能就这样不明不白死去，起码在死去前要知道是谁送自己走的。

李可乐伸手从上到下摸了摸自己周身的各类大件，在确认都还完整之后，咬紧牙关拖着身躯拼命向有亮光的地方爬去。他心想，也许只有爬到有亮光的地方，过往的司机才看得清，不至于再被撞第二次、第三次。

就在这个时候，从东向西行驶而过的一辆车子发现了他，一声刺耳的急刹车后伴随着剧烈的震动停了下来。车灯雪亮清晰地照着马路中央半匍匐状浑身满是鲜血的李可乐。李可乐望着来车，车里的人望着李可乐。求生的本能让李可乐用尽最后的力气发出了微弱的呼救：“有人吗？救救我！”说完后，李可乐就晕厥了过去。

听到呼救声，从车子上下来了两个人，一个瘦高的男人和一个娇小的女人，他们一前一后急忙奔到了李可乐跟前。

在快走到李可乐面前的时候，那男的忽然惊叫：“啊，李可乐！怎么是李可乐？小白，赶紧叫救护车！”来人叫曲万里，是主管科教文卫的一位老领导。

“呀，李可乐！”那女的也跟着惊呼道，很好听的声音。这是全市的听众每天都能听到的声音，她就是广播电台音乐频道的播音员白玲。

3

李可乐苏醒过来的时候，已经在医院了。他被放在医院急救中心的担架上，旁边围了很多人。天娱公司的人差不多都来了，新片女一号洛禾挤在最前边。广播电台的白玲正在给李可乐的助理秦怡讲述救助经过，旁边还站着几位警察，他们正在向曲万里了解情况。曲万里说：“开始的时候以为只是单纯的车祸，我就让小白叫了救护车。等打完电话，小白一看裤子的洞就呆了，结果把裤子往下一拉，就发现可能是枪伤，所以才赶紧报警。本来当时想保护现场的，但我想人都已经昏迷了，就先救人了。我和小白都来医院了，现场就没来得及留人……”

见李可乐苏醒，曲万里赶紧凑在他耳边说：“可乐，你就安心养伤，我给院方交代了，医生马上给你做全身透视。应该没什么太大问题，你放心，凶手一定会查出来的！”

看着曲万里如此的关切之情，李可乐强忍着疼痛挤出微笑：“有您老在，还有什么不放心的。”

在进透视室前，李可乐忽然很强烈地喊了声：“我要小便。”还没等他反应过来裤子就被脱拽到了腿弯处，然后有一个凉冰冰的东西塞在了他的裆部。

“尿吧。我接着。”是秦怡的声音。凭直觉，李可乐知道塞在裆里的东西应该是个饮料瓶子，这东西他以前上学时半夜不想起床上厕所，经常这么用。

秦怡的这一句话，瞬间就把李可乐弄得面目通红，可谁都知道，在生命面前一切羞涩都忽然没有意义。李可乐想尿的感觉很强，但是他的那个物件就是一点儿反应都没有，无论怎么用力，还是像个霜打了的蔫黄瓜一样耷拉在冬日没有阳光的塑料大棚里。

看着这情况，医生悄悄地问秦怡：“你们家先生平时那方面功能没问题吧？”

医生以为她是李可乐的家属。都到这个时候了，秦怡也顾不上解释，随口就应了声："以前没有。"听着秦怡的回答，李可乐心里是十二分的不自在，但他没有解释，也没有插嘴。

医生接着说："那这就是一个非常不好的讯号，可能膀胱被撞碎，如果是这样，就有生命危险了。"说完，李可乐就被抬进了透视间。

谁知道正透视的时候他却突然尿出来了，还一下子滔滔不绝。

医生见李可乐尿了出来，便小声对秦怡说："现在没事了，你不用担心了。"

听到这话，秦怡回头看了看躺在台上的李可乐，想起刚才为他接尿的事情，脸突然红了。

4

阳光回到家的时候，客厅的景象令他忍不住想乐。老婆江一帆、儿子、小保姆，每人都抱个沙发垫子在看电视，其乐融融。但一转眼，刚才还甜滋滋的心情很快就消失了，因为老婆、儿子对于他的归来毫无反应。

只有小保姆站了起来，问："阳哥，吃了吗？"

"吃了。你看你的吧。"通常他都是在酒店吃完了才回家，有时甚至都睡在酒店里。现在看来，回来也好，不回来也好，家里这三个人就当没他这个人一样。

阳光伸手把衣服挂在衣架上，然后在沙发上坐下。坐在电视前，但没有看电视，他一直在看老婆江一帆的反应。可是江一帆依旧在看自己的电视，丝毫没有反映出有他这么个人回来的气氛。

"喂，跟你说点事。"阳光对江一帆说。

"说吧。"江一帆的眼睛依旧在电视上。

小保姆见此情形赶紧知趣地离开，去了自己的房间。

望着江一帆，阳光心中的火苗已经在向上蹿，可江一帆的目光依旧在电视上，还是一刻都没挪开。

阳光无奈，目光也转向电视屏幕，电视里正播着一部情感剧，里面的男女主人公正在亲吻。可是，他知道自己和眼前这个女人之间已开始冰冷。"你能不干教师了吗？回来帮我，做环宇的总经理。我得把主要精力放在新片拍摄上。我刚刚和别人签署了一份战略合作协议，可能很快就能拿到环宇百分之四十九的股权。"阳光努力地将话语说得近乎些。他心想，男人嘛，怎么能和女人一般计较?

“没门。”那头江一帆连脸也没转，就丢出了两个字，目光依旧在电视上。

听到这话，阳光想上去把电视砸了，但见儿子在就忍了。儿子乌溜溜的眼睛一会望望这边，一会望望那边，他不忍心让儿子看见他和老婆之间的这些摩擦。现在，爸爸和妈妈就是儿子的节目。想到这里，阳光强忍住怒火笑了笑，拍了拍儿子的后脑勺，儿子龇着牙对着他笑。儿子的笑让阳光的心中亮了好多，于是就忍气吞声了。阳光上楼去，在卧室里开了电视，调到都市频道看起了自己白天录制的专访节目。

阳光已经记不得和老婆多久没有同房了。有的时候，望着江一帆也会欲望重重，但一近乎，就被那头冰冷了。身下那个物件儿就好似被霜打了的茄子似的，很老实地蔫巴着。在这座城市里，他成天面对几十万观众可以纵横驰骋，可是，在这个女人面前，他总是无能为力。现在，看着自己在演播厅对着镜头口若悬河的样子，他甚至忍不住吹起了口哨，好像在庆祝这个世界总算还剩下这么一个不买他账的人。忽然，他的口哨不吹了，脑海里想到了另一个人选，另一个可以接替他做环宇影视公司总经理的人选。嗯，就是她了。他的口哨再次响起，而且声音更大，似乎想让江一帆听到，让她明白自己的心情并没有受到影响，他现在正快乐着。

5

第二天上午，根据专家会诊结果，医院给李可乐做了手术，将嵌入他皮肉和骨头之中的一粒铁砂取了出来。还好，威力不大，铁砂穿过肌肉组织并没有给骨头造成多大的伤害。车祸也只是撞裂了盆骨的一块骨头，没有手术前预想的伤害大。医生说不需要在里边打锔子，只要将右腿打上牵引，让股骨头别顶着盆骨，裂开的骨头就会挨到一起，很快愈合。为了减少移动身体带来的痛苦，手术前，医生让护理人员将李可乐连同病床一起抬了去。

雷二顺出差，一大早回来就跑到医院看望李可乐，李可乐却劝他回公司看着片子的剪辑。雷二顺说有小惠看家呢。李可乐摇头，坚持让雷二顺必须回去。雷二顺隐约意识到李可乐的担忧，跟了他这么久，他很了解。

“我明白了，我回去。”雷二顺嘴里虽然这样说，但说话的时候几乎哽咽。当那张大床连同李可乐被抬回病房的时候，雷子也来了。李可乐知道，一定是雷二顺告诉他的。雷子是刚从外地回到公司就赶到医院的。

“孙子养的王八，目无王法的儿子，胆子也太大了！”平时说话文质彬彬的雷子一进门开口就骂。

李可乐强忍疼痛挤出些笑，说道：“你以为这世界上，就我李可乐和你雷子两个胆大啊？”

床边的人本来还因为担心一个个愁眉苦脸的，这下都被逗乐了。

“伙计你真行啊，都这个样还能笑。”雷子也许是故意缓和气氛。

“那你希望我哭？”李可乐笑着说，“那可正中人家的意。再说了我还没那么多眼泪！”李可乐表面上在笑，但是泪在眼中打转。

医生来了，说是要把牵引做了。打了麻醉针，但是是局麻，所以李可乐的神志是清醒的。医生像木匠做活似的，用铁锤将一根铁钉从右腿的膝关节略微往上一点的地方钉了进去，从骨头中间穿过去，然后在两边挂上了绳，那绳顺到了脚底的床头，挂了一铁块。“拽着你的右腿，让它别顶着盆骨，好让盆骨裂开的骨头往一块儿凑，往一块儿长。”医生一边弄一边说。钉的时候，李可乐想欠起身子看得清楚一点，但是不敢太过于努力，盆骨那碎裂的骨头必须令他加倍小心。他就感受着人体被铁钉钉的感觉，很细微的疼，如一只很小的虫子在钻。

雷子瞪着眼，看得直咧嘴。

“这也太残酷了吧，把人像家具一样修理！”医生收摊走了，雷子感慨。

“行啊，总算没把我的腿锯了去，要不我就要成天趴在你背上摄像、剪片子了。”李可乐这话一出，床边的人又都被逗笑了。

雷子指着李可乐道：“你好好养伤，片子的事情不用操心，有我和王大鹏看着，让二顺他们先剪着，等你能爬起来了，还得干，别想着挨了铁砂就给大家撂挑子。”

“那当然。这一粒砂，或者说这一趟地狱之旅，无非延缓了一下革命的进程而已。我这儿没事，你先回去吧，片子的事情让他们按原计划推进，不要因为我这个意外耽误了送审。”

“我知道。你自己保重，我们大家还等着靠你吃饭呢！”雷子一只手伸向李可乐，另一只手用力地摁了摁床前输液架上的药瓶子。

李可乐笑着伸出手和雷子的手指钩在一起。

就在这个时候，两位警察进来了，与李可乐的目光相遇，其中的一个微笑着点了点头。

雷子知道警察是来办案了，赶紧告辞。

看见警察进来，旁边的人怕有不便，都回避了。只有秦怡没有出去，出事后她一直陪在李可乐身边。

警察望望李可乐，再转身看看秦怡。

李可乐也明白了警察的意思，说："没关系，她是我的助理，可以在这。我知道，情杀肯定是你们的判断之一。我可以告诉你们，没有这方面的可能。"听完李可乐的话，警察笑了。

警察了解完情况，说市局已经立案侦查，让李可乐好好休息，他们一定会尽快破案。

警察走后不一会儿，王大鹏也从北京赶了回来，他带着胡子还有其他几个发行人员来到了医院。

王大鹏一进门，李可乐就直截了当地问："我相信外面现在一定会有情杀的传闻，对吗？我也相信这是你们担心的一种可能。如果这是事实，也是最令你们大家蒙羞的，这个你们不用说，我知道。不过我可以告诉你们，我用人格担保绝对没有这种可能。"说这番话的时候，李可乐的目光一直看着王大鹏和在场的人，他似乎在用目光传递一个信息：这话，其实同时是说给自己的。

王大鹏扫视了一下在场的人，点了点头。

李可乐立刻就明白，传闻已经产生。

王大鹏愤愤地说："不管这个事件背后隐藏的真实目的是什么，你永远是我们的大哥，只要天娱还在你手上一天，我们大家就会跟着你在一起。哪怕穷到最后只剩下我们几个人，我们还是天娱的人！你放心养伤，我们不会因为这次事件而影响到片子送审的。如果因此而延误了片子的首映，说不定就正中了那些人的下怀！你就在这里遥控指挥，我们大伙按原计划推进工作。"

6

晚上"阳痿"也出差回来，带领几个弟兄来看望李可乐。"阳痿"告诉李可乐，下午天娱的中层干部会上，雷子大发雷霆，说谁敢制造谣言就开除谁。会上，雷子指定秦怡亲自负责李可乐住院期间的生活，并与医院沟通，让李可乐住进贵宾病房。

李可乐的床头上，是洛禾与秦怡各自捧来的花篮。娇艳欲滴的鲜花不仅让房间增添了活力，更多了份女孩的味道。

大伙儿进门没一会儿，李可乐就已经把公司最近的事情安排完了。安排好后，他让胡子开车送大伙回去，单独留下"阳痿"交代重要的事情。

“我准备立即运作新片上院线的事情。有雷子和王大鹏指挥二顺他们加班剪辑，在原计划时间上线，应该没有多大问题。但目前我们对于竞争对手的动向还不了解，如果我们的人全部身心都投在片子的后期制作上，对环宇下一步的动向不关注，时间长了，会发生什么变化就不好说了。而且，无论如何，我们的这部片子是不能出任何差错的，这是我们天娱上下几十号人的全部心血，这已经是孤注一掷，所以我们必须要用事实证明，天娱没有倒下。从现在起，放弃对秦一铭的监视，你得安排一个人专门负责盯着阳光。”

“阳痿”惊讶道：“你又有新的计划？”

李可乐点头说：“可以这么说，但你必须在家坐镇，看着所有素材不要脱身，以免发生意外。盯阳光的人选倒是有一个非常合适。”

“你是说胡子？”说完，“阳痿”自己都直摇头。

“不要看他心眼死，越是这样的人越不容易引起他们的注意，再说了他肯定是自己人。”听李可乐这么一说，“阳痿”心里豁然。

“给胡子打个电话，让他送完人就来。告诉胡子，如果小惠方便，让她把手上的工作先放一放，也一起到这里来。”

“好，我这就去通知。”“阳痿”说完就出去喊人。

二十分钟后，“阳痿”、胡子、小惠站在了李可乐的面前。

“胡子，明天开始就让小惠替你处理公司的事情，你就可以不上班了，专门盯着环宇的动向，有没有问题？”李可乐微笑着问胡子。

“没问题。”胡子回答。

李可乐向“阳痿”道：“你们都知道，上个月环宇投资的一部反映西部支教题材的影片《乡村女教师》已经开拍了。你们要是仔细想想，应该能想到他们为什么这么快就有了新的动作。环宇组建才多久？他们就敢下这么大的赌注在阳光身上，就一部小纪录片，投资三百万！你们有没有想过？如果我没有猜错的话，他们肯定是冲着我们来的。‘阳痿’，你回去后告诉秦怡，这次我们新片所有的宣传推广工作由她亲自来策划。我们这回一定要让他们死得很惨！”

“你放心，交给我的任务一定全力完成，他阳光除了吃饭睡觉上厕所的时间，其余干什么我都监视，我看他们还能玩出什么新花样。”胡子很是认真地说道。

“你把这件事给我办好了，我去和雷子说，让他把他那个座驾送给你。不过我可要告诉你，你别简单地就因为心里记着那个破富康而忘了盯梢啊。记得要把阳光的一举一动每天都汇报给我。”李可乐知道，胡子对雷子的那辆富康车那可是垂涎三尺。

“好。说话算数。哥们儿，我还就不信这个邪了！为了拿下那辆富康，就算这段日子我不吃不喝不眨眼也要盯死他，我就学着苍蝇叮大便。”

“看你那出息，为了一辆破富康都要不吃不喝了，那你还真是一块吃屎的料。”“阳痿”故意逗胡子。

“吃屎就吃屎，他阳光就是大便，我就是苍蝇，我吃他又能咋的？”胡子道。

“对，胡子，你就给我这样盯。”看着热情高涨的胡子，李可乐继续趁热打铁。

“阳光就一苍蝇屎，我就一苍蝇。”胡子随口即来。

“那你还不是自己吃自己的粪！”“阳痿”捂着肚子笑得不行了。

胡子到李可乐的床头找了张纸，转身摘下插在上衣兜的钢笔，要李可乐把之前许诺自己的话写在纸上并签字。

李可乐瞅着他笑了笑说：“你还真就那点出息，收起来。等这部片子上线之后赢得了好票房，我给你买个标致307，就是刚在电视上做广告的那个。”胡子一听，乐得差点跳了起来。

小惠在一旁打趣地说：“胡子哥，我在公司帮你干活，等老大给你买了车你就多带我兜兜风啊？”

“阳痿”摆了摆手笑道：“我敢借他胡子个胆儿，他都不敢带你兜风，他要是带你去兜了风，王大鹏还不灭他九族！”

“都别闹了，赶紧回去分头工作，我这儿明天起就不要派人来照顾了，有护工就可以了。”李可乐道。

“我们倒是可以听你的话，就是不知道那两位大小姐能不能听？”“阳痿”故意调侃李可乐。

“‘阳痿’，弄好你的就是了。别忘了明天给我弄台电脑来，我得看你们的活干得怎么样啊。”李可乐知道“阳痿”在说洛禾和秦怡这两位姑奶奶级别的人。

“遵命，乐哥。”“阳痿”道。

“胡子，你稍等，我现在就告诉你重点注意怎么去监视环宇。”李可乐喊过胡子给进行了详细安排。

7

第二天上午十点多钟，“阳痿”和胡子就把一台崭新的电脑提到了李可乐的病房。他们弄来的是一台新的惠普牌笔记本。

“哪儿弄的？”李可乐问。

“惠普代理销售的一个女业务员昨晚找到二顺，说要赞助我们的新片。说在片子首映的时候给打点贴片广告就完了，赞助一台投影一个 64 寸 LED 背投，这是她送的礼品。”“阳痿”道。

听到这话，李可乐并没有显现出高兴的神情，反而陷入了沉思。

插上网卡，接上电源，电脑就打开了。

“你赶紧回去把那个业务员是如何找到二顺说要赞助的弄清楚，我觉得这个赞助商来得有点蹊跷。如果我没猜错的话，这里面也许有很大的文章。”李可乐对“阳痿”说。

“好的，我马上回去办，晚上再来。”“阳痿”向李可乐一挥手，带着胡子走了。

“阳痿”刚一出去，李可乐忽然想起了什么，赶紧拨通了他的手机：“走到哪儿了？”

“还没上车呢。有事吗？有事我马上回去。”

“不用回来。这样，你们直接去西郊，让胡子赶紧去趟环宇影视，给我盯上阳光，我有一种预感，总觉得这事儿和他有关系。”

“好的，我马上安排。”

“把胡子送到环宇后，你就赶紧回去找二顺查一下那个女业务员的情况。”

“明白。”“阳痿”说完就带着胡子直奔环宇。

当胡子站在环宇对面的楼顶上，架起望远镜，开通电话窃听耳机的时候，他看见环宇影视的老总办公室里，一个小女人正坐在阳光的老板椅上，那个女人在电话里问：“啥事？不是又偷人了吧？”。

“你就不能想点好事啊？”阳光的声音。

“我倒是想想好事啊，想也有辆跑车开！”

“如果你愿意，我的那辆奥迪就是你的了。如果你愿意，你明天就可以坐在我的这把椅子上，做天后级别的总经理。月薪一万，年底纯利润的百分之十是你的红包。”

“我不是在做梦吧？”

“你以为我是在和你开玩笑吗？我要脱身，做专职导演和电视主持人！”

“为什么找的是我？”

“因为你是我的‘小姨子’，小姨子身上本来就有姐夫的半拉子屁股啊。”阳光一边说着一边已经走进了办公室，绕过老板桌，来到那个女人的近前。

那女人仍然在发蒙的状态，还没发觉阳光已经站在身后一把抱住了自己。

还没等她反应过来，阳光的嘴唇已经掠过耳垂滑向了脖颈。那女人索性闭上眼，任阳光抱着。

“柯柯，我会是你的好情人，会让你享受万众瞩目的风光。”

虽然阳光的话听起来明摆着是在忽悠，但此时的江小柯却想借着他的宠爱毫无顾忌放纵一次。两个年轻的躯体充满了活力，动作敏捷，姿态撩人，在一阵攻城略地的律动中同时到达了战斗高地，江小柯在阳光不断制造出来的眩晕中憧憬着未来的美好。阳光人在江小柯体内的同时还不忘假意地爱抚她的身体，甚至还假装沉醉地嘀咕着一些连自己也听不清楚的话语。

是个男人都知道，上床前对女人这么说，十之八九是要骗女人的身体；上床后还这么说，却是要连女人的心也一并俘获。可阳光就是这样一个人。

阳光不忍心打扰此时这个女人的痴迷状态。但是，他不知道对面的楼上已经有人在监视他，大概这就是螳螂捕蝉黄雀在后吧！

阳光对女人的理解就是只有你把她上了，她才会真正成为你的人，成为忠于你的女人。因此他把她抱起的时候，只是觉得在完成一道程序，当然也有些许的冲动。魁伟的他，想象着占有一个娇小的女人是何等的自如。当江小柯一身汗水瘫在他的身上喘着粗气，阳光拍了拍她白皙的肩膀说：“好好跟着我，有我的就有你的。”

“嗯。”江小柯温顺地应着从阳光的身上翻身下来。

晚上，“阳痿”到医院向李可乐汇报，说胡子已经发现了那个赞助商的真正底细，原来那个女人和阳光有非同一般的关系。白天，胡子去监视阳光的时候正好撞见了她和阳光亲热的一幕。

“难怪了，我说怎么老觉得这事怪怪的。”李可乐自言自语。

“这个王八蛋，无孔不入。就算把他用古龙香水腌了，也还是一股人渣味儿！”“阳痿”骂道。

“弟兄们，别急！做大事，要沉得住气。现在我们就将计就计！”李可乐拍了拍“阳痿”的肩膀。

“好。我们就接他的招，看他还能演出什么花样。”两个人边聊边看着电视里对着几十万市民口若悬河的阳光，这家伙现在真的是台前英雄、台后狗熊。

“喊不了几天，你这家伙就得毛！”“阳痿”指着电视骂道。

“你就让他先嘚瑟吧，看我是怎么让他找不着北的。”李可乐不屑地说。

“阳痿”离开医院的时候，已经快午夜了。

“赶紧去睡吧，明天还有重要的事情等着你做呢。”李可乐叮嘱道。

病房外很静。

世界睡了。可是疼痛醒了，精神了，一点一点试探地探头，向上爬。

电视节目里阳光已经说了再见，屏幕上开始反复播放市区各处旅游景观的配乐画面。李可乐眯着眼睛，其实是在看着那疼痛如何试试探探地动作。

护士走去关了电视。

李可乐眼角有泪水溢出。

这会儿，他需要安静但又害怕安静。随着时间的推移，现在伤口的疼痛越来越强烈，一瞌睡，就觉得要被拽向黑暗的深渊之中，然后重复那个做了多年的梦。于是他赶紧奋力挣扎，赶紧醒来。醒来的李可乐，阅读屋顶那天花板拼图的走向。合上眼的时候，又会进入那个梦，突然梦里的东西就变成了那黑暗中枪口爆出的光，就又猛地惊醒。那黑暗中枪口爆出的光，这个多年重复的梦，冥冥之中，似乎有着某种联系。似乎，有一个阴谋。这阴谋在向他挑衅，就在他的眼前挑衅。想无视都不行，睁开眼睛就看得到。浑蛋！想整垮我？我会站起来的，会再站在你的面前的！但是，似有千钧之力在拽他，向着无边的黑暗拽他，他睁大了眼睛看着那日光灯，他要牢牢地把住这光明，牢牢地把住。许久，眼皮疲惫地粘在一起，他发出一声呻吟，那声音是给自己听的，让自己别睡去，别被那一个阴谋得逞，将自己拽向黑暗的深渊。病房外走廊传来走动的声音，水一样的声音，浸透了夜的清凉的声音，令李可乐一振，立即睁了眼睛去听。那是这个世界给他的声音。他不能百分百断定那一枪是秦一铭派人开的，可有一种预感告诉他，至少肯定和商业竞争有关。

8

安逸、美好的早晨，太阳透过玻璃倾泻在李可乐的脸上。

床头柜上的鲜花依然鲜艳，花香在空气间漫溢。

世界开始苏醒。

别人要开始行动了。

李可乐也要行动了，他拨通了曲万里的手机。响了一阵子对方才接：“哦，可乐啊，这几天精神可好点了吗？”声音中还带着睡眠的蒙眬。李可乐知道，曲万里一般在十点以后才起来，开始他新的一天。李可乐道：“老哥，谢谢您，好多了。多亏您救了我这条烂命，这不，又得给您添麻烦了！”

“你这说的哪里话，有什么指示你就直接招呼老兄，别绕弯子了。而且，我绝对相信你。哪里有用得上我的，你就直接说，跟我你还这么客气干啥，不是见外吗？我准备过会儿来看你的。”

“好。那我就先不说了，过会儿医院见，到时再细谈。”

“医院见！”

看见李可乐脸上露出了从未有过的高兴，护士赶紧说：“你就歇一歇吧，都一夜没休息了。”

“哦，没事儿的。”

曲万里从他的那辆新越野车里下来的时候，秦怡和洛禾也刚到医院门口。一见曲万里的面，洛禾就赶紧笑着说道：“曲部长，你这么早就来医院是干什么？吃过早饭了吗？”

“你说呢？咱们的大导演在医院躺着呢！我当然是来看他了。”曲万里道。

“啊，你也是来看可乐的呀？他成天可凶了，受了伤还那么凶，都不让我们来看。今天跟着你，他肯定不敢骂我的。”

曲万里点头：“我今天去就带着你，看他还敢不敢骂！这么漂亮的姑娘，别人宠都来不及呢他还骂，这家伙真是身在福中不知福。”

“曲部长啊！哦，不，曲伯伯，看在你帮我的分上我先给你透露一个新消息，就算作给你的报酬啦。”洛禾一边拉着曲万里的胳膊一边撒娇。

“好啊，什么好消息？说来听听。”曲万里道。

“当然是我们新电影的事情啊。你知不知道，洛禾在里面演的角色可有突破了。”秦怡一脸兴奋地搭腔助阵。

“我知道咱们洛禾的表演那肯定是没得说的，给我说说，怎么个突破法？”曲万里笑着说。

“反正就是很好看，至于怎么个好看法是不能告诉你的，要不可乐知道了又要骂我了，到时候你到影院看吧！”洛禾说完，调皮地看着曲万里微笑。

曲万里和洛禾她们一边聊着一边上楼。

在楼梯口，正好迎面碰上护士给李可乐换完药出来。

李可乐这会儿正躺在病房的床上打电话，一脸难以抑制的兴奋：“胡子，干得不错啊，学得挺快啊。干大事，就得懂得善于借助他人之力。一个人的力量怎么着也是有限的。不错，干得不错。完事了奖你车子！”

“我跟你说啊，当时我一看见那女的我就感觉她肯定和阳光有事，所以就一不做二不休跟上，结果正好直接把全部激情过程拍下了！”电话那头的胡子也是兴奋得活蹦乱跳。

“那场面有没有我们的电影故事精彩？”李可乐笑着说。

“那肯定还是没有啦！咱们的那是艺术，他们的顶多也只是生理技术，再说了阳光那家伙简直是被那女的给整了！”

“哦，这么说这丫头还挺高明。”

“那是，要是不高明能把阳光整垮在床上？我还听见她下一步可能会接手环宇影视总经理的。”

“好啊，这一把干得漂亮，你就继续盯着，看来我真没选错人啊胡子！”

“强将手下无弱兵嘛，也不看看我是跟着谁混的。”胡子笑着说。

“你就别拍马屁了。好像有人来了……要不就这样，你继续干活吧。先挂了！”说完李可乐挂了电话。

刚放下电话，曲万里已经来到李可乐面前。

“伤员跟谁打电话呢？聊得这么热乎？”洛禾一进门就喊上了。

“是胡子，他打电话告诉我新片院线宣发的事情。其实要说现在最要紧的还不是宣发的事情，应该还是送审的事儿。正好您来了，就先向您汇报一下。这事不大，但也不小。估计还得您操心啊！”李可乐赶紧把话题扯到送审上。

曲万里说：“没问题，为你李可乐做这些事情那还不是天经地义的！”

秦怡赶紧道：“这次真的是谢谢您，要不是您那天晚上救了他，真的不敢想象会怎样。”

“哎呀，这丫头挺会疼人的啊。洛禾，听见没？你得向人家秦怡学学。”曲万里说完，看着李可乐笑。

洛禾红着脸没说话。

曲万里调侃完，又询问了李可乐恢复的情况，然后和他说了一下片子的事情，最后说下午有个重要的会议，这就要回去。临离开前，曲万里再三叮嘱李可乐：“一定要先把身体恢复好，别为了工作弄垮了身体，等出院了，要第一时间给我看样片啊！”

第二章 送审风波

人生最重要的不是所在的位置，而是所朝的方向。同样是个B，你一路向北就能变成NB，如果撞破南墙不回头，充其量就只能当个SB。李可乐曾经也一心想一路向北，但现实让他无休止地撞向南墙。

1

一个月后，李可乐身体恢复得差不多了，他打电话让秦怡来帮他办了出院手续。大伙一起来迎接他回了公司，当晚还像过年似的搞了一场鼓舞士气顺便洗尘的晚宴。

回到公司后，李可乐连案子的进展也不关心了，第一时间投入到样片剪辑和后期制作。其实这场事故是谁干的他也猜到个八九分，但在此节骨眼上，去追究这些东西没有太大的意义。

不过他还是庆幸大难不死捡了一条命回来，现在新片大功告成，只剩最后送审，只要顺利通过，也算给大伙有个交代。

几天的后期进行得比较顺利，这天李可乐一高兴，连疼痛都忘了就急着爬上车子，趁着下班时间上街去溜达。不料正好碰上秦怡也说要逛街买衣服，于是就顺道一起吃晚饭。吃完饭，因为秦怡急着赶策划案子，就让她先回了办公室，李可乐自己又跑到江边静坐了一会。谁知这一坐居然忘了晚上的安排，等想起晚上要审样片和海报设计方案的事情，才急着赶了回来。

赶回工作室的时候，已经临近午夜。在李可乐转过楼梯拿出钥匙准备开门的时候，发现秦怡已在办公室门口等着他。李可乐一开办公室门，秦怡就赶紧跟了进去。秦怡的手里拿着一盘封装好的电影 DVD 光碟、一张新闻发布会的电影海报背景设计效果图，还有一大沓电影首映式的文件资料。她要李可乐把设计方案审查一遍，顺便再审查一下首映式活动议程资料，看有没有问题。

李可乐说："你先放下吧，我过会看，太晚了，你早点回去休息吧，明天还有重要的事情呢。"

秦怡放下东西后，似乎还不愿意离开，终于鼓起勇气走过去，刚准备在李可乐脸上假装玩笑般蜻蜓点水地亲一口，还没成功就被李可乐一转身看见，于是她极不好意思地说了声"晚安"就出了门。

忙了一整天，再加上伤痛还未彻底消除，李可乐已经累得腰酸背痛，眼睛都没力气眨。当然，他对于秦怡这突如其来的反常举动也根本就没在意，只当是她开了个玩笑。再说了，虽然秦怡自己还蒙在鼓里，可他心里很清楚，她是和自己不共戴天的对头秦一铭的女儿，就算找女人赶上买房子那么难，他也不能对她有什么想法。

秦怡走后，李可乐冲了杯咖啡放在茶几上，开始投入工作。

正在办公桌前看海报设计方案，电话铃响了。

"李可乐在吗？"打电话的是洛禾。

不知道为什么，听到洛禾的声音，李可乐感觉自己的脸突然就像被糊了一层辣椒面似的发烫起来。

他心想，莫非因为刚才秦怡准备偷亲自己的那一下洛禾在哪里看见了？

"我在啊，刚回来。"李可乐握着电话赶紧解释，可这会的他心情有点复杂。

"我们的可乐大才子，你干什么去了？怎么这么晚才回来啊？身体还没恢复就到处乱跑，弄不好会造成二次损伤的哦。"洛禾的语气很是关切，但这措辞谁都听得出来，分明就是脆骨上割肉。

李可乐不笨，他当然听得出洛禾的弦外之音。于是，赶紧笑着说："忙下个月的首映呀，没办法。你怎么还没睡呀？"不过确实，他这段时间已经很久没笑了。

"我想你啊，睡不着。刚才我给你打了好多遍电话，都是雷子接的，说你和秦怡出去还没回。"李可乐听得出来，洛禾的声音里明显有些不高兴，他甚至都能从电话听筒里闻出醋味。

李可乐心想：这个死雷子，说什么不好，偏偏说自己和秦怡一起出去。这下可好，自己又告诉洛禾刚回来，三更半夜孤男寡女出去，跳进黄河都洗不清了。

“噢，秦怡要到商场买衣服，顺道搭我的便车，买完东西，我和她一起吃了晚饭，然后她就先来公司了。我出去办了点事，忙得比较晚所以才回来，这不刚到办公室你就打电话来啦。”李可乐像给上级汇报工作一样赶紧把行程汇报一遍。

“秦怡和你一起出去吃饭了？就你们两个人啊？那多消闲啊！”谁都知道，女人对自己喜欢男人的关注，永远都是通过吃别的女人的醋来体现的。洛禾一听李可乐居然毫不避讳地承认自己和秦怡出去，声音顿时高了八度。

“是呀，怎么了？”李可乐在电话里假装自己是丈二和尚摸不着头脑。

洛禾在那边不说话，良久，只听到她非常不悦的呼气的声音。

“怎么了？”李可乐问。

“我，我生气！”洛禾明显不高兴。

“为什么呀？”其实李可乐心里很清楚，因为他知道女孩子都是这么喜欢吃醋的。

“你带秦怡出去吃饭不带我！”洛禾说这话时带着几分幽怨的味道，不知为什么，这却让李可乐听得十分舒坦。

“就为这个？哈哈哈哈……下次带你去不就行了吗，就这么点小事。”李可乐笑道。

“下个月不是公映吗，公映完了我就要去你家里吃饭！”洛禾撒娇道。

“好好好，只要你不嫌弃，晚上睡我家都成。”李可乐开玩笑似的说着，然后挂了电话。

终于把洛禾安慰好，李可乐便一头扎到桌前的一堆资料和海报设计方案中。

2

整整一夜时间，李可乐看完了所有的资料和设计海报，审了一遍片子。第二天一大早，在目送雷子带着电影拷贝坐着公司的车去了机场之后，他才算坐下来喝了口咖啡舒了一口气。

喝完咖啡直接回家，一头倒在床上，从早晨七点一直睡到下午六点。

李可乐还睡得迷迷糊糊的，王大鹏打来电话：“乐哥，刚才秦怡和洛禾来找你，两个人似乎都吃了火药，来势汹汹。我一问话，差点把我都给炸了。”

“不会吧，怎么一下子就来了两个？两只母老虎一样的女人，一只一只对付我还成，一起来恐怕是有点难对付。你先帮我应付一会儿，我马上就来。”李可乐跳起来，一看表都已经快七点了，洗了把脸穿上外套就往办公室跑。

“李可乐，你今天一天都死哪里去了？”

李可乐刚一上楼，秦怡恶狠狠的声音就从后面传了过来。

“我，当然是睡觉啦。”李可乐转身的时候，看见秦怡净是得意的表情，而一旁的洛禾冲着自己直瞪眼。他赶紧挤出一脸笑，急步跑上楼梯，“别激动啊！我上楼给你们倒茶去！”在这两个家伙面前，李可乐早把自己的老大身份丢到一边了。尤其是秦怡那些天为照顾自己接了几天的尿之后就更是不听自己的话，越来越任性。

“茶就不喝了，赶紧跟我们走吧。”秦怡突然停住脚步转身冲着大门做了个请的手势。

“上哪儿？”此刻，李可乐都不知道自己是老大还是她们是老大了，不过他能肯定的是，自己已经把她们都宠坏了。

“你请客呀！怎么，有我们两个美女陪你去，你不乐意啊？”秦怡看了看李可乐，对洛禾说道，“洛禾，看来我们的才子老板不乐意，要不我们回去睡觉算啦？”

洛禾小脸一拧巴：“不回去！今天要好好放放他的血！”

在两个美女的威逼利诱之下，李可乐突然发觉自己的肚子确实也饿了，于是赶紧下楼到车库把车开出来，带上她们两人直奔“罗马假日”。

3

走进罗马假日大厅的时候，秦怡走在李可乐的右边，洛禾走在左边。洛禾和李可乐靠得很近，她没有那些大腕明星那么妖艳的气息，却处处透着高雅，一头乌黑的头发如丝般浓密顺直光滑，穿着黑色的小礼服，低调、沉稳、高雅、气质绝美，那一张吹弹可破的小脸更是精致得让人窒息。让别人喘不过气来的是，这个女孩的脸根本没有多少国人的特征，倒像是韩国影星金泰熙的翻版。

大厅里所有人的目光都久久地停留在她的身上，即使那些有点身份的男人，在她面前也低下了头。面对周围人的注视，她只是礼貌地向人们打招呼，不张扬，没有大腕的脾气，没有明星的高傲，一脸的微笑，好像春天里的阳光，灿烂无比。秦怡本来绝对算得上美女中的极品，但和洛禾同时出现时，那些人的眼光更多地还是停在了洛禾身上。不是因为洛禾的美丽，而是她浑身上下流露出来的那种质朴大方的气质。这样的一个女人，可能会让所有的男人心里都生不出丝毫的龌龊想法来，看着她，除了愉悦，除了欣赏，再无其他。

虽然这两个女人嘴里说是要放放李可乐的血，可是心里都替他省钱，当然最重要的还是为了节约时间，于是她们点的是便餐。服务员很快就上好了东西，一上来秦怡就吃得不亦乐乎。罗马酒店的快餐，味道绝对一流。这段时间照顾李可乐住院加筹备电影首映，大伙儿在吃饭方面很随便，每次都是盒饭馒头将就，嘴里早就淡出鸟来了，现在见到一桌的美味佳肴，两个美女这会儿吃得满嘴流油都一点不夸张。

“老大，快点，快点过来吃，这东西太好吃了！”秦怡一边把一块奶酪塞进自己的嘴里，一边指着桌子上的沙拉对李可乐说道。李可乐心想，现在她还算良心发现，知道自己是她老大了。

“你们吃吧，别撑得走不动了让我把你们扛回去就行！”李可乐吃了一块牛排后端起一杯红酒，微笑着走到旁边的玻璃窗旁边，透过玻璃看着车来车往的长虹大桥。

都市里霓虹灯亮起来了，灯火辉煌，现代的建筑和古城墙相互映衬着，远处店铺的各色音乐声也隐约传来。

李可乐回想起自己经历的一切，真是感觉好似梦幻一样。他发现逝去的岁月，怎么找也找不回来，而那些不愿想起的情节，在回忆里却怎么也散不开。

此前的大小遭遇如果说是为了苦其心志，劳其筋骨，那么这次车子从身上碾过依然能奇迹般站起来保住小命，真可谓上帝开眼。现在，在这霓虹炫目、歌舞升平的都市夜色下有美女陪伴，也许这就是上天的恩赐吧！电影就要公映了，但在成功来临的时候，他突然觉得缺少些什么，不知道是心灵上少了的那份寄托还是因为秦一铭这段时间的再次隐退让他失去了斗志。

站在窗子边，李可乐将杯子里的红酒一饮而尽。虽说秦一铭的突然消失让他觉得斗志大大丧失，但依然在心里牵挂着片子送审的事情。李可乐知道，在没有彻底干倒秦一铭之前，意外随时有可能发生。秦一铭这人最大的本领就是给人的杀伤往往是出其不意的，他向来不按套路出牌。

“可乐，你在想什么呢？”秦怡在这样的场合已经完全不喊老大，而是直呼其名，她旁边坐着的那个迷倒众生的洛禾也静静地盯着李可乐，此刻她们似乎都想在他的脸上找出点什么来。

可是她们谁也无法知道李可乐此时此刻的心情。其实此刻的李可乐，心里除了想着秦一铭之外还惦记着的就是片子交在审查委员会手上之后的命运。

“可乐，你给我过来，你现在的任务就是好好放松，吃好玩好，等熬过了这两天就是你扬名立万的时候了！”秦怡似乎用命令的口气说道，她根本不知道眼前的这个男人和自己的父亲之间发生过的那些不为人知的事情。当然，她更不知道这将会在一定程度上阻隔她和这个男人之间的某种感情的发展。

“不行，电影送审，雷子这一出去都已经一天了还没消息，我都快急死了，哪里还有放松的心情。你们自己吃，别管我！”李可乐说着摇了摇头，显得有些烦躁。

“不管怎么样，你的身体要紧呀！”秦怡叫道。

李可乐眼睛一瞪：“我自己的身体我自己还不知道珍惜？你们女人，就是头发长见识短！大家辛辛苦苦奋斗，现在到了最关键时候，出一点问题就意味着功亏一篑，全盘皆输！你让我吃让我玩，我哪有心思呀！”也不知道哪儿来的气，李可乐突然有些情绪失控。秦怡虽然要起大小姐脾气来很任性，可是一旦李可乐发起脾气来，就数她最怕。秦怡被李可乐说得愣在那里，含在嘴里的沙拉半天都没咽下去，良久后只好耷拉着脑袋蔫巴了。

秦怡蔫巴了，洛禾也一声不吭使劲地嚼着牛排，李可乐的心里倒是七上八下了。不是他不放心雷子办事情的能力，也不是害怕秦一铭再出来捣乱，现在他最担心的是电影中很多富有新意的镜头。这次是真的渗入了很多新的艺术理念，那些审查委员会的老艺术家肯定并不是很理解，现在让他们来审查的话，他怕很有可能会因为涉嫌尺度过大而通不过审查。

搞电影的人都知道，一部电影的成功，艺术创新元素是关键，同样一个本子，如果换成不同的人来导演，风格肯定会完全不同，有人可以让它成为电影史上的经典，也有人可以让它成为一部三流的烂片。李可乐心想，这部电影，自己写的剧本，自己导演的，别的不说，最起码所有要表达的效果基本完全按自己的意愿实现了，没有别人的影响，所以此前他一直在内心里窃喜它的成功。好不容易历经磨难成功杀青，中途虽然遭遇了一段险情插曲，但对于革命的进程还没有造成影响，现在千万不能在审查上出乱子。尽管这部电影成本只有四百万，不能和冯小刚那些个大神上亿的投资相比，但是对于他们天娱这样的公司来说，如此一部电影，已经算得上是倾尽血本的大制作了，这也是李可乐赔上了自己所有心血的最后一搏。要知道，他的手里现在只剩下十万了，这部电影要是因为审查上出现个好歹，即便不气得吐血身亡恐怕也得呛口窝心的唾沫噎死。

作为女人，洛禾和秦怡哪里能理解李可乐此刻承受的压力，她们只关心他的身体。在她们眼里，电影只要顺利杀青了就没有什么重要的，表达不表达得出创作的原始意图她们根本不关心，可李可乐的身体要是出个意外，她们绝对不答应。但是，李可乐自己心里清楚，他现在根本不属于自己，也不属于她们，他的人已经完全属于天娱，他的理想属于电影，他的灵魂早在多年前就属于那个她们谁都未曾谋面的女人，这些现在没有一样属于自己。

洛禾和秦怡劝了半天，最后还是被李可乐严词回绝了。

李可乐知道，在洛禾和秦怡眼里，那只是一部电影，只要公映，上市发行，看着自己不亏，她们赚个小成绩就满足了。她们不知道，在天娱公司全体员工的眼里，那可是他们的全部希望。如果电影失败了，李可乐真的想象不出来那些员工会有多么伤心。如果电影失败了，你叫他怎么还有脸去喝隔壁刘大爷的黑芝麻糊？怎么还有脸在自己那帮子兄弟面前大口吃肉小口喝酒？如果电影失败了，也就意味着他输给了秦一铭，那时候就是人家骑在自己的脖子上拉屎拉尿，自己还得笑着热情地接纳。

想到这里，李可乐赶紧打电话给王大鹏，让他开车把秦怡和洛禾送回了家。然后，他又独自一人来到了江边，一边走一边挂念着雷子送审的事情。

4

走在江堤上，迎面吹来的夜风簌簌拂过脸颊，李可乐顿时感觉一阵无比的放松。他对着江面深深地呼了一口气，心想，终于可以松下这口气安静地待一阵子了。就在这时，电话突然响了

“可乐，出事了，我们的电影因涉嫌尺度过大审查不通过！”电话是雷子打来的。

人生最重要的不是所在的位置，而是所朝的方向。同样是个 B，你一路向北能变成 NB，如果撞破南墙不回头，充其量就只能当个 SB。李可乐曾经也一心想一路向北，但现实让他无休止地撞向南墙。

李可乐现在终于体会到了。他最担心的事情还是发生了。

“他们看完没？”

“没有，刚放了不到五分钟，他们就直接喊停了。”听雷子说话的语气，那帮审查委员会的大爷大娘肯定给了他不小的压力。

“现场主审的都是谁？他们有没有做正式的修改提议？”李可乐一听是刚放就喊停的，心想也许还有办法提交重审。

“当时只有一个年纪较长的女的和一个姓王的老领导，那个老领导就是去年在香港见过一次面的人，女的是个新面孔，看她很保守的样子，估计八成是个老处女。”雷子在这节骨眼上还不忘开玩笑，“不过，正式的修改提议他们还没做。”

“那就好，还有办法，你赶紧连夜发个邮件回来，描述一下他们对哪几处有异

议，我这边安排加班修剪，争取下周重新送审。”

挂了电话，李可乐直接奔回工作室连夜安排开工修剪。

李可乐心里很清楚，雷二顺和小惠等人已经连续奋战了一个多月，让他们再次开始连夜工作，他们肯定会有一肚子的意见。但是意见归意见，这回就算为此和他们干上一架也只能弄完了再说。

好在大家都清楚李可乐的脾气，在公司，他说一就是一，根本没商量的余地，所以在接到通知后大家也只好规规矩矩地跟在他后面走进了剪辑室。

“前些日子苦熬了一个多月的不眠夜，面对着二十多个小时的毛片和半米多高的场记册都熬过来了，一周内完成修剪绝对不是问题。”李可乐心想。

“老大，你要不要休息一会儿再剪呀？这里交给我们几个就好了。”见李可乐刚出院，再加上已经几天几夜没休息好，这会儿居然刚上工作台几十分钟就累得一头大汗，小惠心疼地劝道。

李可乐咳嗽了几声，坚定地摇了摇头：“没事，哪怕剪辑完了我再进一次医院，现在都必须坚持住，要取得胜利这是我们唯一的选择。”

“小惠，胡子这两天回来没有？”李可乐等气缓过来后转身问小惠，“我让他出去打探环宇公司的消息了，也不知道这家伙任务完成得怎么样了。”

“回来了，我刚刚还看见他在这里呢，可能在楼上。”小惠回答道。

“给我喊过来，回来了怎么不来汇报？我看这家伙是不想要富康了吧？”李可乐说着起身倒了一杯咖啡，然后擦了擦眼镜，转身又坐到了编辑机前。

小惠出去时间不长，就把胡子叫了进来。

“老大，你找我有事情？”胡子气喘吁吁的，显然还在忙着别的工作。也许这就是天娱的员工，他们工作起来和李可乐一样，都是那种为了工作可以不顾命的家伙。

“我问你，阳光的那部《乡村女教师》拍摄得怎么样了？”李可乐喝了一口咖啡，坐在椅子上喘了一口气问道。要说阳光的这部电影李可乐最近一直记挂在心上，甚至有的时候比自己的电影还要上心。

胡子喘了几口气后，搬了个椅子坐下来说：“他们这部电影的投资和我们差不多，准确地说应该是350万元。上周阳光把剧组拉到了下面的一个村庄里日夜赶拍，虽然还没杀青，不过依照他们的拍摄进度，这周末杀青应该没问题。”

“这周末？今天星期几？”李可乐问。

“星期四。”雷二顺看了看墙上的挂历说。

李可乐若有所思地点了点头。

“老大，有什么问题吗？”旁边的王大鹏见李可乐一脸疑虑的表情，凑过来问道。

“可能有点问题。”李可乐皱起眉头说。

“什么问题？”大家见李可乐有点反常的样子，便一起围了上来。

“这段时间你们都知道，老贾的《风声月影》不是已经在剪辑，就是准备送审了。从当前上线的所有作品来看，其中一半的电影折本，另外的一半中只有很少的一部分获得了还算不错的票房，不过尽管他们的电影现在有了不错的票房，但口碑与老贾的根本没法比，只要老贾的电影第一时间上线，这些电影都得下，下线后他们肯定都会第一时间挤进线下市场。这样一来老贾将会成为我们最大的竞争对手，他们都会抢先占去我们 DVD 发行和网络渠道上的一部分市场份额，到时只怕我们就会腹背受敌。所以，我们必须要赶在老贾的电影上线前面抢占 DVD 发行市场。”

“老贾是新锐导演代表，他和我们争市场，这个我可以理解。但其他那帮家伙的电影，全是跟风，大多是粗制滥造，一帮男男女女凑一起谈个恋爱同个居，吃顿火锅离个婚，也怕他们抢市场？那些个小儿科跟我们的就不是一个爹妈生的，能争到肉吃吗？”王大鹏笑道。

李可乐摇摇头说：“别忘了，我告诉过你们，在任何情况下都不能轻视自己的对手。你们看看古代那些个武艺高强的剑侠刀客，他们往往最后都死在了自己最看不起的小人物手下。你们不要忽略了一个人，别人我不清楚，但是阳光我太了解了，他不拍则已，只要拍，肯定会把自己全部的精力都投入进去。他是个追求完美的人，做起事情来也格外好强，依照他之前的拍摄进度，这部电影早就应该拍完上映了，可为什么他到现在磨磨蹭蹭的连拍摄都没有拍摄完？再说，他的那部电影，无论是拍摄难度还是题材，都不会超过我们的这部，应该是他先拍完才是，可见……”李可乐一层一层地分析着，一帮家伙听得不断地点头。

“老大，是不是阳光想拖后放映时间，勾起观众的热情呀？这应该也是他的风格。”王大鹏和李可乐在一起的时间最长，他对阳光的为人也算有所了解。

“有这个可能，但是我觉得还不完全是。”坐在椅子上的李可乐说着摇了摇手上杯子里的咖啡。

“老大，他是不是想等所有的电影放映完毕再放映呀？那样一来，就避开了这拨放映热，加上他的炒作伎俩，肯定会大赚的呀。”胡子猜测道。

“胡子说得没错，我也认为阳光可能会有这样的考虑，《乡村女教师》要想挤在这拨都市题材的电影中赚上一笔，那很是困难。有我们的《逆爱寻欢》在前，再加上这么多公司的‘都市戏’在后，阳光就算使出浑身解数，也很难达到预期的效果。三百多万的投资，对于他们环宇来说，数目那是相当大了，他要是砸了，下场绝对会很难看。再说了，我们的这部新片现在还未上线就已经勾起了很多人的胃口，我想上映后一定会叫座，他要是把《乡村女教师》弄到和咱们一起放映，那岂不是自掘坟墓？所以我估计他是要故意放慢拍摄进度，错过咱们的档期。因为只要躲过咱们这阵强势的台风，他就可以驾着他的那个小船顺利到达彼岸，到时候民营的电影公司大多数在拍摄新片，会出现一个相对的片荒期，即使有些电影上线，也应该不是他阳光的对手，毕竟他的名气在那里。到时候，他的《乡村女教师》赚钱就不是问题了。”

“还是老大分析得对！我怎么没有想到。阳光这家伙倒是挺有脑筋的。”听李可乐这么一分析，王大鹏对于阳光的高明手段很是感慨。

“老大，怎么说那也是阳光自己下一步的事情，和咱们抢先上线没有多大关系，咱们专心把自己的电影剪辑好不就是了？就目前形势来说，我看不出咱们电影上线的票房有什么问题呀。”雷二顺不以为然。

李可乐笑了一下说：“什么没关系？你又不是不知道，他吃里扒外跟着秦一铭混，处处和兄弟们玩阴的，你说我们和他有没有关系。他不是怕和我们撞在一起吗？嘿嘿，好，这次我就专门和他狠狠地撞一下，不撞他个满地找牙哭爹喊娘，我还真咽不下这口气。胡子，你带人把阳光给我盯紧了，他有什么动静立马告诉我，咱们这边加班剪辑正常送审，既然老天不成全他，那我这次公映一定要选择和他同一天！”

“既然这样的话我严重支持你！”李可乐的这个决定，王大鹏肯定举双手赞成。

其他的几个人也是使劲点头，表示赞同。

“老大，不过我还有一个问题。”王大鹏问道。

“说。”

“咱们怎么知道阳光那部电影的放映日期？”

“你傻呀！我看你的智商都快赶上胡子了。有曲万里在，我们还怕不知道？”雷二顺十分鄙视地看了王大鹏一眼说。

大家哈哈大笑。

“二顺说得没有错，现在地方所有电影的公映日期都得报到市委宣传部去，老曲自然能在第一时间知道。他知道了，不就等于咱们知道了吗？”李可乐说。

和上次《人性的借口》不同，虽然是加班，但这次他们没有火急火燎地忙得人仰马翻，而是静下心来慢条斯理地精耕细作那些被怀疑为“尺度过大戏”的成分。李可乐开始还和他们一起动手剪辑，但是随着他咳嗽得越来越厉害，腰部也感觉疼痛难忍，到后来就把动手的事情交给他们三个，自己靠在一边的躺椅上。他们修改的每一个镜头都最终呈现给李可乐，由他做最后的定夺。四个人在剪辑室很是开心，剪剪停停，停停剪剪，聊聊天，吹吹牛，很是快活。这段时间，连王大鹏讲荤段子的能力都提升了不少。

整整一周时间，大家吃住都在剪辑室，足不出户地工作。胡子则不断派人过来汇报有关阳光的电影进度，使得李可乐对阳光的一举一动了如指掌。

所有人就这么一直轮流坐在工作台前剪了七天，李可乐也在剪辑室的躺椅上靠了七天。就在他们加班完成影片二次修改剪辑的当天，据胡子监视回来报告的消息，阳光的电影也杀青了。

七天后，当《逆爱寻欢》修改片正式剪辑完毕的时候，阳光的电影也开始剪辑了。修剪完成的当天下午，李可乐和王大鹏就带着修剪后的样片去找曲万里。这一方面算是推动地方影视产业的重点项目，给主管领导汇报，另一方面也算是对一个老艺术家的尊敬。

5

一进办公大楼，正好碰见曲万里端着杯子准备进开水房倒茶，李可乐赶紧冲他招了招手。

“对不起，曲老，又来打扰您了。”李可乐笑着调侃。

曲万里平时习惯了李可乐散漫的样子，突然来了这么一句假意的客套话，倒是逗乐了他，一口茶差点喷到李可乐的衣服上。曲万里一边从口袋里拿出纸巾擦嘴，一边指着李可乐说：“我不跟你说，我说也说不过你。怎么，身体好了没？你这个花花世界里的蝴蝶怎么有雅兴跑到我这枯花野菜棚里来呢？莫非样片出来了？”

李可乐指了指王大鹏手里提的箱子对曲万里说：“我们这些拍电影的苦命人，到你这里能干吗？不就是给你汇报工作嘛。”

曲万里盯着那个黑色的手提箱，顿时两眼放光，一把扯住李可乐惊叫道：“不……不会吧！你那部片子剪辑完了？”

“是呀。”李可乐不明白曲万里为什么会激动成这样。

曲万里把杯子里的茶一口喝完，然后把杯子扔到旁边的垃圾桶里，对李可乐说：“可乐，你可不知道，我等你这部片子都快等疯了！逆爱啊！寻欢啊！乖乖，我做梦都想看啊！”

“至于吗？你喜欢成这样！”李可乐看了他一眼。

曲万里吼道：“你说呢？是男人谁不喜欢邪恶一点、血腥一点、暴力一点的，最后，再有一点点偷欢的！还是逆爱中寻欢。你小子一向比鬼还精，这回光在电影名字上就已经把所有观众吊得神魂颠倒了！现在连捡垃圾的老大娘都已经对你这部电影垂涎三尺了！”

李可乐嘿嘿笑了两声，低声对曲万里说道：“曲老，如果我告诉你这部电影里真的有邪恶、血腥、暴力，还有很艺术化的床戏，当然还不止一点点，你说审查时会不会真的‘咔嚓’我的电影？”李可乐说着双手比作剪刀状。

曲万里凑在李可乐的耳边疑惑地问道：“真的有这些？”

“是呀。”

“哎哟，乖乖！”曲万里吐着舌头叫了一声。

“不能过？”李可乐高兴地问。

“不知道。”曲万里耸了耸肩故作深沉地说。

“那你哎哟什么！”李可乐快被他气死了。

曲万里看着王大鹏手里的手提箱，狂咽口水：“不管你过没过，我今天总算是可以先睹为快了！”

听到曲万里不太有把握的语气，李可乐心沉了一大截，真想拎着手提箱掉头就走。

“曲老，快点给我说句踏实话，你估计能不能过？”李可乐捅了一下曲万里的腰。

“露了多少？有没有露到这里？”曲万里在他的肚脐上比画了一下。

“实际上，是露到这。”李可乐对着他的脚比画了一下。

“李可乐，你是说，你是说全裸？哦，苍天啊，大地啊，太好了！”曲万里像喝了兴奋剂一般。

不过李可乐下面的一句话，让曲万里刚刚勃起的兴致顿时泄到了十万八千里外。

“但是关键的部分没露，我可不是傻子，就这已经在上周送审放映时被叫停了。我来找你就是解决这个问题的。”李可乐笑笑。

曲万里一边摇头一边说：“那他们也太不仗义了。你别急，我找崔大志说说，只要不是太直接，你的电影应该不会有问题。”说到这里，曲万里收敛了刚才的笑容，一本正经道，“但是，但是今年倒是有个意外，我估摸着上周可能是碰上他们了。”

“什么意外？碰上谁了？”看着曲万里一脸惋惜的表情，李可乐的心再次提了起来。

曲万里小声对李可乐说道：“上个月不是更换了一批电影审查委员会的成员吗，新加进来了几个人，其中有两个人很保守。你的这部片子，怕是会在他们那里碰到麻烦。”

“不就是两个人吗？审查委员会一共二十多人，多他们两个不多，少他们两个不少，用得着这么担心吗？”李可乐有点不明白。

曲万里咂巴了一下嘴说：“可乐，你不知道，这两个人确实不好搞呀，一个是一所知名电影学院导演系教授、资深导演严海茹，一个是电影家协会常务副主席康建民，保守得都像是中世纪的人，偏偏都还是口才极好的老艺术家。他们俩一进来，用所谓的社会责任把电影审查委员会里半数的人都影响了，就连我那老兄崔大志都不敢轻易发表见解了。上次其他一个公司的一部电影，男女主角只是抱着在床上接吻时把胸罩吊带拽断了，他们就说那镜头尺度大，然后就动员大家把它剪了。”

李可乐一哆嗦：“曲老，可我的电影里不单单是抱着接吻那么简单！”

曲万里搂住李可乐的肩膀：“我知道，我怎么可能不知道你的电影呢？放心吧，别人的电影我不管，你的电影我得让崔大志好好审审，无论如何，你已经立于不败之地了，剩下的，就是用你的三寸不烂之舌说动那帮保守的人认可了。”曲万里一边说，一边把李可乐拉着进了他的办公室。

刚坐下，一杯茶都还没喝完，李可乐就看见曲万里翻看了七八遍手机，而且他的手机不停地有短信进来。

李可乐打趣道：“曲老，什么业务这么繁忙？反正我也有事，你要有事，我就先不打扰你了。明天我们一早就去北京找崔老。”

曲万里一听李可乐要走，居然也不先睹为快了，嬉笑着对他说：“那好，本来是今晚要请你喝酒的，现在看来不成了，反正你也有事，那咱们就明天一起在北京聚，到时候还是我请你们。还有，片子你也带着，反正明天审查要放的，到时一起看。那你就先办事情，我顺便出去消遣一下，明天咱们见。”

说完此话李可乐就和曲万里握手道别。

6

晚上回去，李可乐就安排王大鹏订了第二天飞往北京的机票。

一大早李可乐给曲万里打电话的时候他似乎还睡意蒙胧，但是挂完电话很快就出来了，看见李可乐后笑了笑。李可乐会意点了一下头，就和曲万里直接去了机场。

一上飞机曲万里就睡觉，更有趣的是他一觉就睡到北京。一下飞机，他们就直接去找崔大志。

进办公室的时候，崔大志正在和一个年纪和他差不多的人说话，李可乐和曲万里在旁边等了一会。崔大志和那人聊了几句把他打发了之后，李可乐和曲万里才敲门进去。进门后，崔大志很热情地和李可乐握手，让他们坐下。

“老曲，可乐，如果我没有猜错的话，你们这次过来是为了电影送审的事儿吧。”崔大志说话的同时示意办公室的小刘给李可乐和曲万里倒茶。他坐在沙发上，从茶几上拿起烟给曲万里和李可乐每人发了一支，然后自己点了一根，吐着烟圈笑眯眯地扫视他俩。

“看来什么事情都逃不过你的眼睛，崔主任真是神了。我是来送电影的，更是来看望您老的啊。”

“你这家伙，跟我还搞这一套，快说，遇到什么麻烦了？”崔大志边说边从小刘手中接过茶杯递给李可乐。

“我们的新片拍完了，上周送过来审查，可能有些细节没把握好，被打回来了。我又重新修剪了一遍，昨天才剪辑好，这不，赶紧给您送过来了。”李可乐起身接过杯子，笑着指了指脚下的手提箱。

“好好好，我是最喜欢看着咱们这帮地方电影人拎着样片进局大门了。地方样片越多，说明咱们的电影文化越能代表人民大众文化呀，为什么呢？接地气啊！我听老曲说你在上部电影上线的时候遇到了不少挫折，不仅片子被人算计了，你也遇到了麻烦，怎么样，现在公司没事吧？”看到崔大志这么和蔼，李可乐心里踏实了不少。虽然这只是李可乐和他第三次见面，但是有曲万里和他这层老朋友关系，李可乐绝对相信他对自己还是真诚的。

在别人的眼里，这个电影审查委员会副主任是个老古董，以前被很多人称为保守派，被视为现代通俗题材影片发展的绊脚石。但是在李可乐看来，这其实都是那些拍低俗片被卡过的人给他戴的一顶顶污蔑的帽子，和真实的崔大志相差十万八千里。在李可乐眼里，他就是一个公正而慈祥的长者，不仅铁面无私，而且有对后辈们的放纵般的爱。

“托您的福，崔老师，公司里现在一切都好，大家忙碌着，就等着电影通过审查公映的那一天。”李可乐笑着回答，然后咳嗽了几声。

“怎么，病了？”崔大志关切地问。

“没有什么大事。可能是最近因为电影送审的事没休息好。”李可乐耸了耸肩，赶紧给曲万里使了个眼色，意思是让他别告诉崔大志自己前些日子遭遇的事情。

“可乐，你就放心吧，对于年轻人，我们还是很爱惜的。再说了，你现在可是咱们地方导演的一张王牌，已经成为地方民营电影企业在国内的代表了。对于你的工作，我和老曲当然要大力支持。我还得感谢你能让洛禾担纲你新片的主演呢。”崔大志说话的时候乐和得下巴上的几根小胡子直抖。

“感谢我？您认识洛禾？”李可乐不知道他说的是什么意思。

“是啊！洛禾是我让老曲推荐给你的，这个说来话长啊，以后让老曲慢慢告诉你。”崔大志笑着看了曲万里一眼，然后对小刘说，“小刘，你去通知审查组的人，让他们半个小时后在放映室审查可乐的片子。”

小刘答应一声，出去了。随后，曲万里也跟着出去了。

崔大志这才和李可乐拉起了家常，仔细询问天娱公司的近况，询问电影拍摄过程中发生的各种事情和洛禾的表演，听到李可乐遇到了诸多困难，最后一一克服，崔大志赞叹地点了点头。

“崔老师，我的一个朋友从桂林带过来了一件东西，我觉得这东西很适合您，就把它带来了，不值钱，送给您，就当您的生日礼物吧，听曲老说您的生日不是快到了嘛。”李可乐把随身携带的一个小包打开，从里面拿出一样东西递给了崔大志。

崔大志看着那东西，脸色有点阴郁。

“可乐啊，你怎么给我来这一套呀？”

李可乐笑笑：“崔老师，我知道您是个铁面无私为人民办事的人，您也知道我不是为了自己的利益送礼的人，这东西最多值三五百元就不错了。这是我送您的生日礼物，表达一下心意而已，可不是贿赂。不送片子，我一样要带给您的，而且，您知道这东西在我们当地人眼中是什么意思吗？”

崔大志看了看那个玉如意，然后将信将疑地看了看李可乐，问道：“什么意思？”

李可乐笑了笑说：“这东西，叫玉如意，寓意万事如意，所以大家都特别喜欢，把它奉为玉神。这个玉如意，是仿明代的，本身不仅带有美好的祝愿，还有悠久的文化知识在里面，您不是一直对历史考古感兴趣吗？”李可乐说着把玉如意递给了崔大志。

崔大志问：“真的不贵？”

“真的不贵。我什么时候骗过您呀！”看得出来，崔大志心里还是挺喜欢这东西的。

崔大志接过玉如意，边用手抚摸，边眯着眼睛仔细看着，满脸都是笑意。

那块玉上面雕刻着一幅百子闹学图，惟妙惟肖。这样的玉如意，表面看上去实在是不可多得的好东西，但他哪里知道这只是李可乐四年前在桂林旅游时买的，当时一起还买了一块玉观音，一共花了五百块。那块玉观音后来送给了以前心爱的女孩，可是后来那女孩又还给了李可乐。

“可乐，我很喜欢你送给我的生日礼物，谢谢。”崔大志高兴地把礼物放进了自己的抽屉里。听到这里，李可乐看着他头上的一丝丝白发，一股敬佩之情油然而生。

“崔老师，电影审查委员会的人都到齐了，要现在开始吗？”小刘走进来问。

“对，现在开始。告诉他们，我和可乐马上就到。”崔大志站起来拍着李可乐的肩膀说，“那我们现在就过去吧。”

放映室在四楼的一个小房间里，面积不过一百个平方，里面的设备也极其简陋，甚至和一般的电影院没有什么区别，你看着它，完全想象不到国内所有电影的命运都在这里被决定。

李可乐和崔大志进去的时候，审查委员会的二十多个成员悉数到场，多人都认识李可乐，只有七八个新加入的人没有和他打过交道。李可乐和崔大志一起走到前排的讲台时，很多人情不自禁地站起身来对着他鼓起掌来。

“可乐，看见了吗，大家对你很熟悉，也是很欣赏的。”崔大志指着那些成员对李可乐说。

李可乐在台上赶紧礼貌地鞠了一躬。

在所有的成员中，有几个人站了起来，并没有鼓掌，他们冷漠地看着李可乐，态度很是冷淡，其中有一个六十多岁的女人、一个和她窃窃私语的胖老头对着他指指点点。

李可乐心想，如果自己没有猜错的话，这两个人一定是曲万里之前和自己说的严海茹和康建民。等曲万里给他介绍的时候，完全印证了他的猜测。

“各位，自从电影审查委员会新一任换选以来，这还是第一次审查李可乐的电影。至于李可乐本人，我想我就不用介绍了吧，估计在座的有一大部分人应该是认识他的。他是我们地方电影的骄傲，相信不久的将来，在国内，乃至在全世界，他都能创造出奇迹。以前，李可乐的电影《有人区》在审查的时候，我们一个镜头都没动。为什么没动呀？因为你看的时候，不会觉得那是一部电影，而会觉得那是真正的艺术品，深入人心灵的艺术，我们对这样的电影动一动剪刀，哪怕是一点点，人民群众就会对着我们的坟墓吐口水。今天，李可乐的又一部电影交到了我们的手里，我个人希望，我们每个人能端正态度，严谨负责地对待它，至于我本人，是不会剪掉其中任何一个镜头的。”崔大志故意隐去了之前被他们设卡的事，他的话说完，放映室里很多人热烈地鼓掌。

“李可乐的电影应该是没问题的！”

“动了它绝对是对艺术的践踏！”

……

这当中的很多人都是李可乐的影迷，崔大志又把话说在了前头，声称不会动他电影的一个镜头，也更助长了他们的信心。

但此时以严海茹和康建民为首的一派人看着李可乐，眼神里满是挑衅。

直觉告诉李可乐，今天在这里，自己的电影不会那么一帆风顺。

7

崔大志说完，在审查委员会主任老汤的监督之下，新的样片被放在了一个放映机上。放映室里厚厚的窗帘被拉上了，一束光线投射到银幕上，放映正式开始。

从开始到最后，放映室里就没有安静过。

所有人都是握着拳头揪紧了衣服睁大了眼睛在看，电影里面几乎每一个镜头都引起了他们巨大的惊呼声。曲万里在李可乐的身边，看到最后激动得蹲在了椅子上。

看着这些人的反应，李可乐的心里突然变得异常轻松，心想既然得到他们这么多人的喜欢，那就意味着这部电影还是成功的。但就在李可乐转身的时候，他看见严海茹和康建民正拿着一个小本子在角落里写写画画，而且每到一处男女拥抱或者亲昵的时候甚至还对着自己指指点点。

曲万里早就告诉他这两个人难对付，看到他们这个样子，李可乐心里顿时一紧。

一百二十分钟。电影结束后，很多成员跑到了李可乐的身边争相和他握手。他们祝贺李可乐又拍摄了一部伟大的电影，又一次取得了成功。

李可乐也十分谦虚地和他们交谈，接受他们的祝贺。

“好了，电影我们看完了，现在大家发表一下自己的意见吧。”崔大志坐在前方的主席台上，对下面的人说道。

“崔主任，我们想先听一下你本人的意见。”一个声音从后面传来，苍老，沙哑，也很是难听，听得人心里发毛。

李可乐转脸看了一下，是严海茹。

崔大志笑笑：“我的意见在刚开始的时候就已经说过了。”

“崔主任，你刚才叫我们要端正态度对待这部电影，你本人却没有这样。你刚才连看都没看就说不会动里面任何一个镜头，你这样做也太不负责任了，你是在辜负民众赋予你的使命！”严海茹的声音，尖利得像深夜啼叫的老猫，不仅让李可乐听得直皱眉头，连崔大志旁边的曲万里也脸色铁青。

谁都看得出来，这位老女人和崔大志的关系极为不好，她似乎根本不把崔大志放在眼里。崔大志却大度地笑了笑，说：“我崔大志活了这么多年，为国家的电影事业服务了这么多年，还从来没有人说我不负责任。我之所以在电影没有放映的时候就表明自己不动里面任何一个镜头，是因为我对李可乐有万分的信心，这个信心是建立在我对他的为人、他的艺术天分上的。严老师，你说我不负责任，本身就是对我的不负责任的指责！”

说到最后一句话的时候，崔大志的脸色突然冷了下来，眼睛里发出一股杀气，使得放映室的空气顿时凝固起来。

“崔主任说得对，李可乐的电影、李可乐的为人，圈里的人谁不知道？依我看，根本用不着审查！”

“是的，他那部《有人区》不就是很好的例子吗？”

不少支持崔大志的人，纷纷开始对严海茹发起了攻击。

几分钟下来，已经硝烟四起，李可乐万万没有想到此时的审查委员会和原来的那个已经截然不同了。原来的那一届审查委员会成员，是那么团结，大家像朋友一样有事一起商量，然后做出每个人都没有意见的裁决，彼此之间和睦友善，哪里像这样剑拔弩张。现在的审查委员会，已经明显地形成了两派——以严海茹和康建民为首的极端保守派和以崔大志为首的相对开明派。

李可乐心里暗暗嘀咕，在那些导演眼中，崔大志已经被公认为保守派了，想不到竟然有比他还要保守的人。像严海茹和康建民这样的濒危物种应该保护起来才对。

“大家都冷静一下，呵呵，别吵，我想崔主任和严老师都有各自的道理。这样吧，我们别吵了，还是都发表下意见吧。”坐在严海茹旁边的康建民说。

最后，曲万里作为地方代表也劝解了一番，并发表了一下自己的见解，大家这才安静下来。

严海茹哼了一声，然后再次向崔大志道：“崔主任，请你说一下自己的意见。”

崔大志气得咬牙切齿，一字一顿道：“我还是那个意见，不动这部电影的任何一个镜头，不然我们会被观众唾弃的！”

“老曲副主席呢？”曲万里曾经当过审查委员会的副主席。说这话时严海茹语气平静，好像她才是这里当家的。

曲万里什么场面没见过，他十分友好地笑着回答道：“我的意见和崔主任一样，最好一个镜头都不动！当然了，我的意见仅供参考，毕竟我已经不在位了嘛。”

“好好好！”严海茹一下子说了三个好，听得出来，她很生气。

崔大志和曲万里表完态，大家争先恐后地表示支持。

到最后，只剩下严海茹身旁的七八个人没有作声。

“严老师，你的意见呢？”曲万里笑着问道。

严海茹冷冷地笑了一声，说出了让在场所有人都差点从座位上蹦起来的一句话：“我的意见是，这部电影，应该被禁映，直接查封！”然后就起身出了门。

第三章 神秘私信

李可乐心里清楚，自己虽说不是什么好鸟，但是欺骗别人感情这事儿他还是做不出来的。因为，他总觉得自己是有知识有理想有抱负有良知的“四有”青年。

1

审查会后，严海茹从头到尾把李可乐的电影批判了一通，她说：“李可乐的《逆爱寻欢》破坏了传统电影的一切现成法则和叙事结构，故事里面的人物是畸形的、可怕的、肮脏的。长镜头用得太随意，镜头要么摇摆不定，要么强调特写的冲击力，或者突然时间长得让人感到肉欲压抑的沉闷。这样的一个东西，充其量只能算作把一场加长的庸俗表演用电影的表现手法改头换面搬上银幕。”

当然康建民也公开叫骂：“在李可乐的眼里只有一个东西，他理所当然创作追求的东西也只有一个，那就是借着艺术的外衣揽金钱。为了达到这个目标，李可乐在这部电影里加入了所有刺激观众眼球和肉欲的元素，而丝毫没有考虑到电影的固有规律。我以一个从事电影事业多年的前辈，以一个电影人的名誉保证，李可乐的这个怪胎，不是电影，而是让人恶心的带着铜臭味的垃圾！至于他本人，则是对电影艺术以及电影人的玷污！”

接下来事情的发展完全进入了白热化。就连李可乐自己都没想到，一场源于

《逆爱寻欢》样片的审查，居然完完全全地演变成了电影圈里两种艺术流派的口水战。多天以来焦头烂额的争论，让他喘不过气来。来自严海茹那个行列里的绝大多数意见是对《逆爱寻欢》进行批判和抗议。但是令所有人万万没有想到的是，在这个时候，已成为竞争对手的阳光竟然站在叫好的一方，而且还是在最权威的《娱乐周刊》专访时发表的评价，当然这也不排除他是在为自己的新片炒作造势。他说这次院线竞争他最怕的对手就是李可乐，这一点看来是真诚的。无论他出于何种目的，这多少给李可乐增添了无穷的信心。

作为全国权威的娱乐报纸之一，《娱乐周刊》的影响力是毋庸置疑的，这点无可辩驳。曾经被称为“幻影三剑客”的李可乐、雷子、阳光三人的名声自然是家喻户晓的，当然后来起内讧导致他们反目成仇，阳光从此单飞的故事更是传遍大街小巷，众所周知。但这回太阳奇迹般从西边出来，居然连他也能站出来和李可乐公开唱和谐，真是难能可贵。另外，再加上大牌人物崔大志和老贾的力挺，《逆爱寻欢》在学术界获得好评几乎已成了定局。老贾在第七代导演里是被公认的新锐代表，就连张艺谋冯小刚都对他赞赏有加，他的意见，绝对会让一部分仍在左右摇摆的电影人对这部电影选择认可。当然，经过这么一闹腾，这部电影的知名度肯定会提升，但票房是否有光明的未来依然预期不到。

当然对于李可乐来说，此时名声的好坏已经不再重要，最重要的是通过这部电影的票房把天娱继续撑起来。他说：“我的目的是挣钱拍电影，把公司做大。如今天娱已经把所有的家底子都贴在了《逆爱寻欢》上，如果它有个好歹，那基本上就算玩完了。即便是电影审查委员会不给它判死刑，要是它本身得不到观众的认可，其票房没有预期的保障，学术界里的认可对我来说依然一切都等于零。”

现在李可乐最怕的就是如果崔大志拼不过以严海茹为代表的那帮保守派，审查委员会给《逆爱寻欢》判了死刑，使其进不了院线，而秦一铭再操纵地方运营商联合抵制线下市场发行，那样一来，天娱就得关门，他李可乐也只有背上天娱上下几十号人的责备，变成一个永远也无法抬头做人的败家子。事态无比严重，但如今只能等着审查委员会的最后判决，自己眼睁睁等着却无能为力。李可乐原以为发动了曲万里说服了崔大志就万事大吉，谁知道严海茹和康建民这帮保守派的煽动力远远超出了他们的预想。

李可乐为此烦躁得不知所措，躺在宾馆的床上正点了根烟的时候，电话响了。他接起来一看来电号码，竟然是老朴。要说李可乐真正走上电影路，还真的是离不开老朴、宝明、小 B 等一帮子大学校园里就坚定地拿着学费生活费支持他拍片的死党兄弟。

电话还没放到耳边，老朴就像个泼妇一样开口大骂：“我的爷啊，都三个月没见你音信了，你是活着还是死了呢？”

“亏你还说得出来死，你知不知道死字怎么写？你越诅咒我越长寿，上天看好我，所以不给我死的机会，只能将就活着。”李可乐说着起身掐掉手里的烟头，然后笑道，“有你这样的鬼缠着，想死都难。”

“我刚才打电话到你公司，一个女的接的，说你新片送审正在北京。我这昨天出差到北京，刚好碰上宝明也在这里搞项目签约的事，所以赶紧给你打个电话，要不出来一起溜溜？”一听老朴人在北京，李可乐顿时轻松了不少，心想反正现在自己再怎么急也没用，所以索性趁这个机会留下来和几个兄弟聚聚也好。

就这样不期而遇，在老朴和宝明的陪伴下，李可乐花了他生命中宝贵的三天用来参观着这座古老的文化都城，也就是他一度仰望的首都北京。哥们几人大学毕业后一别三年，再次相聚自是高兴得不得了，老朴和宝明两个玩得那叫一个开心，唯有李可乐还是一直心事重重。李可乐除了惦记着电影的审查结果外，当然想起来有一个人就在这座城市。这个人名叫林苒苒，准确地说，是李可乐从学生时代开始至今依然没有转移的一个忠实粉丝和追求者。只可惜李可乐心里装上了别人，已腾不出寸地给她。因此，他对她有着深深的愧疚，甚至一直回避不敢面对。可这一刻，李可乐突然很想去见她。自从大学毕业之后再没有见面，虽然林苒苒后来多次给他打过电话，可李可乐的回应都是轻描淡写的寒暄。现在不知道她怎么样了，上次打电话已是半年前。“或许她早已嫁作人妻。如果在这时出现，只怕会给她带来麻烦，不知道她会不会还记恨自己？”想到这里，李可乐便失去了打电话给林苒苒的勇气，于是就打消了去见她的心思。

李可乐告别俩兄弟，离开北京的当天下午找来雷子。他让雷子留下来等审查委员会最后的评议结论，顺便跟踪影片宣发的工作。安排完这些，李可乐赶紧连夜返回天娱。他心想，自己要先回家稳住天娱几十号人的心，免得他们看见媒体的一些负面评论后乱了阵脚。

候机的空当里，不知道李可乐哪根筋短了路，最终还是没能忍住，重拾勇气拨通了林苒苒的电话。电话通了，对方接起电话时他竟然不知道要说什么。

“李可乐，你知道我在干什么吗？”林苒苒每次听到李可乐的声音都十分开心，哪怕他只是在敷衍。

“干什么呢？”李可乐问。

“我在看你大学时候拍的电影呢！”林苒苒显然对李可乐的这个电话格外珍惜。

“里面这个女主角好漂亮哦，她现在在哪里啊？是不是那时候她也喜欢你啊？”显然，林苒苒不是对李可乐的电影情有独钟，而是在电影里面挖掘他过去的情感历史。李可乐知道，林苒苒说的那个漂亮的女演员就是洛禾。

李可乐心里清楚，自己虽说不是什么好鸟，但是欺骗别人感情这事儿他还是做不来的。因为，他总觉得自己是有知识有理想有抱负有良知的“四有”青年。

林苒苒明知道那些电影并不是为她拍的，却仍然不止一次地陶醉在电影情节里。李可乐清楚自己根本不爱林苒苒，但是究竟为什么此刻自己又要给人家打电话呢？是为了慰藉自己孤独的心灵还是给她弥补什么？他全然不知道。也许还真的如同林苒苒以前所说的那样，是因为李可乐内心的那种压抑需要发泄，需要一个忠实的倾听者。就像内急的人，碰见了坑就会先本能地拉起来一样。

离开学校转眼已经四年，经历了这么多事情，李可乐此时想起与林苒苒在一起的那一段光阴，居然感到一种淡淡的幸福。

“呵呵，都什么时代的事情了。不要看了，那么青涩的烂电影，简直就一没长开的小孩子，不值得一看，要看也得等着看我的新片。”说实话，想到那部电影，李可乐自己都有些脸红。当初拍电影的时候，其实都是怀着一种疗伤的心情在拍，从构思故事到写剧本再到最后完成拍摄，脑子里一直充斥着的总是那个久久难以挥别的影子。

“什么啊，这可是你的处女作，我觉得我比其他女孩幸福的资本就是我有你送我的这些签名 DVD 光盘。”林苒苒的珍惜让李可乐惭愧不已，他差点就要说出自己现在正在北京，想要与她见面了。

“李可乐，你的公司现在进展如何了啊？希望你可以早日飞黄腾达，就不会活得那样辛苦了。我妈妈有几次打电话过来，她十分担心你呢，听我说你挺好的，她才放心一些。”林苒苒的话如同针一般，一下又一下扎在了李可乐的心坎上。

这几天陪着老朴和宝明穿梭在古都历史文化的影子下，沉醉在昔日和兄弟们在一起的纯真回忆之中，似乎要忘却了正在经历着的烦恼，但林苒苒最后的这句话又让他回到了现实之中。

挂掉电话，李可乐才想起来还要面对那帮保守党对他的电影的最后判决，想起来对他下手的人还潜伏在自己身后，随时有可能再次出来。

回襄阳的航班上，已是晚上七点多。恍惚中李可乐仿佛回到了三年前的那个晚上，沉浸在他和心爱的姑娘初次接吻的细节里。那个晚上，在静谧的夜色里，他触到姑娘的唇的时候，畅想了人生无比美妙的过程，可万万没想到，那只是一场噩梦的开始。

从飞机上下来的时候，李可乐突然觉得心里空荡荡的。在这个意料之外的打击下，一向坚强的他突然间觉得缺少了一贯坚定的力量。是的，现在没有了她的陪伴，他才发觉自己竟是如此脆弱。想着这些他突然感觉心里酸酸的，心情无比杂乱。李可乐没叫王大鹏开车来接，出了机场，自己拦了辆的士回到了市区。下了的士走在北大街上时，面对城市里夜幕下的车水马龙，他感觉几乎抬不起沉重的脚步。

2

直到现在，李可乐都不敢确定一件事，那就是原来心里藏着的这个姑娘在他的生命里是如此重要。此时此刻，他发现唯一能支撑自己继续挺下去的理由就是好好地活下去，希望还能再见到她，无论结果如何。

也许，这就是他的性格缺陷；又或者，这便是命运给予他的生活历练。

从小到大，李可乐一直是那种认定了的事情就必须去做的人，他的坚持让他有了如今的成就，但也正是他的较真让他的感情生活乱得一塌糊涂。因此他曾不止一次怀疑，或许真的在这个现实的三维世界里根本就没有给自己分配过存在的空间。

以前，当李可乐这样说的时候，那姑娘总说他这个人不现实。于是李可乐就会辩解说："人活着不能太现实，太现实就没爱了。"

她给他的回答是："没爱了可以做，但没饭吃了你只能被饿死，想做都没得做，这更现实。"自从听她说过这句话后，李可乐就时常没有理由地害怕，事实上他自己都不知道究竟在害怕什么。当他害怕时，他就会疯狂地写东西，就像害怕失去她而拼命地和她做爱一样。明知道那些东西一旦落到纸上就会变成永恒的回忆，可是每一次，他总是会无法自抑地留下那些疼痛而落寞的忧伤。

现在，当一切现实得不能再现实的东西叠加着出现在他的眼前时，他才恍然大悟，他才懂："当你没有翅膀，却跑到天空去飞翔的时候，你就像是一只失去了海洋的甲鱼一样，只能一步一步艰难地在淤泥中爬行。此前费了很大的努力才走出那么一点点的距离，明知道累可没法改变的是，你必须还是要如此往前爬。"

以前，李可乐一度渴望，渴望能有个四维的新的世界出现，那样就可以把她和自己，还有所有认识的和不认识的人统统塞在里面，给大家都戴上那副美丽而又绚烂的爱情枷锁，最好再为那些还要继续坚持走现实主义路线者穿上深深的伤痛，让他们在无限的时光和空间里生活，然后他看着他们绝望地挣扎，徘徊……不高兴时，如果再伴着大颗大颗的泪珠大把大把地坠落和沉沦的灵魂，还有那扼杀他们生命时瞬间即逝的火花，再如果还能加上步履蹒跚或者沉重得能让人窒息的脚步和那汩汩流淌的红红的血液，以及印着那镌刻在生命中永远触摸不及的爱情和梦想，或者还有那第一次撕破的带着神秘且伤感的避孕套……直到最后伤痕累累地消失。

现在的事实证明，他在以前所有苦苦地坚守的这一切，只能是一个奢望，一个美丽而又充满伤痛的奢望。可这个奢望被他从十二岁那年开始一直埋在心里，到现在还没有被拔出来。

3

李可乐一边走一边咀嚼着过往经历的人和事，电影一样一幕幕在他的脑海里放着。突然有人刹住车子停在身边，天太黑，李可乐没认出是公司的车。当车子停稳，从车上下来的人喊着他的名字给他开车门的时候，李可乐才看清楚来人是王大鹏。

王大鹏在鼓楼商场买完东西出来，刚好看见李可乐，所以赶紧停下车。

从下的士到遇见王大鹏，已经走了十几公里的路。现在坐下来，李可乐突然感觉肚子饿了。他让王大鹏带着他去吃饭。

在小北门码头，离上次被暗算的地方不足百米的小吃店，王大鹏点了一盆宜城大虾。两人吃得正开心，李可乐突然接到了一条微信，是一个陌生的号发过来的。

“午夜清风，你不在线上，是不是已经忘记我们约好明天下午见面的事了？”

看着信息内容，李可乐呆了半天，终于想起来。三个月前，他在网上和一个女子约过周日下午在护城河边见面的。历经了变故，再加上去北京这一折腾，他差点把这事给忘了。

“没有忘记，这几天去外地了，刚回来，明天准时见面吧！”李可乐拿着手机迟疑一下，最终还是决定回复这条信息。

放在一般情况下，一个男人见一个女人并不是什么大事。但是李可乐与这个女人的见面不同，其一：毕竟这是他有史以来要见的第一个网友；其二：以他现在的情况，不适合去和陌生的女人见面，因为那样很容易暴露真实身份，而且原先的事情都还没有结案。可直觉告诉李可乐，这个女人是个神秘的人，可能在她的身上潜藏着许多他要寻找的真相，所以他有必要见她一面。这次见面带有一定的危险性。李可乐不是一个怕事的人，可是不知道为什么在这一刻他竟然有了想喝酒的冲动。于是，他让王大鹏要了瓶“石化三品”陪他喝。李可乐天生酒瘾小，所以喝了没几口就大了。喝大酒的李可乐对着王大鹏说了很多话，多得到最后自己都忘记了说了些什么。

他们从饭店里出来的时候，已经是晚上十一点多了。

王大鹏问李可乐：“老大，回家还是去公司？”

李可乐白了他一眼说：“这还用问啊？肯定是回公司了，你看我什么时候十二点前回过家？”

王大鹏说：“这个我知道，只是我看你今天太累了又喝了那么多酒，所以你就先回家吧。”

“再累也要回公司，我属于天娱，我已经不属于我自己了。”

“那好，我出来时洛禾正在公司，说是来找秦怡，但我估计肯定是找你的，又不好意思直接打电话给你，所以就来公司打探，现在回去正好让她开车送你回家。”王大鹏一边系安全带一边说。

回公司的路上，王大鹏一直唠唠叨叨说个不停，可李可乐根本不知道他说了些什么。在办公楼的电梯门口，王大鹏准备进去的时候突然转身扯着李可乐的衣服说了一句话：“老大，你要是不对洛禾有个交代，我觉得你就太对不起人家了。”说完这句话，王大鹏站在电梯的门口悲壮地向李可乐挥了挥手。

一阵晚风吹过，李可乐整个人摇摇晃晃，有点站不住了。等他好不容易站直身子的时候，不知道为什么突然不想和王大鹏一起去公司了。也许是因为怕见到洛禾，又或者是酒喝大了难受，但是他感觉得到，自己心中痛苦一片。这痛，如同腐烂的伤口撒上盐，让人揪心。而最无奈的是，他一点办法都没有。

在王大鹏走进电梯，电梯门快要关上的那一秒钟内，李可乐彻底改变了主意，转身下楼直接回了家。

李可乐回到家的时候，已经是下半夜了。进门后连澡都没洗就倒头直接睡了，这一睡就来到了他生命里一个重要的日子——他二十四岁的生日。

4

李可乐在人生的二十四周年诞辰这天早上醒来的时候，外面在下雨。

窗外哗哗的雨声淹没了生活对他的创伤，也淹没了好些天来他一直牵挂着的电影审查结果，但唯独掩盖不了心底那位姑娘对他说过的话。

二十四年，二十四年的漂泊中，除了一段伤痛的记忆，一部至今还不知道死活的电影和一个留在心里无法释怀的姑娘之外，从南极到北极，李可乐似乎就没感觉到自己存在过的痕迹。

时间就那么一晃过去了，感觉自己这些年只穿过了一条黑暗的漫长的隧道。所以李可乐就在想，如果他有得选择的话，他情愿一切永远留在那个梦里，绝不会让那位姑娘从梦里走到现实中来。因为梦永远是梦，无论时光流转成尘埃，那些个与梦有关的日子总能在他的记忆里停留，不曾老去。纵使死亡，也只是在孕育中胎死腹中，总比这随着日月轮回尘封，让其愈演愈烈，直到控制不了自己生命的仓促不得已竭力死去的好受。

自从那位姑娘从梦境里跳出，出现在现实世界，这些年以来，李可乐总感觉在内心有一股巨大的力量，它沉重，疼痛，却又汹涌澎湃，让他深深地眷念，丢不掉又承受不起，所以总是伤痕累累地背负着。就像烟鬼吸白粉一样，尽管明知道每一口都意味着自己的肉体会被销蚀掉一块，但那种欲仙欲醉的快感总让他无法自拔。

尤其自上次被人算计住进医院那天起，这种感觉越发明显，不容他忽视。它总会扑面而来，生生地进入他的灵魂，让他没有理由地痴迷、疯狂，然后在他正享受得尽兴时慢慢地渗入骨质将他吞噬、腐化，让他在支离破碎后便解体，悄无声息地离去。

而现在在酒精的作用下，这一切突然犹如捕风一般消失，过后在表面上不留任何印记，却让他意犹未尽地挂念。这感觉就好比一个结婚活到六十岁还未生育的老太太，为了生个儿子梦了三十年，无计可施，最后到处烧香拜佛，不料奇迹般发现自己有了身孕，结果当然高兴得不得了，于是东窜西跳奔走相告自己喜得贵子。然而，就在自己欣喜若狂时突然流产。更让人难过的是，掉在地上的那个生命自己还没看上一眼的时候却已经被邻居家的猫叼着跑了。儿子没了，但那颗在孕育中死亡的胚胎将会成为她人生中一个希望、失望、绝望和奢望交错回味的符号。

李可乐心想，这也许就是上帝馈赠给自己的回报。

他一边洗漱一边感叹自己这二十四年来走过的时光，等换好衣服一看都快十点了，赶紧抓了个墨镜戴上就匆匆地往外赶。

5

这条护城河据说是中国最宽的护城河，是这座城市网友见面的首选地段，也是网友会见密度最高的地方。这在以前上学的时候李可乐就听说过，但是没有亲身验证，这回算是真正见识了。就在他等这个名叫“清荷留香”的神秘女人的十多分钟时间里，就看到有四五对网络鸳鸯先后接上了暗号。甚至中途有一个小女孩还过去问他是不是“饿狼”，看她那情深意切的样子，李可乐心想她肯定是专门为“饿狼”献身当慰问品的。因为他自己在专注地等着那个神秘女人的出现，所以再也没有继续注意那个女孩子最终进了哪只狼口。

那女的在短信里告诉李可乐，说她穿着白色连衣裙。可是，在李可乐等待的过程中，来来往往的女性那么多，偏偏见不到一个穿白色连衣裙的人。直到一个穿着白色T恤衫、浅蓝色牛仔裤的女人站到了他的面前，李可乐这才意识到，如今这个年代微信里的内容显然是最不能当真的，尤其从一个女人的手机里发出来的信息更不能当真。

不过令他欣慰的是，他并没有猜错，来人果然是个很有姿色的女人。虽然戴了墨镜看不全她的脸，但李可乐敢肯定，她也是个美女，那种让人看在眼里就能舒服到心里的美女，而且是属于让人看着却没有什么非分之想的。

“呵呵，我还想看看你能不能从芸芸众生之中感觉到我呢。”她的声音比电话里还要好听，柔柔的，听在李可乐的耳朵中，异常舒服。

“清荷留香，现在还担心不担心我会心怀不轨？”李可乐笑着说，“你看我这人其实就一优点，那就是看起来绝不像坏蛋的模样，天生一副良民相，长得跟个十字架似的，就差脸上贴着红十字会的标，十足一个二十一世纪的救世主。”

“呵呵，越是这样的人越可怕。你知道吗，那些真正的狼都是从外表看不出来的，他们都是披着羊皮的狼，只有把可怜的羔羊含在嘴里啃食的时候才会露出狼的凶残相。”她笑起来的时候眼角纹更是好看。就在那一瞬间，李可乐突然觉得她额头渗出的那层淡淡的笑意有种似曾相识的感觉。

随后两人一边走一边谈笑，谈着谈着就忘了正事。但是李可乐心想见了面总不能一直在河边聊天，于是就边聊边跟着她往前走，直至最后进了鼓楼商场里面闲逛。这一通逛下来，倒是让他对此人佩服不已，因为这人愣是可以心安理得地一件一件地试衣服，最后却一件都不买。

李可乐上次来鼓楼商场还是陪秦怡一起来的，因为实在不愿意跟着她一层层地闲逛，最后就去了顶楼的游戏中心买了一堆游戏币，玩那个小孩子投游戏币的游戏。可惜，手里几十个游戏币都丢下去了，那机器里的游戏币就是一个也不出来，当他绝望地转身要走的时候，旁边观看的小男孩扔进去两个币，结果哗啦一声，他此前投进去的币就都掉进那小孩的口袋里去了，让他差点当场背过气去。

虽然此女人逛个不休，但这次与她在一起倒是比较愉快，可能因为是一个刚认识又比较神秘的女人吧，所以还有点耐心跟她转来转去，看她一会儿换条裤子，一会儿换件上衣，给她一点意见，顺便偷瞄一眼她的胸围，倒也其乐无穷。其实说句心里话，此女人倒是有一副好身材，什么衣服穿在她的身上都十分合适，看得李可乐时不时心猿意马。

“美女，你不能光看不买啊，要都像你这样，人家老板可是要关门了啊。”李可乐使劲地开她的玩笑，她却并不在乎：“放心吧，我在这里买过的衣服可不算少啊，今天只是试衣日，说不定明天就是买衣日了。”

等两人从商场里出来的时候，天色已晚，李可乐说要请她吃饭，那女的也就答应了。按照生活惯例，请陌生女孩子吃饭应该去西餐厅比较合适，但是李可乐的提议被她否决了，她提出来去一个新开张的西安小吃城吃羊肉泡馍。这提议李可乐自然乐意，倒不是怕花钱，只是他根本不喜欢吃西餐。李可乐刚招手准备拦一辆的士，却被她拦住了。片刻，她从停车场开出一辆灰色宝马来。

“我的爷啊，显然我低估了这个女人的经济实力。”李可乐在心里感叹，一直到钻进车子，还不停地在心底自责。对于他而言，这当然是一个不幸的时代，似乎每一个人都比他厉害比他幸福，似乎每一个人都比他有钱。李可乐在这座城市血里来泪里去苦苦挣扎了三年才勉强开了个天籁，人家这一出来就一宝马。

“同志，我都在这里混了四年了，也就才有这么一点点成就。再说了，我也曾经忍着呕吐傍了一个有钱的老头啊。你才多大啊，不要急，面包总是会有的。”墨镜女也许早看出了李可乐写在脸上的疑问。

“哈哈，我知道了，你今年二十六岁。”李可乐其实一直想要弄清楚她到底比自己大多少，但是她一直坚持不肯告诉他，可她没有想到一句话不留神就被李可乐给猜到了。

“咦，你怎么知道我今年二十六岁？”那女人奇怪地看着李可乐问。

“如果没有意外，你肯定是六岁上学，小学六年，中学六年，一共十八年，再加上大学四年，毕业时大概二十二岁，再加上工作四年，所以你现在应该是二十六岁了，我是唯物论者，崇尚科学推理。”

“完了，与你说话一定要当心，要不什么秘密都没有了。”这个女人显然对李可乐知道了她的年龄这件事有些沮丧。

“这有什么啊，二十六岁多好啊，正是女人的好时间。再说了，这年头兴姐弟恋，年长的大款不好找，年轻的小弟弟到处都是，等那老头死了你再找个小的……”

“打住，我可不是那种随便的人啊。”

她说着话的时候却已经将车开到了小吃城前面。停车场已经满了，于是她让李可乐先下车，她将车开到附近的一个地下停车场去。李可乐却坚持要一起，她便不再多说，打了方向盘，径直将车开到了停车场里。两人下车，刚准备从电梯上去，意外出现的一个身影让李可乐停住了脚步。

6

当李可乐回过神来的时候，那个背影早已不知去向，而陪伴在他身边的依然是神秘的墨镜女。

墨镜女不解地问他："刚才怎么啦？怎么走着走着突然站着不动了，还说胡话呢！着哪门子魔了你？"

"哦，大概是着你的魔了吧。"李可乐赶紧开脱。

"着我什么魔啊？走大街上都能做梦说胡话的人，不是恶魔就是色魔，居然说着我魔，你也太含蓄了吧。"她说着瞪了李可乐一眼又继续问道，"哎，你刚才自言自语说了好几次'小洛'，'小洛'究竟是谁啊？"

"很久很久以前的一个朋友，说了你也不知道。"李可乐这会把梦里的姑娘说成了朋友，墨镜女听李可乐这么一说，迟疑了一下便没再问。李可乐继续道："你知不知道，十二年前，我的梦想就是做个大侠或者浪子，有自己的爱人，并且永远幸福地守护着她。就因为活在这个二十一世纪现实的三维世界里很难找到自己落脚的地方，所以大侠梦早就碎了，最后没的选择，只有做个痴情浪子。"

听到这里，这女人开始笑，笑得很悠然，但看得出悠然的背后还是藏着一抹隐隐的沉重。

也许在她看来李可乐是在开玩笑，可是只有李可乐自己知道，这是真的。他曾发誓要做一名出色的浪子，守护那个梦中出现过的姑娘，自由地漂泊，想很多的问题，听很多好听的歌，并且一直和她走下去。

十二年来，李可乐不停地想这个无数次出现在梦里的名字叫小洛的姑娘，不停地想。

他知道，小洛只是被人领养了，她绝对是存在于这个世界的。

他不知道她是否还记得她离开的那天自己对她说过的话。

至少，李可乐是记得的。他不仅记得自己说的，还记得小洛说的，就像那天天空中不停飘着的烟雨，还有他捏在手心里最后化了的巧克力。

那个头发有点花白的中年妇女就是那样牵着小洛的手把她带走了。她来的时候给小洛买了新衣服，是李可乐亲眼看着她帮小洛穿上的。他听见她一边给小洛换新衣服一边说："小洛，回去了要听话，好好学习，将来要考上大学啊！"

就是在那天，他知道小洛是要被人带走了，带走她的就是那个中年妇女。

他趁着那个女人去办手续的空当，从墙角边探身过去，小洛那时已经看见了他。

李可乐朝小洛摆了摆手，小洛转身看了一眼已经离她老远、背对着她的中年妇女，然后蹑手蹑脚地朝李可乐走了去。

小洛的嘴角上还是挂着每次见到李可乐时的那一抹甜甜的稚气的微笑。

"李可乐，领养是干什么？老师说我要被人领养了。"小洛的这句话让李可乐想起了第一次他说要拿巧克力给小洛时她问自己的话："李可乐，巧克力是什么样子的？你给我在本子上先画一个看看。”

小洛问这话时，李可乐一下子不知道怎么回答她这个问题，憋了半天，终于想出了答案：“领养就是从此以后你就有了新衣服。”因为他知道小洛最喜欢的就是漂亮的新衣服。

“那她不是已经把新衣服给我了吗，为什么还说要把我带走？”小洛噘着小嘴，使劲地拽着李可乐的胳膊摇。她根本不知道李可乐那只胳膊受了伤，而且是很重的伤。

“因为她家里还有很多新衣服，她把你带回去，以后要慢慢地给你，让你永远有新衣服穿。”李可乐用脚踢着地上的一块碎瓦片说。

“那我到她家后，就挑很多好看的新衣服，然后装在书包里背回来分给大家。我还要给你挑很多好看的男孩子的衣服，也一起带来。”

小洛还要说什么，那个女人已经办完手续回来了，她大老远就喊，“小洛，我们走啦！”

小洛听话地跟着那个女人走了。

看着小洛的手被那个女人牵起，慢慢远去的身影，李可乐才突然想起自己来之前装在衣兜里的那块巧克力。

小洛的背影慢慢地模糊，李可乐把巧克力从衣兜里掏出来拿在手里，然后不停地捏，不停地捏，直到最后一点一点化掉，流在地上。那块巧克力是那天早上他出门前，悄悄地溜进爸爸的房间偷了他的钱买回来，准备给小洛的。

钱是李可乐从爸爸抽屉里拿的，除了存折和银行卡留着没敢拿，现金他全部带了出来。究竟有多少钱他自己也不知道。只记得卖巧克力的老大爷说过，如果要把那些钱全部用来买巧克力的话，估计得把这座城市的都买了还用不完。

李可乐之所以能弄到那么多钱，主要是因为他爸爸前一天晚上一夜没回家，妈妈天还没亮就离开了家，再没有回来。平日里爸爸的抽屉总是会上锁的，而且都会同时上两种锁。有一种是不带密码的，一种是带密码的，密码只有他爸爸知道。可是那次没有，只上了一种，那种不带密码的，李可乐自己会开。

不知道为什么，那天李可乐一回家就看见爸爸妈妈在吵架，整个下午，他们一直在吵。

晚上的时候，爸爸终于愤怒地砸碎电视机走了，所以忘了带钥匙。

妈妈没去劝，也没有去拉，她只是静静地盯着地上那些电视机碎片，还有站在一旁吓傻了的李可乐。

发了一会呆后，李可乐看见妈妈去拨电话。

于是李可乐趁着妈妈打电话的时候偷偷地跑到爸爸的卧室里拿了钥匙。其实从他们一开始吵架李可乐就盯上了爸爸放在床头的钥匙。自从答应要给小洛买很多的巧克力后他就一直在打爸爸钥匙的主意。

后来在爸爸砸电视的时候，李可乐几次都想趁机去取，可最终还是没敢出手。因为他知道，如果当时他把钥匙取过来，即便是不被爸爸发现也终将会成为妈妈的猎物。

然而这次他得手了，就在妈妈打电话正投入时，李可乐把钥匙拿出去藏在了楼道电表箱后面的夹缝里。藏完钥匙回来的时候，李可乐看见妈妈正在桌子上和床上找东西。他当然知道妈妈在找什么，可他不能说。

“有没有看到你爸爸的钥匙？”妈妈问他。

“我爸带走了，你刚才打电话的时候他回来取的。”

李可乐撒谎了，这是他第一次撒谎，所以心里很害怕。

“死鬼，浑蛋，我让你带走，让你带走！”说着李可乐妈妈从床上跳下来狠狠地把床头柜上的烟灰缸摔在地上。她的脸瞬间由红变白，苍白得犹如涂了一层白灰，然后愤怒地捡起桌边的花瓶朝门口扔了过去。

站在门口的李可乐没来得及躲避，只觉得眼前一黑，之后就什么也不知道了。

半夜的时候，李可乐做了个噩梦，他梦见自己的头被卡在下水道的管口，他拼命地呼喊，可就是没人应，最后污水慢慢地淹没了他的头。就在他感觉自己快要窒息的时候，突然一阵钻心的疼痛，他醒了。清醒后他感觉头疼得很厉害，但想不起来发生了什么。李可乐使劲地想，使劲地想，可是越想头就越疼。

那时候他完全不知道自己在哪儿，因为周围一片漆黑，他什么也看不见。

李可乐慢慢地翻过身抽出压在身下的胳膊，试着爬起来，可试了几次最终都没能成功。良久，他侧身躺着，伸出那只腾出来的手到处摸，看有没有能抓的东西好扶着站起来，可摸来摸去除了自己，其他的任何东西都没摸着。摸着摸着突然觉得自己的手黏黏的，又摸，地板黏黏的，再摸，额头上黏黏的。李可乐闻见了血腥的味道，接着突然口渴得要命，头也还是那样疼。他真的很想喝水，可是怎么爬都爬不起来。

李可乐突然想喊妈妈，让她给自己倒水，可是他又忍住了。

不是因为他对妈妈撒了谎而害怕，更不是因为她用花瓶砸到了自己而生气，是因为他听见了隐隐约约从她房间里传出一个陌生男人的声音。

“盈盈，我们今晚就走，我带你去澳大利亚，护照我已经办好了，就等你一句话！”

盈盈是妈妈的小名。

“你知不知道现在一切都晚了！我真的不知道为什么会这样，我扔那个花瓶不是要砸乐乐的。”

李可乐妈妈说着就开始哭，哭得很伤心、很厉害。

“趁天还没亮，我们就走，等天亮了，我们一出城就马上报案，告诉警察说张宇失手打死自己儿子后跑了。等警察把张宇找到抓起来了解情况的时候，我们已经上飞机走了，那时候他们就再也见不到我们的影子啦。我们到澳大利亚后就改用护照上的假名，那时谁也别想再找着我们。”

那个男人说话的声音压得很低，但是李可乐已经清醒了很多，之后近几分钟内的对话他也听得很清楚。当然，李可乐还知道他们不仅仅在说话，他们还在干着别的事情，因为他们发出的声音很大。

当李可乐再次醒来的时候，天已经大亮了。

屋子里，他妈妈和那个不知道名字的男人已经不在了，只有他自己侧身躺在电视和花瓶的那堆碎片当中，周围是一片已经凝固了的血迹。

李可乐使劲脱下已经被血黏在身上的衣服，洗了脸上凝固的血迹，然后换上衣柜里的衣服。临出门时，又拿个帽子戴在头上护住了伤口，因为他怕小洛看见。

可现实告诉李可乐，所有关于小洛的情景其实只是一个梦，一个从十二岁时开始，直到二十四岁生日早晨时依然在做的梦。而在二十四岁的这个时候，这个梦终于再一次清晰地呈现在李可乐的脑海中。他原以为自己经历那么多之后已经淡忘了这个梦，但谁知道在此时此刻，当自己面对这座城市的灯红酒绿时，这个梦却又一次重演！但这次醒后自己心痛了，因为那些人那些事就像他这些年拍的电影镜头一般在脑海中开始放映，犹如见了春雨开始疯长的野草，他已经完全无法控制。现在才知道，其实生命就是一场尘世的烟花，时而璀璨，时而荒凉，李可乐终于开始相信这是真的。在这个时而璀璨时而荒凉的生命中，原来有太多的命中注定。既然梦里这一切的一切都是命中注定，为何不坦然面对？

7

李可乐和这个女人来到福安大厦十一层的西安小吃城，这女人走在前面，李可乐跟在后面。一进门，就有个小伙子上来和她打招呼：“凌萧，我等了你一下午，你可算来了。”小伙子手里捧着一大束玫瑰。看到李可乐随后进来，那个男的和那女的都有些不好意思，而此时其实在李可乐看来最不好意思的倒是自己。“哦，有人约了你，那你们先聊吧，我们改天再聊。”李可乐见此忙不迭地转身出门。

这个时候，那女的却紧跟着他出来了：“清风，没有事的，回去吧，他是我同事，只是开玩笑呢。”

那女的一手拽住他的胳膊，李可乐一时不知道说什么好。还没等他反应过来，她一把将他拉进了店里，按到椅子上面，然后喊服务员来点单。李可乐这才明白她的这一举动意味着什么。

“那好吧，凌萧你们先忙吧，我改天再找你。”那个男的表情有些尴尬，他将玫瑰花放在一边，出去了。

“你的花！你的花忘拿了！”可任凭那个女的怎么喊，那个男的都没有再回头，很快就从他们的视野里消失了。

“哦，你叫凌萧？”李可乐看那女的挺尴尬的样子，赶紧借机来缓和气氛。

“嗯，是的，忘了告诉你。”女子显得有点娇羞地低下了头。

“这小伙人挺不错，看得出来他对你是有意思的，你为什么不肯给他机会呢？”李可乐望着坐在对面这个有些心神不定的女人说。

“他是不错的一个人，可是我没有勇气再尝试一次。我爱过一个男人，现在已经不相信男人了，所以不想耽误他的时间。”

面前这个女人的坚定让李可乐很惊异。他心想，为什么有的男人可以将女人的心伤害到这种地步呢？为什么这世上总有那么无耻的男人将女人如此伤害呢？

服务员很快把点好的东西送了上来，那女的顾不上自己吃，赶紧把刀叉给李可乐递了过来。面对这样的场景，一股温馨的感觉瞬间爆发，紧紧地围绕着李可乐。他突然想，如果永远待在这个小小的小吃店与一切的世事烦扰都隔离，这不就是一种莫大的幸福吗？

在这一刻，没有了此前尔虞我诈的争斗，没有了那刻骨铭心的伤痛，甚至连天娱他都可以置之不理，原来这样的时光就是幸福。

可惜，这样的幸福却总是虚幻的。

第四章 错误的邂逅

李可乐在披上那件名字叫做一见钟情的嫁衣时，其实冥冥之中已经套上了坠向爱情死亡深渊的滑索。现在手持着这人生中最真切的禅杖，他顿悟了一个道理：对于流血一周仍然不死的动物，不能轻易相信。

1

李可乐坐在餐馆的角落里，认真地审视着眼前这个还没有看清真正面目的神秘墨镜女。他终于明白：在这个世界上真的没有任何人有能力去预知未来，否则自己也绝不会落到去选择这场爱情故事的失败和人生游戏的创伤，如今躲在这里感叹。

多年前，李可乐在披上那件名字叫做一见钟情的嫁衣时，其实冥冥之中已经套上了坠向爱情死亡深渊的滑索。现在手持着这人生中最真切的禅杖，他顿悟了一个道理：对于流血一周仍然不死的动物，不能轻易相信。

这个故事得从李可乐的大学生活说起，更得从他认识的这些个女孩说起。在大二那年，李可乐认识了她们当中第一个。那时候，那女孩已经上大三。李可乐是学机械设计的，而那女孩是学经济管理的。

那时候，李可乐已经担任了学校的文学社社长，按道理来说他们是没有交集的，可问题就偏偏出在那个女孩是个文学迷，而且人又长得漂亮。因为经常重复做那个梦，所以李可乐就会惦记梦里的小洛。每次从梦里醒来，李可乐就会把梦里发生的故事写在纸上，然后将小说发表在他主编的文学社刊上。当时，那女孩不喜欢写东西但特别喜欢看东西，而且后来专门等着看李可乐写的东西。李可乐不知道小洛在现实中何时能出现，因为找不到她，所以不停地找着、不停地梦着、不停地写着，而那女孩也就不停地喜欢着他的小说、不停地等着、不停地看着。只是这些事情李可乐都不知道，他只是在用文字救赎自己为寻找而失落的灵魂。

整整一个学期，就在李可乐在文学社刊上连载的第四个中篇《小洛，是你带走了我的快乐留下忧伤》完成隔了一个星期的第一个晚上，他接到了一个电话。

“请问是李可乐吗？”电话里是一个甜甜的女孩子的声音。

“是啊，你是哪位？”李可乐正在看安妮宝贝的《告别薇安》，手要用来翻书，所以就把电话按了免提放在桌子上。

“我是‘小洛’，我想见你。”此前一直甜美的声音瞬间充满了忧伤。

“别闹啦，忙着呢。有话赶紧说，没事我就挂电话啦！是不是女生都喜欢胡闹啊？”说着李可乐又翻了一页继续看。这样的电话自从《小洛，是你带走了我的快乐留下忧伤》小说开始连载以来他已经接了很多，所以感觉很无聊。

可电话就在这时挂断了。

看来她不是以前那些莫名其妙地打电话胡搅蛮缠的女生，李可乐想着，心里有些愧疚，就赶紧又拿起了电话。他第一次回拨了这个无数匿名骚扰电话中唯一的一个，唯一在他说完那句话就挂掉的一个。

关机，拨打的电话已经关机。

放下电话，李可乐继续看书。但是那个晚上，他还是不止一次地想起那个声音。

一个学期后，他早已把那事忘得一点影子都没了。

2

新学期开学，李可乐辞去了文学社社长一职，担任了学生会主席。

李可乐上任学生会主席那天，学生会宣传栏里分别贴出了两张榜。下课的时候从旁边经过，李可乐的名字分别在那两张榜上各出现了一次，而且都排在第一个。一张是上学期奖学金获得者，一张是换届后新一届学生会成员名单。

“你这下可出名了，女生就喜欢你这种学习成绩好又当学生干部的。”当时已是忠实追随者的哥们老朴就站在李可乐身后，羡慕地拍了拍他的肩膀。

“得啦！”李可乐打掉老朴搭在他肩膀上的手，笑着说，“要不咱俩换换，名让你出，让女生都喜欢你去，怎么样？”说话的时候他的眼睛不经意地向身后的老朴瞟去，无意中却发现人群中有个很漂亮的女孩在盯着他看。

李可乐肯定，那女的在看他。女孩穿着一件宽宽大大的白色毛衣，浅蓝色的牛仔裤，婷婷玉立地站在人群中审视着李可乐，她的嘴角还微微噙着笑容。

李可乐的心一下子变得不安，脸红得像个纯情小男生。

老朴不明所以，看李可乐半天没说话，于是奇怪地又拍又叫：“李可乐，你他妈当了‘皇帝’怎么还变得不爷们啦！”老朴的话惹得李可乐禁不住想笑。

转身的时候李可乐看见那女的也在抿着嘴笑，笑得很好看，眼睛弯弯的，微翘的鼻子牵出几道细小的纹路。这情形让李可乐不好意思地低下了头。等他再抬头时，那女孩已经离开，正远远地独自一个人向宿舍楼走去。

“哎……哎……哎……李可乐，刚才杨子怡在看你。”老朴激动地拽着李可乐的胳膊说。

“谁是杨子怡啊？你还章子怡呢你！”李可乐推开老朴，自个儿往前走。

“说真的，李可乐，就是刚刚站在我旁边那个长得很漂亮穿个白色毛衣的。她肯定是在看你，我老朴以我加我爸我们两个的人格担保，她肯定是在看你！”李可乐看老朴急切的神态，恨不得把他爷爷的人格都一起加上担保似的。

“是怎样？不是又怎样？”李可乐说。

“你可知道她就是我们学校传说中的三大美女排名第二的杨子怡，经济管理学院第一朵花！”

“那又怎样？排名第二的是人家又不是你和我，你急啥？”李可乐这会话虽这么说，但其实心里还是美滋滋的。

“迂腐啊迂腐，李可乐，你这个‘皇帝’当得，真是迂腐透顶啦！悲哀，真悲哀，我替全世界男人为你悲哀。还是男人吗你？”老朴自顾自地跟在后面一句接一句地感叹着，李可乐在前面走。他们一直走回宿舍，老朴一直念叨到宿舍。

不过那天以后，李可乐和那个叫杨子怡的女孩的缘分似乎也就突然断掉了。

整整一个学期，他再没有在学校里遇见过她。偌大的一个校园里，那些进进出出的人群，面孔熟悉的陌生的，但那张那样肆意着青春的面容再没有出现过。这期间李可乐在忙碌而紧张的日子里学习和忙着学生会的各种大小事情，除了亢奋和烦恼外，当然还有淡淡的怅惘，但只是淡淡的不经意间就被忽略了。

那学期快完时，又一个女生开始喜欢李可乐，据说是化工学院的。其实起初李可乐只知道是一个女生，但并不知道是谁。那个女的却辗转着拜托了她的朋友的朋友李可乐的朋友约他。李可乐觉得在这年代在大学校园里男女见面还搞那种跟相亲似的把戏真的很难受，所以就一直没去。更重要的可能是受同寝室有个家伙的污染，他成天和女朋友腻在一起，可到了晚上一回到宿舍躺进被窝就跟老朴大谈自己有多么忍受不了他自己女朋友，每次说到激动时好像恨不得立刻爬起来拨个电话说分手似的。这时候，老朴总会劝他说，如果想好了确实忍受不了，可以考虑拿一打啤酒换给他，尽管不是“处”了，但他也可以考虑让她做个修复术后委屈一下接受。这句话，李可乐就听老朴一直和那家伙重复了近一个学期，但最后他发现老朴始终独自一人。于是后来李可乐得出的结论是：那家伙和他女朋友的感情至少还是胜过一打啤酒的，又或者他可能用两打的高价已经换给了别人也不得而知。说实话，李可乐总觉得爱情不应该是那个样子。他总觉得如果是自己，一定会把心爱的女孩捧在手心里当作心肝宝贝疼爱。但是，那会儿他没有珍惜爱情的机会。这也许就是传说中有牙时没锅盔，有锅盔时没牙的尴尬。这样时间久了，再想到这个问题时，他的脑海里就不知不觉地会出现梦中的小洛，还有老朴说的那个叫什么怡的校花。很长一段时间他一直很奇怪为什么一想那个问题就会冒出她们的影子，想了很多次没想明白，最后就干脆不再去想。就这样，在很多个夜晚，李可乐每次在黑暗里翻身，都在试图把那一切酸涩的疑团和烦恼通过翻身倒掉，或者尘封到大脑的另一边。可是一个学期过去，一直没有。

整整一个学期，就在苍白中翻着身子度过了无数的黑夜。

也许是太无聊太压抑，又或者是宿舍那哥们经常的唠叨刺激了他。于是就在化工学院那女孩子第四次约李可乐的时候，他便答应见面。

坐在校园里的小湖旁，那女孩羞红着脸对他说：“李可乐，你知道吗？我已经注意你很久很久了。每次在校园里看见你，总想和你搭讪，却又害怕你不理我，所以只能暗暗地按捺住心底的悸动，觉得只要远远地看着你就已经很满足、很幸福了。”

听了这句话，李可乐突然感觉有什么东西触疼了他。他闭上眼睛，就又看见了小洛，想起了杨子怡，同时也想到，自己期待见到和已经见到她们时的那种若有所失、牵肠挂肚的百转心思，不也就是这个样子吗？于是轻轻地叹了一口气，握住了身边这位女孩的手，想也没想对还是不对。

李可乐这情不自禁的一握，就让女孩理所当然地成了他女朋友。

第二天才知道，原来她就是老朴说的他们学校的第三朵花，名叫林苒苒。

虽然李可乐当时算不上爱这个女孩，认识她却让他很欣慰。欣慰，不是因为她长得漂亮，而是她的乖巧懂事。那时的林苒苒不仅自己不麻烦而且也不给他添麻烦。她不会因为他要和朋友去玩不陪她过情人节而使性子，甚至都不会因为他记不住她的生日而哭哭啼啼。所以老朴成天流着口水羡慕不已地对李可乐说：“你小子真是好福气啊！先是第二朵校花冲你笑，接着便把第三朵校花揽入怀抱。这么好的女孩都让你捡着啦，你可得好好待人家，别总魂不守舍地成天愁容满面，难不成你还想让第一朵校花做你老婆？”

每次想起老朴的这句话，李可乐就会问林苒苒：“苒苒，你觉得我对你好不好？”林苒苒就会点着头什么话也不说，只是一笑。其实李可乐自己心里清楚，他根本没有对她用心过，所以他是愧疚的。

那天，李可乐问她同样的问题，林苒苒笑了笑然后轻轻地把头依偎在李可乐的肩膀上。映着电影院里闪闪烁烁的光，李可乐看到了林苒苒嘴边浮现出甜得让人陶醉的笑容，他忍不住侧过脸去准备吻她。

这时，后面突然有人开始轻轻地咳嗽。听见有人咳嗽，李可乐不好意思地扭过头，却发现是杨子怡。

杨子怡比之前清瘦了许多，那双神采飞扬的眼睛那一刻像浸在一层水蒸汽下。

她恍恍惚惚、迷迷惘惘地看着李可乐。身上依旧穿着一件宽宽大大的白色上衣，但不是毛衣。旁边空着的座位上放着她的大书包和高跟鞋，杨子怡光着脚坐在座位上。她明显是在拒绝着旁人，她不屑别人和她同坐。

李可乐看着她，无端端地心就疼起来，疼得忘了旁边林苒苒嘴角迷人的微笑。杨子怡看着李可乐，眼神里充满了哀伤，满满的哀伤，好像一眨眼就会溢出。突然，杨子怡冲李可乐笑了一下，然后用下巴点了点他身边的林苒苒。

李可乐看着她将微笑一点一点收起，抬起眼睛看着银幕。

“怎么啦？”林苒苒拉了李可乐一下问道。

“没什么。”李可乐轻轻地摇了摇头，赶紧坐正身体。

那个下午，李可乐其实一句台词都没有听进去，确切地说估计连放了什么电影都记不起来了。

晚上和林苒苒回学校吃完饭，李可乐说自己有事要早点回去。

林苒苒说：“那你先送我到我楼下好不好？”

李可乐本来是要拒绝的，可是看着她期待的眼神，况且又是她第一次要求他一件事情，所以他无力拒绝，还是答应了。

送林苒苒回宿舍其实不过几步路，从林荫小道径直穿过，转个弯拐过去就到了，可他依然觉得很漫长。李可乐自己心里很清楚，他惦记的只是下午见到的杨子怡眼中的哀伤，虽然不知道为什么，可这对林苒苒是不公平的。想到这里，李可乐内疚得想拔腿就跑。林苒苒却不知道，她临上楼前还忧心忡忡地说：“早知道你有事我就不该叫你出来看电影，害得你一天心神不宁的。”李可乐张张嘴想说什么，但又不知道说什么。一狠心，转身钻进浓重的夜色。

3

晚风拂面而过，一阵寒战。

李可乐不禁抱紧双臂，一抬头，他看见了杨子怡。她正蹲在林荫小道的花圃里，将脸深深地埋在双手中。隐隐地，映着一旁昏黄的路灯，李可乐看见她的双肩正簌簌地颤抖着。

李可乐停下脚步，站在原地遥远地看着她。

在凉风瑟瑟的夜晚，杨子怡穿着单薄的衣服，俯首垂泪。

她的影子，被灯光生生地拉成细长，一阵阵变得模糊，仿佛被风一吹就散。

单薄的肩，纤细的脖颈，腰微微向前弯曲着。

下午还见到的那头披着的美丽黑发，已被剪掉，乱蓬蓬地散在耳边。

虽然只是第二次见到她，但在李可乐的印象里，那不是排名第二的校花应有的样子。她应该有的是傲人的冷，嚣张的美，青春的肆意，让别人只能远远地观望着仰慕却不敢向前踏出一步。

但那一刻的杨子怡，就犹如一只折了翅膀的鸟，显得那么脆弱无助，令人心痛。

李可乐突然有一种想走上前把她紧紧地抱在自己怀里的冲动，然而就在他几乎要冲上去的时候，一对情侣手挽着手从前面走过来。李可乐下意识地隐到一旁的一棵大树后面，背靠着大树，心怦怦乱跳。他在耐心地等待着那对沉浸爱情中的甜蜜男女赶紧缠绵完回去，双手合十一遍一遍祈祷。

一分钟、两分钟……

不知过了多久，等那对情侣的说话声远去，四下又恢复安静时，李可乐抬头。那树荫下，已经空无一人。杨子怡不知何时已经走了。

4

又是新学期的一天，当李可乐再见到杨子怡时，她已经恢复了往常倨傲而冷淡的神情。仿佛那个晚上，只不过是他神情恍惚后的幻觉。

她依旧穿着耀眼的衣服，顶着一头纷乱却不失漂亮的短发将高跟鞋跟继续有力地踏在校园的青石小路上。

偶尔在校园里相遇，也是四目短暂麻木相对后走过，却再也没有露出过那种美丽抑或哀愁的笑容。姿态是撩人的，但匆匆地擦肩而过，彼此已经完全没有了似曾相识的迹象。

在起初，李可乐每次不期而遇之后总还是会想起那个夜晚。

他设想：如果自己那晚上真的走上去，如果把她抱在怀里，那么一切，一切会不会就有可能改变？会不会那张脸在现在看到时还会是一张写满哀愁的面容？在如此重复多次之后，李可乐也不再去想此类问题，他只会花更多的时间去照顾林苒苒。当然他也看到杨子怡频繁地更换男朋友，比换衣服都勤，几乎没有面目重复的。说实话，其实他不懂，不懂到底什么样的男孩子才是她喜欢的，又或者她就没有真正喜欢过一个男生。

那么，她那个晚上的眼泪，会是为一个怎样的男人而流呢？

可是李可乐不知道他自己为什么一遍又一遍想那些与自己无关的问题。最后他只是无奈地笑。

5

大四的她已经临近毕业。离别伤感，劳燕分飞。

毕业前夕，整个校园里随时都在上演着各式别离剧码。

杨子怡去了哪里或者要去哪里，没有人再去关心，包括李可乐。

李可乐已经开始纠缠于在考研或者创业的十字路口抉择，就连梦中的小洛也早已经封存在了心底。已经是焦头烂额的他，还要安排和处理学生会的一堆事情，都快崩溃了。然而就在他顾头顾不了腚时，却不想林苒苒突然提出分手。林苒苒找到他，神色坦然地说自己已经爱上了别人。

李可乐左思右想也没弄明白究竟是何时的事，他心想：林苒苒这表演的是哪头跟哪头啊？

当李可乐红着眼睛试图伸手去拉林苒苒的手时，被她轻轻地挣脱。

李可乐无力地说：“苒苒，我爱你。”

林苒苒却笑着回应他：“李可乐，你可以骗我，但你可不可以不骗自己？你一点也不爱我。我虽然不知道你心里的那个人是谁，但我敢肯定地说不是我。你和我在一起，不过因为你是一个不喜欢打破习惯主张固守的人，你不愿意改变你所拥有的完美，所以你哪怕逆来顺受也不会伤害别人。其实对你爱的人，你一直还在寻找，不是吗？我敢说，离开我不到一根烟的工夫，你就一点也不难过啦！”

李可乐默默地听着，无言以对。许久、许久后，他徒劳地放下手，转身离开。

李可乐一个人走在校园里回宿舍的路上。

身后那条林荫道上有情侣在哭，也有情侣在笑。他突然觉得整个世界从未有过的凌乱，乱得他不知道脚下的方向，乱得他不知道明天会是什么样子。

6

其实在李可乐现在看来，他更希望这件事永远不知道或者不曾遇到。

就在杨子怡她们毕业典礼后的第二天，李可乐收到了一封信。信放在当时机械工程学院学生会办公室的桌子上，信封上有邮票但没有邮戳，显然不是通过邮局邮寄而是有人直接放上去的，但那天李可乐问了所有人都没人知道。

信的内容是这样的。

李可乐，您好！或者，我不应该叫你名字，应该叫你一个别的什么的，但是我不知道叫什么好。

还记得一年前那个匿名电话吗？就是那个和你只说了一句话就挂断关了机的电话，想起来了吗？

还记得那个站在宣传栏前盯着你看的女孩吗？就是那个穿着宽宽大大的白色毛衣笑着看着你然后转身一个人离去的女孩，想起来了吗？

还记得电影院里那个哀愁满面的杨子怡吗？就是那个当她得知你有了女朋友后心情糟得要死，然后跑去看电影却碰上你准备亲吻你女朋友，让她怀着绝望剪掉了头发的杨子怡，想起来了吗？

还记得那个你站在树后面、我蹲在花圃边的夜晚吗？就是那个我蹲在林荫下孤苦无依地哭泣，而你站得远远的，让我觉得我们之间还没有开始就已经草草结束，心里委屈所以决定从此以后放纵的晚上，你想起来了吗？

李可乐，我知道，在今天无论说什么，或者怎么说，我只能算得上一个你忠实的读者。我们两个就像两条相交的直线，无论如何都要相交，但正因为得到这个相交所以就只能舍弃永远的平行。就在我读懂你的时候，我们就注定已经要分开，然后开始往相反的方向离去。

现在想起来也好，想不起来也罢，已经不再重要。

在你的文字里，我找到了我，也找到了你，但在生活中你永远都没有发现过我，所以今天这个结局对你我来说都是一种最好的解脱。

我对你已经爱过啦，就在见面和离开的时候，我应该快乐了。但是这一切，你都不知道。

所有的一切都已经过去，我的明天又是艳阳高照的一天。

深爱过你的杨子怡

7

就像这封信里写的，也许还有很多很多的事情李可乐一直不知道，但他希望永远都不曾知道也不曾遇到。

李可乐以前一直以为自己洞悉了一切，可到头来才发现其实他什么都不知道。

当然这后来的生活并没有因为这封信而发生改变，而是因为遇见了另外一个人而发生了翻天覆地的变化。

这个人，叫于小曼。确切地说，应该算是梦境里的小洛终于走进了现实世界。所以她理所当然地成了刻在李可乐心中抹不掉的那位姑娘。

8

遇见于小曼是在李可乐大四的第一学期。见到她的那天，其实李可乐并不知道她会成为自己的准老婆，也更不知道她会在成为自己老婆后留下一个诺言就匆匆离开。他只知道，那个寻求多年的小洛出现了。

如果说李可乐和于小曼的这场爱情只是数学当中集合运算的过程，那么就是一个交集永远无限接近重合却始终没能重合的算式。由于交集的范围太大以至于伤得太深，痛得揪心。

当时学校举办读书文化节，因为这个活动是李可乐发起的，所以他想让这个节日比策划时预想的还要隆重。活动开幕式上，学校领导该请的都请了。论气魄，可谓高大上，领导不缺，就缺美女，李可乐想。

“小熊，去找个长得漂亮的女生，普通话说得好的，让她代表学生发言。”李可乐拿出学生会主席的架势对通讯部长小熊说。

“找哪个学院的？”小熊问李可乐。

“就机械工程学院的。”李可乐说。

“我们学院的行吗？”小熊又问李可乐。

“不行也行，就要我们学院的，怎么那么多废话！”李可乐不信机械工程学院几千号人连个能上台发言的女生都找不出来。

小熊转身出门的时候，李可乐有些犹豫，于是说了句：“小熊你等一下。”

小熊问李可乐：“什么事？”

李可乐说：“哦，没什么，把门关上。”

小熊走了。

李可乐突然有点后悔，他心想也许刚才小熊说的是对的。可自己是主席，怎么能出尔反尔呢？

在李可乐发言稿写到一大半时，小熊又敲门找他。

“要不你到音乐学院去看看，我给他们的主席打个电话。”李可乐头也没抬就说。

“我刚下去找了一个，已经来了！”

小熊说话时，一个女孩子已走到李可乐的办公桌前。

女孩穿得中规中矩，浅蓝牛仔裤配白色球鞋，红黑相间的格子衬衫，肩上挂个白色的包，扎个马尾。

李可乐起身，放下手中还未完成的发言稿。看着她，忘了说话。

“主席，你好！我叫于小曼，很高兴认识你。”

女孩说着伸手，李可乐赶紧握住。

“彼此彼此，叫我李可乐好啦！主席太重我怕扛不住。”

女孩笑，李可乐也跟着笑。

小熊倒了两杯茶放在桌子上，然后走过去悄声问李可乐：“要不我去音乐学院看看？”

李可乐赶紧说，“不用了，你去忙你的吧，我自己打个电话问问就可以啦。”

于小曼问：“你们是不是还有什么事要忙？要不我下午再来好了。”

李可乐说：“没事，就是借个话筒而已，过会打个电话就能摆平的。”他怕于小曼听出来是借人会尴尬，临场撒谎。

于小曼说：“我们学院自己没话筒吗？”

李可乐有点愕然，以为耳朵出了毛病。鬼相信，机械工程学院会有如此漂亮的女生。

“你不会认错人了吧？”李可乐说。

“什么意思？自己学院的学生会主席还能认错？”于小曼笑。

“别开玩笑了，我心脏不好。你哪个学院的？中文还是外语？”说着李可乐转身看小熊。

“都不是，我是美术学院的。”于小曼镇定时，分明有着棱角分明的个性和热情洋溢的性情。李可乐突然发现，她不光漂亮而且还很不简单。

“我说呢，怎么从没见过？”说着李可乐递茶给她，于小曼笑着接过。

“她是我们学院04级工业工程的，刚下楼时碰上了。”小熊笑着说。

不知道该信谁的。李可乐没说话，但有一点他很清楚，自己已经被打动，而且是深深地。如果用电影场景描述此一刹那给李可乐带来的悸动，就好比是有一束耀眼的追光从于小曼进入学生会办公室门的瞬间就打在她的身上，而周围的一切早已隐去不可见，包括那个他们都熟悉的小熊。

李可乐问于小曼：“想请你在文化节开幕式上发言有问题吗？”

“有问题。”于小曼一点都没犹豫。

“什么问题？说说看。”李可乐想，于小曼肯定是要拒绝了。

“我以前没经历过那么多人的场面，怕紧张。”于小曼显得有些拘谨。

“就这个啊？那不是问题，我给你想办法解决。”李可乐说完就给他的哥们大歪拨了个电话。

十几分钟不到大歪就来了，问李可乐什么事。

李可乐指着于小曼对大歪说，“这里有个美女交给你，你把她给我弄得晚上开幕式发言时不紧张。”

大歪多次获过省级大学生辩论赛最佳辩手和演讲比赛的大奖，李可乐相信这件事对他来说肯定是小菜一碟。

中午的时候，李可乐就把发言稿连同于小曼一起交给了大歪，并偷偷地告诉他：“无论用什么手段，什么方法，在晚上开幕式上我要看到一个面对几千人发言时一点都不紧张的于小曼。”

大歪发现李可乐已经对于小曼有意思，于是故意说：“要不要顺便我再帮你把她变成你的女人？”

“去，美的你，这个我有时间了自己会办！再说，你要是不怕你的胖子老婆吃了你，你就试试。”李可乐说完就笑呵呵地走了。

下午，李可乐从学生会办公室门口经过时，看见于小曼正站在桌子上拿着发言稿念，大歪则搬了个凳子坐在下面指指点点。李可乐怕打扰他们就没进去，心想，大歪还真是有一套，他真懂得把女人放在上面让她充分地找到自信的方法。

晚上的开幕式，于小曼表现得很出色。为了庆祝她的出色表现和犒劳大歪一下午的辛勤劳动，李可乐特意请他们去吃了个野猪火锅。

饭桌上，当李可乐再次和于小曼四目相对的时候，一种直觉告诉他，她不仅是他一直寻找的梦里的那个小洛，而且他已经爱上了她。

于小曼问李可乐：“你老家是哪儿的？”

李可乐说：“一个鸟不拉屎的地方，不过挺出名的。”

于小曼反问：“挺出名那鸟为什么不拉屎啊？”

“正因为是鸟不拉屎才出的名，就像我这个人一样。”没等李可乐说完，于小曼笑得眼泪都流出来了。

“你究竟是哪里的？”于小曼又问。

“金城的。”李可乐说。

“金城啊，不是吧，那还说鸟不拉屎的地方？”于小曼似乎很惊讶。

坐在旁边的大歪已经笑得饭都要喷出来了，赶紧帮腔：“是的，李可乐是金城的，不过只是徒有虚名的一座城。”

于小曼表现出一副打破砂锅问到底的架势：“金城是不是产很多金子？”

李可乐被逼无奈，只能告诉她：“金城里面估计是有很多金子，只不过自己家乡离城太远，所以没有。”

于小曼又笑，笑完后说：“没看出来，你也挺会逗的。”

李可乐调侃道：“其实以前不会，是今天早上有人教我的。”

于小曼刚准备反驳的时候，电话突然响了，她接起来说了句有事就挂了。

李可乐问她是谁打的，说要是有事就送她先回去。

于小曼说：“没事，是我男朋友打的。”

一听于小曼说电话是她男朋友打的，李可乐就再也没心思继续吃饭了，心里莫名地痛了起来。就因为这个，那晚上回到宿舍李可乐就已经进入了失恋状态，躺在床上，翻来覆去睡不着觉。第二天开始，连续三天没起床。大歪问他：“可乐，你怎么啦？累着了还是病了？”

李可乐说：“我不知道，就是心里有些堵。”

此后好些日子，李可乐不吃饭不说话也不上课，唯一不变的就是睡觉。

9

这天李可乐奇迹般起床，动力源于接到学院党委书记的电话。书记说好像有几天没见李可乐上课，让他去他办公室一趟。李可乐挂了电话，一边洗脸一边想：如果没有特殊情况，这回肯定要挨学校通报批评，看来离众学子眼中的“英熊”不远了。从宿舍出去的时候，李可乐理所当然地感觉已经是“英熊”了。他心想，是熊就得有个熊样，所以特意拍了拍衣服上的灰尘，又顺了顺凌乱的头发，然后在走过楼道的时候故意把夹在怀里的几本书拍得很响。在这个英雄已沦为传说的年代，做个“英熊”确实比大熊猫还金贵。在路过隔壁门口的时候，李可乐一眼就看见“阳痿”坐在宿舍窗外的阳台上吞云吐雾，光着个膀子，腹前的赘肉还一抖一抖的，横看竖看就是一镇关西，典型一副欠揍相。其实“阳痿”的真名叫杨大伟，大家觉得叫杨大伟怕伟得更厉害就取了那个“大”字，干脆叫杨伟，可谁知叫着叫着就被延伸成了“阳痿”。“阳痿”听见楼道有动静，再抬头看见是李可乐，立马就扑进宿舍拽了两本书出来，出来时脸上挂满了甜甜的笑。

李可乐转身问“阳痿”是怎么啦?

“阳痿”说：“我已经上网上了一个月，没去上课，书记找我好几次了我都不敢去，今天跟着你打你的顺风车，看在你面子上看能不能处理得轻点。

李可乐问“阳痿”：“你怎么知道书记找我的？”

“阳痿”说：“刚才你接电话时我正好起来上厕所，听到了。”

李可乐和“阳痿”就这样对着话并排走在宿舍通往教学楼书记办公室的路上。虽然走的是同一条路，但心里想的不是同一码事，“阳痿”还在想如何调戏少妇让她离婚下水，而李可乐在想着为什么在于小曼有了男朋友后他才遇见她。

其实谁都希望自己的爱情是完美的，李可乐也不例外。他一直固执地相信着不知不觉间来到身边的那种可遇而不可求的爱情，所以一直在等他真正的原配。在爱情这方面，李可乐一直是坚决拥护原装，不支持搞组装。他这观念在这现实世界可能是老套了一点，但那时候确实没法子改变。用他的话说，就是自己虽然人长得平凡，但绝不平庸，虽然比不上那些刘什么华梁什么伟的，但也绝不会落到和“阳痿”一样污染环境的地步。感冒了从不吃药，下雨天从不带伞，见了不漂亮的女生从不眨眼……对于女朋友，要求不高就两条：不仅漂亮还要有感觉才行。爱情这东西无道理可言，凭的就是俩字儿——感觉。如果人家对你不感冒，就算你帅得掉渣那也白搭。一只劳斯莱斯的轮胎，即使再华贵，装到拖拉机上也是用不了的。李可乐一路上在想，这次遇到了于小曼，她长得漂亮并且他对她已经确定是有感觉的，但人家已经有男朋友了。他心里盘算，就算辛苦一下挖墙脚也愿意，可关键是还不知道人家对自己有没有感觉。所以，对他来说，希望是有的，只不过还在田野上奔跑而已。

一路上“阳痿”还一直唾沫横飞地给李可乐讲他在网上交际的狗屁绝招，孜孜不倦。李可乐虽然很烦，但是出于尊重同学间的那点信任，一直违心地点头示以赞同，还时不时投去钦佩的目光以资鼓励。

他们一边走，“阳痿”一边绵绵不绝地说着自己的爱情法则。在走进教学楼的时候，“阳痿”突然猛地戳了一下李可乐，说：“快看，美女！右边！”

李可乐赶紧抬头，结果腿都软了。

“美女！我的天！”李可乐情不自禁地喊了出来。

他在内心里感叹，此女怎么看怎么像刚从聊斋里跳出来的！脸上白皑皑的一片苍茫，跟大西北冬日里积雪覆盖的群山峻岭似的，估摸着光那粉底霜刮下来绝对都能蒸俩馒头。心想，照此说来悟能老兄岂不是绝世潘安？他宁愿承认地球是方的、长江水倒流，也绝不能接受那是美女。于是满脸同情地对“阳痿”说：“可怜的孩子，你是不是上网上晕了？”

“这样的还不漂亮啊？你要是能找上这个我管你叫爹！”显然“阳痿”对李可乐的反应极其不满。

“我要找了这个我就管你叫爹！”李可乐对“阳痿”审美的标准坚决抗议。

不服软的“阳痿”瞪着一双大牛眼还想发作。

谁知李可乐理智地来了句：“算了吧‘阳痿’先生，南北差异。俗话说：‘萝卜白菜，各有所爱。’确实，人与人之间的审美观是有差别的，你‘阳痿’就喜欢恐龙那我也没辙，但你总不能让我也钟情于鸵鸟吧？”

“阳痿”赶紧就坡下驴：“这样也好，我们永远不会成为情敌。”

李可乐赶紧愉快地点头表示赞成以此和解，他觉得“阳痿”这句话说得还算有点水准，至少对得起他跨世纪大学生的头衔。不过对于“阳痿”眼中的美女他可是一点儿也不敢恭维，估计“阳痿”对他也差不多。每次李可乐看到让人晚上做噩梦的那种货色，“阳痿”就偏说是基因突变的产物美不胜收；在李可乐看来是人见人爱车见车载的美女，“阳痿”却偏说一见就吓得永久性阳痿。

在这领域，可以说李可乐多年来一直跟“阳痿”是用机枪都打不到一块儿。这让他们都不约而同地想起了老朴，对于赏析美眉他们公认老朴已经达到了传说中庖丁解牛的高度。庖丁解牛目无全牛，而老朴眼中没有穿衣服的女人。尽管他大学四年里一直孑然一身，但他常教导他们说：“上学就是要学以致用，大家都学习了马克思主义哲学原理，要懂得透过现象看本质的道理。对于女人也一样，我们不要被她们华丽的衣饰所迷惑，要学会透过衣服看到里面实质性的东西。”所以大家对老朴在这一点上理论与实际相结合的做法推崇备至。在几个兄弟中，这一点就数老朴最权威，为此大家尊称其为“博士后”，后来觉着不太合适就又改为了“事后勃”。每次“阳痿”历经千辛万苦发现的美女，几乎都被老朴剖析一番后残酷地予以否决，然后语重心长地对他说：“‘阳痿’兄，你的审美观是有点问题，不过你千万不要想不开。你想想，如果没有了你，谁来疼爱这个世界的恐龙呢？”而每每此时，“阳痿”都会摩掌擦拳，摆出一副鱼死网破玉石俱焚的架势。当然老朴也非等闲之辈，见苗头不对便使出致命绝招“乾坤大挪移”转嫁于李可乐。于是，老朴就会十分善良地问李可乐：“可乐，你说是不是啊？”李可乐何许人也，哪里会去干踩蛇尾巴那种蠢事。于是他每次都笑而不答，用表情对老朴的观点示以肯定又不会惹火烧身。看着“事后勃”老朴一脸猴急，李可乐心里就特舒坦。

10

李可乐来到书记办公室，才知道其实书记找他的主要目的倒不是因为没上课，而是要他通知和安排大家实习的事。因为就算李可乐睡几天觉，旷几天课，也并不影响他这个优秀的大学生的名头，成绩好奖学金照拿不误。可“阳痿”不一样，他和李可乐在这一点上是有着本质区别的，根本不是看美女的那种分歧，所以这可苦了“阳痿”，他倒是把自己送上了“鬼门关”。

就在当天下午，院里下了通知，宣布开除了可爱的“阳痿”同学的学籍。

当然那天下午还发生了另外一件大事，那就是李可乐又一次看见了于小曼。

两人在楼道里相遇，快要错过的时候，于小曼居然忍不住主动和李可乐打了个招呼，于是乎让李可乐开始感觉他希望的田野上鲜花开始含苞欲放。

这次见了于小曼之后，李可乐的心里无缘无故甜蜜蜜了好几天，但在甜蜜之余又越加觉得堵得慌。

毕业实习在即，课也没了，大家一身轻松。当然不轻松的也有，那就是还在为那个奋斗了几年的证明还没拿到手而惴惴不安，但是相比之下这种等待是痛并快乐着的。可对李可乐来说，只有痛却找不到快乐，因为对他来说等与不等结果都一样。毕业了，李可乐不仅抱不得美人归，就连那个证儿也拿不到，不是成绩不合格，也不是政审有问题，就是一条，他还欠着学校的学费没还清。所以别人等毕业实习就像癌症患者等死，他则像确定了死的时间等着患病。

当然，那段时间里，无论是痛的还是乐的，所有的人都并没有闲着。该逍遥的逍遥，该睡觉的睡觉，就连玩游戏的也在赶着时间升级，怕上班后没时间逍遥；谈恋爱的那就更不用说了，趁着清闲日夜加班，生怕上班后劳燕分飞，各奔东西。反正最后的晚餐吃一顿少一顿，不吃白不吃，于是忙得不亦乐乎。

无聊的人更加无聊，怕过些日子上班变得充实了就没时间无聊了。

只有李可乐、老朴、大歪、小B几个人生活最规律。

上午十点起床，十一点梳洗完毕。

十一点半大歪找到李可乐，十二点整李可乐和大歪先找到老朴，再接着找到小B。

十二点半开始吃午饭，十四点半准时吃完。

十五点回到宿舍，十五点半大歪和老朴到李可乐的宿舍，十六点李可乐和大歪、老朴转移到小B宿舍，十六点半再返回到大歪宿舍。十七点，李可乐和老朴回到老朴宿舍，十七点半李可乐一个人再回到他自己的宿舍。十八点，李可乐去找老朴，十八点半，李可乐和老朴去找大歪，十九点，他们已经找到了小B，四个人又在一起吃晚饭。

二十点各自回自己的宿舍，一小时后又聚在一起吃夜宵，但总会在午夜十二点前赶回宿舍睡觉。

如此重复着实习前最后的大学时光。

他们回想大学四年，一梦方醒，居然已经结束了。犹如洞房花烛的新郎遇上逃婚的新娘，还没等掀开新娘的盖头人就溜了。当然大四了也解脱了，这标志着立马脱离学生生涯独立成人，更意味着从今往后自己想做爱的时候就可以随时随地，再也没人能管了，所以说这就又是一种全新的生活。当然这是广义上的，狭义上的那就更多了。因为从狭义上说，这些人离开校园后，就又可以分为很多种，比如有人要为工作去四处奔波，有人要为考研挑灯夜战，又或者还有人因为肄业而出去流浪，成为一个名副其实的自由职业者，就像“阳痿”。考研，这事儿李可乐起初也想过，可是买的辅导书已经在某个下午送给了捡破烂的老大爷，再说了他英语也不好，用小B的话说，爷们儿就是一爱国青年，那洋鬼子的话说不来。找工作，政府办公室不要他，别的他没兴趣。做自由职业者，他其实还不够格，虽说四年来旷课无数，但年年拿奖学金，一门课没挂过，所以还没逼到为娼的份上，再说了，让他活生生自己给自己肄业，那个谎他还真撒不起，更重要的是他老爸老妈还等着这个天之骄子能有一天衣锦还乡光宗耀祖呢！

唉，看来还真是左右为难，就在有一天李可乐为这个问题想到头脑发涨的时候，他发现自己已经走到了老朴的床下。于是，他条件反射地想起了老朴，便问老朴：“老朴，你想好了毕业后干啥没？”

谁知道李可乐问了几遍，老朴一点反应都没有，可李可乐这会儿根本不知道此时老朴还在熟睡中做着他的春秋大梦。在李可乐接着又问了几句老朴依然都没反应的情况下，他便本能地爬上床去看，才发现老朴梦得正尽兴。更糟的是，这一看李可乐居然来了气，因为他这人生平就最恨两件事情，一是别人意淫，另一个就是别人做春梦。

在李可乐认为，只有没出息的人才干这两件事情。他一惯规劝弟兄们，如果别人不吸引你，你就让自己吸引别人，要是实在不成，哪怕睡在天桥下晒太阳数汽车，也千万不要躺在床上空想。当然他这句话以前对老朴也不止一次地说过，可从老朴脸上泛起的一道又一道幸福而满足的表情判断，他肯定把李可乐以前说的话都当成了耳边风，而且看着老朴一副意犹未尽的样子和有规律地蠕动身体的节奏，李可乐就知道他正是高潮迭起的时候。于是他越看越觉得老朴窝囊，就在一瞬间他决定给老朴做一次救赎和洗礼。

当李可乐看着老朴脸上又一次泛起美丽而灿烂的笑容时，他跑进厕所接了一盆接近零摄氏度的水，毫不犹豫地泼在老朴身上，然后就迅速夺门而出。那天，就在李可乐夺门而出时，他听见了老朴杀猪般的一声号叫。

11

李可乐再次见到老朴，是在半个月后老朴出院的当天。

那盆水下去后，老朴就被送进了医院，当然同时进去的还有另外一个人。

出院那天，是李可乐去医院接的老朴。

为了表示对老朴和“阳痿“两兄弟康复归来和洗礼成功的双重庆贺，他们一帮子弟兄还特意买了一大束鲜花，订了一桌子好菜等着给他们接风洗尘，所以别人都忙乎着吃饭的事，李可乐一个人去接的他。

老朴住在住院部二楼，李可乐从老朴所在的病房门口过去的时候，听见里面有人在自言自语，似乎在诵经，又似乎在祈祷。他忘记了老朴的病房号，所以就先找着那层楼的值班护士，然后通过护士找到他。

护士带着李可乐来到老朴的病房门口，李可乐一看病房号，就是刚才他过来时听见里面有人自言自语的2046号病房，护士说：“是不是那个因为受到外界强烈刺激而短暂性休克的病人？”

李可乐说：“反正就是因为被泼了一盆冷水，差点没缓过来的那个人，估计就是你说的外界强烈刺激短暂性休克的。”

护士说：“你们学生啊，就是玩性大，那么危险的事情都干，以后可千万要注意了，那样很危险的。”说着已经到了病房门前，护士说，“进去吧，应该就是这个房间。你看是不是你要找的人？”说着敲了一下门。

门开了，李可乐往里面瞟了一眼，没看见人，只听见有人在默默地念叨：“你的心灵需要净化，不纯的思想导致亵渎的行为，带来不可饶恕的惩罚。”仔细一听，确定是老朴。李可乐很熟悉，这是老朴的名言。

护士走在前面进了病房，李可乐跟在后面。进去的时候，老朴正站在镜子前梳理自己的头发。

“请问您是朴（pu）克吗？这位同学找你。”护士问老朴。

老朴听见有人说话，赶紧转身，看到李可乐，先是一愣，接着又把目光转向那位护士，一脸疑惑的样子。

李可乐这才猛然反应过来是怎么回事，赶紧解释说：“他不是朴（pu）克，是朴(piao)克，跟那‘嫖’字儿一个音。”

那护士一听，脸唰一下就红了。她人本来长得挺水灵，皮肤白皙，这一下给搞得脸红到脖子根，可不自在了。看小姑娘挺不好意思，李可乐赶忙打圆场：“没事儿，他这人名字特别，怎么叫都躲不开吃喝嫖赌，本身长得就一干坏事的样子，回去让他爸给改名字。”

“不好意思啊，你们聊，如果有什么事儿就和我说，我先走了，隔壁病房病人要换药了。还有，这病人今天是该出院了，出院手续已经办理好了。”护士说着赶忙转身离开。

望着已走出病房远去的背影，老朴半天才缓过神来，开始收拾东西准备走人。

就在李可乐帮老朴收拾完东西出来的时候，迎面又正好碰上那护士给隔壁病房的病人换完药出来。

看李可乐和老朴已经收拾完东西出来，她友好地和他们打了个招呼，然后匆匆从他们身边过去。

老朴还没等那护士走远，就拍了拍李可乐的肩膀说：“哥们，看见没，很正点的娘们，这就是传说中的白衣天使，一看就知道还没谈过恋爱。”

李可乐说：“老朴，你就别折腾了，女人都没见着几个，你倒是经验值一堆，你不就一蚂蚁爬在蜘蛛网上吗，还装啥满腹经纶呢？”

“猪肉没吃过，我还没见过猪跑啊？”老朴反驳。

“既然你是看着猪跑得出的结论，那说明你那理论也只能用在没下过猪崽子的母猪身上。”说完李可乐笑了，老朴被他气得无语。

出了医院大门，老朴问李可乐：“走回去还是打的？”

李可乐说：“你不是一向主张勤俭节约吗？连手纸都是用完正面留着晾干用反面的人，怎么今天想到要打的呢？是不是在讹我，想要我补偿你？”

“我还不是为你着想，难道你头上挨了那么一砖还能走那么远的路？”老朴这一说，李可乐突然想起来，还有一个人也是今天出院。他赶紧对老朴说：“老朴，委屈你先在这等会儿，我去下医院，一会儿就回来。”

老朴说：“你干吗去？去看白衣天使？”

李可乐说：“不是，一会儿你就知道了。”说着，他把老朴扶着靠在医院门口不远的一根电线杆上，赶紧一路飞奔向住院部。

李可乐一口气跑上住院部大楼，还是直接找那位值班的护士姐姐，这座医院他就和她最熟，而且她又长得那么漂亮，他没理由不找她。

跑到护士值班室门口时，李可乐已经上气不接下气。那护士看李可乐去而复返，又跑得如此急急忙忙，以为老朴又出什么事儿了，赶紧站起来问：“那个朴克没事儿吧？”这回她对老朴名字的发音是对的，却让李可乐反而不好意思了。

“朴克，没……事儿，我……我有……事儿，阳……萎，我……”李可乐已经喘得说不出话。

“那你也得先找男科挂号检查啊。”她还没等李可乐说完就准备带他去。

李可乐知道她曲解了自己的表达，其实他的意思是要找“阳痿”的，就在李可乐为难怎么给她解释的时候，“阳痿”听到了李可乐的声音，从旁边的病房出来。看见“阳萎”，李可乐赶紧说：“是他，‘阳萎’，我找他的。”

“阳痿”说：“是，护士姐姐，我是‘阳痿’，他找我。”

“阳痿”这一说，护士的脸上立马飘起了一层红晕，于是显得更加美丽动人。

看她那么难为情，李可乐也赶紧说了句“谢谢”，就拉着“阳痿”匆匆下楼了。

12

“阳痿”是被老朴摔出门的砖头砸中了面门。

那天老朴在经历了李可乐的那盆圣水的洗礼后，终于摆脱了罪恶春梦的纠缠回到了残酷的现实。

人，在从一种幻想被拉回现实的时候，往往会有瞬间的叛逆情绪，当然老朴也不例外。再说了，他当时的幻想是美丽的，因此在回到现实之后他就会本能地做出更加抵触的反应。于是，他整个人从床板上一跃而起的同时嘴里喊了声“操”，但“操”字的落音伴着惨烈的狼嚎，紧接着就顺手抓起了放在枕头边他平日里用来防身的半块砖头，迎着李可乐出逃的路线摔了出去。

“阳痿”是个好事之人，听见李可乐宿舍里有人发出惨叫，就跑过去看热闹。他这人好奇心强，再加上对这种惨呼鬼叫之事出奇的勤快，于是在听到老朴的号叫后便以迅雷不及掩耳之势先于别人冲到了李可乐的宿舍门口。

当李可乐余光里看见老朴拨开枕头的时候，他就知道了那下面东西的厉害，于是就拼了命地往门外跑，而那个时候的“阳痿”早已经占据了李可乐最佳的出逃路线。可老朴心里是明白的，他能准确地判断出李可乐要出逃的方向，所以就在他夺门而出的那一瞬间，“阳痿”刚好用头截住了本该砸在李可乐后背上的砖头。

当李可乐把一瘸一拐的“阳痿”带到老朴旁边的时候，老朴这才恍然大悟。

他看见“阳痿”头上的纱布，才知道原来那天砸中的人根本就不是李可乐。

于是他对“阳痿”说：“哎，兄弟，要是我知道那砖头是砸在你头上了，我真不应该用那么大的劲。”

“阳痿”也感慨地说：“我也不知道啊，要是我知道有砖头会落在我头上，我也不会那么快的。”

李可乐在一旁打趣地说：“说来说去还是怪老朴，要是你老朴不做春梦什么事儿都没有，所以以后切记要戒色，那东西害人害己。”

正说着，过来一辆的士。李可乐挥手拦住，他们二人坐后排，李可乐坐在司机旁边。

快到学校的时候，李可乐问司机：“师傅，到工大新校区西门多少钱啊？”

“四十五，官价！”司机说着把计程器拨下去。

李可乐说：“二十五，成不？”

“学生价都不止二十五。”那师傅看都没看他，不屑地说。

李可乐说：“那你按什么向我收的钱？”

“甭管我按啥向你收的钱，一看你们就不是学生，学生向来不问价。”

李可乐说：“他们不光不问价，到了给二十五就走人，遇上大四的，估计连二十五都还给不上吧？”

那师傅一听，半晌没说话。他知道这等人不是能被忽悠的种，赶忙说：“二十五就二十五。”

李可乐说：“哎呀，我忘了，钱包没带。”说着他拍了拍口袋。

“唉，小兄弟，大家都不容易，现在油也涨价了，老婆刚下岗了，这一大家子人都靠我养呢，二十就二十吧！”

“阳痿”也知道李可乐的心思，赶紧会意地说：“哥们，真不巧了，我好像也只有十块。”

还好，老朴最后看也差不多了赶紧从自己屁股上摸出五块钱说：“我这儿还有个五块，都给你吧，就当那五块你买了个教训，以后别随便讹人。”给完钱时也到了，他们下车直奔订好菜的饭馆。

那天晚上，他们狂欢庆贺老朴洗礼成功的同时也算是为“阳痿”送别。

三天后，在李可乐和老朴他们都踏上了实习旅途的同时，“阳痿”也进入社会开始祸害人类。

第五章 处女作

是李可乐坚持要挑战性的，当然冲在最前面的那个非他莫属。一个工科生，虽然爱好文学，甚至曾经把梦里的故事抠出来变成小说参赛获过几个奖，但他不知道就写个剧本居然还需要什么转折啊高潮之类的东西。

1

“阳痿”走的时候哭了。哭的原因很简单，因为他知道自己出去后不再是大学生，顶多只能算是一个在大学里待过的学生。他和李可乐、大歪他们不一样，人家有证他没有，“阳痿”明白，他会因此受到社会的歧视。所以，临走的时候他抱着宿舍的窗户栏流下了悔恨的泪水。不过有一点“阳痿”永远会因此而骄傲，那就是无论是他自己还是李可乐、大歪，有一点他们都是平等的，那就是曾经都无愧地被称为天之骄子。

经过了这个过程，“阳痿”算是提前解脱了，他可以先一步踏入社会，而对李可乐这些还要用那个证来证明自己曾经被誉为天之骄子的群体来说，在晃过四年青春临步入社会前还要进行一种叫做实习的活动。实习是什么？就是一个学生在跨入社会前必须经历的程序，就像还没打算要孩子的夫妻房事前履行避孕一样，当然真正避不避得住其实还要看那个男人的能力或者和他上床的那个女人曾经人工流产的数量和频次，而与避孕套质量好坏或是否履行程序没有任何关系，做不做都无所谓。

在登上由襄阳开往洛阳的那趟六十年代出厂的绿皮列车之前，李可乐还一直在犹豫究竟自己这个结论下得准不准确，但当确定已经走进那个门前站着我们国家一代伟人的实习基地——中国一拖集团时，他才为自己的这句经典问世太迟而后悔。

在那里，二十多个学校的几千名学生同时挤在一个公司里，像参观人民大会堂一样走马观花地每天早上下午各进行两小时的实习，可想而知这对真正塑造祖国栋梁的意义有多大。

不过这样也好，大家干脆就把这当作一次长假旅游，满足了一些人的需求。

实习生活过得很快也很充实，这主要是指那些性生活能力应该还没有缺失且随身携带着家属的骄子一族。对于心里已经装上了于小曼的李可乐来说，其实更多的是痛苦和煎熬。

人家把实习当成了蜜月旅行，似乎都只是为了在大学的最后时间挣脱那个被禁锢了太多私欲的牢笼而躲在外面图个清净，李可乐这样的人却只能旁观，忍受欲火攻心的无奈和即将毕业带来的沉重和孤寂。在那段时间里，其实他也很多次地想到和梦见过一个人，但他知道只能是想想和梦见而已。

都是年轻人，年少气盛，血气方刚，别人的性事看多了，自己也不免有些冲动。不在沉默中死亡就在沉默中爆发。沉默时间太长没死，终究肯定是要爆发的。

这是一个值得纪念的日子，在中国一拖集团南大门旁边的一个饺子馆里，发生了一件不可怕但有些荒唐的事情。

老朴、大歪、小 B 和李可乐四人，围坐在一起吃饺子。在饺子吃到一半时，大歪突然提议说要做一件具有挑战性的事情。关于这个问题的讨论，焦点最后居然落在了拍电影这个话题上。

小 B 第一个表态："大歪，说实话，我宁愿去火星好了。"

"不是要挑战性吗？去火星那属于探索未知世界。"对于看过几本科幻小说的大歪来说，他必须先灭掉小 B 这个不现实的念头。

老朴中立："大歪，我看这件事真的就当你自我安慰。"

他们四个人，两双是学机械的。对于自己操刀拍电影，这种好比让男人生孩子、公鸡下蛋的事，按理说也真的只能过过嘴瘾。

"我们干，这是一个具有挑战性的事，舍不得孩子套不住狼。"李可乐听完后想都没想就说。

人民币为零，经验值为零，他们拿什么干？唯一不为零的只有几个人敢想敢做的信念，喜欢执着追求的热情。可在这个躺在家里睡觉都能被现实砸死的时代，信念和热情值几个钱？搞妓女也不是说干就干，这是李可乐说完了才想起的。可这会儿他既然说了干那就得干了。

虽然这样具有“挑战性”的事放在他们某一个人身上可能会因为这么想而放弃，但他们加在一起就愿意接受挑战。没有做不到，就怕想不到！这是他们兄弟几个人一贯信奉的格言。

李可乐后来总结了，当时敢于这么干最主要的原因可能还是给自己失落的心灵寻求寄托。

2

是李可乐坚持要挑战的，当然冲在最前面的那个非他莫属。作为一个工科学生的他，虽然爱好文学，甚至曾经把梦里的故事抠出来变成小说参赛还获过几个奖，但对于剧本的写作他那时根本一窍不通，他不知道就写个剧本居然还需要什么转折啊高潮之类的东西。整整一个暑假，李可乐白天趴在泥巴地里帮家人干活，晚上躺在被窝里也会突然思念于小曼，有一天当想到于小曼可能睡在别人怀里而难过得不行时，一激动才基本算把整个故事框架构思出来。一直到八月中旬跑到西安，才真正握起笔开始《青春攻略》剧本的创作。当笔握在手里的时候他突然不知道从哪头开始，但不能就此宣告结束，所有的兄弟都站在他的后面等着从他这里开炮，如果李可乐扒不开这个口子，他这些个兄弟也就只能眼巴巴全军覆灭。

想到这儿，李可乐对自己说：李可乐，就算是3919高地，现在也必须强攻。你没有退路了。于是此后的十几天时间里，为了找创作灵感，白天他都会出去在古城西安的大街上和各个学校里盯着那些古老的建筑和美女发呆，然后晚上回来趴在电脑前写自己的“剧本”，凭着感觉，在熬过了十几个夜晚后，终于有了一个近五万字的“剧本”。

然而当他把自己的“剧本”拿给他广电专业的朋友看时，那人居然问起了李可乐连听都没听过的名词：分场景剧本呢？分镜头剧本呢？

“我又不是学编导的，懂什么叫分场景剧本，什么叫分镜头剧本？”甩下这句话，李可乐扬长而去。

李可乐坚信的只有一点，只要有“剧本”就能拍电影。于是，管什么分场景剧本，分镜头剧本，统统先扔在脑后。为了方便拍摄，他只把一些典型的场景归了一下类，至于分镜头什么的，他想只能一边拍一边再安排了。

3

李可乐带着自己创作的“剧本”回到学校，找到大歪和小 B 几个人，然后对他们说：“我们开始拍电影吧。”

“开始拍？用什么拍？”老朴用无奈的眼神看着小 B 说。

“是啊，用什么拍？”小 B 问李可乐。

看着他们两个，李可乐一时间也无语，无奈之下干脆抱着自己的故事回到了宿舍睡觉。整整一个晚上，李可乐在辗转反侧中回味老朴的那句话。

在那个晚上，小 B 也失眠了。当然，结果是李可乐和小 B 两个人在整夜的失眠后都想到了同一个办法。第二天，小 B 找到李可乐，手里拿着自己的所有生活费和学费，笑着对他说：“兄弟，为了我们挑战性的事儿，一起挨饿吧！”

当看着小 B 手里紧握着的那一沓皱巴巴的粉红色人民币时，李可乐美丽的微笑居然瞬间在他那青春的面孔上最后以含泪定格。反应过来的第一时间，李可乐不仅挤干了自己的所有生活费和学费，还搜刮了大歪和老朴的所有生活费，拉着小 B 跑到市里搬回了一台摄像机。

4

回来后，李可乐安排大黄在学校的校园论坛上发布《青春攻略》招募演员的消息。三天后，他们在音乐学院进行了一次现场的演员招募。招募现场挤满了表演系的美女，时值夏天，美女们穿得都很少，用时下比较雷人的话说就是看起来很肉很性感。在面对那些活脱脱的人体艺术时，李可乐真弄不明白自己是搞艺术的还是被艺术搞了。总之面对一个由几个不甘寂寞的机械学院男人为了挑战性而组成的制作团队和一台摄像机以及一个三脚架组成的剧组时，那些个美女的热情依然丝毫没有减退。李可乐后来很长一段时间一直想不清楚她们是坚信自己的青春魅力无限还是相信自己能给她们带来辉煌的明天。一开始面对那些美女堪称放纵不羁的表演，李可乐这个正在搞艺术的处导演几乎有种被艺术强奸的羞怯感。坐在李可乐旁边的老朴就更不用说了，他瞪着双眼口水直流，边擦口水边说："操蛋的娃，李可乐，现在晓得了吧，这就是艺术！"这让李可乐又深刻地体会到一个道理，一旦美女遇上名字叫导演的人，无论他曾经是干啥的，首先就能先脱光衣服围着他转三圈。英雄不问出身，导演不问出处，这就是艺术。

5

也许在此之前，李可乐只知道这是个娱乐时代、商业时代、艺术时代、个人精神或者叫阿 Q 精神时代，但他并不知道也是个盛产"导演"的时代。当时的李可乐原以为自己只是个要拍电影的，但不知道其实已经是个"导演"。就在电影准备开机的前一天，来了两个人。他们当中的一个说，其实李可乐已经就是个导演。李可乐听到这话，内心便无比激动，心想："原来我他妈真的就将成为或者已经就完全是个导演！"

说这话的人是李可乐以前的哥们儿，来时还带着女朋友。这人是搞音乐的，高中没毕业就一直在到处卖唱，为的是有一天能实现自己的理想。早些年李可乐还经常和他们混在一块，也期盼着有一天能站在舞台上号上两嗓子摇滚。结果直到有一天李可乐一口气吃了两盒金嗓子还发现嗓子干痒，于是便认为自己不是那块料，还是继续耗费青春读他的书搞机械设计专业了。

那会儿他那兄弟的思想很固执，一直在摇滚、摇滚……最后都摇到同龄的人已经开着宝马喝着咖啡带着姑娘了，他还孑然一身到处摇。但是他也曾经摇出了这座城市的第一批原创摇滚乐。不夸张地说，那些歌曲都是世界级别的，当然是最底层最黑暗最不被待见的那种。问题就在于这样摇的结果不适合民情，不适合生活的城市，不适合这个时代。所以最后还是都摇趴下了。关于这个问题李可乐早就跟他交涉过，可他不信。但事实证明李可乐的结论下得是英明神武的，所以李可乐一直觉得他现在摇滚也依然只能永远在地下滚。李可乐之所以当初离开舞台，还有一个原因就是后来随着年龄的增长，他开始听不懂他们的歌曲，经常在他们夸夸而谈的时候，他不知道该怎么去发表自己的意见，或许自己本来就没有意见，又或许是自己变得俗了。但反过来，有时李可乐也会想，究竟是自己在变，还是他们没变？

李可乐一直认为娱乐文化的迅猛发展是科技给予的力量，从视觉的报纸到听觉的收音机再到视和听长在一起的电视和电影，而音乐更多程度上只是视觉产品的一个附属品。人们都被五彩斑斓的电视、电影所迷惑着，一群所谓的评论家也整天为“究竟是音乐带动视觉，还是视觉带动音乐”而把口水喷得满天都是。

那天的促膝长谈中，那哥们一席话彻底勾起了李可乐沉痛的记忆。五年前的时候，李可乐认识了一个大哥，这位大哥以前经常拿他们校门口别人台球桌上的黑色8号球，后来居然出奇地考上大学。他在上大学的时候开始玩吉他，搞乐队。第一次回到家乡，便怀抱着这些在北京生活的经历教导李可乐：“北京一下雪，冻死的十个人里就有九个人抱着吉他。”最让李可乐羡慕的是他说自己曾经远远地看到过张艺谋的背影。想起这些晃如童话般的故事，再想想自己一直对北京的文化氛围的强烈向往，李可乐更对电影抱上了奢望。

自从李可乐那天说要拍电影拍出名堂之后，很多人都开始对他的人生观评头论足。大歪说他是疯子，“阳痿”说“导演”的思维和想象力就是和常人不一样。还有一次李可乐老爸听见了，说他“闲得无聊”。最让李可乐不能理解的是那个烂货兄弟大黄居然说“毕业了赶紧找个媳妇，安心过日子”。可是这些李可乐一直听不进去。

世界在变，按照相对论，李可乐的理想肯定也要变，因为只有这样才能符合哲学原理。李可乐一直在幻想撞五角大楼的是他，他幻想在飞机脑袋和大楼亲密接触的那一瞬间，是他驾驶着飞机，他的精神至高无上地和五角大楼一同升华，但那毕竟只是幻想。

那天李可乐给他那个兄弟教了很多如何让他从这座城市那么多歌手中脱颖而出的办法，但都是一些商业迂回炒作或者搞个集体裸奔吸引媒体之类下三滥的想法，当然他也不管他听懂了没有。其实李可乐说那些话寄语更多的是他自己的未来。还好那时候他还不认识老麦，如果当初老麦听到他说那些话，一定会说他又在“毁人不倦”。

那天之后李可乐真还拍起了自己的电影，开始追求他的理想。

用老朴的话说：“如果没足够的钱把自己武装成富人，就用足够远大的理想让自己先成为穷人。如果没钱再没理想那这辈子就白活了。”不过这也是截至自己有生之年，李可乐唯一赞同老朴的一项生活真理。

是的，没钱，没钱就追求一下饿死的理想吧。结婚生孩子有什么用呢？如果你不能给老婆孩子一个高质量高品质的生活，即便上了床怀了孩子，那孩子也不一定跟你姓，或许他自己长大当爹了还连谁是自己的亲爹都不知道。所以李可乐后来妥协了，妥协的底线是钱和理想随便实现一样就算这辈子没白活。至于大黄提议结婚的事，只能走一步算一步。再说了，他要结婚也只和于小曼结，既然没机会了不结也罢。于是直接导致李可乐不小心喝下三瓶啤酒后对着老朴说了一句话："老朴，我要活出个人样来给你看的，钱或者理想我起码要活出一样来，等我哪天得了奥斯卡金奖，娶了于小曼就回来请你吃饭。"

就这样，从那以后李可乐就把给老朴酒后瞎编的谎言严格地执行成了他对生活的不懈追求。

6

虽说这是处女作，但李可乐丝毫没有马虎。尤其在挑选演员这件事情上，海选招募一场接着一场。好在经过层层筛选，终于挑好了所有的演员。接下来怎么做，谁也不知道，但李可乐果断地开始他的导演生涯。他一通电话下来召集齐人员，坐在一起聚了个餐，然后就开始讲解剧本，分析每个人物的性格，按人物性格分配角色，这个处女电影《青春攻略》的拍摄就这么开始了。第一次拍电影，准确地说，是 DV 电影，李可乐首先想到的就是带子肯定会用很多，于是就和小 B 到现代城去买带子。在当时襄阳最大的数码产品城，一口气花了一千块钱批发了 20 盘带子。兴致勃勃地往回走，心里乐滋滋的。但回来路上清账的时候他发现，刨去剧组的餐饮之后手里只剩下不到两千元了。不是有句话说："电影是一门烧钱的艺术，不是我们玩电影，而是电影玩我们。"李可乐突然觉得这句话很有道理。回到剧组，老朴他们一群人士气高昂，大家聚在一起忙着最后的内景检查工作，连起初持反对意见的老大、大黄也来帮忙。

"可乐，电影真的就要开拍了？"老朴一头大汗地走到李可乐旁边，猛灌了一口水。他的职务是副摄影师，协助小 B 摄像的，他这个职务就是只有在小 B 忙不过来的时候才有工作。除此之外在场所有人中就数李可乐最清闲，因为他是导演，所以在没喊"卡"之前，所有的筹备工作都是别人的。

"你都问了八百遍了！怎么像个娘们一样，那几场外景，你都准备好了？"李可乐白了老朴一眼。

老朴脱下了外面的衣服，对李可乐嘟囔："你放心，绝对没有问题，就连内景的那场戏我也准备好了。可乐，我现在老觉得自己好像是在做梦，想想几个月前我们还在洛阳的饺子馆里吹牛呢，如今竟然真的要拍电影了，上帝啊你太爱我了！"老朴大发感慨的同时用手在胸口划十字。

"中国有句古话，士别三日当刮目相看，这就叫变化，懂不？"李可乐舒舒服服地喝了一口手中的鲜橙汁，看着头上的天花板，心想：就这么点事你就迷糊了，老子还指望着有一天拿个奥斯卡大奖呢！

“李可乐，我一直有个疑问。”

“说！”

“你从哪里学来那么多的古话，一会一句，以前你可是不说的呀？”老朴一脸的疑惑。

“我上辈子是学中文的，你信不？”李可乐开玩笑道。

岂料老朴一本正经地点起头来，用无比肯定的语气说道：“我信！某些时候，我觉得我也是！”

噗！

李可乐一个趔趄，喷了老朴一脸的鲜橙汁。

“可乐，别愣了，宣布开机吧，待会还要拍照呢。”大歪捅了李可乐一下。

李可乐这才稳住心神，走上前去，拿起香在蜡烛上点燃，装模作样地插在杯子里的一撮土里，然后对着桌子上摆的东西行了个礼，不过他心里祈祷的是电影成功拍摄，祈祷完后退到一旁。大歪、老大、大黄、宝明等人紧跟在他后面也行礼作揖地祈祷，剩下的人也一一做着李可乐做过的动作。一切完毕，李可乐扯下遮盖在摄影机上的红布，正式宣布电影《青春攻略》开机。

开机仪式完毕，大队人马浩浩荡荡开出校园，前往事先布置好的外景场地，开始拍摄整部电影的第一个镜头。

距离校区一公里远，有个林荫小道，周围郁郁葱葱，地上铺着一层厚厚的法国梧桐叶。这是小 B 亲自选定的场景，场地早已经布置好，宝明趴在树上准备撒树叶。

这是第一个镜头，也是整部电影中开场的镜头，主要衬托男主人公得知自己患上癌症后独自出走时踩在落叶上的伤感情节。

场记通过扩音器告诉全场的所有人员，开始进入十秒倒计时。

“十、九、八……”

周围鸦雀无声，所有人都各司其职，按照事先布置好的准备进入状态。

“三、二、一，开拍！”李可乐大喝一声，男一号进入林荫道踩着满地落叶恍恍惚惚地走着。树上的宝明将事先抱在怀里的一包树叶撒下，哗哗地随风飞舞，秋风四起，一股悲伤的情绪立马充斥了整个片场……

整个拍摄还算顺利，完事收工。

有了开门红，大家兴致很高，所以无论天气怎样，剧组都会按照制定的计划拍摄。实在不行，就干脆改戏，改台词，晴天的戏由于下雨改成了雨天的，晚上的改成白天的，市区的改成山上的。为了不影响拍摄的进度，所有剧组人员每天争分夺秒地工作。有时天蒙蒙亮出发，晚上十点后才能回来。为抢拍日出和日落的镜头，李可乐带着全剧组人一天一连爬好几次山。当然最辛苦的还是大黄、老大和老朴，他们几个搬桌搬椅，布置场景，忙前忙后一动起来就是一整天。更让李可乐没想到的是几个正处在花季年华的女演员，她们的敬业态度也远远超出预想，甚至一度让他感动。为了拍好戏，她们在大雨中淋透也不叫冷，咬紧牙关忍着。

白天在外边拍摄，晚上回来，李可乐和小 B 就埋头学习后期制作技术。他俩买来剪辑和特效制作软件，对着教程学习，遇上不懂的英文，李可乐这个英语没过四级的人就找金山译霸求救，实在不行就猜。

李可乐最大的特长是善于运用智力，哪怕挤尽最后一滴。还有一点值得发扬光大的就是，能残忍地压迫自己对于小曼的思念。

7

所有能称之为电影的东西都是用钱砸出来的，这个道理谁都明白，就像早些年的《满城尽带黄金甲》《英雄》。那些个大手笔、大明星、大导演的强强联合早已成为高票房的保证，光看看各类娱乐新闻板块的头条，就知道什么叫电影了。张艺谋硬是用清一色的树叶一片片粘在树上，烧了几千万的人民币用枯黄的叶子搞了个《英雄》出来。当然冯小刚更是把国人的四大发明之宝——火药的功能发挥到了极致，一把火点燃冒起来的浓烟，以及爆炸的场面，那震撼就不用说了。现在大家所追求的很多都是感官上的刺激，看电影很大程度上也就是为了那一幕幕对视觉和听觉的强暴，他们拍电影用钱烧，烧出来的效果，完全可以让大家的钱包变瘦，给人们的视觉带来强烈冲击，而李可乐当时只是想给一部分人以心灵上的触动。后来才知道，就这点儿瘦死的理想都很难实现，因为他没有那叫做人民币的东西。

李可乐的电影开拍没多久，剧组人员的车费、道具花销、电费、房租……渐渐地让追随的朋友用尽了最后的生活费。先前说好给他们赞助并签约的中国联通，也毁了约。突如其来的打击让李可乐不由得皱起了眉头，有道是有钱能使鬼推磨，那时候李可乐才知道钱的宝贵。没钱，就是有天大的抱负也只是白纸一张。

“学费和生活费都已经全部贡献出来了，剩下的就靠你了。”老朴和小 B 同时看了看大黄，两个人满眼的期待。

大黄抬头看了老朴和小B他们俩一眼，长出了一口气道：“我自己生活费还有五百多，从我老爹那里再弄个千把块应该没问题，毕竟他就我这么一个儿子。”

“大黄，平时看你这家伙挺老实的，怎么也干这种缺德的事！”老大开玩笑说。

“怎么了？”李可乐被他们哥几个搞得目瞪口呆。

老大使劲咽了一下唾沫，说道：“可乐，你不知道，上周我问他借个几百块，他说他没有，说穷得叮当响，这会却说自己有五百多块的私房钱！这家伙也太拿兄弟不当回事了！”

大黄面不改色道：“你借钱干什么我还不知道？根本就不干什么正经事！这些钱可是我这几个月辛辛苦苦存着准备拍电影救急用的，被你弄去了还不有去无回。”

听着大黄这话，李可乐心里一阵感动。大黄平时生活那叫一个省吃俭用，买个面包吃不完也要用报纸包起来揣在怀里带回宿舍留着下顿吃，这500多块绝对是他从牙缝里抠出来的，不像老朴和小B，常常花得口袋里连个钢镚都没有。

“大黄，你就不怕我们这回砸了？”李可乐看着大黄说。虽然他有信心拍出一部拿得出手的电影，可天下哪有绝对成功的事情？万一砸了，兄弟们这些期望可就全被自己毁了。

大黄被问得满脸通红，好半天才憋出来一句话：“兄弟们还不都是相信你！不过万一这次砸了，大家也都心甘情愿。”

“好！像咱们‘害虫俱乐部’的男人！”大歪使劲拍了一下大黄的肩膀，伸出了右手向大家道，“可乐，兄弟们都这么信任你，今后一定要干他一票大的！”

“为了兄弟们从此以后能有大把大把数得手软的钱！”大黄破釜沉舟地把自己的右手搭在了大歪的手上。

“为了一打抱得胳膊疼的漂亮媳妇！”李可乐也伸出了自己的手搭在他们早已摞好的手上面。

李可乐的第一部电影，就在这样一个泛穷水的日子里成长。在见识了一个又一个冷眼商人的奸诈后，在伤感和落寞过后，李可乐依然选择继续把电影拍了下去。跟随他的人也下定决心，哪怕挨饿也要实现自己对青春许下的诺言。有一天李可乐和小B剪片子剪到半夜饿得受不了了就准备出去吃饭，两个人身上加起来总共凑了一块五毛钱，最后和炒米饭的大妈磨了半天嘴皮子，砍下五毛钱带了一碗炒米饭回来。但所有这些，丝毫没有影响李可乐继续把电影拍完的决定。雪上加霜的打击不但没有摧垮这哥几个的信念，更是助长了李可乐必胜的决心。就在这前无古人，后无来者的关头，身边认识的和不认识的同学、朋友，都伸手援助。

李可乐也向学院领导伸出了求助之手。那天拍完外景回来，李可乐硬着头皮走进了党委书记办公室。

“书记……我……我……”李可乐嘟囔了几句，怎么也开不了口。

“怎么了，李可乐？”书记伸过手来，抚摸了一下李可乐的头，顿时一股暖意从李可乐的心底涌出。

“书记，我想跟你商量个事情。”李可乐咬了咬嘴唇，心想豁出去了。

书记从躺椅里坐起来，掐掉手里的烟，问李可乐：“什么事情？你说。”

李可乐搓了搓手：“我、我、我在拍一部电影。”

“拍电影？你是说你自己在拍电影？”书记一听这话，面带笑意，“李可乐啊，拍电影可不是那么简单的事情！钱！需要大把大把的钱！现在没有个几十万，怎么可能拍出一部电影来！”

“我不要几十万，只要一千多就成，我们已经快拍完了，大概再过四五天就杀青了。”李可乐接着说道。

“一千？一千块钱你拍出的电影会是什么样子？我不敢想象。不过现在对于系里来说拿一千块钱也挺紧的。”书记说话的声音不大，但李可乐感觉得到他惊讶的程度不小。书记盯着李可乐，眼睛里似乎爬满了怀疑。

李可乐垂着脑袋从椅子上站起来，小声道：“这个我是知道的。”说完转身准备走。

书记一把把李可乐拉住，怜爱地看着他，然后给秘书处打了个电话：“小刘，李可乐在拍电影，这事呀咱们系里该多多支持，你给他从学生活动经费里支两千块钱吧。”

听着书记的话，李可乐感动得眼泪汹涌而出。

回去的时候，因为太困，小 B 已经呼呼大睡了，李可乐却辗转反侧怎么也无法入眠。窗外静悄悄的，虫鸣嘤嘤，他端着一杯水走到窗边，打开窗户，吹着迎面而来的夜风，尽量让自己乱哄哄的头脑清醒一下。从窗户里可以看到工作室对面的操场，无意间他发现操场上还有人在跑步。于是李可乐感觉自己又一次看到了希望。

尽管系里给他们的那两千块钱在通过几道手续经过几个人后，最后转到剧组时只剩下千把块，但李可乐内心的感激之情难表。不过让他感到欣慰的是，就因为这事儿，中途身为院报记者的于小曼来找李可乐搞过一次采访。

8

杀青的当天，一批媒体记者来剧组探班。他们个个都是有说辞的，有的说是被他们的举动震撼，有的说是为他们的执着惊叹，也有的说是被他们的精神感动……这当中只有一个人最直接，他就是老麦。老麦说主要是想看看李可乐是在什么条件下，如何做了他当时想做但没敢去做的事情，当然也不排除抓个新闻回去换点积分多挣点稿费，把那个瘦老婆养胖。

老麦来的时候，为了鼓励李可乐还专门给他带了两盘DVD，贾樟柯的片子，一盘《小武》，一盘《站台》。

老麦对李可乐说："老贾最近赚了不少，又从国外捧了一座奖杯回来了。"

"那我先恭喜他，再谢谢你。"李可乐说。李可乐虽嘴里恭喜老贾，其实心里何尝不想从国外捧一座奖杯回来的人是他李可乐而不是老贾呢？可是这想法在当时只能当作是自慰。

就这样，李可乐和人民记者老麦就算是认识了。

冒着大雨，在秋风扫落叶中，《青春攻略》的最后一场戏在拍摄。男一号鸶鹰得知自己身患绝症后悄悄地独自离校出走，他的三个好兄弟早就知道了，已经等在路口，先是于飞二话没说冲上去把鸶鹰一拳撂倒在地，之后鸶鹰口里一边吐着血一边挣扎着爬起来……整场戏，三个兄弟轮流说完了长达十分钟痛骂他懦弱、不够义气等的台词，男一号鸶鹰却还是使劲爬使劲爬，但最终硬是没能再爬起来，他们三个只得跑上去扶着他半蹲着完成四个人最后一次在一起的抱头痛哭……演员在戏里哭，剧组的兄弟们在戏外哭，大片大片的梧桐叶在他们头上飞来飞去，像纸钱。几个心灵脆弱的女记者见此情景眼泪哗哗地流，以至于让李可乐都分不清那是泪水还是雨水。最后，她们告诉李可乐，这一幕，她们永远记在了心里。

李可乐调侃说："没事儿，都别往心里去，回去都记在你们报纸上就行了，如果不能发专版，上个头条也成。"又逗得她们破涕为笑。

晚上，老麦就给李可乐在网上发了白天从拍摄现场抢拍到的照片，还有一篇长长的名为《他们用青春做了什么？》的通讯报道。看到老麦的这个标题，李可乐想起了曾经看到某报在当地持续干旱几个月后下雨时写的一篇通讯的标题——"干了三个月，终于湿了"，以及在一次入室抢劫事件后另一家报纸写的"昨晚发生一起严重性抢劫事件"的事。他心想，看来记者就是记者，用标题就可以诱奸读者的眼球。

李可乐问老麦："新闻什么时候发？"

老麦说："应该是明天，但我还在和主编'交流'这事。"

"兄弟们都在等着看自己的新闻呢！明天最好加印三千份，要不不够卖。"李可乐开玩笑说。

老麦说："这个我一定会尽快安排的，你就等我好消息。"

那个晚上，老麦和李可乐就在网上就热点新闻聊了很久。

从报纸聊到记者，从记者聊到政府，从艺术聊到女人，从女人又聊到生活，又从生活回到艺术。

9

老麦虽说是个"名记"，但不少人都认为他更像个"愤青"，后来很多人也都这样告诉过李可乐。可李可乐一直不觉得，他始终认为老麦是一个真正的有良知的人民记者。几年前老麦还不是名记的时候，闲得发慌，就把当时网络上很火爆的《大学生自习室》改成了襄阳方言版，放到网上，结果一炮而红。当时无论男女老少，只要有耳朵的都听过。坊间还有一个传言说，老麦有一个搞人像摄影的朋友听得兴奋，忍不住把音响抱到店门口，音量开到极限，准备与路人一起分享。结果运气不好，遇上文化局的"衙役"从门前路过，上纲上线地批判他有违背"创建文明新城市"的行为，吓得他赶忙把东西收进店里。那之后，他就只能一个人偷偷地听。

一说到记者，也许大家都会想起一句很老套的话：记者是无冕之王。那么老麦至少应该代表这个时代的先锋，对炒作应该是了解得非常透彻才对。但事实证明，老麦坚定地反对艺术走商业路线。老麦说，他的镜头永远停留在那些捡破烂或者沿街乞讨的人身上，虽说偶尔也客串一下扫黄打非、地下赌场、跳楼放火、缉毒抓匪什么的，可他始终坚持认为丢掉自己最善良的本性是绝对不可以容忍的。不过这从另一方面也比较好解释老麦为什么会有好几个乞丐题材的作品都拿了国外的奖。据说有一次还搞了个什么学术交流的东西，好像也是围绕要饭这个话题的，那次不光作品去了国外，他人也去了。所有这些，都让李可乐对老麦越来越崇拜且更加坚信他是个人才。

李可乐认为没钱的情况下自己是能拍成电影的。这一点老麦和他能达成共识。当时"5·12"地震后，领导因为知道老麦是个愤青，为了追求社会和谐，没批准他赴川赈灾。于是老麦自己偷偷地爬上别人开往灾区的油轮，然后徒步进入映秀写报道拍照发照，后来在新华社编辑出版的一组抗震新闻摄影集中，对于自己的作品，老麦一律用了别的报社的名字。

10

一个星期后，报道李可乐拍电影的新闻终于陆续爬上了当地各家报纸的不同版面，而事件发生的时间似乎依然清一色的昨天，当然不包含老麦所在的那家报纸，他们是在第三天上的，也是最早的一家。就媒体时间这问题后来李可乐也问过老麦，老麦说主要是报社要安排商业广告以至没有版面，只能把新闻当旧闻。老麦告诉这事儿后，李可乐也终于明白那晚上为什么老麦说自己和主编在“交流”。其实后来李可乐还了解到，那个晚上老麦不但和主编“交流”了很久也还请他喝了茶，差点儿还请他洗桑拿泡妞，就为第三天发他们专版的事，由此可见老麦真是一好记者。于是那事儿以后，李可乐对报纸上的新闻基本只当故事看，如果非要通过报纸了解当地某一件事情的详细情况，他一般会选择在事情发生后一个星期左右买报纸，那样就可以看到所谓“昨天”的新闻。

虽然都是些重复的旧闻，但这丝毫没有影响把李可乐由一个曾经只在学生里面小有名气的家伙一夜间烧成当地一个名人的事实。

11

新闻见报没多久，李可乐剧组迎来了又一批人。这里面有一个比较重量级的人，就是雷子，但他既不是被折服来的也不是被震撼来的，雷子只是来和李可乐见面的。

李可乐和雷子此前没见过面，但认识。2005 年 10 月，李可乐在 QQ 上就遇到了他，是老麦介绍他们认识的。一上线，雷子告诉李可乐，他在 QQ 上遇到了一个记者朋友，那人告诉他李可乐正在拍一部叫《青春攻略》的校园青春剧。

原来那个记者朋友就是老麦。

雷子上线，一开始就跟李可乐聊电影。李可乐认为，雷子纯粹就是一严重头上顶着“13”当“B”的人。一个没拍过一部电影的人，居然和他这个已经快要拍成一部电影的人谈专业。李可乐心想，快拉倒吧。所以对雷子当时问的所有的问题，他都有些不屑。但雷子似乎一直想以一个专业人员的视角了解李可乐这部电影，李可乐却不停地告诉他自己还是第一次拍摄，连摄像机都是第一次玩，甚至剧组的所有成员都是机械学院临时工，包括李可乐这个处导演兼处编剧。李可乐的这些答案让雷子很是失望。

“我晕，这样的一个班子究竟能搞出什么样的电影？”雷子本能地发了这样一句话，却把李可乐惹得差点骂他祖宗十八代，但最后他还是忍住了。当雷子说他四岁的时候就爱上了看电影时，李可乐突然开始同情雷子并且对他有了好感。雷子告诉李可乐，那个时候他看电影的渠道有两个，一个是学校组织，一个是他父亲带着，至今还怀念那段看电影不用买票的时光。那个时候，他只看两种电影，一种叫红色电影，另一种叫印度电影。似乎至今总有个印象，红色电影总是黑白的，印度电影却是彩色的。李可乐见雷子对电影如此情有独钟，便问他：“当然，无论彩色或者黑白，都给你的儿童到少年时期打上了深深的印记，对吧？”

过了半天雷子才给他发了两个字过来：“对球！”雷子那会儿在思考，也在感叹。

聊到后来他们干脆不聊电影的事，雷子开始给李可乐讲故事。

雷子说很多年前，有一个女孩和他青梅竹马，他很爱她。后来女孩长大了，很美，但也许每天在身边可以看到的原因，他居然忽视了她的美丽。终于有一天，她失望地离开了他，消失在了他的视线中，而失去她的他，开始变得茫然无助，每天过着极端堕落的生活。忽然有一天，有人告诉他，那女孩回来了。他便兴冲冲地去找她，准备给她一个最美的拥抱。而当她站在自己面前的时候，他却愣住了。那女孩戴着奢华的首饰，穿着华丽的衣服，她平静地告诉他：她已经嫁作人妇，生活过得去，就是感觉心情不好……

雷子说那天的她确实很美，美丽的衣服映衬着她白皙的皮肤，可是，和他记忆里的她完全不一样。

“滚你妈的，那你来找我干什么，我不想见你！”雷子说他说完这句话后就走了，那个女孩站在原地哭。那以后，雷子说他就留了头发，长发披肩，每个人看见他都说：真有艺术家的气质。雷子说听着那些话他心里在抽搐，其实那个时候他只是一个臭摄像的，为了糊口拿着摄像机到处赶场做一百块钱一场的婚庆摄像。

“一年前，为了找人拍电影，为了证明艺术并不是长发所能代表的，我把头发剪了。”这是雷子的原话，说完这句话，雷子给李可乐发了个笑脸，接着又说，

“这一年，好多人和我谈艺术，有了艺术，慢慢地，我已经忘记了她。”

李可乐问雷子：“那你懂艺术吗？”

雷子说：“不懂。我只是一直在寻觅我梦想中的‘生活’。因为传说，艺术是生活的升华。不过我现在觉得，艺术升华得我已经看不懂了。”

雷子又问：“你有没有发现，很多人，很多所谓搞‘艺术’的人，都喜欢拿着一件称为艺术、其实什么也不是的东西给大家看，大家看不懂，他就说大家不懂艺术，还说曲高和寡，这就是！”

雷子告诉李可乐自从他拍了一部记录发廊女生活的纪录片之后，就有好多人加他 QQ 和他聊天，都说，“雷老师，再搞点艺术点的东西出来撒？”

李可乐说：“你搞没呢？”

雷子说：“妈的，我不懂，叫我怎么搞？”

李可乐笑。

过了会，雷子又发信息：“这几个星期在艺术教育学院上了几节表演课，我反复对学员们重申了一个观点：回到生活中来吧，生活才是最好的养分，连生活都不懂的一堆人，凭什么忽悠我们的劳动人民。所以我告诉他们要想演司机你就得学会开车，要想演妓女你就得去和别人上床，要想演要饭的，你最好在要饭的旁边支个摊去和他抢东西吃。表演这一行没有别的什么窍门，就是要会思考，思考之前你必须向生活去学习更多的东西，表演不是坐在家想想就能明白的。不懂生活，你懂个屁艺术！”

李可乐知道雷子心里还在想着什么，就发了一句：“你还在爱着？”

“不，我是痛恨艺术，因为它活生生地把血气方刚、志向远大的一堆人耽误了，狗日的艺术！”

李可乐说：“雷子，其实你是在痛恨她。”

“艺术就是皇帝的新装。”雷子只顾着自己说，根本不搭李可乐的腔。最后临下线时，他对李可乐说，“如果你不赞同，想骂我，OK，我接受，不过我想说的一句话就是：婊子就是婊子，再怎么装也还是婊子。这就是艺术。”所以认识雷子的时候，他给李可乐的第一感觉就是个十足的“垃圾”，甚至比垃圾还糟糕，但不知道为什么，他却被这团垃圾深深地吸引，总觉得他身体里有和自己一样的东西。

12

终于在某个夜深人静的时候李可乐和小B剪辑完成了《青春攻略》的最后一幕，进入集中的合成渲染。编辑机配置低……辛辛苦苦工作几个小时的劳动成果，一不小心就会在一次次的死机后灰飞烟灭……

死机归死机，重复的工作还得做，也只能听天由命了。一个又一个的通宵，一次次死了又活，活了又死，唯一的期望是能在某一次活下来。

大歪开始准备考研，每天早上六点钟起来去上自习，晚上回来还陪李可乐和小B熬到两三点。每次天蒙蒙亮听见大歪起床时痛苦的呻吟，李可乐的心都有一种刺痛感。不过大歪为了继续坚持下来他一天的自习，每次临走前总会大喊几声，然后把自己的被子盖在他们两个人身上才离去。

此后的日子里，老麦和雷子偶尔也会打电话给李可乐，给他关心和鼓励，要他们无论如何要坚持住。

“坚持住！一定要坚持住！”每次死机后李可乐都会对小B重复这句话。

电脑在一次又一次十七八小时的连续工作状态下死机重启，小B连续三天凌晨四点扑到电脑前时，电脑处于重启状态，先前渲染到一半的电影又没了。李可乐到处打电话咨询别人，但谁都不知道问题出在哪里。

李可乐很无奈。但有一个声音一直告诉他，不能在此时倒下。

每到这时李可乐就会不知不觉想起于小曼。他自己也不知道为什么，每每在面对困难时，都会想起于小曼，而且只要想起于小曼，他就有了继续坚持下去的勇气和信念。

13

勇气和信念只能让一个人在失败受挫时增加动力，即使自己有力气在摔倒时再爬起来，但并不能解决电脑在制片时死机几十次，死到无法再死的问题，所以李可乐还是一筹莫展。

这天下午，老朴突然神经兮兮地跑来对李可乐说，肯定是主机“CPU”太烂。

小B问他：“为什么？”

老朴一本正经地指着自己的胸口问小B，你说：“如果你的心脏是烂的，你面对女人时还能有激情吗？”

小B定定地盯着老朴看了半天，然后说：“是吗？”

老朴点了点头说：“是。”

“狗屁逻辑。”小B用温柔的微笑把老朴送进了万丈深渊。

老朴见小B在这件事情上如此之不尊重自己，便转过身对着李可乐，似乎很无奈也很不屑地说：“可乐，你说说，就像你和我这样的心，如果看见女人还能动吗？”其实李可乐是承认老朴的这句话，但对于是否是因“CPU”太烂导致电脑死机并没有想那么多。

下午的时候，小B还真抱着试试看的心理换了“CPU”，结果就在这个普通的日子里，他们的《青春攻略》却特殊地降临了。李可乐在那一刻的激动，就像娶了个久婚不育的老婆，十月怀胎后生下一个大胖小子。

14

电影宣传启动，中国移动公司给予了大力的宣传资助，校园内的宣传伴随着一万多份宣传单、四百多幅彩喷写真海报和几十条横幅在三个校区同时张罗开来。尤其是那张几乎把整个宿舍楼包起来的120平方米的巨型大海报上“中国移动赞助”几个大字正对着中国联通公司校园营业厅的门，就像专门写给联通公司看似的。

几个机械学院男人大半年来为挑战性而辛勤耕耘出来的电影终于和观众见面了。首映会场人山人海，学校领导、社会人士、学生，当然还有林苒苒和杨子怡，更重要的是还有那个在那时李可乐一直日思夜盼却不能揽在自己身边的于小曼。其实据说当晚于小曼是准备现场献玫瑰花给李可乐的，后来中途发生了点意外，不过这事是后来于小曼自己告诉李可乐的，李可乐当时不知道。

一个不可思议的事儿成功了，首映典礼上李可乐整个人都春光满面，脚下生风。

用老朴的说，就是：可乐，大家和你一起干的，怎么最后只有你成了最耀眼的明星？

同时公映的四个会场，都被同学们挤得水泄不通，走廊上、过道里，连窗户外边也挤满了人。当地各堂各口的电影爱好者、各家媒体的记者都赶来观看首映。当时有个女记者跟李可乐打招呼，李可乐只顾着和老麦说话，没顾上理人家，以至于后来那女记者压了李可乐专访报道没发。

《青春攻略》引来了很大的争论，一些人骂说李可乐残忍，说他活生生地让两个生命在一夜之间逝去，对天之骄子的生命也太不尊重了。只有他们学校的党委书记骂得出类拔萃一些，站的立场也高一些，他批评说李可乐在电影里塑造的主人公大学生以卖血求生，动不动就抽烟喝酒，很损当代大学生的精神风貌，属于不健康的文化。

当然这不是李可乐的目的，如果非说希望有个结果，他倒是希望那天晚上于小曼不出意外地把花送到他面前，要是可能的话再来个拥抱或者飞吻什么的。如果那时候正好被那个女记者因为心里吃醋不爽抢拍下来，回去在他们报纸上发个头条“娱乐绯闻”，搞得于小曼和他男朋友分手，然后出现在他身边那就更好了，可是事实是这些都没有发生。

第六章 东山再起

拍完《青春攻略》后，李可乐总觉得自己以后不可能和电影有什么瓜葛，但事实证明，有些事情只有在发生后，你才会知道它可能，就像奥巴马能从黑人窟里走进白宫一样。

1

拍完《青春攻略》后，李可乐总觉得自己以后不可能和电影有什么瓜葛，因为于小曼已经慢慢地被他埋在心底，似乎淡出了他的视线，他也不可能再有创作的冲动了。但事实证明，有些事情只有发生后，你才会知道它可能，就像奥巴马能从黑人窟里走进白宫，于小曼会主动来到李可乐的身边而且他还会那么彻底地爱上她一样。

在结识了雷子这个如同“文化垃圾”般的独立影像创作人后，李可乐和他达成了一个共同的理想：打造这座城市里第一支影视制作先遣队。

雷子这人，用阳光的话说，给人的直觉就是一个骨子里散发着不切实际气息的“怪物”，但这个“怪物”对影像艺术的感觉和对感情的执着让李可乐很欣赏。虽然他的那些发廊小姐生活纪录片是自产自销，由于缺少策划和统筹，杂乱得只能听呻吟，李可乐却能从那些杂乱无章的背影中嗅到他的确是个人才，以至于到后来把他上升到和老麦同一个段位膜拜。

李可乐在与这个神经质的家伙几次牛头不对马嘴的沟通之后，决定和他联手打造一部电影。

但是谁都知道，好的电影是一门复杂的艺术，声、光、像、剧情、演员……的组合，需要的东西太多。李可乐起初萌生拍电影的想法只是为了挑战性，后来真正是寄托了对小曼的思恋。就在那时奇迹般产生了崇拜斯皮尔伯格、迷恋王家卫、欣赏顾长卫的感觉……他开始幻想和他们一样指挥着自己的剧组云游各地，将自己的作品带入影院让观众们品评，不过这在当时只是一个理想。李可乐明白，理想到现实的距离很长，有时候长到一生都有可能走不完。理想还需要很多的合作伙伴，他只是个学机械设计的，雷子是个拍发廊女生活纪录片的。实现这个理想的一个团队仅有他们两个还不够，于是他们决定就像水泊梁山那个姓宋的拉人入伙一样，挖掘当地有一些受众的娱乐人物。尽管李可乐之前的一部《青春攻略》轰动了半座城，成了家喻户晓的名人，但他还是相信在这个圈子是需要更多明星效应的。于是最后把目光聚向了当时的电视台娱乐节目的主持人阳光。他之所以观众基础好，是因为他敢于公开面对几十万观众说自己就是个流氓。他和秦一铭不一样，秦一铭是那种既想当婊子又想立牌坊的家伙。阳光一贯只信奉流氓最真诚的格言。就拿出生地这事来说吧，事实上他是一九八零年出生于辽宁省岫岩县，可他就是不愿意承认自己是东北人，总是说自己是北京人。可真相是他快十岁时才随着父母来到北京郊区的一个部队大院的破砖房里居住，一直到上中学后，才搬进了城，挤在朝阳门的城墙根下一个不到三十平方米的单身宿舍，那时开始他才算和北京的语言真正发生了直接的交流。在此之前，他对北京文化几乎没什么认识，北京的语言对他来讲是陌生的。他却能咬定自己就是北京人，还说有山顶洞作证。不过也正是后来的这些北京文化铸就了他个性的主持风格，调侃成为他主持语言的最大特色。与其说阳光是把这种语言形式当成了工具，还不如说把它当成了武器。阳光选择了调侃，这样既能化解对方造成的侮辱，又有保护自身尊严的功能，吹牛时也能运用得游刃有余。因此阳光早已成为大众眼中的披着文化外衣的“君子流氓”。有人问阳光：“你办节目的目的是什么？”“当然是为了名利了。”阳光回答时脸不红心不跳，这就是真实的他。

在瞄准了阳光后，让雷子托了三姑八姨的门路引荐，准备说服他入伙。可在真正见到阳光的时候，他却来了一句：“有拍电影这事，你们干吗不早点找我。”

2

《新聊斋之不了情》开始筹备，李可乐和雷子、阳光三人的首度合作开启。在这之前，李可乐和小B南下，在广州佛山一带跑着毕业后创业的事。跑了大半个月，后来实在没钱吃饭，李可乐觉得很可能再继续下去就会饿死，于是进了一家台资公司去上班。可小B硬是坚信有理想就不会饿死，虽然他跟着李可乐去了那家单位，但是没答应在人家那里工作，于是混了顿饭就在分给李可乐的宿舍里睡觉。就在小B一觉睡醒，准备等着晚上继续混下一顿饭的时候，那个台湾老板找到他，非不承认他是大学生，说肯定是捡垃圾的，要把小B赶走。

正在那台湾老板和小B两个僵持不下的时候，李可乐下班回到了宿舍。

李可乐给老板解释："他是我兄弟，名字叫小B，不是捡垃圾的。"

那台湾老板说："我知道是你兄弟，昨天他不肯签协议在我们这工作，我见过的。"

李可乐说："那就没事，是误会，小B你继续睡吧。"

"不是误会，如果他不签协议在我这工作，我还是认为他是捡垃圾的，所以他必须……"台湾老板的话还没说完。

李可乐就听见小B说了声"你大爷的"，那老板就直溜溜地躺在地上了。

这是李可乐和小B在一起这么多年第一次听他骂人，所以在约三十秒内李可乐整个人的大脑是休克的。

还没等老板从地板上爬起来，小B就跳下床穿好了鞋。

"可乐，你看见了，你们老板是个捡垃圾的搞的，与你没有关系的。"小B边系鞋带边回头指着老板笑着对李可乐说。

小B走了。那台湾老板是李可乐叫人送去的医院，他被小B踢中了老二。

小B出了公司就给李可乐打了电话："可乐，我先去趟东莞，过几天就回学校，如果这家伙不给你小鞋穿你就先待着，等发了工资有了路费再回来。"

听着电话里小B的声音，李可乐不知为什么哽咽着说不出话。

他心里合计着，两个人身上总共就剩五十块钱，全部在自己身上，临走前还没来得及给他，不知道小B怎么去东莞，又怎么回学校。

太操蛋了，生活，在人民大学生的面前，你怎么就这么沉重呢？

听小B说完，李可乐就挂了电话，因为他不知道自己还能说什么。

那个晚上，李可乐又一次彻夜失眠。当他再给小B打电话时，小B的手机已经停机。

一天，雷子打电话要李可乐上网，说要谈筹拍电影的事。

吃完饭，李可乐准备去办公室在网上和雷子谈事。路上碰见部门主管，她问李可乐："这么早就去加班？不休息会儿？"

李可乐说："主管，不累，再说待在宿舍也很无聊，还不如在办公室。"

主管没有说话，只是看着李可乐笑，那种笑好像在他以前的生活中没有见过。

到办公室打开电脑，雷子正好在线。

李可乐问雷子："剧本改好了没？"

雷子说："没改，又重新写的，再有两个晚上就搞定。"

李可乐说："其实原先你给我看过的那个《突发事件》的剧本改改就挺好。"

雷子说："题材是挺好的，但以咱们目前的设备根本无法达到预期的取景效果，会把本子糟蹋了，所以我想暂时搁下，又重新起的本子，这次就是要和你商量这个事。"

李可乐问："新本子是关于什么题材的？"

"鬼怪悬疑，当然主题是爱情。"雷子告诉李可乐。

李可乐说："鬼怪悬疑可以，不过这个我不在行，这回你执导，我总监，本子完成了发我。"

"小李，是在和女朋友聊天吗？"又是那个女主管。正当李可乐和雷子聊得投入时，她出现在身边。

"没有，和朋友谈点事。"李可乐说着站了起来。

"谈女朋友没？"主管搬了个椅子坐他旁边。

"还没呢。"李可乐想也没想地回答说。说这话时他又开始思念于小曼了，他也不知道为什么在这个时候又会想起她。操蛋，人家已经是名花有主的人了。有个声音在骂李可乐，那是他自己。

"小李，老家哪里的？"

"兰州的。"李可乐不知道她接下来还会问什么。

还好没等主管下一个问题酝酿出来，电话响了。主管接了电话就出了办公室。

主管走了，李可乐和雷子继续聊他们电影的事。

李可乐先是让雷子和阳光商量一下，去找两家商家作为商业赞助，解决一下拍摄花销。

雷子说："现在的商人根本就不认识我们这些刚出道的，而且阳光电视台那边的工作根本脱不了身，我白天要为生活奔波，晚上还要赶本子。"

……

再之后和雷子交流了什么李可乐都忘了，但他一直清楚地记得雷子当时急切但又无奈和无助的心情。

3

半月后，李可乐告别广州，其一是因为电影的事情，另外是那个女主管每天不厌其烦地施予他的笑容和关怀之情让李可乐不得不选择在她把自己“吃”掉前离开。

李可乐是买好火车票后写的辞职申请，而且是在离开公司上了火车后才让人把辞职申请交到主管手上的。为了这个，他用公司给自己发的两条被子作为筹谢请隔壁办公室的画图员为他办妥。回学校前一晚上，李可乐就给大黄打了个电话，在电话里简单提了一下可能又要拍电影的事。一听又要拍电影，大黄高兴得不得了。他告诉李可乐，兄弟们除了老大和老朴还在为了找工作在外奔波外，大歪、宝明都在，更令李可乐没想到的是大黄居然在电话里告诉他小 B 没被饿死，而且还赶在他之前活着回到了学校。

刚出火车站，就接到雷子的电话。雷子以为他还没回来，说要把演员招募的海报从网上传给李可乐看。李可乐一听，赶紧说：“你赶紧带着海报乘车赶到学校，我已经回学校了。”雷子一听李可乐居然回来了，激动之余只说了一个字“操”，就挂了电话。当然李可乐能从雷子已经连不成串的笑声中感觉到，那个“操”其实饱含了千言万语。

当李可乐坐公交摇晃到学校门口时，雷子已经拿着海报站在那儿等他大半天了。

拿到海报，李可乐没顾上休息，便和小 B、大歪、大黄一起准备第二天招募演员的事宜。

一大早，他们就直接杀到市区的一所师范学院，和校方联系沟通、搬桌椅等弄好以后，已经快中午放学了。他们把那张有几十个平方米的海报往那里一挂，一会儿就呼啦啦挤满了围观的同学，因为在师范学院公开招聘演员是第一次，所以特别受宠。这种平时只能在北影和中戏校园里发生的传奇突然就上演在他们身边，弄得他们惊慌失措，连午饭都忘记了吃。正是由于传说中的神秘，以至于大家都觉得演电影离他们的生活很遥远，只能是望洋兴叹，根本连问都不敢问。直到大歪一边给他们传授艺术来源于生活，生活就是艺术的道理，然后一边“靓妹帅哥”地鼓励，他们才陆续开始报名。很快，在大歪的煽动下，他们似乎突然就捡回了丢失多年的自信，都争先恐后地报名。在师范学院短短的几个小时就报了 200 多。但其实后来真正用到的一个女二号“女鬼”还是大歪围着他们学院的操场跑了三圈追回来的一个。

试镜当天赶上愚人节，这个特殊的日子里，李可乐和小B、雷子、阳光，坐在了音乐学院电教楼的107教室。

天气和阳光的头型一样亮。阳光穿得西装革履，很有节目主持人的派头，手提袋里是面试试题的文件夹，小B带着摄像机，雷子带着几个狗不理包子，只有李可乐空着手，他们一大早坐在了教室的第一排。这场面就是《新聊斋之不了情》剧组在三大高校进行海选的第一场。老麦和几家报社的记者听到消息后也不请自来，在现场做采访。

面试开始后第一个上来的是一个打扮得花枝招展的女生。

刚一上台，阳光的电话响了，他接起电话听了半天，最后只“啊”了一句就挂了，然后对李可乐说：“市区刚发生了一起交通事故。”这句话似乎刻意说得声音很大。

坐下后他问那女孩：“你叫何欣？”

女孩点头。

接着阳光就来了句：“听说你男朋友刚在车祸中遭遇不幸了，你知道吗？”

只见啪的一下，那女孩就直接像一堆泥一样瘫到了地上，眼泪哗哗地往外流，整个人已经泣不成声。

除了那女孩的哭声，整个教室一片默然。

“不好意思，开个玩笑。”约半分钟后，阳光说着迅速从位置上站起来走到何欣面前去扶她，“起来吧何欣，今天愚人节。”

就在这时，教室内瞬间又变成一片哗然。

“啊，今天真的是愚人节！”

“还电视台节目主持人呢，就这样的素质？”

“怎么忘了是愚人节啊！”

“男朋友死了再换个不就成了，至于那么伤心吗？”

……

一时间在场所有人议论纷纷，他们的情绪在经历了从一个极致被拉到另一个极致的极度跨越后，开始骚动不已。

实话说起初连李可乐都很意外，他还在想阳光是怎么知道车祸里死的人就是何欣男朋友的，雷子这时站起来说：“下面我们正式开始面试，第一道题就是模拟刚才的这个情境，即当你突然听到自己的男朋友或者女朋友在车祸中死了，你会怎么做？”

李可乐这才意识到其实这是他们两个早商量好了的，那个电话就是雷子拨的。

哥们，这就是艺术，晓得不？来源于生活，又高于生活。

一上午时间，就在每一个男男女女失去情侣后千姿百态的表演中过去了。

音乐学院试镜完，趁着午饭时间，李可乐和师范学院联系，安排了第二场试镜筛选的事情。在师范学院试镜用电视机做监控，可当天正好赶了个星期天，师范学院那边教室的管理员没来上班，正在大家急得没办法想时，参加试镜的同学中有人抱着宿舍的电视来了。听说那位同学是在没有钥匙的情况下敲破玻璃爬进隔壁宿舍窗子弄出来的，这让李可乐不得不心存感激地留下他，最后给了个客串歹徒的角色。师范学院参加试镜的有二百多人，最后进了剧组的只有他。

考试面试，又是一天整整忙到晚上。

连续几天的奔波，阳光在当天晚上回家时由于过度疲劳，驾车失去方向感，竟直接以 140 码的速度飞上了隔离带，结果是车子被拖进了修理厂，人活着。第二天，他依旧像什么事也没发生一样来到了理工学院的试镜海选现场，手上还包着纱布。

在近五百人的三场试镜海选后，从中选出了五十人。回学校后，小 B 把这五十人的照片一个个全部排号打在纸上，看着那些姿色各异、秀色可餐的水灵姑娘，李可乐心里不禁瞬间滋生了一股古代帝王选妃的甜蜜感觉，久久地萦绕不散。

4

经过剧组全体主创人员的一致同意，最终敲定了整部戏最初的演员和角色分配。经过大半年的筹备，新影片第一场戏终于在汉江边开始试拍。阴雨连绵的日子里，剧组所有人员在没有一把雨伞的情况下冒雨拍摄，可大家依然激情高涨。尤其让李可乐感动的是，几个女演员竟然不顾例假献身艺术事业，在大雨中一遍又一遍练习走位。第二场戏的场景在市区，从下午六点开始一直没休息拍到凌晨两点，最后在街上的一组镜头拍摄中发现现场的灯光无法满足需要，只好作罢。半夜，为了能给几个女孩找个较为安全舒适的歇息地，阳光开车找了就近的一家宾馆。李可乐和小 B、大歪、宝明、大黄几人就在人民广场的肯德基门前歇息，反光板和衣服往地上一铺就地躺着，等困劲儿过了才想起晚上没吃饭。大歪跑到夜市的小摊上，掏出所有的钱买了两盒炒花饭，拿回来几个人凑合了几口过了一个晚上。

第二天一场戏是在隆中风景区拍摄的，当时为了在山上采一个场景，李可乐和雷子在山里迷了路，爬树丛，钻山洞，最后被搞得遍体鳞伤。好不容易找到了景点，演员却找不到状态，入不了戏，一场戏拍了将近五个小时。可五个小时拍出来的东西回家一剪辑只剩下五十秒不到，再一回放发现更是一团糟。日日夜夜卖命，最后看着眼前的视频，大家都各自怀揣上了沉重的包袱，默默地坐着不语了……

5

晚上，李可乐、阳光、小B、雷子四人怀着沉痛的心情在人民广场的一个茶馆里做出决定——先前拍的推翻再来。重新修改剧本，重新掉换角色，重新开始，这就好比娶了媳妇上完床怀了孩子，却因为吃了感冒药怀疑有后遗症必须要打掉一样，对他们任何一个人来说心里都是痛的。

经过整整一个下午的时间，在一壶茶喝完的时候基本上敲定了接下来的故事走向，分工行动。

一个礼拜后，大家确定了修改后的剧本人物大纲。晚上，大家又聚在了一起，经过再三考虑，还是做出了在一家解放军招待所集中租房进驻的决定。当晚，以比正常营业时每个床位低五元的费用租下了四间房子，供剧组休息和办公用。

6

几经周折，同一部电影，第二次开拍了。

这不禁让李可乐想起老朴曾经问过自己的一句话："可乐，你有几次初恋？"

5月1日，女生宿舍212寝室，这是数字，更是一段记忆。

调整后的第一场戏全部集中在女生寝室这个神秘而伤感的春色迷宫里进行。还是女一号费了不少口舌，终于说服同寝室姐妹们让出自己休憩的闺房作为电影拍摄场景地，但是有一条君子协议：为了保证整层楼其他女生同胞的春光不外泄，拍戏的时候剧组成员不能随便到走廊上走动，只能待在房间里。

五月的天气，虽然不比六七月的骄阳烘烤，但十来个人挤在一间七平方米不到的房间一待就是一整天，怎么着也得中途出来透口气。再加上老朴此人本来就是个头长在下半身的人，又长年生活在机械学院那个四季见不到女人的地方。他一有空就借抽烟往外溜，每次回去都满眼春色地对大歪说，他又发现新大陆了。这引起了隔壁寝室的女生的强烈不满，经常以大声关门来抗议，以示对老朴的警告。老朴却依然厚着脸皮，当作什么都没听到，每次还是该看看，该瞅瞅，毕竟眼睛长在他自己头上。

在女生寝室虽然只有短暂的三天，但那三天时间也构成了他们兄弟人生心理上最大的阴影。在宿舍通往厕所的路上，沿途随时都可以看见酥胸半露以及丰乳肥臀的各色美女为生理代谢需要而来回忙碌地奔波的景象。眼睛一睁，到处都是性感的 BRA 和 UNDER 时，任何一个正常的男人都会目瞪口呆，垂涎三尺。一群正常的男人在这样的环境里待了足足三天。三天啊，上帝都快把世界创造出来了！不过在大伙儿干完了拍拍屁股很痛苦地走后，居然也有意外的收获。两年后，一个学妹告诉李可乐，他们几个为机械学院的男人博得了最坐怀不乱、审美混乱的美名。

8

离开女生寝室的第一天，再拍戏就完全变了样，刚到晚上九点多，才完成了当天拍摄任务的三分之一，大黄和老朴几个就连举话筒的力气都没了，李可乐只好宣布大伙先收摊吃饭休息。一回到招待所，担任场记的大歪和担任录音师的大黄一躺下就开始打呼噜。

雷子为了给剧组赚吃饭钱不得不接了拍婚纱的业务跑到乡下去了，唯有李可乐、小 B 和阳光还在夜深人静时为第二天的分镜头和走位调度忙着。凌晨三点多，忙完分镜头后小 B 和阳光先睡了，李可乐虽然困得要命，但总觉得还有块东西压在他心里不能安心。起身翻开拍摄计划，眼看着第二天的计划只完成了一部分，而且从一天的情况来分析，已经卖力到无法再尽力的地步了。

“怎么办？”李可乐拿笔用力地划掉当天已经拍完的三场戏后，长叹了一口气。他心想：照这样下去，七天根本拍不完。但如果七天内拍不完，整个片子就有可能面临第二次流产的危险。

“五一”过后，大家的毕业设计论文就到了一刻都不能放松的时候，而且有部分演员还要找工作。

躺在床上，李可乐辗转反侧，最后终于做出一个决定：晚上加拍。

只要是白天的室内戏，全部从白天的计划里移出来，都改放到晚上在招待所室内通宵加拍。

做出这样的决定后，李可乐想，事情是解决了，可这样一来，所有剧组人员的工作强度便翻了倍，演员还可以根据安排轮流休息，导演摄像就得 24 小时工作，但已经没有比这个更好的办法了！

9

雷子从乡下回来赚到了五百块钱。回来后就拿着钱和小 B 两个一大早跑到灯饰城买了两个冷光灯。有了好的灯光，晚上剧组就可以赶拍室内的戏了。大家匆匆吃了几口饭后立刻开工。当拍到凌晨三点多时，大歪由于劳累过度，在阳光和小 B 调整机位的空当，躺在一旁靠着楼梯睡着了，手里握着场记牌。看他睡得那么香，兄弟们一个个都心疼得不愿意把他叫醒。李可乐示意大黄和宝明把他抬到床上，一直到躺在床上时场记牌还紧紧地握在大歪手里。

小 B 和阳光轮流扛摄像机，雷子在镜前调度。李可乐看着监视器，人都已经快坐不住了，最后索性把衣服往楼梯上一垫，把监视器放在楼梯上，自己趴在楼梯上监控。一直到凌晨五点，总算完成了当天的拍摄计划。

躺下休息了两个小时后，早上七点起床又投入到白天的外景拍摄中。

在外奔波战斗一天，晚上回到招待所还得赶拍夜景戏。这天晚上随便吃了点东西后就赶紧开工。当晚安排的是两位主人公午夜遇“鬼”的戏，因为一群机械学院的大男人午夜待在音乐学院的女生寝室拍鬼戏比见鬼更玄乎，所以便把女生寝室走廊遇鬼的戏都放在了剧组落脚的招待所里拍。在拍到深夜三点多时，可能是过度劳累，李可乐在现场调度时，不知道碰了哪里的电线，当场就被电击得翻了个跟头，半晌后他才醒过神来。当然这个也不排除李可乐本人喜欢放电的可能，因为他曾不止一次走在街上与那些穿皮带草的小嫂子擦肩而过时会因静电搞得她们无端地尖叫。

遇鬼的戏难度更大，拍摄时间长，拍了两个晚上都是在夜深人静的时候，为此还和那家招待所的保安发生过很多争执，不过每次保安最终还是会被李可乐虔诚的道歉行为所感化。

这部电影最艰难的一场戏在暴雨里完成，这场戏是“女鬼生前在一个小道子里遭遇歹徒强暴遇害”的情节。当天早上拍外景戏，下午主要集中在大街上拍摄“李蕊在看到男朋友拥抱姐姐李蕾后出走”的戏，一直拍到晚上亮起路灯。晚上，天上突然布上了阴云，紧接着刮起了大风，眼看着暴雨迫在眉睫。“李蕊从人到鬼的蜕变”的戏赶上这个天气也好，很有氛围，李可乐心想。所以他让大黄和老大提前到晚上的拍摄地点去做准备，其他人继续赶工，终于赶在暴雨来临前完成了白天的最后一个镜头。

天空已经雷鸣电闪，就像女人那张脸，说变就变，顷刻间下起了倾盆大雨。虽然大黄和老大带人赶到了拍摄地点做了一些拍摄准备工作，可雨实在太大，根本无法开工，最后所有工作人员不得不暂时待在一家小餐馆避雨，顺便吃晚饭。

正在这时，那个因为给剧组抱了电视机而破格留下客串歹徒的演员打电话过来给李可乐，说他已经从十几里外的隆中赶了过来，在电话里求着说一定要安排个客串。听到这话，李可乐二话不说立刻放下筷子跑出去接他，当他蹚过餐馆的小院子时，才发现水已经没过小腿。

好不容易等到雨小了，大队人马立即赶往拍摄地点，谁知还没开始拍摄，又是一阵大雨，比前一阵更急，来得更猛更强烈。所有人都已经淋透了，宝明和小B、大歪、雷子在大雨的浇灌中强接电源，唯一的一把伞由大黄用来保护着摄像机和阳光负责架机位。雨太大，每一次两个线头靠近就会电火花四溅，接线板烧坏了三个，可大伙还是在拼了命地接。老麦淋着雨抢着镜头拍摄。李可乐在车里给演员讲戏，看到大家那样不顾命地干，他一激动，剧本一丢，让演员们自己去看，他赶紧过去帮忙。可李可乐刚跑过去，大歪气得一把推开他，劈头盖脸就一顿臭骂：“李可乐，你给我滚一边去！这儿有我们就够了，你赶紧干你该干的，要是你倒下了，谁来弄？”看到兄弟们一个个淋得不像人样，李可乐心一酸，眼泪就往外迸，雨水、泪水、汗水和在一起顺着脸颊往下流。刹那间，他只觉得到处都是光在闪：照相机的闪光、雷电光、握在他们手中电线上四溅的火花。李可乐一看再坚持也没有用，于是转身又跑回车里给演员讲戏，但随后他发现先前出来时准备的“李蕊的呕吐的道具”由于太急忘带了，现在返回去取已经来不及了，最后决定买方便面弄碎和着纯净水代替，于是二话没说，推开车门冲进了大雨中。

时间已经过零点了，附近所有超市和小商店都关了门。蹚着过膝的积水，李可乐拼命地穿行在一个又一个漆黑的巷子里，敲着一家又一家小商店的门，不知道穿了多少个巷子，最后终于敲开了一家小商店的门买到了方便面和矿泉水。

10

整部片子最有趣的是神婆出场招魂的一场戏。起初神婆角色定的是一个体重三百多斤、长得很有特色的女特型演员，后来临到拍摄时那家伙居然胆小怕鬼临阵脱逃。最后正赶上当时洛禾北漂归来，于是通过朋友被推荐到了剧组。那时的洛禾已经出落得有点美人坯子的味儿，不过那时李可乐可万万没想到她竟然成了自己后来的御用演员。洛禾趁着北漂在北影表演专业进修了一趟，所以演起神婆来自然是游刃有余，但是在杀鸡祭鬼的时候，她也成了不敢杀鸡的胆小神婆。起初还挺像那么回事儿，一手抓着鸡，一手拿着刀，但当刀架到鸡脖子上时她死活不敢下刀。老朴便在一边骂骂咧咧："操，难道这就是北影培养的人才？"无奈之下，李可乐和雷子一商量，干脆用替身，于是老朴的手、洛禾的表演，组成了电影里精彩的一幕。

尽管只是给女人当了回手，但这也算老朴的局部上了回银幕，所以他很兴奋，一周时间里，见人就说。

片子杀青，最后一场戏从下午三点一直拍到第二天早上五点。为了取得最好的角度，当时担任摄像的阳光，堂堂的一电视台著名主持人硬是站到池塘齐腰深的水里面，最后拍完出水时下半身足足在十分钟内失去知觉。尽管当时女一号江一帆看他一出水就搂着抱着连亲带拥，但无济于事。出演女鬼的演员在那场戏的台词特别多，唯一保存到最后的一份剧本又落在了前一个场景，两位演员只好凭回忆对台词，雷子在旁边坐着即兴写，边写边改，直到把所有的台词搞定。最后一场戏，很多演员的戏都已经结束了，但是没有一个人愿意先离开去睡觉，大家虽然很困，但是都一直坚持到最后一个镜头完成。因为大家知道，第二天剧组一解散，不知道什么时候才能再见面。

当李可乐歇底斯里喊完那声"卡"，预示着最后一个镜头顺利通过后，演员们异口同声发出了欣喜的惊呼声，瞬间划破了寂静的夜空，就好像少妇午夜里巅峰的尖叫。

最后这场戏是在一个休闲度假村里拍的，晚上住的是农家小院。收工后大家都住进了各自的房间，李可乐和小 B 等一帮子难兄难弟挤在一个屋子。雷子和阳光、女鬼扮演者以及女一号江一帆等一帮女人塞在一间套房里。李可乐也不知道那晚上他们干了什么，反正第二天他推开门的时候一伙男男女女衣着不整、交错叠加着挤在两张床上，杂乱无章、触目惊心的视觉冲击给大伙留下了难解的悬念。

11

黄酒啤酒加白酒就着农家土烧干锅鸡，杀青庆功宴在绿影壁巷里开搞，那天晚上除了剧组的所有人之外还有老麦等几个媒体记者。记者不是来采访的，是奔着揩油女演员们来的。

又一部电影杀青了，李可乐不知道自己接下来还能再干什么。几个月以来为理想、为生活四处奔波，磨练得已经没了几许思念爱情的冲动。自打从广州回来开始电影创作后，对于小曼的思念似乎又被埋了起来，就像原始动物的触角，只有偶尔触摸到它才能发现它动一下，以此证明它还活着。

菜还没上来，雷子他妈的已经开始把自己当驴灌，三品石花一杯接一杯地往自己的肚子里倒。李可乐知道，雷子肯定又想起了他那个已为人妇的漂亮女人。

“人总要有一定的理想和目标，无论短时间还是长时间，试着去做才能实现。可能有人会问，你的目标不能达成又将如何？其实有些事情只要去做就有一半成功的概率，如果不去做就肯定没有机会。”雷子喝了一口酒继续说，“拍电影同样如此，想当初谁都不知道一个学机械设计的大四学生，一个电视台节目主持人，一个拍发廊女生活纪录片的自由创作人会搞出什么样的东东。也许作品并不成熟，但其间的过程确实如此让人品味良久……”这是李可乐自从认识雷子以来，听到过这个禽兽的人说过的最不禽兽的一句话。

“这个我赞同。战战兢兢，如履薄冰，我拍完了电影《新聊斋之不了情》，过了回明星瘾，着实让我自己大吃一惊！小女子自认为无才无能，天生没有自信，人一多就紧张得跟刚蒸完桑拿一般。所以自从上大学以来基本上没有参加过什么活动，总是默默无闻地在学校度过一天又一天，现在想想还真是虚度了大好的青春岁月啊。从四月份开始，我从对电影一无所知到自己亲自参与到演电影，看剧组拍电影，从中真的让我有不小的收获！”接着雷子的话，被阳光履行了潜规则的女一号江一帆抒发了一番从女孩到女人蜕变后的感慨。

李可乐问江一帆：“你最大的收获是什么？”

“有幸遇到了一批为了电影能够付出一切的人！”她说，“这类人中，你是最让我佩服的！”

“操，我是你最佩服的你怎么没跟我跟了阳光？”话虽这么说，其实只是过嘴瘾，李可乐心里爱的只能是于小曼。

“你知不知道在拍过《青春攻略》之后，有很多人都知道了你，以前老听到别人说你如何能干，我只是在一旁默不作声，直到真正和你合作以后，才发现你真的很了不起。”

李可乐没说话，江一帆继续说：“对于雷子，记得第一次和他在一起是一起坐在公车上，他留着胡子，戴个黑边眼镜，一脸的严肃，无不透露着神秘感，只记得当时坐在他身边大气都不敢出，有种小学时候犯了错，被老师逮住的感觉。起初一直被他那种独特的气质所吓到，在后来多次的见面之后，才发现他并没我想象中的那么可怕，其实他还是个‘老顽童’，总是把我们觉得很平常的事情想得很开心，也许他这个思想有点怪异的人，能从中感受到我们一般人感觉不到的东西吧。也许就是他的怪异，才能堆起来艺术吧？反正我是这么认为的！”

接下来江一帆把话题引到了阳光身上：“对于阳光，也许我这个人对见到别人的第一印象记忆尤其深刻，所以一提起阳光，我首先想到的就是第一次见面的样子。第一次见他，是在我们学校的试镜教室，他长得胖胖的，染了一头黄黄的头发，衬得他的脸格外的白。他戴着副眼镜，讲着一口标准的普通话，正儿八经地给每一个面试者出题，虽然一副很投入的样子，但是他的长相和动作给我一种吊儿郎当的感觉。但是后来才发现他的长相和他的作风不大一样。他是个干劲十足的人，为了电影他投入了很多心血。为了拍好每一个镜头，他整天扛着几十斤重的摄像机连续拍摄十几个小时，甚至为了拍一个好看的效果，大半夜卷着裤子跑到湖中间拍摄。这种追求完美的态度，很是让人感动……”

听着这个女人对他们三个的这一番轮流评论，倒是让李可乐开始无限地感慨自己的电影之路。这一路走来是多么不容易，想当初拍第一部电影时，拍到中间一点资金都没有了，实在没办法，东拼西凑过日子。他说：“以前我和小 B 在工作室剪辑电影，整整两天没吃东西，后来实在饿了出去吃饭，两个人掏遍全身，只有一块多钱。后来正好赶上隔壁班一女生买盒饭，没办法就跟着一起去吃，同学们知道了，经常会有人到我们寝室送些面包、水果、牛奶等吃的东西，这才算是熬了过来！现在真是幸福多了，还能在这里聚餐，多么奢侈的事情啊。”听完李可乐不经意的一番感叹，大家保持了长久的沉默。不知道是替他感到辛酸还是高兴，反正许久都没有说出话来。

李可乐、雷子和阳光的这次三人合璧，其实并不像大家想的那么顺畅。搞艺术的人永远崇尚的是心中自己的感觉。这部电影是他们三个人争吵出来的怪胎，但它确是他们心爱的孩子。用阳光的话说，其实那是一部失控的电影，却是他们三个人一起生的第一部电影。从电影筹备之初他们就一直在争吵，剧本、拍摄时间、拍摄进度、机位、演员、服装……有关这部电影的一切三个人几乎吵了个遍。但也正是这种争吵让三个对艺术有着不同感觉的人在不断的沟通中了解对方，才磨合出了之后家喻户晓的新锐导演组合“三剑客”。

雷子是一个很艺术化的人，艺术到做什么都没有计划，完全跟着感觉走。李可乐是一个很规范的人，规范到一切艺术化的东西到他手里都会变得程序化。至于阳光则是一个唯美的人，对于艺术上的瑕疵一点都不能接受。雷子讲究艺术，李可乐执行速度，阳光要求一切唯美。这之间的矛盾从第一次开拍就开始激化，激化融合中他们三人的团队就此诞生。

这一路走来，是于小曼让李可乐学会了麻木自己，暂时地埋掉对她的思念在电影中活着走下去，虽然他不知道自己能走多远，但他知道没有于小曼的日子只有抱着电影才能活得轻松。

也就是在那个晚上的后半夜，李可乐和老朴、大歪、小 B 一帮子兄弟在站台上完成大学的最后一次拥抱后，送老朴离开了他们一起生活了四年的城市。那天晚上，老朴一直沉默，直到上了火车，他才说了一句话："四年时间，一直为了这个毕业证而努力，以为有了证就有了未来，可是现在我他妈光有证没有未来！"说这话时老朴哭了，哭得很伤心。

看着老朴的迷惘和伤感，李可乐的眼眶里有一团东西打转，但他使劲地憋着。老大、大歪、大黄、小 B 和宝明几个人实在憋不住，最后眼泪竟然一点点落下，滴在带走老朴的那趟绿皮列车的铁轨上。

老朴要走，李可乐心里不好受，所以聚餐的时候喝了点酒，喝得虽然不多却导致不胜酒力的他昏昏沉沉东倒西歪，因此晚上还是连爬带滚赶到车站送老朴走的。

老朴走后的第二天，宝明和大黄也分别登上了北上和南下的列车。宝明投身到了中核建设集团，用他们兄弟的话说就是为伟大祖国的国防事业奉献青春去了。而大黄去了一家传说中的外资企业，虽然据说是世界 500 强，听着挺牛，但因为是老外搞的，所以大伙总觉得大黄是不爱国的同志。

第七章 都是出名惹的祸

虽然从广州回来后李可乐坚定地选择了留在这座城市，但这并不代表他就认定这是个遍地黄金的地方。李可乐一直认为，相信现今世界哪里还有遍地黄金或者天上会掉馅饼的人只有两种，一种是女人，一种是疯子。

1

虽然从广州回来后李可乐坚定地选择了留在这座城市，但这并不代表他就认定这是个遍地黄金的地方。李可乐一直认为，相信现今世界哪里还有遍地黄金或者天上会掉馅饼的人只有两种，一种是女人，一种是疯子。

他清楚，虽然这座城市自己熟悉，但这并不能代表它就会无故地为他产生财富。

所以他觉得自己必须做点什么。

这座城市有自由的空气和秀丽的风光，也是李可乐唯一喜欢它的理由。

以前街坊间流传着一种说法，说生活在这座城市的人中，十个有五个是民工，有四个是老板或者即将成为老板，剩下的一个肯定是失足女。虽然李可乐并不认可这个人员结构比例，但这座城市的现实生活每天都在提醒他，僧多粥少的时代早已来临。而他，作为其中的一个僧，肯定得为觅粥奔波。

像李可乐这样一个机械系毕业的人，放着机械设计的活儿不做，成天硬是拿着策划案到处找投资、搞文化传媒当导演，只怕除了四处碰壁乞讨街头就剩下最后告老还乡躬耕黄土地的下场。可一想到面朝黄土背朝天的父母为了供自己上大学已经家徒四壁，负债累累，李可乐实在不忍心再回去让他们烦心操劳。所以，他下定决心一定要撑下去，宁可曝尸街头也要守得云开见月明。

当李可乐和小B怀揣着一沓策划案，花了近一个月时间把整座城市跑遍，而那些个投资商一个个只保持观望而不付诸实施时，他和小B便绝望地蹲在马路边上数身上的钱。李可乐把自己身上所有的钱掏给小B，小B加上自己所有的钱，精确到以角为单位计数却只能数到三位数。

小B问李可乐："可乐，怎么办？这弄蛋糕是好吃，可我们还得靠米饭活着！"

沉默。看着小B疲惫的眼睛，李可乐花了足足三分钟时间用来沉默。沉默后他对小B说："听你的，先找份工作填饱肚子。留得青山在，不怕没柴烧。"

那天晚上，李可乐和小B一起吃了他们大学时代在一起的最后一顿晚餐。

三天后，李可乐送小B登上了开往深圳的列车。眼看小B都要上班的人了还穿着学生时代已经穿了四年的T恤，李可乐实在不忍心，就用他填肚子的钱买了件衬衫给他。小B一大男人，为了这点事居然感动得哭了。老大毕业前误入传销，被关押了半个月后最终以死相搏得以逃出，因此对南方都市的繁华心有余悸，最终选择了留下来，去了江华。大歪因为要考研，也留下了。

不久后，大歪为了追逐爱情，最终放弃继续深造选择了南下。他走的时候，老大也突然好了伤疤忘了疼一起跟着去了。最后只剩下李可乐坚持留守襄阳。

李可乐知道，生活即将把他们分割在天南海北，从此就不会再有往日挤在一个小餐馆为最后一块回锅肉而争来抢去的欢笑，也不会再有一起废寝忘食地奋斗，他们都将要在各自新的生活轨迹上续写自己新的故事。把自己的这些个兄弟送走，一个个南下北上之后，李可乐决定在这个鸟不拉屎的地方留下来干一番属于自己的事业。他还美其名曰：驻守阵地，以谋日后东山再起。

2

小B和大歪几个走后，李可乐病倒了……

在一场持续三天三夜的高烧退去后，李可乐终于努力地告别了那张硬邦邦的蜷缩了他青春年华最龌龊时光的木板床。那心情，可谓真正的大病初愈。下床时整个人萎靡得就像房事后的那种空虚。

从宿舍里摇晃着出来的时候，李可乐在心里想：你他妈总算没被死神拽上！小样，看我还不继续把电影拍下去。大难不死的那种庆幸，在他感觉也是爽的。于是激发了他想说点什么的欲望。可当他走出门的时候居然咽在喉咙里半天没想出来，下楼梯被绊了一下更加忘得一干二净。

《新聊斋之不了情》已顺利杀青，进入后期制作。阳光不走运，出车祸撞了人。所幸那人抢救了回来，要不这会儿肯定已经蹲在号子里吃国家饭了。李可乐先前对阳光要成“公务员”的羡慕这会儿也烟消云散了，毕竟他还是没吃上免费的窝窝头，算是遗憾。雷子硬说拍鬼片就是招鬼，人人都劫数难逃。李可乐还在骂雷子如果劫难这回不黏你，我就让你自己跳楼自杀！结果第二天就传来噩耗。雷子说正在制作中的片子制作机硬盘挂了。

李可乐一听，那可真是无穷地心痛啊！

“你那破嘴还真邪门！”李可乐说，“如果硬盘真挂了，我就一把火烧了你全家，顺便把你家邻居也带上！”

雷子说：“就算你把整个世界烧了，也不能把硬盘修复呀！”

听到这话，李可乐从兜里掏出烟点上，再这么一琢磨，确实也是。于是便幡然醒悟。迫于无奈，最终也只好放弃了这一已经规划好抄雷子满门、灭他八辈的伟大构想。

在李可乐这个伟大构想还有可能复活的空当里，雷子补充一句：“还好，我有先见之明，早已经用带子备份了一份。”

3

此后李可乐居然陆续听到了关于男一号练舞摔骨折、女二号被人劫财差点连色也一起捎带被劫等一类剧组人员传奇而又真实的邪门故事。

不久后，李可乐就和一家单位签了就业协议做技术工作。

小B也顺利签进传说中的一家世界500强企业，就是之前经常有人跳楼的那家。

再之后就是一段风平浪静的日子。

这段时间里李可乐除了吃喝拉撒就是彻夜地沉睡和整日的无聊。

可能是大半月以来的休整，元气大大恢复，于是乎整个人上上下下又开始蠢蠢欲动。只可惜由于先前奋不顾身为了艺术的创作而几乎倾家荡产，囊中羞涩到竟然连门也没法出。眼看着影片要出世了，宣传、公映的一大笔费用还没着落，可对李可乐来说现在只能想，无法付诸行动。李可乐终于觉得钱真他妈是好东西，所以他发誓这辈子一定还要赚很多的钱。

李可乐上班的第三天，临近下班时突然接到一个电话。电话是当地一家报社的记者打来的，他告诉李可乐，想做一期他们电影创作的专访。那记者说："上一部电影没赶上，这回，我们想搞独家。"

李可乐一兴奋，居然满口答应，独家就独家。连谱都忘了摆，一口气接下。

4

嘴上说的是独家，但别的媒体也很快找上门来。报纸刊出专访的第二天起，电视台、广播电台的专访一个接一个而来，李可乐当时也许没想到其实自己的命运已经在悄无声息中开始改变。

一夜之间，李可乐不仅成了当地小有名气的草根导演，更让他这一生难忘的是认识了秦一铭。

最早，秦一铭是从电视上了解的李可乐，看到报道后通过电视台记者要了李可乐的电话。可每次发短信打电话就是没回应，无奈之下便在报纸上登了寻人启事，大致意思是说，李可乐是他失散多年的远房亲戚。这个启事连续刊登了一个礼拜后，李可乐终于看到消息，并主动联系了秦一铭。开始李可乐还真以为秦一铭是什么七大姑八大姨的远房亲戚流落在外，心想这无论关系远近，联系上总有个照应。可当见面后才知道，这秦一铭根本跟他八竿子都打不着，原来只是屡次电话信息约见没有回应后使出的怪招。还有就是李可乐此前从来没有收到什么短信和电话，两人一对才发现，那记者留给秦一铭的电话居然把最后两位号码弄反了。秦一铭找李可乐的主要目的就是想找他一起做点事业，两人就这么认识了。

秦一铭，何许人也?

男，45 岁，海归人士，某国外大学 MBA 毕业，个人资产上千万，在国内经营房地产项目。

这是李可乐认识秦一铭后所知道的关于他的全部最有价值的信息。

秦一铭打电话给李可乐的时候，李可乐和雷子、阳光三个人正在喝酒。

要说在酒场上，李可乐就是个废物，不喝正好，一喝就醉。三两下去就不省人事了，拿不上台面。只有雷子海量，用他自己的话说，70度的霸王醉一斤刚好，斤半喝好，二斤以上才能放倒。阳光就更不用说了，他比李可乐都差远了。所以一般情况下他们三个人喝酒，确切一点说是看雷子一个人灌牲口。

接秦一铭电话的时候，李可乐已经三两白酒下肚，阳光喝了二两，雷子喝了多少没人清楚，反正迷迷糊糊中三个瓶子已经空了。

“老弟，在哪儿呢？”

秦一铭这人有个特点，就是碰见生人从不见外，都一律喊老弟。

“在喝酒呢！你来不？”李可乐不知道酒已经喝完了。

“哪个位置？我开车过来，正好找你有事要商量。”

雷子问李可乐：“谁啊？能喝酒不这人？不能喝就别让过来，来了扫兴。”

李可乐说：“秦哥啊，我哥们问你能喝不？”

“能喝一点儿，不大。”秦一铭在电话里笑着说。

李可乐说：“雷子，他说能喝一点儿，但不大。”

“喝不大就好，够兄弟。让他赶紧点儿过来，告诉他，我们就在这等着，不见不散。”

电话可能就在这个时候断了。

“喂，秦哥，你怎么不说话啦！喂……喂……喂……”李可乐喂了半天，那边秦一铭还是没声音。

阳光问李可乐是不是停机了。李可乐说，我这是单停，是停了好几天了，但接电话应该是没问题的。

李可乐还在琢磨着继续等秦一铭打过来。

雷子说：“你给他打个不就成了。”

李可乐说：“我这不单停了吗？再者我又没他号。”

阳光说：“他不刚给你打了吗？把号给雷子，用他的电话打。”

李可乐被提醒了，这才低头看手机屏幕。黑屏！手机没电了。他说：“没电了雷子，看来他能喝也陪不了你啦，酒也喝得差不多了。我们回家吧。”

“那不行，说了不见不散，万一人家来，那不放人家鸽子啦？要走你们走，我等着。”雷子说着起身准备往前台走。

临了来了句：“我去要酒啊。”

雷子走后不久，秦一铭就来了。

秦一铭就是秦一铭，你不服他真不行。他在不知道李可乐他们在哪里的情况下硬是开着车跑了大半个城找到了他们。

进门时，秦一铭怀里就揣着一瓶演义。

秦一铭就是用这瓶演义收买了李可乐、雷子和阳光三人。

过程很简单，虽然有点桃园结义般传奇，但前后时间总共不到半个小时。所以就这件事在后来杨子怡对李可乐宣讲得眉飞色舞的时候，李可乐一点都不怀疑整个事件的传奇性。

雷子问秦一铭："老兄，可不可以陪我喝？"

"别说是陪喝了，简直就是相逢恨晚，一切都在酒杯里，兄弟满上。"秦一铭笑着给他们三人把酒倒好，同时也为自己满了一杯，"我来迟了，先自罚一杯。"说着仰头一饮而尽……

等到雷子开始和秦一铭碰酒喝的时候，秦一铭转身问李可乐："可不可以跟着我干？"

李可乐还没说话，雷子就急了，说："只要你把这酒喝了，可乐的事我给你办，他不干我跟你干，只要不杀人放火，其他的我都干。"

接下来当然就是秦一铭用还不是很满的一杯酒直接把雷子放倒在桌子上，然后李可乐为了给雷子的面子就答应和秦一铭干了。

就这样，三个人就决定和秦一铭一起干了，连干什么都没问。

5

三天后，秦一铭拿着一张注册名称为香港天娱影视文化公司的营业执照来找李可乐，说公司已经入资注册，办公的地方也弄好了，就在财富大厦四楼的两套写字单元里。说完就扔给李可乐一串钥匙，说晚上召集大家开会。

李可乐问："秦哥，哪来的大家？"

秦一铭说："不是那天晚上都已经说好了吗？大家一起干啊！"

切，雷子酒后放的屁你都当真？

李可乐心里骂，但嘴里说："秦哥，你先等等，就算召集开会我也得知道我们开公司要干什么呀。"

秦一铭一听李可乐的话，满脸微笑地看了他一眼，然后走到窗户旁边深深地吸了一口新鲜空气，徐声道："前段时间，我让手下一个弟兄摸了一下近年起步的一些影视公司的底，结果发现这些公司拍的电影，百分之九十是没有什么艺术性的，基本都是纯粹娱乐的电影，也就是说，到了十一月这些电影全部上映的时候，整个电影节都会笼罩在一片淫声浪语之下。你们之前的那部《新聊斋之不了情》你也看到了，要不是艺术性强，恐怕根本就没人关注。这一批纯粹娱乐的电影出来，你们想一想，会给民众特别是那些青少年带来多大的冲击和不良影响？现在社会的风气咱们又不是不知道，咱的国人还是很保守的，所以这个时候，政府力量肯定会介入，到时就是影视文化的整风运动，我们正好可以借风起势，干一番自己的事业。"

李可乐一听秦一铭的话，目瞪口呆。半晌后反应过来，于是清清嗓子一本正经地说："既然秦哥把话说到这里了，我觉得是有一定的道理，所以从今天开始，我李可乐就算正式加入天娱公司了！"

"那这样吧，我先回去，你马上通知他们，晚上七点半准时开会，会议地点就定在我们新的办公大楼里。"秦一铭说完就走。

虽然李可乐还没反应过来自己到底和秦一铭说了什么，但最后还是决定召集大家开会。他按照秦一铭说的地址找到了办公的写字楼，然后一个个电话通知。当李可乐一口气把几个人全部叫齐坐下的时候，秦一铭也准时推门进来了。

秦一铭一进屋，一帮人都呆呆地看着李可乐。

"看个屁呀！这么神圣而伟大的时刻，还不鼓掌！"李可乐说。

"啪啦啪啦……"敷衍性地响了几声。

秦一铭进门都没落座就直接进入了主题："首先，我们现在成立天娱公司董事会的战略决策委员会。成员嘛，就是在座的各位了，所有重大的事情都要由董事会决策委员会商量决定；公司的收益，也由董事会成员分成；风险嘛，风险就我自己承担算了。"秦一铭看了大伙一眼，见他们直点头，便继续往下说。

"下面就是经营层面的具体职务，这个大家先听听李可乐的意见。"

"啊！"秦一铭话还没说完，就迎来一片啧啧声。

"可乐，你就给大家指派吧，我们绝对听从你的意见。"秦一铭目光诚恳。

"好吧，既然这样，我就简单划分一下吧，但这个职责分工和职务安排，要在充分考虑到我们每个人的特长的同时还要兼顾公司发展，所以我觉得还是由秦哥您任总经理兼董事长，虽然我们都是受益者，但钱毕竟是您出的，大家的意见呢？"

李可乐话音一落大家纷纷赞同，秦一铭也点头表示认可。

再之后就是提议和讨论李可乐和其他几个人的分工。大家一致通过由李可乐任主管行政工作的第一副总经理兼策划总监，理由是他管理能力比在座的几个都强，又能写擅侃。雷子酒量好，叛逆气息浓，任主管业务的第二副总经理兼艺术总监。阳光心细，又是电视台节目主持人，任主管财务的副总经理兼项目总监。看似呆头呆脑的设计师王大鹏还给分了个公司的人事经理职务。不漂亮的文员小惠也勉为其难成了公司秘书。"

这天晚上的会就这样主要围绕讨论几个人职务安排和分工的事展开和结束，

会议是在财富大厦四楼新公司办公楼会议室开的。其实这之前秦一铭已经把公司办公的所有东西在三天内找人都弄好了，包括那个平面设计师王大鹏和那个不漂亮的文员小惠，他扔给李可乐那串钥匙的时候其实已经把公司交给了他。

就这样，天娱影视公司的四大巨头便在这栋大楼里草草诞生了。

6

从分工起，天娱的事业就算真正开始了。

李可乐星期一至星期五的白天还要象征性地在工作单位做技术主管，晚上和周末就是自己公司的副总，整个人基本在超负荷运转。

考虑到公司刚成立，得有点动作。大家经过讨论和思考后通过决议，筹拍一部反映本土特色的影片。

为了筹拍的事情，李可乐和雷子、阳光个个累得东倒西歪。这天晚上，秦一铭回来时说给他们收购了一个别人用过的摄影棚，但是当李可乐和雷子到达现场一看就傻眼了，什么摄影棚，简直就是一菜园子！人家走的时候几乎连垃圾桶都带走了，就留给他们一个空荡荡的简陋得不能再简陋的茅草棚。既然买了就得用上，他们的任务却是要在里面搭上拍都市情景剧的内景，一共50场，需要近三十个内景场地。因为拍的是古城步行一条街，所以里面的装潢布置都必须仿古，而要想弄来那些个木栅栏竹篱笆墙，实在不是一件容易的事情。

好在阳光在电视台里混了那么多年，对这种事情了如指掌，知道和步行街相隔两个街区有一家远近闻名专门提供各种木制竹编家具器物的厂子，厂长和他原来在电视台一个栏目组合作过，看在阳光的面上，厂长租给了他们大部分的东西，价格打了个六折，而剩下来没有布置的二十个场景之中，有十个场景是要在野外的，另外十个场景净是些大宾馆、别墅的镜头。李可乐直接找到秦一铭，秦一铭看着他列出的清单，告诉他这些大场景基本都没有什么问题。作为公司的董事长，这些问题秦一铭还是能解决的。他说宾馆、球馆这些他可以找到渠道全部赞助，甚至可以找到他自己曾经投资建造的，大伙只需要把具体规格要求给他列清单说明就可以了，而至于别墅，他自己就有一套，可以直接用。

秦一铭虽然分析市场头头是道，但直到开拍前一天其实还不知道李可乐他们要拍什么东西。他在房产界混了那么长时间，自然能从雷子列出来的清单之中猜出一点。他们交流的时候，秦一铭的反应和悟性完全体现出了他海外留学生的智商，所有商业赞助和外围关系上的事情，他几乎一个人出马就全部搞定。这让李可乐不得不承认输在他手下也是情有可原的。

《古城夜生活》就这样开拍，为了蒙混外面的人，还装模作样跑到西安取了点外景。这种项目的具体统筹运作李可乐在学生时代已经轻车熟路。加上后来通过报纸电视媒体全方位炒作宣传，效果相当不错。一部20集的电视连续剧作品，讲述了现代城市人的夜生活故事，其中穿插了很多本土历史文化因素。短短半年时间，项目告捷，片子转手卖给了香港一家制作公司，小赚一笔。

7

当了天娱的这个双重的“总”之后，好长一段时间李可乐都被一个问题困扰着，那就是他应不应该说服自己承认天上掉馅饼这个事实。他多次在午夜梦醒后还在怀疑自己坐在办公室写策划案不是真的，当他使劲地拧一把自己的大腿确定自己还感觉到疼的时候，就有种似乎躺在家里被流星砸了后脑勺的眩晕感。再后来他开始考虑到这个事情应该给谁炫一下了，于是躺在床上翻了三遍电话簿，居然找不到一个合适的对象。直到有一天回家时在大街上看见一个穿格子衬衫的漂亮女生，再次勾起了他对于小曼的思念。相思的痛苦迫使李可乐在回宿舍灌下三两白酒后，才在无意识中拨通了林苒苒的电话。

电话很快被林苒苒接通。

“李可乐，你怎么想起给我打电话啦？”醉得太深，李可乐已经听不出林苒苒是高兴还是伤感。

“没什么事，就是问问你现在过得好不好？另外还告诉你，我当了两个总。”

再后来说了什么李可乐根本就不知道了。其实他打电话给林苒苒只是因为思念于小曼，所以他没有什么更多的话对林苒苒说的。

8

第一个项目开门红，这给大伙增加了信心。6月底公司财务盘点的时候，净收入整整增加三十万元！

几万元的成本，三十多万元的收益！李可乐不得不一遍又一遍地告诫自己，这不是梦。雷子和阳光看着报表差点没当场昏过去！

公司里只有一个人没有被震到，那就是秦一铭。他是见过世面的人，当年在国外他找人搞的一个楼盘投资一千万美元，结果在开盘不到一个月就赚了三千万美元。

秦一铭告诉李可乐，这三十万元只不过是开始的一次性首播版税付款，如果片子开播后反响好、收视率高，以后还会有可观的分红。但是秦一铭也同时告诫他们，千万不能因为第一个项目成功了就心高气傲，他还一再强调他自己就是个反面的例子。虽然当年一个楼盘让他一夜暴富，可这些钱都被他砸在了第二个楼盘里，结果烂得一塌糊涂，最后连本都没收回来。

秦一铭说得很认真，完全是以一个过来人的身份提醒大家，在场的人自然虚心听教。

随着业务的逐渐开拓，公司软硬件进一步提升，面貌焕然一新，完全变成了设施齐全的标准的正规影视传媒公司：一套写字楼层，一栋工作楼层，招兵买马也拥有了员工三十多人，规模和口碑被人认可，在这座城市总算是有了一席之地。

在当地某权威部门发布的企业可持续发展报告中，天娱公司排名第23位。该报告把当地的一些规模公司分成五等，排在第一等的是航空航天研究、汽车制造这样的顶级大鳄；第二等的是轻工、纺织等产业的一些大公司；第三等的是日用化工、农贸等规模次一级的公司，天娱公司和一些服务行业的大牌公司被划为第四等，第五等则是为数众多的小公司。在另一份娱乐周刊潜力评估报告中，天娱公司名列第一，公司签约的一个女演员还被评为最有发展潜力的女明星，身价涨到了年薪十万元。李可乐特意看了一下，他们的最大竞争对手公司竟然跟在后面。

为了应对竞争对手，在雷子等人的强烈要求之下，公司召开了第一届董事会。谁也没有想到，这次没超过十个人的小会，竟然成了公司历史上的一个里程碑。

会上，雷子被明确继续当导演，王大鹏任财务主管兼行政副总经理，阳光除以前的任职外被追加任命为市场总监。最后，秦一铭提议自己只任职公司董事长，推选李可乐任总经理兼制片人于一身。李可乐原以为大家会有意见要提，谁知居然都拍手称好。就这样，他便顺理成章地掌握了公司的金融、拍片、制片大权，成为公司的“最高元首”。

在安排完了新的人事任命之后，阳光和雷子他们集体向李可乐提出一个尖锐的问题：下一步我们要干什么？

看着他们几个人，李可乐喝了口茶，说道：“继续拍影视剧呗。”

噗！一句话一出那帮家伙差点集体昏倒。

“老大，你这不是等于没说吗？谁不知道下一步是拍影视剧啊，可拍什么你总得说吧？”王大鹏急道。自从上部情景剧卖了个好价，再加上公司的发展一直为人所称赞，这让王大鹏信心满满，歇了这么长时间，他每天都是摩拳擦掌，准备再创辉煌。

“是呀，可乐，我看要不再拍几部《古城夜生活》这样题材的作品，反正大家喜欢看，现在无论是大小公司，都争先恐后地生怕错过了这班车。”小惠经常跟着王大鹏在外面跑，各公司的状况她也了解了一些，说起来也头头是道。她一发言，其他人纷纷表示赞成。

李可乐扫了一眼，发现只有雷二顺沉默不语。

“雷二顺，你的意见呢？”李可乐问。

在所有人中，雷二顺加入天娱公司的时间最短，所以一直不怎么说话，见李可乐问，他这才皱着眉头说道：“我和小惠的意见有点不一样，我觉得我们下一部最好不要再拍这样的作品。”

“说说你的理由。”李可乐一脸微笑。

见李可乐满脸皆是鼓励之色，雷二顺这才大胆地侃侃而谈：“我是这样想的，《古城夜生活》之所以获得成功，本身的各种手法咱们不说，很重要的一点就是观众之前没有看过这样题材的片子，有一种新奇感。如今经过了这么长时间的熏陶，这种新奇感慢慢减弱，观众也逐渐变得理性，加上众多公司相似的电视剧纷纷上马，我觉得即使咱们的电视剧再出色，也很难获得像《古城夜生活》一样的成功，所以我觉得还不如开辟一条新路。”

李可乐使劲地点了点头，表示认可雷二顺说得很有道理。

“二顺说得很不错，我也是这个意思，所以下一个项目绝对不能拍《古城夜生活》这样的题材，改拍别的。”李可乐语气坚定。

王大鹏和小惠等人脸上顿时露出惋惜之色，不过对李可乐的决定即使心有不甘，也不反对。

“老大，你怎么说，我们就怎么做，可我觉得雷二顺的理由还不充分。”王大鹏跟着李可乐有一段时间了，能感觉到他有些话没有说出来。

李可乐笑了笑，看着大家说道：“我问你们一个问题，现在在电影界，谁说话最管用？”

大家被李可乐弄糊涂了，不明白他为什么问这个问题。大家七嘴八舌地说了一些人名。

随着李可乐一一否定，大家放弃了猜测，等待他揭晓谜底。

“制片人！”李可乐一字一顿道。

哗！其他人一阵七嘴八舌，只有雷子和阳光装深沉，秦一铭也坐在一边听着没说话。

“老大，你说的制片人，不就只是个找投资的吗？”小惠诧异道。

“是。”

“为什么？他不就是个负责出钱的吗？”王大鹏也有点不理解。

秦一铭这才不紧不慢地说：“是的，制片人只是个找钱的，但是你们要知道电影都是用钱砸出来的，所以拍什么只有他说了算。”

一句话惊醒梦中人，王大鹏和小惠经秦一铭这么一点拨便茅塞顿开。

一星期后开例会时，秦一铭突然说要告诉大家一个好消息。

雷子问：“什么好消息？”

秦一铭说：“听说在迪拜有一个电视创作投资中心，是由阿联酋政府和中国政府携手实施的文化产业合作项目，投资近三亿美元。迪拜是中东商业中心，那里有七星级宾馆和阿拉伯风情，也有很多创业成功的本地商人，因此选择这个角度拍摄一部影视剧有利于展现本地商人在海外的创业历程，肯定能吸引一大批投资者。”

秦一铭说前几天和市委宣传部领导在一起吃饭时，部长曲万里还寄希望于本地企业家，希望以后能有更多的影视作品反映本地商人在海外创业或国外商人在本地创业的故事，把本地商人创业和本地海纳百川的精神塑造并推广出去。

李可乐说：“拍摄这个作品需要很大的投入，剧组各方面开销会非常大。”

秦一铭说：“钱不是问题，本地商人近两年开始关注影视投资，许多企业家都有投资文化领域的意愿。我敢保证此次参与投资拍摄的企业家就不下十位。”

阳光说：“本地许多企业家面临着‘二次创业’，人力资源、土地资源等要素制约着企业进一步发展，因此企业家十分渴望开拓新的投资领域，秦总分析的这个也不是没有道理。”

“2005 年国内电影票房收入达二十亿元，引进海外电影的票房收入达 16.5 亿元，电视播映市场收入达 11.5 亿元，三项相加综合收入达四十八亿元，比 2004 年同期增长十二亿元。中国电影市场将以 36% 的年复合增长率激增，2007 年突破八十亿元。这是一个具有巨大潜力的市场，我们应该继续扩大投资。”雷子罗列出了一堆数字。

“虽然我国影视业目前有 20% 至 30% 的投资是血本无归的，只有 40% 至 50% 的投资能够保本，仅有 20% 左右的投资可以赢利。但我相信该领域投资前景广阔，而且我们这个题材绝对有竞争优势。”秦一铭补充道。

听着他们罗列的数字例证和市场分析，李可乐连连点头。就这样，一部反映本地商人在海外创业生活的定名为《大款在迪拜》的影视剧，又一次紧锣密鼓地开始筹划。

当然天知道他李可乐的命运也在随着这部电视剧的筹拍进展一步步趋向黑暗。

这天李可乐下班回到家中时，接到秦一铭电话，秦一铭说已经确定由釜山野狼影视文化有限公司斥资一千万投拍，天娱承拍这个项目，初定主创人员于下周四在荣华酒店举行媒体见面会，晚上要开会筹备相关事宜，为了庆祝和放松一下，下午出去消遣，做个 SPA。

李可乐心想："什么是 SPA ？"他原以为所谓的 SPA 就是色情服务，所以他想这不是让自己在艺术创作中腐化堕落吗？原以为刚小赚一笔，分到了两万元可以活得滋润一点，多点时间继续捡起对于小曼的思念，可现在秦一铭这个家伙搞出来这样个平台，千万别被搞得腐化堕落了。

9

其实李可乐压根没想到居然会有这么个比艺术创作还能让人想不明白的东西。

秦一铭再三强调说："这家机构是跨国企业，在 SPA 界很有名气。"

"神奇，难道凡是跨国公司都很洋气吗？"李可乐开玩笑地说，"如果我们跑到韩国设一个分公司不也是跨国公司了吗？"

秦一铭见李可乐无动于衷，便又哄又劝，说去了可以开着车在沙滩上玩，想怎么疯就怎么疯。他的这些话让李可乐心里一动……作为一个因爱而思念得已经寂寞的男人，其实是很容易被收买的。所以他马上给了自己一个理由，答应去兜风。

李可乐说："那就去吧，不过我保证不搞那个什么 SPA。"

说完就挂了电话，但他还是上网查了一下什么是 SPA。

在百度里键入关键词，结果显示：SPA 为"拉丁文 solubrious par aqua"的缩写，意思为"平衡健康之水"，现代人以此代指一种针对人体的治疗方法，也称"水疗法"，即以水为媒介，利用人与水的接触，使水中含有的一些对人体健康有益的成分通过亲和渗透作用进入人体，达到治疗或美容美体的目的。现代的 SPA 关键是水资源及水设备，常见的有桶浴、湿蒸、干蒸、淋浴及水力按摩浴等，也常常选用矿物质、海底泥、花草萃取物、植物精油等来改善水质作用于人体……哈哈，有点意思，百度上得出的答案看似很洋气，看来自己还是想多了。

10

事实证明那天并没有发生什么事情，因为在即将可能要那怎么的时候他脑子里突然就会跑出来于小曼的影子。

不久后，《大款在迪拜》摄制组在荣华大酒店举行开机仪式暨新闻发布会。可就在发布会开完第二天下午，秦一铭就神秘失踪了。

当大家都在为秦一铭的突然失踪摸不着头时，王大鹏也接着消失了。

更令李可乐没想到的是，一个月后，他接到了法院的传唤，说釜山野狼起诉他们公司涉嫌经济诈骗，原因很简单，钱已经给他们了，可按合同项目不肯启动，怀疑他们利用项目合作洗钱。另外天娱影视公司营业执照的法人名字鬼使神差地变成了李可乐。

李可乐思前想后就是不明白这一切究竟是怎么回事，问遍了公司内所有的人都不知道。为了弄清是怎么回事，他决定去趟釜山。

办好护照，买好机票，李可乐出发了。

可就在李可乐去武汉天河机场的路上，雷子突然给他打电话，说公司账户上的近三千万资金突然不见了。要他立即回去。

李可乐让司机赶紧急踩刹车掉头。就在司机掉头的那一刻，一种不祥的感觉隐隐生出，他突然感觉到了秦一铭和王大鹏失踪的事情与公司账户的资金消失之间可能都是有关系的。

11

对大多数人来讲，生活就是一杯茶水；对于李可乐而言，生活却是旋涡中的江水，未知的力量将自己抛来丢去不能把握。就在一夜之间一切已经改变，他面临多年搭档雷子和阳光的怀疑。而唯一能够证明自己清白的人王大鹏也突然失踪，因为曾经的那个营业执照是王大鹏在管，李可乐清清楚楚看到上面的法人是秦一铭的，可为什么突然间就变成了自己呢？

李可乐发现自己可能已经卷入了别人精心设计的一个诡异的阴谋。而这个局的设计者，最大可能就是秦一铭。

现在要脱开这个阴谋，他必须依赖自己的力量找到所有真相。

半夜的时候，李可乐终于通过小惠和王大鹏通上了电话，因为他知道小惠在和王大鹏谈恋爱。

李可乐在电话里威胁王大鹏说，自己已经是临死前的一搏，将孤注一掷，逼王大鹏与自己见面，要他说出真相。

王大鹏说，自己一出来就会被秦一铭干掉，因为秦一铭也一定在盯着他。

李可乐说："你不出来，等我找到你也一样把你捅死。"

在李可乐的再三"坚持"下，王大鹏同意见面，地点定在医院。

王大鹏向医院赶来的时候，秦一铭雇佣的人也在往医院赶来。

当然还有李可乐。

医院门口，映着昏黄的路灯，李可乐大老远看见了王大鹏。他装扮得奇形怪状，估计是因为怕被秦一铭的手下认出来。

李可乐准备上去的时候，一辆黑色的轿车从他身边驶过。一帮人从车里面出来，没等反应过来，王大鹏就被抓上了车，转眼消失在朦胧的夜色中。

出乎意料，秦一铭的手下先到一步，他们早就在暗中盯上了王大鹏。人被他们劫走，线索断了，李可乐很是绝望。他弄不明白秦一铭为什么要这么做，但他知道，就像于小曼曾经说的：男人做事，总有他的理由。而秦一铭，也是个男人。

局面越陷越深，李可乐渐渐感受到了事态的严重。

12

穿过十字街路口的时候，李可乐接到雷子电话："王大鹏找着没？"

"人是见着了，但又被一帮人弄走了。"

"什么人？"

"还能是谁？八成是秦一铭的人。"

"公安的人来过公司了，说昨晚上王大鹏管理的俱乐部涉嫌违法交际活动，他们正在调查。你知道，俱乐部挂在公司名下，如果查证属实，你得承担法律责任。你他妈怎么搞的，你这是把大家往死路上带啊！”

李可乐知道，此前秦一铭为了招揽人气，把别人的一个交友俱乐部挂在公司旗下，俱乐部总经理当时挂的是王大鹏的名。说是交友俱乐部，但其实后来才知道就是给一帮子社会各色人流的大龄青年提供援交的场所。不过李可乐当时也没想太多，可是现在活生生成了事实。如果这一切都是真的，那肯定都是糊涂账，自己走到哪里都说不清。

找不到秦一铭，又被韩国人催促，一向冷静的雷子终于爆发了，他在电话里一个劲地发牢骚：“现在完全可以确定，秦一铭携款外逃，动机暴露。如果王大鹏知道秦一铭的阴谋，那么这回被抓肯定会凶多吉少。但无论怎样，公司法人是你，这是既定的事实，这回你死定了。”

“天杀的秦一铭，你在哪里？出来老子咬死你！”雷子的抱怨，让李可乐在内心里歇斯底里地叫骂。骂完后，一边伸手抹去即将挤出眼眶的眼泪，一边从兜里掏出一根烟点上，随着火柴火焰的熄灭，自己也一并消失在夜色中……

13

这天晚上，李可乐在梦中和秦一铭来了一段很交心的对白。

李可乐气愤地对秦一铭说：“你与我‘合作’有过诚心吗？”

秦一铭不屑地摇头说：“没有！”

李可乐说：“你设局陷害我有过亏心吗？”

秦一铭说：“没有！”

李可乐问：“你害我嫁祸我有过痛心吗？”

秦一铭说：“没有！”

李可乐问：“你坑我受伤也没有过悔心吗？”

秦一铭顿了顿说：“这个……有……还是没有呢？”

李可乐气急败坏地骂道：“这个有没有你自己还不知道吗？”

秦一铭却慢条斯理地说：“那……没有！”

李可乐质问：“现在你玩弄得我一无所有，你总该有一点良心发现吧？”

秦一铭说：“没有！”

李可乐说：“这个该……有了！”

“这个……真没有！”秦一铭说，“你别看我年纪大，其实我早就总结了，只要有美女陪睡，无论我做什么其实都可简单了。你看，公司给你一开一个，你一夜之间就成了老总。罪名，给你一套一个，你一夜之间就被传讯了。你不说我都知道你现在最痛苦的是什么，你最痛苦的是你被陷害了还不知道是为什么，对不对？我还知道你现在最最痛苦的是什么？那就是，你光知道我设计了你，但根本不知道真正陷害你的人是谁对不对？”秦一铭那张恶魔般的嘴脸看着他说。

李可乐醒了，打开灯点了根烟，起身穿好衣服，离开宿舍。

第八章 蛰伏

这是一片到处充满着妖艳与诱惑的森林，在午夜的灯红酒绿中，那些衣着华丽、裸着肩膀和大腿的女人，双手交叉在胸前，双腿往前一摊，短裙拉得高高的，露着结实而浑圆的大腿。大腿和裙子构成的黑洞，似乎随时都有可能将路过这里的每一个男人吞噬。

1

大学里李可乐被林苒苒托朋友约了四次，最后一次答应见面并且糊里糊涂地做了她一年时间的男朋友。林苒苒一朵校花最后居然连他这堆牛粪也没插上。当然对李可乐来说也是不划算的，一场和校花的恋爱失败得连初吻都忘了献出去就流产，同时也一并光荣牺牲了的还有他美好的大学生涯。多年一直在梦中出现的小洛居然在现实中鬼使神差地出现且变成了一见钟情的那个排名第一的校花于小曼，可她已经是个名花有主的人，他只能望花空悲切。

用老朴的话说，自己都不知道他妈的四年都干了啥，一睁眼就毕业了。

好在李可乐毕业后第一年，不仅有了一份不错的工作，而且还有了自己的公司并且做了个双重的总，拍了电影成了名人。可这一切还没来得及梦醒，一夜间就又变成了零，还被强加了一个涉嫌诈骗上千万元的罪名。

李可乐一边回想自己半年来的所有经历，一边沿着滨江大道漫无边际地走。汉江水就在他的身边静静地流淌，他突然有种想跳进江里的冲动。因为他仔细想想，天亮后，当太阳重新升起的时候，他将成为一个一无所有的人。转瞬间，李可乐真的什么也没有啦！包括自由。就算这个晚上不泡在江水里，天亮后也许会蹲在监狱里。

美好的生活，在李可乐的面前突然就变得龌龊了，这一点他有点想不通。

2

“帅哥，怎么一个人？要不要我陪啊？”不知道什么时候从李可乐身后冒出了一个衣着妖艳、涂脂抹粉的女人。这个女人在午夜江边昏黄的路灯下对着他微笑。

李可乐停住脚步，仔细地打量了一番这个可能只会在夜色里出现的女人，然后又继续往前走。但就在这一瞬间他突然放弃了跳进江里泡澡的念头。

是这个女人，给了李可乐继续活下去的勇气。

李可乐心想：既然她可以活得这么乐观。那么，自己同样可以。

就在这个女人冲着李可乐微笑，李可乐转身打量她并和她对视的三秒钟内，他明白了这个道理。

既然李可乐选择了要面对，那么对秦一铭的报复不可避免。

李可乐本身是一个善良的人，不杀人，不放火，不和法律对着干，但是秦一铭要和他过不去，他只能接他的招和他干到底。李可乐想好了，他要让秦一铭跪在他的面前求他，要让他忏悔无门，他要看着他求死不能。

现在，为了减少不必要的麻烦，李可乐首要的任务就是隐藏真实身份。

在想出一套完整的计划后，李可乐突然觉得心情好多了，因为对秦一铭成功报复又接近了不少。

宿舍里已经不能再住下去了。当务之急就是找个别人不容易发觉的地方生活，同时实施计划。趁着夜色，李可乐拦了一辆出租车到宿舍收拾了一些日常用品。

车子经过闹市中心，穿过密密麻麻的建筑和嘈杂拥挤的人群，坐在车里的李可乐突然萌发了大胆的想法：住在这样的地方对于一个从此要在暗处进行活动的人来说最理想不过了。最危险的地方最安全，那就赌一把。

司机问他在哪儿下，李可乐说就这下好了。李可乐下车的地方是这座城市出

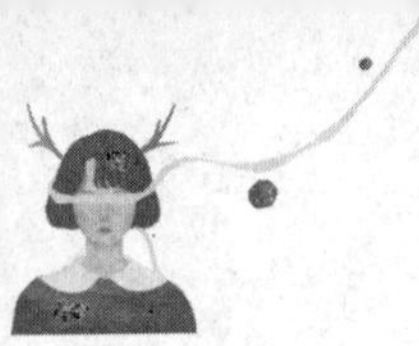

了名的红灯区。在这里穿行，李可乐突然感觉自己进入了一片原始森林。大隐隐于市，这句话谁说的？真的是太人才了！在这里，绝对的迷失方向，谁也找不着。

这是一片到处充满着妖艳与诱惑的森林，在午夜的灯红酒绿中，那些衣着华丽、裸着肩膀和大腿的女人，双手交叉在胸前，双腿往前一摊，短裙拉得高高的，露着结实而浑圆的大腿。大腿和裙子构成的黑洞，似乎随时都有可能将路过这里的每一个男人吞噬。李可乐最终胜利地从一栋楼的墙上贴着的招租启示上找着房东，在天亮时已经有了一个独立的套房，有卫生间有厨房，房内有一张单人床、一个简易布衣柜、一个小写字台和一些简单的生活用具。

“还满意吧？如果要上网，我把家里的网线弄个路由器分一半给你。”房东太太的微笑真诚得跟李可乐的妈一样。李可乐连连点头，当即付了房租交了押金。

一大早，在警察还没起床前，李可乐去自己办公室收拾完东西回到了红灯区民房里，顺便还在路上买了被子褥子和一些生活用品。不过回来的时候迷了几次路，他一路走一路问，居然没人知道怎么走，后来还是寻着那一排浑圆的大腿找到了归路，这让李可乐对这个地方的安全感又增加了不少信心。

回到屋里，看着从窗口射进来的阳光，李可乐知道，自己新的一天已经开始，而且在这一天还没结束之前，他确定自己还在，既没有被逮进看守所也没浮在汉江的水面上。他依然活在现实中，虽然从昨天起到今天短短的二十多个小时感觉像过了半个多世纪，但此时此刻他又开始充满希望，他期望下一个二十四小时仍然能安然无恙地在这里度过。只要熬过下一个二十四小时，就又可以从零开始。就当之前的一切只是一个梦，既然是梦就当已经醒了好了。从零再回到零，至少还有公司分红时打在自己卡上的那二十万，尽管它上面挂着伤痛，但有了它总可以活着。

在找到活下去的理由之后，李可乐忍不住又开始想下一个问题：为什么秦一铭要陷害自己？如果只是为了那一千万找个替罪羊，自己倒可以理解。如今这个社会，对于不讲道义的人来说，人为财死，鸟为食亡，秦一铭为了洗钱把自己当幌子推上断头台替他背黑锅，天经地义。可他就是想不通为什么还要设计一个涉嫌组织卖淫嫖娼的罪名扣在自己头上。李可乐思前想后硬是想不明白。他越是想不明白就越恨，越恨就越发坚定和这个对头斗下去的信念。

目标既然已经明确了，剩下的就是一步步去实施自己已经制定好的计划。

李可乐打开包，从里面取出笔和纸。为了做到万无一失，他还专门用了在回办公室时拿的公司的专用信笺，在上面写下一段如何绝望如何厌世的话，又翻了半天找了一件最能证明自己身份的东西——那只在桂林旅游时买的“玉观音”吊坠，连同他的身份证一起用那张信笺和法院的传票包着放进包里，拎着出了门。

出了小区门坐1路公交再转了517路直奔月亮湾，李可乐一直走到偏僻无人的江堤上，在确定周围无人后，赶紧将身上的外套脱掉扔进江水里，然后跑了好远在附近的一个IC电话上拨了110。

“喂，110吗？赶紧啊，我刚看到月亮湾外滩上有人跳江啦！”说完就迅速地挂了电话，这时李可乐才突然想起：糟啦，遗书和法院传票以及能证明自己身份的东西还在包里，刚才太急竟然全部忘了放在江边上了。

想到这里，李可乐赶紧打开包，准备拿着赶紧放回去，心想如果警察慢一点还来得及。可当他把包打开时就傻眼了，左翻右翻，钱包都在，唯独不见了出门前精心准备的那一套东西。再翻，还是找不着。最后他干脆把包里的东西全部倒在地上找，还是没有。他这才想起来，来之前在公交车上有个家伙好像在他旁边站了很久，八成是被那家伙偷走了。现在唯一能证明李可乐跳江的东西没了，即使警察来也没办法确认跳江的就是他。想到这里，李可乐又感觉到了生存的渺茫。

就在这时，附近的警笛声已经响成了一片。

3

等缓过神的时候，李可乐隐隐约约看见有几辆闪烁着警灯的警车已经朝自己所在的方向开了过来。

逃，已经来不及了，李可乐只能木讷地站在原地等着。

李可乐没想到警察的出警速度如此之快，就在李可乐为110出警之神速感叹着还没回过神的时候，两个警察已经到了他的面前。

“刚才是你报的警吗？”其中一个指着李可乐问。

“什么？报什么警？”李可乐有点吓得不成气候。

“刚才有人报警说这儿有人跳江了，你看见没？”另一个说。

“哦，没看见，刚才是有个人……他把衣服脱下来扔到江里就跑了！”李可乐一边用手比画着那个IC电话的方向，一边对警察说，“就沿着前面那个方向。”

这时之前问他话的那个警察的电话突然响了，那警察接起来说了句“知道了我们马上过来”就挂了，然后神色匆匆地走过去对后来问李可乐的那个警察说，“二桥头发生了一起严重交通事故，现场已经有人员伤亡，队长要我们过去，赶紧走。这儿看来没什么事，报警电话的事晚点再查。”说完他们上车走了。

警车离去的时候，李可乐看见生活的曙光又开始在他的面前招手了。对着远去的警车，李可乐深深地呼吸了一口气，吸进嘴里后他还刻意地品尝了一下以确定还是自由的味道。

那天晚上，李可乐是等到夜色昏暗到看不见影子时才回到住处的。当他吃完方便面疲惫地躺在床上准备睡去的时候，放在墙角的那个十七英寸的小电视突然提醒他应该在这个时候关注一下本市的新闻。想到这里，李可乐忘记了疲惫，便从床上爬起来，下床接好电视。还好电视坏得不是很彻底，虽然图像看着不清晰，但声音还听得清楚。电视打开时，正赶上播本市新闻。当天的主播是阳光，看着他在荧屏上口若悬河地说什么市委书记深入困难企业进行帮扶调研，什么庞公社区文化多姿多彩开展，虽然阳光说的这些都是李可乐觉得老掉了牙的新闻，但无论怎么说，人家依然风光无限地站在演播室里，面对几万市民堂而皇之地胡说八道，自己却躲在破民房里苟延残喘。他的心里突然有种说不出的伤痛，于是他又开始咒骂秦一铭。就在李可乐对秦一铭的痛恨进行到咬牙切齿的时候，阳光突然播出了一则他有生以来觉得最新闻的新闻："本市今天发生了一起严重交通事故，事发地点在二桥头桥南一百五十米，事故造成一人死亡，三人受伤，交通中断二十五分钟。据警察初步确认，死者可能为我市青年导演李可乐，事故原因目前不明，警方已经介入调查。"

电视图像信号差得无法看清阳光的脸，李可乐不知道阳光有没有为自己的死去流泪，但他确定好像模模糊糊中看见有个镜头里出现了自己先前写的那份遗书和吊坠等物，所以他确信阳光说的这个导演李可乐肯定就是自己。可自己为什么突然就死在新闻的严重交通事故中，真有点弄不明白。

难道这是警察设的一个圈套，目的是引自己出洞？显然不可能，为了引出一个只是诈骗几千万元的经济诈骗嫌疑人搞一个如此惨烈的交通事故，弄得死伤那么多人，政府领导应该还没昏头。那么会不会是秦一铭买通别人故意搞的？也不大可能，他没理由这样搞，因为自己的假死对他来说没什么意义。

看来李可乐已经无法在这个晚上获得这件事情的真实答案了。这时他想起唯一要做的事就是赶紧找个能证明自己出去后不是李可乐的办法，万一碰见警察，能证明现在活着的人不是自己。

李可乐最后想到了办个假证，于是悄悄地跑下楼在拐角的墙上抄了个办证的号回到屋里赶紧拨通："老板，我这儿有个身份证你帮我搞一下？"李可乐突然想起来自己还有个护照在手上。

那人说："我这就办假证，不收身份证，你找别人吧！"

"不是，是让你帮我改一下，把真的名字和证件号改成假的，钱我照付。"虽然李可乐觉得那人的声音似曾相识，但因为急着换证也就没再多想。

过了半晌那人才回话说："哦，那可以，我们这办的假证就跟真的一样，当然真的弄成假的按理说应该没一点问题的。”

李可乐心里琢磨着：这人估计还是第一次遇上把真证变成假证的，于是接着说：“你在哪儿？我急着用，今晚能帮我弄好不？”他要先确定这个人不仅在今天晚上前能弄好，而且还要确定他没看刚才的新闻才成，要不然他看了自己这身份证，再和电视里播的一对比，一好奇对自己感起兴趣来，那岂不是自投罗网，那就玩完了。

那人说：“我在学校赶往市里的路上，刚给几个学生办了四级证送过去，你在哪儿？我二十分钟后赶到。”

李可乐说：“劳动街陈老巷第四条胡同第九家发廊对面左拐往前五十米右手向前走靠左转有一卖油条的小店，沿着小店背对着朝胡同口往里走，在第二排发廊的斜对面你会看见有一栋楼，我会在那里等你。”李可乐原以为自己说得还不够清楚，刚准备再重复一遍，结果还没等他说话，那人问：“你现在站的那栋楼靠左是不是有个‘阿玲发廊’？”

李可乐转身，确实看见在自己左手不到五十米处有一家亮着灯的发廊，上面几个字就是“阿玲发廊”。那人好像就站在他身后似的。李可乐有点好奇地问：“你怎么知道？”

那人说：“那地方我熟得很，每天在那有很多的业务的，我经常跑。你等着，我已经进了胡同了，马上到。”

挂了电话，李可乐惊叹于此人超强的记忆力，居然连这种地方都能在脑海中印下精确到一个发廊的地图，那他不赚钱谁赚钱？就在这时，李可乐看见大老远走过来一个人，这身影他似乎在哪儿见过，但是一时间想不起来。

等走到离他差不多百米远的时候，那人扯开嗓子喊：“是不是你要换证？”

李可乐说：“是啊，我在这里等你一会儿了。”说着便往前又走了几步。

此人一直往李可乐的方向走去，等他们彼此靠近到四五米时，两人几乎同时说了同一句话：“啊！怎么是你啊？”

来的人不是别人，正是替李可乐背了老朴那一砖头的“阳痿”。他在看见李可乐时的惊讶远远超过了李可乐认出他时的震惊。

“阳痿”问李可乐：“你不是当导演去了吗？前段时间还看你经常上电视呢，咋又跑这来了呢？你弄护照干什么？”

李可乐说：“遇到点事儿，现在一句两句也说不清，反正你现在得赶紧帮我把证弄好，钱我照付。”

“阳痿”说：“证，我肯定今晚给你办好，钱我不要，但你得告诉我你遇到了什么麻烦，说不定我可以帮你。怎么着我们是兄弟，就算看在我曾经为你挡了一砖的分上，我也是你兄弟啊，你有难我就得帮不是？”

“阳痿”这人别看是那种在学校逃课时间远比上课时间长的不学无术的家伙，但对人还是挺真诚挺热心的，尤其对李可乐，“阳痿”一直把他当作榜样。

李可乐说：“我被人陷害了，弄不好抓去坐牢也有可能。所以我现在必须要以另一个人的身份存在。”说到这儿，他看见“阳痿”一脸的凝重，于是又补充了一些情节和事例，基本将整个情况跟“阳痿”说清楚了。

“阳痿”听了，感慨不已，感慨完后说：“你现在是遇到麻烦了，怎么会这样啊？这件事是难办。”

李可乐说：“现在还不是最麻烦的时候，如果过段时间我还找不到证据，洗脱不了嫌疑，那恐怕就更麻烦了。”

“阳痿”一听李可乐遇到了这么大麻烦，居然有点晕晕地说：“那要不你干脆去应诉，让法院去调查，然后说不定就可以帮你洗脱。”

李可乐说：“去应诉？去应诉就一条路，直接坐牢，那洗都没得洗。证据就一个，公司营业执照，那上面的法人就是我，清清楚楚，那我还洗啥呀？”

“但你想过没有，如果是别人陷害你的话，他肯定已经设好了后面的局，才会把你推出来，他自己的退路肯定早已设计好了。再说了，在这么短的时间内，你也不一定能从他们那儿寻到什么有价值的证据。况且你现在根本连别人在哪里都不知道。”听“阳痿”给自己这么一分析，李可乐在认识到任务艰巨的同时又进一步清晰了下一步计划的思路。首先，先得弄清秦一铭现在住在哪里，要掌握他的家里或者周围还有什么人。其次，必须找到一些能帮助自己的力量。

“阳痿”想了一会又说：“其实也不是没有可能，等我把身份证给你弄好，你把真实身份隐藏后慢慢找足证据，然后找个时机通过媒体将这件事情的真相曝光，那时再由法院和公安介入调查就可以帮你洗脱了。”

李可乐思考了一下说：“‘阳痿’同志，这事儿你终于跟我想一块儿去了。你现在这个智商完全可以驾驭你这个职业，即便弄不好被警察盯上，估计你都可以把他们玩了。”

“阳痿”笑着说：“你还别说，其实自打那天被开除，在校门口找了办证的帮忙走到今天，我还真是有点感激。”于是他跟李可乐讲了，自己在被开除的那个下午在校门口碰上办证的，如何花了十块钱办了个名牌大学毕业证混入某家公司做技术工程师，又是如何在一年后因为晋升工资而又一次拿着所谓的“毕业证”以辞职为要挟让老板给他涨工资，结果被发现证是假的而被炒鱿鱼的经历。李可乐觉得“阳痿”的经历简直都快赶上自己的传奇了。

李可乐打趣道：“那还不是被发现了吗？”

“阳痿”及时还击：“那性质不一样，主要是因为我要挟时说了一句话坏了事，要不肯定不会被发现。”

“你说了什么？”李可乐没想到还有点意思。

“阳痿”说：“我当时一激动就脱口而出说：加不加？不加我就走人了！别以为我这毕业证是假的。”

“结果呢？”李可乐问。

“结果人家在网上一查，靠，真是假的！当场就把我炒了。”“阳痿”说。

“这对你来说不是件好事吗？要不你不还在那辛辛苦苦搞机械设计呢！”

“那也是，要不是我不在那搞机械设计，更不会在今天见到你。”

说这话时，他们两个都笑了，但笑声中都有几许辛酸。

笑完后，李可乐说：“兄弟，先不说这些破烦心事儿了，我们找个地方先吃点东西吧。”

“阳痿”问他：“吃啥，我请你。”

李可乐说：“就吃豆腐面吧！现在是落草之人，先把肚子填饱再说，不讲究。”

4

就这样李可乐和“阳痿”兄弟两个一边聊一边走。

在劳动街的一个面摊上，“阳痿”大声对老板说：“两碗牛肉面，一壶黄酒。”

李可乐说：“老板，你这没豆腐面吗？”

老板说：“有啊。”

李可乐说：“有就要豆腐面吧。”

“阳痿”说：“别啦，要吃就吃顿好的，我请客还不吃个牛肉面！”说完就给他们每人倒了一大碗黄酒，然后对李可乐说，“来，兄弟，走一个！”

说完端起碗碰了一下，一饮而尽，边擦着嘴角的酒水边说：“我已经好久没喝了。”看着“阳痿”的样子，李可乐突然觉得心里酸酸的，他不知道是为“阳痿”心酸还是为自己，也不知道“阳痿”说的好久没喝是多久，是一天？一个月？还是一年？

放下碗，“阳痿”问李可乐：“接下来你有什么打算？”

“先得保证有和你一样的人身自由，再找证据证明自己不是老总，然后再想办法当上老总。”李可乐笑着说，“你呢？感觉咋样，步入社会这几年有什么心得？”

“人啊，在生活面前就变得虚伪了。说实话，挺累，快乐其实从把我开除的那个下午就和我一起肄业了。工作一年，一群人从五湖四海汇聚到一个地方，由素不相识到打情骂俏，由任劳任怨不辞辛劳到狼狈为奸，最后却都成了钩心斗角。我算是受够了，后来把我炒了倒好。现在吧，倒是自由了。”

两个人一边吃一边聊着。

碗里的面已经全部被吃掉，只剩下汤，上面漂着几片发黄的香菜叶和零星的牛油花。李可乐低头又喝了一口旁边碗里的黄酒，尽管发现自己依然没吃饱，但是他忍住了，一丁点都没有表现出来，因为他怕伤着“阳痿”的面子。李可乐心想，现在连自己都变虚伪了，这就是社会。要是在学校，如果“阳痿”说出要请自己吃饭，那肯定不会是牛肉面，即便是也肯定会吃饱的，哪怕把他的兜吃空。

5

“阳痿”办证的速度确实很迅速，用李可乐的话说，基本都快赶上110出警的速度了。第二天天没亮他就发短信给李可乐，说证已经办好从门下面塞进去了，让李可乐起床了自己捡。还说自己太忙，不能等他起来直接给，说自己得急着出去帮别人送办的护照，要在天亮前送出去，人家要赶航班的。

看到这条短信的后半部分，李可乐不由得又回到了十几年前的那个梦，当然连锁反应般又想起了于小曼。

6

夏天的凌晨时分，气温也不低，但比起怀中女人身体的热度，就算不上什么了。李可乐感觉得到，她整个人都是滚烫的。抱着，李可乐开始还有点害羞，后来却无理由地爬到了她的身上，然后她反过来紧紧地抱住了自己，李可乐想动一下都发现根本动弹不得。她的双臂紧紧地将他拦腰锁死，仿佛溺水者抓住最后一根救命的稻草。李可乐突然开始惊慌，想从她的身体上移开，但这样挣扎似乎适得其反，因为她的呼吸声让李可乐身体表现出来的那种兴奋不但不让自己移开反而在靠近。她的手开始不停地在他的背上移动，最后越过背……

然而这个早上这个美妙的梦没有再顺利延续下去，房东老太太的敲门声将李可乐惊醒的时候，他发现只是自己抱着自己。

“小伙子，把你的身份证给我登记一下，昨晚社区居委会接到派出所的通知要求对租客查证登记。”

李可乐起身开门，房东太太看他光着膀子，一脸的歉意，连声说：“不好意思，小伙子，打扰你睡觉了。”

李可乐把身份证从地上捡起来给她，她登记好就下楼去了。李可乐这才松了一口气。谢天谢地，还好“阳痿”把证一大早就送来了。再一次回到床上，李可乐已经回忆不起来刚才的梦梦到哪儿了，刚才梦中的人是谁也想不起来了，但无论如何他想应该不是于小曼，因为有人说过，在梦中梦见最爱的人是不会干那些事情的。在想不起来是谁的时候，李可乐决定不想了，然后对着窗口大喊了三声就起床了。

这个早晨，让李可乐第一次明白：原来生活中的许多美好都是不能如愿的，就像之前做了一半的这个梦。尤其是自己对于小曼的感情，要得到它的美好最多只能追求无谓的幻想，而现实不断地剥去自己那些幻想让他面对赤裸裸的结果。这好比一个女人在被别人糟蹋的时候无力反抗，只能眼睁睁看着自己的衣服被一件件地脱掉露出白花花的大腿而无可奈何一样。

李可乐发现自己对于小曼的爱只能深深地埋在心底。

中午的时候，李可乐拿着身上仅有的五块钱现金去胡同口的小炒店买了一份西红柿炒鸡蛋。回来的路上，他突然开始怀念学校的那段时光，后来禁不住对大黄、小B、老大和宝明他们无限地思念。他知道，老朴是幸福的，因为不久前打电话给李可乐时说他已经找了老婆而且很漂亮，并且准备下半年结婚的；大歪当然也应该不错的，因为在毕业前就和他的胖子老婆同居了，况且他的那个胖子老婆简直就是个集奶妈和保姆一身的女人；只有小B和老大，还有大黄和宝明他们倒是有些时间没联系了，不知道现在过得怎么样，心想再怎么着也肯定比自己好多了吧。李可乐一路走一路想，手里提着西红柿炒鸡蛋，心里想着他们几个兄弟，穿过发廊一条街时居然没被那些“黑洞”吸引，很快地就回到了住的地方。

把饭盒放在桌子上，打开电视，正赶上午间新闻开播，第一条新闻就是昨天那起严重交通事故的追踪报道：“各位观众，大家好，欢迎收看今日新闻。昨天发生在二桥头导致一人死亡三人受伤的严重交通事故死亡人数又增至二人，经过警方进一步取证调查认定，造成该起事故的当事人为现场死亡者李可乐，他因涉嫌一起数额千万元的经济诈骗案被法院传唤，在事发前半小时曾欲投江自杀，后因警察及时赶到致使自杀未遂，随后在二桥头抢夺了一辆黑色摩托车出逃，在警方

追堵截获赃物的过程中，他骑的摩托车与一辆奥迪轿车迎面相撞致使李可乐横空飞出二十三米当场死亡，奥迪轿车在紧急刹车后与紧跟在其后的一辆富康出租车相撞，造成出租车司机头部受伤大量失血，在送往医院途中死亡。现场尸体因为摩托车起火被烧已经面目全非，无法辨认，后经相关人员通过对死者身上所带遗书和身份证以及饰品等辨认，确定死者即本市青年导演李可乐。”

看着电视里的画面，李可乐再也无心吃那份西红柿炒鸡蛋了，因为电视画面里给“李可乐”尸体的那个特写镜头简直就是一大盘西红柿炒鸡蛋。

死啦！这下“李可乐”终于死啦！

李可乐念叨的同时感觉活着的自己心里踏实了许多，但踏实的同时又无比沉重。因为从此以后，他就得永远背负别人的一条命去生活。那个已经死去变成西红柿炒鸡蛋的人，他的家人，又或者深爱他或者他深爱着的那个女孩子，这一切都将无形地压在他的心上，尽管他现在肯定他就是那个在公交车上偷走自己“遗书”的小偷。

可有些事情光想也是没用的，所以就要努力去做。现在李可乐要做的就是要把秦一铭弄回来，让他跪在这个替自己死去的人的坟前祭拜，告慰他的在天之灵。

7

既然“李可乐”已经彻底死了，那么活着的“自己”就应该有所行动了。李可乐正式开始了他的复仇计划，但这个计划的实施必须得有个了解和掌握秦一铭背景的人来帮他。

正当李可乐一筹莫展的时候，“阳痿”突然跑来告诉他，或许有个人可以帮忙。

李可乐问：“是谁？”

“阳痿”说：“我老表 PGO。”

李可乐说：“PGO 是你老表？”

“阳痿”说：“是啊，是远房的表弟，货真价实的老表。”

李可乐和 PGO 接触过，这人也算是个很讲义气的兄弟，他以前是跟着秦一铭干的，后来和秦一铭闹翻了就走了。和自己在一起时他没提过“阳痿”是他哥这事，所以李可乐不知道他们姑表关系。

PGO 此人一米七五，长相粗糙，体形敦实，其称呼 PGO 源自日本一款本田摩托赛车的型号，也是他的网名。

李可乐初次见到PGO是秦一铭在报纸上刊登寻人启事后他们见面那次。那天李可乐见到秦一铭时，他的旁边站着一个类似保镖的家伙，戴着一副黑色墨镜，穿套深色的西服，西服里面什么也没穿，领子敞得很开，一堆黑黝黝的胸毛布在西服的领子下。看着那家伙，李可乐倒吸了一口凉气。后来在李可乐和秦一铭谈话的时候，他拿着个录音笔一直站在李可乐旁边一动不动，直到李可乐和秦一铭谈完话准备离开时，才过来和他握手说自己叫“PGO”，是秦一铭的私人保镖。

PGO此人特点很明显，满嘴跑火车是他的最爱，也是能让朋友们记住他的最大特征。PGO吹牛是不带打草稿的，已经达到了人口合一的境界，其内容令人发指却又让人不得不信。PGO几年前曾在一艘外籍游轮上做过服务员，漂洋过海去过很多国家，他中学毕业却能和外国友人直接英语对话。据他自己称十八岁拿驾照，参加过一级方程式大奖赛，曾经被喻为襄阳市跑得最快的摩托车手，有一次以一百二十公里的时速在鼓楼商场路口漂移，结果由于迎面驶来的一百四十大卡，他和车一起飞出去五十多米，硬是没死。他的话你不得不信，因为其描述真的是让你身临其境。PGO的口头禅是：当你以每小时一百四十公里以上的速度行驶时，可以感觉到大脑中的血液已经被甩在脑后，所有的动作都是靠下意识来完成，迎面吹来的风让你的眼睛睁不开，即使是戴了头盔。他对摩托、汽车的了解多得惊人，所有在路上行驶的机动车他都认识，并且可以说出它的各项指标和性能优缺点。当他感觉到自己的语言已经征服在场所有人的时候，自信心也开始极度膨胀，后来的话能把你吓得额头发青，不敢相信自己的耳朵。他的吹牛范围不仅包括汽车、摩托，几乎涉及所有领域。联通公司的部门经理、人间天堂KTV的大堂经理同时兼人力资源部经理、马自达轿车营销部经理、正大摩托车销售经理兼特技教练、专业调酒师，自己开有交友俱乐部一家、宠物店一家，南漳旅游区有他投资购买的游艇两艘，自己家车库里停有YAMAHA及本田摩托车几辆，一辆越野汽车因为费油停在那里不想开。这些都是他自己说的，有人曾多次要求去看他的船和车，他都以正在维修婉言拒绝。无所不能的他把大量的时间用在不切实际的吹牛中，至今还是一贫如洗。时间长了，朋友们都知道他爱吹牛，一起聚会见他来时都会集体鸦雀无声，因为如果谁和他搭腔都会被他拉过去接受“教育”，一口水都不用喝他能对着那人吹三个小时。

因为能言善辩，PGO的朋友其实也很多，但大多是才认识他的人，而且把他奉为“人才”。只要和哪位混熟了他都会资源共享，比如前面说到的那些职务和固定资产。PGO的感情生活也很丰富，他对别人说过，他每天身上都必须带一个安全套，因为“情况”随时都会发生。他的女友多得惊人，他说那些都是他的充气娃娃，发泄一下而已，真正令他欣赏的女人并不多。他会在现任女友加夜班时为她送去一只烤鸭，并且在回来的路上兴奋异常，觉得烤鸭一定感动了女友，但一般不超过一个星期，他们必定分手。李可乐认识他的时候据说时任女友是一媒体记者，他说凭他的关系，他一定能在一个月内把她升为责任编辑。据他称，那个单位里的主要领导是他们家的人，所以和自己家开的没什么两样。

PGO年龄不大却已经是离异人士，他总是把那段让人伤感的故事埋在心底最深处。他其实结过婚，一个黑心的姑娘利用他的关系抛下他自己去了台湾，临走时甚至还拿走了他的所有积蓄。这件事作为他老表的“阳痿”也告诉过李可乐，自己也多方打探过但一直没有证据证明其真实性。

“阳痿”说老表的故事太多了，有的忘记了，有的太悬乎不敢告诉大家。据说有一次和一个朋友聊起了他，他干的好事、坏事都被端出来讨论了一翻。最后他和这位朋友得出了一个结论：不认识PGO是人生中最大的遗憾，认识他更是遗憾。

半年前，PGO忽然在QQ里给李可乐留了一句这样的话：“李可乐，我觉得我白活了这二十多年，我一无所有，我太失败了，我要重新做人。”

当时李可乐还认真地给他留了许多鼓励的话，告诉他踏实做事，认真做人，并且鼓励他，说他天资过人，如果认真做事，一定宏图无量。但时隔多日后，他还是继续让大家失望。李可乐也能感觉到他也讨厌自己吹牛，但是一到关键时候，他的吹牛是来自本能的。估计在他一个人独处时，也对着镜子抽过自己大嘴巴，自己骂自己不是东西，但一觉醒来后，牛还是要吹的。

可这会儿，李可乐还是愿意相信他一把，哪怕他没重新做人，自己现在也得找他。毕竟他和秦一铭混的时间最长，对他的生活习惯掌握得最多。同时李可乐还联络了老麦求得他的信任，并告诉他自己的想法，老麦也开始帮他。

8

三天后，“阳痿”带着PGO一起来找到李可乐。

PGO还带着很多让李可乐眼花缭乱的装备：“好家伙，价值不菲啊！”

在此前李可乐一直以为那些所谓的私人侦探只是骗骗钱而已，是PGO让他对私家侦探刮目相看。

“兄弟，我跟你说实话吧，这个行业多数是骗钱的，收了别人订金后就不见了人影。不过我可是真干的，虽然危险了一些，不过收入挺可观的。兄弟我从一个四百万像素的数码照相机起步，到现在已经是一流装备了，在这块地盘上，恐怕还没有我查不出的东西。”

李可乐知道 PGO 又要开始吹嘘了。可吹归吹，不过他倒还真需要他的帮助。他的复仇计划不是需要先查人吗？只要能找到秦一铭，管他怎么吹，要是他能把地球吹翻倒出秦一铭那不更好？

现在李可乐了解到的一切线索都已经断了，只能相信一回 PGO 这样的人了，说不定他可以给自己一些建议呢。

看着 PGO 的那堆“装备”，李可乐的心情突然好了许多。但还有些弄不明白的是，做一件报复别人的事情居然可以让自己变得兴奋。

李可乐知道，自己的人生已经彻底离开了健康向上的方向了。

见到 PGO 后，他们和老朋友见面一样叙了叙旧。正准备沟通一下计划的时候，PGO 接了个电话，说来了单生意，是别人花五万请他去查个二奶，于是就急匆匆地跑了。

临走前，PGO 放下话说：“可乐你放心，哥们我是性情中人，兄弟最大，等这单生意做完我一心帮你查秦一铭的事情。忙的话，有事情‘阳痿’会联系你！”

李可乐说：“好，我等着。”但心里在想：我知道你是够义气够性情，但就是不够诚实。不过这回我怎么着也得等了！

第九章 渐行渐远

秦一铭这个男人激起了李可乐的愤怒，激起了老麦作为人民记者的良知，他们两个商议后决定共同将寻找法律证据这项工作进行到底。当然与老麦不同的是，除了想要将他送进监狱之外，李可乐还在尝试让秦一铭获得一些法律之外的惩罚。他认为，一个无耻的男人，如果只有法律惩罚他，那就太便宜他了。

1

“兄弟，你那边的调查情况进展如何，找着头绪了吗？”第三天的时候，“阳痿”来找李可乐。

“阳痿”在不担心生计问题和办证的时候，很快就关心起朋友的事情来了。

“唉，正想向你请教呢！我苦思冥想了几天，还是没什么头绪。我去找过最后见秦一铭的唯一证人王大鹏，可是谁知道，就在王大鹏来找我的时候，被秦一铭这个禽兽赶在我前面把他带走了，现在唯一的线索已经断了。”

“啊，居然这样，不过应该还是有线索的，你等一下……”在李可乐惊讶时，“阳痿”跑去拿来一张白纸和一支笔递给他说，“你在这张纸上写下你所知道的所有关于秦一铭的信息，然后让我老表给你看看，看能不能从中找出有用的线索。”

李可乐知道也没有其他更好的办法了，于是拿起笔来，开始在纸上写：

一、他叫秦一铭，海外留学人士，以前搞房地产项目，后来搞影视文化，失踪前以和别人合作项目为名洗掉了千万元，同时借公司重组把我偷偷改为法人代表，让我在法律上承担了所有责任。

二、据说他有一个老婆，但我至今未见过一次面，据雷子说和她一起吃过一次烧烤。另外，传说他还有一个女儿，女儿应该在国外读书，我没见过。

三、秦一铭在本市有三处房产，我只知道其中一处在丽江柏林小区附近。

“哈哈，这第二条和最后一条线索就很有价值，你居然说没有线索。”PGO拿着李可乐写好的线索笑了笑继续说，“其他我知道的就不说了，你看，根据你的信息，你初步的目的是想找到他这个人。根据纸上的线索，你可以通过两种途径找到他，一是直接找他，他不是有房产在丽江柏林小区附近吗？据我所知，丽江柏林小区一带属于中等的住宅区，除了丽江柏林小区之外，那一片还有五个小区，都是中高档的封闭小区，其中有两个是有南北两个出口，有三个是有一个出口。据我和他这些年的接触发现，他是个妻管严，而从妻管严这一条推断，最大的可能就是他每天晚上都会按时回家。所以，你只需要对这几个小区逐一蹲点监控，就可以知道他会不会还住在这附近的某一套房子里。另外一个途径就是寻找他老婆的行踪，然后再通过他老婆和他之间的联络找到他。关于秦一铭的老婆，那就更是线索多多，你不是说雷子和她还有一面之缘吗？这个就更好办了，比如让雷子想办法帮你找到她的公司，然后你蹲守在她的办公地点，通过跟踪她找到秦一铭。”

2

经PGO这么一点拨，李可乐的思路一下清晰了不少。当然在对这件事情继续推进有了信心的同时，复仇的火焰也愈加高涨了起来。秦一铭利用自己做幌子达成了他洗钱的目的，但现在，他要让秦一铭彻底明白，他秦一铭所得到的东西，只不过是一场眼前的空欢喜。此刻的李可乐已经下定了决心，他要让秦一铭知道，此前他的所作所为都是在为自己提前掘坟墓。

现在，李可乐要把秦一铭对自己的伤害变本加厉偿还给他。然而当复仇的火焰慢慢涨起来时他也才开始觉得做一个私家侦探是件多么不易的事情！而最具挑战性的其实不是寻找跟踪对象，而是如何找到跟踪目标而不被目标察觉，这才是最棘手的。

经过李可乐和“阳痿”还有PGO三人一天的精心策划，关于如何让秦一铭步入这个报复游戏的实际套路，已经有了大致的雏形。李可乐接下来要做的事情，就是一步步按照设想去做了。送走了“阳痿”和PGO后，李可乐就直奔丽江柏林小区。到了那里已经是晚上十点左右了，他先在小区外面的一个快餐店饱饱地吃了一份大碗的山西刀削面，然后就蹲在小区北门的一棵梧桐树下等待着奇迹出现。其实这要是放在以前，李可乐是绝对不会相信兔子会自己撞树的，可是现在这居然成了他唯一的选择，因为在面对秦一铭这个筑了三窟的狡兔而他自己连一窟都找不到的时候，守株待兔却成了他复仇路上寻找秦一铭的上上策。

3

功夫不负有心人，果然不出PGO所料，秦一铭确实住在丽江柏林小区里。当李可乐坚定地完成了半个月不断变换地点的蹲点守候时，秦一铭真的出现在了他的视野里。这是自秦一铭失踪整整两个月后他再次看到他，第一眼看见秦一铭的时候，李可乐除了仇恨之外还有些许的激动，毕竟他们曾经是一起爬同一个战壕过来的人。秦一铭依旧开着此前的那辆白色的宝马，进了小区后他先把车停在地下室，然后直接进了A区13栋1单元。李可乐在秦一铭停车的时候就躲在两栋楼拐角的一个阴影区观察着他的一举一动，等秦一铭进了楼之后李可乐就赶紧跟了进去。现在看来，有了一千万后秦一铭连走路的姿势都神气多了，胳膊下面夹着个黑色小皮包，走起路来屁颠屁颠的。不过他千算万算肯定没算到李可乐这只黄雀此刻已经在监视着他的一言一行，看来再精的兔子也总还是有打瞌睡撞到树上的时候。

秦一铭上到四楼后就停在靠左边的门口掏钥匙，趁着他在腰间摸钥匙的工夫李可乐看了一眼门牌号，突然发现门牌号似曾相识，再仔细一回味差点吓了自己一跳。原来这就是此前拍《青春攻略》电影时准备给赞助的一个联通公司广告部女经理的家，这个女人名字叫余莹，当时她毁约的时候李可乐来过她家，就是秦一铭进去的这家。

李可乐知道了秦一铭的住处，他计划的第一步完成了。正当李可乐暗自窃喜，下了一楼准备离开的时候，秦一铭也出门了。下楼时对站在门口的老婆说：“余莹，我有点事情出去，晚上如果玩太晚我就不回来了，你自己早点睡。”

李可乐没想到秦一铭这么快就出来了，他已经来不及躲闪，只好将计就计，赶紧把墨镜往下一压，然后转身假装是检查挂在过道墙上电表的电工。秦一铭转身看了他一眼，就下了楼。

秦一铭下楼后去停车场开车。李可乐赶紧跑出去在小区门口喊了辆出租车，等秦一铭出来，李可乐就让司机跟在后面。出了小区大门，一路上秦一铭开着宝马飞奔，李可乐让司机死死地咬在他的后面。秦一铭开车穿过一桥，转道解放路然后直接往长虹路方向开去，李可乐一直在后面保持车距跟着。在十字路口等红灯时，为了不让秦一铭产生怀疑，李可乐转换为让他在后面的方法跟踪。当出租车驶到一个转弯处时，李可乐让司机放慢速度，决定让秦一铭的车再次走前面，这样他就更加不会发现有人在跟踪他了。

车子很快驶入了世纪新城，看着秦一铭进了世纪新城 B 座 2 单元。李可乐欣喜得都快要叫出来了，但最终他还是忍住了激动等待秦一铭上楼。秦一铭上楼后，李可乐尾随而进。在确定秦一铭走进 2301 号套房，被一个女的迎进去后，李可乐赶紧下楼，在距离该单元五米处的一个路灯下“盯梢”。为了不引起小区保安怀疑，李可乐手上拿来一份当天的报纸，假装在认真地看报，这是 PGO 之前教他的一招：别小看报纸，有时候这是侦探的最重要道具。今天现学现卖了。

秦一铭进去不久，那套房子最外边靠马路一侧的卧室很快就亮起了淡淡的粉红色的灯光，大约一小时后灯光熄掉，然后一片寂静。

李可乐一直蹲守到晚上十二点，那个窗口的灯光再没有亮起来，也没再见到秦一铭的动静。在确定秦一铭在那里过夜后，李可乐离开小区回家。

回家后李可乐连夜打电话给 PGO，告诉他自己初战已经告捷，找到了秦一铭的两处老窝，并把整个跟踪的前后过程给 PGO 大致描述了一遍。

“李可乐同志，你真是青出于蓝而胜于蓝啊，一夜之间就搞定秦一铭两个住处，有水准。”PGO 笑着说，“知道下一步该怎么做不？”

“继续跟踪找到其他线索，挖掘对我有利的证据。”李可乐说。

“错了吧，看来干这行你还是欠缺火候。”PGO 顿了顿道，“接下来你要做的事情就是偷拍，偷拍懂吗？”

“拍什么？”李可乐问。

“根据你提供的信息，加上我的经验判断，如果我没有推测错的话，秦一铭第一次去的地方应该就是他的家，你所说的那个叫余莹的女人肯定是他老婆，而世纪新城的这个应该是他的情人或者二奶之类的。”PGO 继续道，“你现在要做的是把他和二奶缠绵的事情拍下来，然后制成光碟交给他老婆，让他老婆来帮你找线索，这样一来你不就多了一个帮手吗？”PGO一边帮李可乐分析现在的处境，一边对他下一步如何偷拍进行周密策划。

听着PGO的分析，李可乐一下子感觉醍醐灌顶。

于是决定按PGO教自己的办法去做。

4

第二天一大早李可乐跑到世纪新城，以商住的名义租下了2301隔壁的房间。当天下午找到物业管理拿到钥匙，然后又去超市里买了一些饼干、巧克力、冰红茶等体积小、热量高、便于携带的食品。

回到房间后就将手机闹铃调到了凌晨一点，然后躺在床上睡觉。

知道他要做什么吗？

别人可能不知道，李可乐自己没理由不清楚。按计划，就在下一个凌晨一点，秦一铭和那个女人缠绵完后睡到死猪般之时，李可乐将会带着PGO给他的针式摄像头还有一个袖珍型录音笔，悄悄地从这边阳台跨到2301号的阳台上去，安装完毕后，将给秦一铭这个禽兽拍段激情纪录片。

李可乐承认自己不是一个坏蛋，至今还没有在月黑风高的时候做过什么有挑战性的事情，但是这次为了对付秦一铭，为了做到万无一失，他已经连人在什么时候睡得最死猪这样的事情都做了细致的研究。安装摄像头和录音笔的整个过程，似乎异常顺利。因为他们睡死的程度，完全超出了李可乐最初的预期。午夜时分，秦一铭的宝马进了小区停车场，十分钟后他敲响了2301的门。当秦一铭进到房间后打开灯，抱着美人滚在床上神魂颠倒一番翻云覆雨，缠绵终结各自沉沉睡去后，李可乐安装摄像头的工作也就开始了。在安装完成后返回自己住房打开电视的同时，李可乐也想起了一件麻烦事，那就是拍完后如何将那个摄像头再安全地取回来。刚刚安装完摄像头返回的时候差点失足从楼上掉下去，这让李可乐多少还是有点心有余悸，所以他心想，回头安全取回摄像头还是有一定的危险性的。记得之前PGO特别强调过，那个摄像头价值不菲，一定不要弄丢。再者，李可乐也不想秦一铭的那个女人某天收拾房间时发现这个摄像头，万一惊动了秦一铭，可就得不偿失了。

坐在电视前面把这些问题往一起一想，李可乐的头一下子大了起来。

装备安装完成，接下来如何进一步报复秦一铭李可乐心里已经有数了，问题是要想取回摄像头就没那么简单了，可不能因为眼前的这件事情而搅乱了思绪，不能功亏一篑，一定要想办法拿回那个摄像头，这样才能算作胜利完成一个阶段性目标。

想着这些问题，李可乐关上电视。看了看表，已是凌晨一点半。他一算时间，从潜入到摄像头安装完成再到潜出总共花了不到一小时时间。这作为一个山寨版的私家侦探来说，已经很够水准了，想到这儿李可乐欣慰地笑了，笑完后点了根烟，抽着晃上了楼顶。

5

午夜的时候，李可乐站在世纪新城顶楼的阳台上眺望汉江两岸的城市灯火，有一种难以名状的复杂心情，原来不知不觉间在这座城市里已经待了这么长的时间，已经经历了那么多看似离奇的事情。

想想当初如果去了北京而没有留在襄阳，如果在那次上了电视后没有遇到秦一铭，如果在自己被陷害后选择应诉，选择了通过法律手段来证明自己的清白，现在又会是怎样一种情形呢？不管结果如何，但有一点是确定的，那就是时光不可以倒流。现在所发生的一切事情，已经无法改变。

在这样的时候，李可乐想起父母，想给他们打个电话，但又想到自己目前的处境，加上已到凌晨时分，还是控制住了自己。心想，也许过不了多久，这种偷偷摸摸的生活就要成为过去，到时再好好去陪陪他们作为补偿也不迟。想到这里，李可乐突然感到了一种前所未有的放松，他感觉自己的未来还是充满光明的。就在这个时候，他意外地收到了一条短信："可乐，你睡了吗？我好困惑。有个男人对我真的很好，他想要娶我，他想带我去见他家人，可是，我不知道怎么办好。你说，我应该如何选择呢？"是林苒苒发来的。

林苒苒的问题困惑了自己，同时也困扰了李可乐。为什么每次林苒苒提到这些事情的时候，李可乐都会情不自禁地想起于小曼？这仅仅是一种怀念吗？

"为什么要困惑呢？如果你喜欢他，你就答应他；如果不喜欢他，你就拒绝他，这很难选择吗？"

"我也不知道为什么。他的确是一个好男人，对我非常好，我知道结婚后他也会对我非常好，但是，我真的不知道为什么总是有些心神不宁的感觉。"

"从前有过这样的感觉吗？其实这说明你是真正喜欢他，所以对他的好反而有种困惑。”

“也许吧，或者是因为他希望我与他结婚之后就专心做他的老婆，为他生儿育女，可是我现在不想这样做。”

“那就对了，你是一个事业型的女孩，还想做一些事情，而不只是生儿育女，做一个贤妻良母。”

在短信交流的最后阶段，他们两个人的意见似乎达成了一致。如果那个她所谓的男人不是想要林苒苒与他结婚之后就为他生儿育女，也许林苒苒就不会困惑了。

但是事实呢？事实是什么呢？谁知道，谁又能知道呢？

当李可乐从楼顶上下去回到房间里躺在床上的时候还在想着，想着想着就迷迷糊糊地睡着了，这一觉就睡到了大天亮。

早上起床之后，李可乐先看小区前面的停车场，果然，秦一铭的宝马已经开走了，显然他已经出去了。他再听隔壁也没有任何动静，那个神秘女人看来也不在，估计是出去玩了。

洗漱完毕，李可乐坐在电脑前等待着，刚好有点无聊时，QQ 上的小企鹅突然间疯狂地跳起了舞蹈。李可乐一边还在为几天前在一本书上看到的那句台词“如果你的乳房不小心碰到我的手，究竟算谁摸了谁”觉得好笑，一边伸手点开跳动的企鹅，心里在暗暗嘀咕肯定又是“阳痿”喊着要出去一起坐坐或是喝点了，可等窗口弹出来一看，显示的是一个陌生的号。

“喂，您好！乐哥吗？”是个女生的头像。

“嗯，哪位？”李可乐习惯性地用自己向来认为很老道很深沉的口气问，这是他在天娱跟着秦一铭时练出来的。

“乐哥，我是洛禾啊，这是我的新号。”

“哦，洛禾啊，你好你好，好久不见。”其实洛禾是谁李可乐此刻根本还没反应过来。

“乐哥，大忙人啊，你有没有时间一起出去兜兜风？我在东街公园门口等你，赶紧出来吧。”看着屏幕，李可乐有点摸不着头脑。

李可乐心想估计又是谁恶作剧骚扰自己，于是在一种上当后才觉醒的懊恼中起身，再次坐回去回忆下一句台词，可对方的头像突然闪烁不停。

打开一看，一下子蹦出来好几条信息。

想起那次“阳痿”半夜让阿玲假扮别人骚扰自己的事情，有了前车之鉴的李可乐，心里顿时产生了该不该再为这个陌生的号码发来的信息去浪费时间的念头。脑子刚一启动，潜意识里就又被一种猎奇的恶念抹杀了。

“乐哥，我真的是洛禾。难道你忘了两年前我们合作的事情了？只是后来由于大江南北地奔波再没有机会和你一起，现在我已经回来了，来了就要你陪我兜风！”

6

看着如此一条让自己哭笑不得的消息，再结合刚才的情景，李可乐猛然间生出一股子我是男人我怕谁的豪迈气概。于是就像曾经被哥伦布带上新大陆的首批拓荒者一样，开启了那扇多年尘封的禁闭之门，开始搜索一切藏在脑海里可能与这个叫洛禾的女人有关的影子。好在苍天不负有心人，在几乎翻遍所有记忆的角落后，终于想起这个名为洛禾的女人。

就是几年前，还在上学的他，出于对于小曼那份感情的寄托和对电影艺术的向往还有对生活艺术的挑衅，和几个哥们一起冒天下之大不韪，在大四那年大胆地亵渎了就读多年的在常人看来很神圣的机械设计制造专业，亲自操刀生下了那部当时在那座城市内外反响不凡的《青春攻略》。虽然这部电影之后被人们大肆渲染，广为流传，但在他的记忆里因为秦一铭的介入似乎早已经趋于积淀。

洛禾此人就是李可乐在那个时候认识的，其实确切地说应该是知道，因为彼此见面是几个月之后的事。

李可乐和洛禾的相识过程大致是这样的，起初和她扯上这份关系也是源自一条同样令他啼笑皆非的手机短信：“李老师吗？你好，是这样的，你们学校有个学生叫梁晋辉，我和他上星期一起参加‘荆楚风情艺术模特大赛’决赛，我在四川大学学表演专业。”此女子这以海纳百川之势拉开介绍的序幕可到最后竟然连她是人是鬼没交代清楚的做法着实让李可乐吃了一惊。就在他苦思冥想总结其中心思想的时候，终于盼到了她的另一条短信：“他说他和你是校友，因为喜欢表演，一直想找个机会，听他说你是学编导专业的，便托他打听到了你的电话号码。”原来是来找编导的，结合下文，李可乐总算猜测到了女孩的几分来意。

但一看见“你是学编导专业的”几个字，李可乐气就不打一处来。心里便暗骂那个叫梁什么辉的家伙，就算他借和编导攀关系泡妞，总不至于也因此学自己亵渎神圣的机械设计专业吧？

李可乐正准备把这团怒火燃在她的身上，可又回头一想，这女孩子毕竟是无辜的，况且看在人家管自己叫老师的分上，于是就此打住继续深入讨论自己究竟是学电影编导专业还是机械专业的问题，很绅士地回了句：“你是？需要帮忙吗？”

“我叫洛禾，我曾在《红蜘蛛》中饰演过一个角色，现在是大三学生，我是湖南人。”还盼着洛禾给以下文注释的李可乐，终没能忍耐住在那个节骨眼上因为洛禾的沉默带给自己的致命煎熬，最后只得狠狠心按了个“？”回复过去。

“呵呵！我真希望能有机会参与你的电影，我非常愿意做你的演员！”估计洛禾当时就差说可惜相识恨晚，要不再回去一切从头再来了。

就这样，李可乐和洛禾的交往也算是从此踏上了通往未来的末班车。在此后不短的一段时间里，每逢重阳节、光棍节之类大大小小的节日，李可乐总能收到洛禾给自己的诸如“乐哥，节日快乐！思念”“佳节愉快，想念乐哥”一类三三两两内容简单、表达温暖的祝福。后来，李可乐见到洛禾时才发现她是个很漂亮的女孩子，所以后来让她演了他的电影。

后来，因为执着于搞电影创业这档子事业，李可乐索性扼杀了操持机械设计专业为保家卫国奉献青春和为报效国人为社会主义工业建设谱写光辉篇章的欲望，背负着小 B 违约某集团公司的骂名，还没毕业就偷偷地怀揣上他老爸毕业前给自己的那点用于求职时花销的人民币，一声没吭踏上了南下广州的路，开始预谋他们电影生涯上的第二起创作事件。

在那年春天快到夏天的时候，李可乐和小 B 一路漂泊来到了广州，住在一家叫“小香港”的酒店里。那晚快睡到天亮时他突然感觉还不错，于是第二天一大早起床，便跑到服务台预交了两千元租下了那间门牌号为“888”的客房。服务员看到李可乐从一个几乎洗得发白的军用挎包里居然还能翻出如此一沓粉红底色的人民币，于是一改此前三番五次非得缠着他问东问西、要查看身份证是真是假的趋炎附势的势利态度，赶紧笑呵呵地说：“其实这里很安全，服务也比较周全，无论你干什么都尽管放心。”末了还追加了一句，“有需要就说一声。”李可乐接过收据点了点头，“嗯”了声就离开了柜台。可是说实话直到回去吃完早饭又睡了一觉醒来，他还是没弄明白她当时所谓的“干什么”和“有需要”究竟是指什么东西。

记得那天快到下午但天还没黑的时候李可乐居然已经萌生了想写点东西的冲动，此刻突然想起来自己心爱的宝贝电脑早在半路上就被坐在旁边的大爷虐待得身首异处，已经不听使唤了，于是乎心里开始疼了起来。那应该是在列车快要驶到郴州时的某个站，一位背了很多东西身形瘦弱的老大爷上了车，等他一路挤到李可乐旁边的时候估计已经是忍受不住背上沉甸甸的那许多东西了，于是就索性停留在李可乐旁边的一个空当里。再后来这位老大爷可能又萌发了把那些东西转移到行李架上的想法，再后来发生的故事大家也基本能猜个大概了，无非就是李可乐正在低头看书，大爷看见了他放在地上的一个很不起眼的包，便问：“小伙子，这包能不能借我用一下？”当然李可乐因为看书看得正起劲，所以没抬头，只随口说了句“当然可以”。再然后，就是大爷挪过那个包垫在脚下准备往行李架上放东西，接着便是一声很响亮的“喀嚓”，这终于唤醒了正沉迷于故事中的李可乐，他这才发现自己装电脑的包正被老大爷踩在脚下蹂躏。于是乎赶紧后悔，可是一切已经晚了！

老大爷糟蹋李可乐心爱宝贝的大致过程基本就是这样。可是现在李可乐还得自己来想办法弥补它的创伤，于是想起早上临离开时那位服务员说过的话：“这里服务还是比较周全的，有需要就说一声。”于是赶紧打电话给服务台问有没有修电脑的，结果总台小姐笑嘻嘻地说：“维修人的服务有，维修电脑的没有。”于是他又无语，一边挂电话一边还唠叨，“不是说有需求就说一声吗？怎么连个电脑都不能修呢？”

想想过去那些日子，再看看现在，李可乐这才发现一晃这都已经过了四年了。四年时间，李可乐的命运也像不景气的股市翻来覆去跌落回升了好几次，但这一次看来见涨不见涨真的还很难说。想到是一个美女主动约自己，他心想反正离晚上偷拍还早，整整一天的时光这么大一人闲置在家里也是浪费，再说了她能拿自己一个男人怎么样呢？既然她主动送上门来倒不如卖个人情给她。想到这里，李可乐连洛禾要干什么都没问就爽快地答应。

7

李可乐是在东街公园的门口碰到洛禾的，这次洛禾的打扮完全不像以前那样火爆，全然一副衣着矜持的样子。如果不是有秦一铭这头猪一直堵在自己的胸口，仅仅看着洛禾裹着艳丽裙装的曼妙身体已经足够让李可乐心旷神怡了，更别说她那含苞欲放的美丽面孔了。看来洛禾是发达了，这次还是开着车来的，李可乐上了她的车，在公园外边转了好久，才找到了一个停车位。洛禾一边关车门一边自言自语：“停个车都这么麻烦！”

“嗯，这是个问题，假如有一天我也有车，出来游玩，停车也是个大问题啊。不过对于现如今我这个落草在街头巷尾的难民来说，还是个奢望。”李可乐跟在洛禾的后面，看她四处转的情形，发出了感叹。

“乐哥，你别哭穷，我不会向你借钱的。不过我还是弄不清楚你为什么会选择住在这里啊！”看来在洛禾眼中，这会儿的李可乐只是一个流落民房的草寇。

“那可不一定。你看这里的房东们，一年光收租就是好几万，哪个不是百万富翁？他们自然买得起车，但是他们住在红灯区里啊。”

“他们一整天都在这里打转，根本就不需要车，没有听说打牌收租还需要配辆车的！”

李可乐也没问洛禾怎么知道自己住在民房里，也忘了隐藏自己的身份，他心想反正所有人都认定自己在事故中死了，过了几个月也不会再有人提起了，再说洛禾很快也会回北京的。就这样，他们两个人谈着一些没有逻辑近乎无聊的事情，沿着东门护城河边一直走。河边上的草坪上，全是一对对拥抱着亲昵抑或是偷欢的男男女女。面对此情此景，一种失落难免会涌上李可乐的心头，不过靠在洛禾的身边，瞬间一切似乎又淡了许多。李可乐的生活自秦一铭开始，已经变得七零八落，除了复仇，他似乎对生活已经没有抱太多的期望，包括对于小曼的思念，要不他怎么可能去和这个女人约会呢。

整个上午李可乐就陪洛禾在公园里说着无聊的话，看着无聊的人，无聊地度过。中午洛禾做东，请李可乐去王子厨房吃了顿清炖牛蹄。吃完牛蹄，洛禾要李可乐陪她去月亮湾跑马场骑马。刚准备答应，可后来一想晚上偷拍秦一铭的事情，李可乐赶紧推托有应酬。他心想一定要把持住自己，千万不能因为一时对美女的贪婪而坏了大事。

8

李可乐甩掉洛禾，跑回世纪新城的房子，舒舒服服地洗了个澡，然后美美地睡了一觉，在夜幕落下的时候全力进入备战状态。想到要搞好拍摄的艰巨任务，他一点都不敢怠慢，开了房间的门，隔着防盗门的间隙观察着楼道的情形。直到看到秦一铭上楼开门，一个女人摇摇晃晃地出来开门，李可乐才如释重负。

等那女子进了房间关了门，李可乐马上跑到电脑前。

“你先休息会儿，我去洗个澡马上来！”女子说话的时候，语气里带着媚得让人发酥的味道。

按理说，偷拍是件极不道德的事情，尤其是偷拍别人上床的事情，可秦一铭又何时与自己讲过道德呢？所以偷拍他与情人上床这件事在李可乐此刻看来是极其心安理得的。

“宝贝，今天一天没有见到你，我想得要死。我就不明白，我为什么这么喜欢你呢？”男人有一个共同的特征，那就是为了哄女人上床一定会花言巧语不怕肉麻，秦一铭的话一出口就让李可乐又是恶心又是佩服。

“又寻我开心！为什么今天会破例回来啊？今天不是应该回家陪你老婆吗，不怕你老婆了吗？”在镜头里面，那个女人显然已经非常习惯与秦一铭的亲热，一边说着话，一边在床上开始轻车熟路地脱衣服，只是她披肩的秀发把她的脸挡住了，李可乐根本看不清她长什么样子。

“我刚在路上时，她打过电话给我，说晚上她有一个老同学的聚会，她住同学那边了，晚上不回来了，所以我今天就不回去了。”

“你就那么点出息！我就奇怪了，一个大男人你为什么那么怕老婆啊！”在灯光下，肌肤吹弹可破的她显然无法理解，就连坐在电脑前面正监视着他们的李可乐也无法理解。

“有些事情是你不应该了解的，也许你在我这个位置上才可以明白。”秦一铭沉思起来的时候还真像那么回事，不过老狐狸终究是老狐狸，不但商场上骗人的技巧不错，情场上的技巧也不错。

接下来的事情正如李可乐期望的那样，两具白花花的躯体开始不停地运动，但可惜的是李可乐一直没能看到那个女人的正面。

“你轻点，不要将声音弄得太大，我听物业的人说昨天在这边隔壁新住进了一个人，让别人听到不好。”这女人显然还没有忘记隔壁还有一个人，她却不曾想到自己的阳台的玻璃下就放着一个针式摄像头，正在拍录着他们两个人的一举一动。她也万万没有想到这个拍着她激情动作的男人就是昨晚刚住进她隔壁的人，他就叫李可乐。

PGO 的设备真的不错，完全将整个过程给录了下来。

三十分钟，在经历过一番上上下下、左左右右、前前后后的程序式作业之后，他们终于停了下来，李可乐也将整段的视频资料保存了下来。这真是一笔宝贵的财富，现在李可乐一点都不心疼他之前花了两百多元钱买的手表了。

可是，这些资料能帮自己做些什么呢？李可乐开始想下一步的计划。

秦一铭不是什么社会上的大人物，甚至在现实中根本就找不到一个叫做秦一铭的人，他还怕这些资料公布于世吗？况且这也只是一段声像资料而已，又不是犯罪的证据，那么自己为什么会兴奋呢？李可乐开始纠结了。在李可乐的计划里，这段偷拍的资料并不是要给许多人看的，事实上这份东西只有两个女人看了才有用：秦一铭的女儿和老婆。他的女儿既然在国外看不到，那么就只有一个人了。

后来的几天里，由于李可乐自己忙于在世纪新城偷拍的事宜，便让雷子去过秦一铭的家里一次。当然是借着与秦一铭老婆余莹谈业务的事情打探秦一铭的情况，但是雷子所带来的收获基本不大。雷子并没有从秦一铭老婆的口中了解到秦一铭到底是什么来历，也没有了解到秦一铭现在是在做些什么，当然秦一铭老婆也没有认出雷子就是几年前和她有过一次不愉快合作的那个坐在她对面吃烧烤的男人。

回来后雷子打电话告诉李可乐，余莹对自己老公的事情似乎了解并不多。换句话说，秦一铭在外面所做的那些勾当她似乎一点都不知情，相反她十分欣赏她的老公。在她的眼里，秦一铭是一个模范丈夫，不仅能干而且还有责任心，她还说，这样的男人是天下难找的好男人。

在余莹眼里，秦一铭真是个四好男人。但是，她哪里知道，离开了她的秦一铭却又成了天下最无耻的男人，是一个四处与人偷情、四处骗人钱财的禽兽。

9

尽管雷子在秦一铭老婆身上的主动出击没有什么实质性的收获，但是李可乐通过这次偷拍，拿到了惩治他的第一手资料。李可乐拿到资料后首先和老麦取得联系，告诉老麦自己掌握了秦一铭的一些信息，准备和老麦一起谋划一下后续的取证工作。

李可乐和老麦约好了在南山宾馆见面。进了房间之后，老麦就从包里拿出了一堆资料递给李可乐，说："这一阵我也一直在通过有关渠道调查那几个被设局欺骗的投资公司，通过直接对当事人进行的调查，我发现了许多的共同点。现在基本已经可以确定，这些总金额上亿元的商业诈骗应该是同一个机构在幕后操作的，虽然还没有完全的证据找出幕后的操纵者，但是从我了解的情况分析，其操作手法都是一样的。先是策划一个商业利润可观的影视项目，再成立一个剧组，然后搞一个新闻发布会，取得投资公司的信任之后，就开始要求投资公司缴纳剧组运营资金，并开始进行媒体炒作，却迟迟不见开机拍摄。等投资商意识到上当的时候，这家公司已经人间蒸发了。名义上应该负责的法人代表全是虚假的身份，几乎找不到一点蛛丝马迹。"

"这说明了什么呢？"老麦的一番话让李可乐感觉问题的严重性。

"这说明事情比我上次所提到的情形还要严重，这些诈骗事件的幕后不可能只有一个人那么简单，而是一个有组织的团伙，他们组织严密，手法熟练，秦一铭很有可能就是这个组织的头头，或者他的后面还有更大的老板。如果没有意外，我想他还会再骗其他的公司……"

两人正讨论时，"阳痿"打来电话，告诉李可乐，说前两天在给别人送准生证的时候，在鱼梁洲上一座神秘的别墅门口看见了秦一铭。为了让更多人帮忙搜集更多的证据，李可乐此前给“阳痿”看过秦一铭的照片，让他帮自己注意这个人，现在看来还真是瞎猫撞上死耗子了。

“鱼梁洲神秘的别墅，莫非那就是他的老窝？”老麦说。

秦一铭的诡秘行踪，在这个时候全部在李可乐的脑海里浮现，这无疑也印证了老麦的推测。

可是，如果这是一个组织，为什么不见其他的人参与进来呢？李可乐和秦一铭一起在天娱干了这么久，为什么感觉不到有一个操纵团伙的存在呢？是秦一铭太狡猾，还是自己没有注意？那现在谁最清楚这里面的阴谋？到目前为止，李可乐知道的，就是秦一铭只与两个女人有联系，一个是他老婆余莹，还有一个就是那个神秘女人，她们两个人不大像是同党，那个神秘女人可能了解整个事件，但是她最多是一个知情者，不可能是操纵者。难道那座神秘的别墅里还有其他人？

老麦提供的资料确实可以证明那些企业被骗事件的背后有一个共同的操纵组织，却没有直接的经得起推敲的证据，而且也没有将诈骗与秦一铭联系起来的证据。而李可乐拍的东西，只能算是让他老婆看清自己男人面目的一点资料而已，与这件事情的证据根本挂不上钩。再者，现在即便有证据证明是秦一铭干的，“秦一铭”这个名字却是虚假的。

“按道理说，骗了大笔的钱，应该可以从银行上找出资金的流向。”李可乐说。

“这个我也想过，但是我找银行的朋友查过，在国内的银行系统上面，钱最终都流向了国外。”

老麦的话让李可乐想起雷子的话，他与余莹谈话时了解到：秦一铭将女儿送出国去，本来在一个国家读书，后来又转了几个国家。

“莫非他女儿是在帮助他转移资金，进行跨国洗钱？”李可乐问老麦。

“这种可能性不能排除，但是我感觉他不会让自己的女儿牵扯进去的，所以我认为可能性比较小，但是现在看来这件事情真的比我们想象的还要复杂。”

听老麦说完这一席话，李可乐才觉得自己的所谓经历，不过是冰山一角罢了，接下来他所要面对的，可能绝不是一个普通的商业诈骗案。

“你说，我们是报警好，还是继续私下调查好呢？”老麦的话里其实藏着答案。老麦是记者，显然更希望自己来调查，如果通过他的努力把秦一铭拿下，这样不仅能够体现自己作为无冕之王的正义，更能给他那个死主编一点颜色看看。而对于李可乐而言，肯定也希望由自己来进行调查。如果现在报案，那么李可乐当初就应该出庭，没有必要等到今天。而且经过这么长时间的斗争，秦一铭的强大反而更激起了李可乐内心深处的斗志。无论如何，现在都要让秦一铭在接受法律制裁之前先接受自己给他的惩罚。这事关一个男人的尊严，李可乐现在觉得这种尊严是高于一切的，甚至不惜伤害到其他的人。

10

秦一铭这个男人激起了李可乐的愤怒，激起了老麦作为人民记者的良知，他们两个商议后决定共同将寻找法律证据这项工作进行到底。当然与老麦不同的是，除了想要将他送进监狱之外，李可乐还在尝试让秦一铭获得一些法律之外的惩罚。他认为，一个无耻的男人，如果只有法律惩罚他，那就太便宜他了。

可是，接下来如何去做，却成了一个问题。

李可乐虽然已经初步掌握了秦一铭的行踪，可是应该从哪里着手去搜集相关证据呢？

“我觉得，我们现在的重点应该是两个地方，一个是鱼梁洲的别墅，一个是秦一铭丽江柏林的家，我们应该可以在这两个地方寻找到相关的证据。”老麦的想法与李可乐不谋而合，他们现在也只能从这两个地方下手。

“嗯，现在的重点就是这两个地方，应该想办法从这两个地方寻找证据。”本来那个神秘女人的住处也算是一个选项的，但是偷拍完成之后，李可乐认为那里已经不会有什么值得关注的东西了。

李可乐从南山宾馆出来直接跑到丽江柏林小区，站在小区门口摸着口袋里的光盘，本来还在想如何敲开秦一铭家的门将这张光盘给他老婆看，但是当他抬头看到秦一铭老婆挂在阳台上的性感内衣时，心里有了一个新的想法，于是赶紧将口袋里的光碟收藏好，心想至少暂时可以不必展示这张光碟了。

虽然暂时不给余莹看，但是李可乐并不觉得自己是做了无用功。这张光碟虽然不给秦一铭老婆看，但是他想肯定还会有用得到的地方。李可乐看了看表，已近下午五点，这个时候也差不多是秦一铭回家的时候了。虽然李可乐一直非常想在某日得意扬扬地出现在秦一铭的面前，但是不是现在，现在还必须小心谨慎一些。想到这里，李可乐便往回走，但谁知还没有走出丽江柏林小区的大门，就接到一个电话，是 PGO 打过来的。

“我现在在医院，我下午出门被车撞了。”

“哈哈，撞就撞吧！你这会儿躺在医院里，也可以让那些包二奶的爷们清闲一下了。”

“靠，你怎么这样幸灾乐祸啊？”

“呵呵，如果你被车撞了，你早就在医院的床上歇着了，还会给我打电话？”李可乐一听就知道又是 PGO 满嘴跑火车。

果然随后就听到他在电话那边笑，笑完后说：“兄弟，有新线索了！”

“什么新线索？快说说？”

“阳光，你知道吗，阳光跟秦一铭混在一起，我亲眼看见的。另外，你那边进展怎么样啊？如果有空就过来找我一趟吧。‘阳痿’老婆这边来了一个美女，过来看看，免得我胡思乱想。”

“你说什么？‘阳痿’老婆？‘阳痿’什么时候有老婆了？”PGO 的这个消息确实不亚于雷子说公司账户上的上千万资金不见了。

“是啊，你不会不知道吧？就是‘阿玲发廊’的老板阿玲，她早就是‘阳痿’老婆了，孩子都打好几个了！靠，这么漂亮的女人让这家伙占了便宜你都不知道。”PGO 说着又开始催李可乐，“赶紧，我等着。”

“靠，你这家伙怎么了？吃错药了？第二春都要发芽了还这样？”也不知道 PGO 是哪里出了问题，今天的许多话居然都满嘴跑火车，这家伙就是死性不改，但是李可乐一想既然他有新任女朋友在旁边看着，估计他也不敢做出什么事情来。

“你怎么了？难道不谈女人你就失去了人生的乐趣吗？”李可乐反问，心想难道这城市真的就这样一个个改变着男人吗？

“好了，都是开玩笑的，我女朋友就在我的身边呢。她要请你过来吃饭，上次你帮了她不少忙的。”李可乐知道 PGO 是说之前做的一个采访的事情。

李可乐去了 PGO 的家，看见 PGO 与他新任女朋友都系着围裙在厨房里忙活，突然有点羡慕。这一刻的情景，难免让李可乐想起了于小曼。

11

PGO 家的厨房里，李可乐开始幻想自己和于小曼，要是两个人在一起，不知道能不能也像他们一样恩恩爱爱过日子。虽然秦一铭骗了他，让他差点进了监狱，可是在经历了这么多事情之后，李可乐想起于小曼居然也不心痛了。以前，于小曼对李可乐来说就是一剂良药，无论大病小病只要想起她就会好一大半。所以，当现在找到了秦一铭的时候，李可乐又开始想她了。

“PGO，你们定下来没有，什么时候请我喝喜酒啊？”李可乐上次碰见 PGO 时，他还说不着急结婚，要好好谈谈看。现在感觉两个人卿卿我我，结婚应该是迟早的事情了。

“我们都说好了，不着急结婚，先试婚，如果让我知道他与我之前的那个男人一样，我就一脚踢了他。”李可乐一边听 PGO 女朋友说，一边冲着 PGO 挤眉弄眼。虽然 PGO 确实对这女的有好感，但是李可乐知道这家伙心里肯定不可能只有眼前这一个女人。要 PGO 全心全意对一个女人好，那比让他不吹牛都难。

“你可不能这样野蛮啊，我做点坏事是可以原谅的，毕竟你都有过一次婚姻……”

“你说什么？你居然嫌我……”PGO 的女朋友一点都不客气，直接将手中的筷子放了下来，然后扯住了 PGO 的耳朵，“这还没有结婚呢，你就这样。要是结婚了，岂不是……”

“我的亲，轻点，轻点，我答应你好吧，我只对你好，一定不去拈花惹草……”

他们两个人全然不当李可乐是外人，当着他的面打情骂俏，越发让他羡慕。李可乐在羡慕的同时也幻想自己是不是也会有如此幸福的时光啊！如果在以前，李可乐也许还可以如同那个用慢火煮着的青蛙，在虚伪的幸福里一直幻想到死。但是，秦一铭让他的这个梦彻底碎了。

“对了，兄弟，你的事情怎么样了啊？”PGO 喝了点酒就什么话都说了。本来李可乐是不希望 PGO 将自己的事情告诉别人的。

“没有事的，你的事情他都告诉我了。上次也多亏了你帮忙，我一直想有什么可以帮到你的呢。”在这样愉快的场合里突然提到这些事情，大家心情都变得沉重起来。

“哦，有一点眉目了，再有一个月的时间基本可以找到证据证明我的清白了，到那时候我就可以清清白白做人了。”

“对，等洗清嫌疑后再好好做一番事业，不要像 PGO 那样做那些冒险活了，他已经决定洗手不干了！”PGO 的女朋友一边说着一边给李可乐夹菜。

李可乐在 PGO 家里吃完饭之后，PGO 与他女朋友本来是要带他出去唱歌的，老麦的电话却将李可乐叫住了。

“可乐，刚才我有了一些新的想法，我过去和你详细谈谈！”

“好的，我马上到！”李可乐匆匆地从 PGO 家跑出来，直奔和老麦约定的见面地点。

12

“这样吧，我找找朋友，看看能不能调查出他们房子的登记资料，也许会找到一些线索。”老麦是做记者的，想到的招确实比李可乐多。车主的资料可以做假，户主的资料不会做假吧？这一点不禁让李可乐对接下来的行动多了一些信心。

“好的，麻烦你了。你调查外围的情况，我想办法从内部突破，看看能不能进入房子的里面找到证据。”

两个人分工完毕，李可乐开始对接下来的行动充满憧憬。鱼梁洲的那座别墅一时半会还没有办法进去，李可乐决定先从秦一铭在丽江柏林小区的家开始入手，再狡猾的狐狸肯定也会有露出尾巴的时候，他坚信这一次调查不会一无所获。而且，在上次做出暂时不暴露光碟的决定后，李可乐便通过中介租了秦一铭老婆家隔壁的一套房子，暗自构思了一个新的复仇方式，这是一个有点不堪但他觉得比较解恨的办法。

行动的方案制定之后，李可乐此后一段时间的关注重点自然就发生了变化，当然整个方案的实施很快得以落实。

这天半夜时分，趁着秦一铭老婆熟睡的时候，李可乐翻越阳台进入了她家。

自从撞见秦一铭与那个神秘女人的偷情之后，李可乐发现他已经把自己的身体欲望放纵到了一种不加约束的地步，何况是在这样的一个小屋子里，面对着一个成熟的性感女性熟睡的媚态。可偏偏在这个时候，手机不合时宜地振了起来，李可乐赶紧翻身跳过阳台回到自己租的房间。

可接起电话时，李可乐大吃一惊：“可乐，知道我是谁吧？可算找到你的电话了……”

拿着电话，李可乐一时没了词儿，因为他不知道，此时此刻该怎么表达自己内心压抑太久的这份情感，是思念？是喜悦？还是激动？

三年了，这三年时间，李可乐过得真的不快乐，确切地说是很痛苦，苦得很多时候真想放声大哭，尤其是被秦一铭陷害之后。不过每次痛苦的时候，只要想起电话那头的这个人，李可乐就又会斗志昂扬，每一次都会在心底对自己说：“坚持住李可乐，做个男人，别忘了还有个你想要的女人，她也许在等着你！”每次话虽这么说，但泪水总是憋住了往肚子里咽。

感谢岁月，终于让李可乐深深地明白，原来人真的能在痛苦中成熟，当坚守住一份孤寂后内心就会变得强大。同时也让他明白了一个道理，人很难和自己的记忆道别，埋在心底的往事只会越沉越深。

电话那边的这个人，就是于小曼。这个电话，顷刻间勾起李可乐心底深藏的思念，还有些许无缘无故的恼怒。

第十章 爱的代价

时间让爱情面目全非，情欲是水，流过身体，却留不下痕迹。天使能飞来，一样能飞走。于小曼的离开，对李可乐来说，打击太大。爱已裂，无法终结，一直在风中苦苦地纠缠。

1

随着时间的推移，从离开校园最后一眼见于小曼到现在，都已经三年了，中间没有联系。这大概就是青春期的爱情，明知道心里有个人，却不敢轻易晒出来。李可乐有时候甚至觉得自己对于小曼这段感情不会再有任何希望，尽管还不死心地拖延着，可能只是苟延残喘。加之慢慢步入社会，看多了别人的分分合合，他此前固若金汤的那种坚守，似乎也一点点开始松动。后来因为被秦一铭陷害的事情，使李可乐的人生真正跌到了谷底，这更彻底地让他失去了一切对于小曼的幻想，只是偶尔会在梦里出现。他曾经梦见于小曼来找他，说要回到他的身边，继续和他好。

可这个电话证实了，有时候还真的不得不相信梦境是真实世界的写照，是想逃也逃不掉的。此刻的这个境况就是这样，很真实，真实到李可乐不敢去面对，他怕它就要成为下一个清晨时候又一次自动遗忘的故事。

大学四年过得飞快。毕业典礼那天，大家都收拾完东西准备离去时，李可乐看见于小曼从他们宿舍楼下走过。那天，于小曼一个人，她根本没注意到李可乐在看她。而那一刻的李可乐，心里却是五味杂陈。想说？不能说，李可乐知道人家已经有了男朋友。不说？不行，马上就毕业了，这一走，也许以后再也见不了面。

“李可乐，你这样放弃，甘心吗？”李可乐一边走一边扯了扯自己的头发，看着于小曼的背影一遍又一遍问自己。其实在那一刻，李可乐已经下了决心：说。但李可乐希望在他说之前于小曼能看见自己，然后给一点回应，好让他有勇气说出心里憋了很久的那句话。

“你不是已经想好了放弃吗？既然选择放弃的事情就果断点吧。没有结果的事情就不要再做无谓的挣扎，像个男人成不？兄弟！”大歪早就看见了于小曼，他走过去拍了拍李可乐的肩膀说。

一直以来李可乐总觉得自己是个很有主见的人，但在感情这事上他还是坚信大歪的观点是正确的。那天，李可乐听了大歪的话，对着他苦笑了一下，也算是对自己两年爱情梦想的哀悼。原来到头来，一切的坚守只是一场空。还没来得及品尝的爱情，就那样失去了……

李可乐坐在离开校区的公交车上，整个人像丢了魂，透过车窗的玻璃不停地搜索着于小曼的身影。在最后的时间里，他希望可以将她的身影牢牢记住。

李可乐原以为此前仅仅是喜欢，但是当这一刻来临时才发现，两年积累的感情，已足够让他深深地爱上她。

可当时一切都太迟了……

2

现在，李可乐怎么也没想到，于小曼竟然会来找他，不禁庆幸刚才在秦一铭老婆家还没来得及将自己的计划付诸行动。

赶到公交站牌前，于小曼一见面就一把拉住李可乐的手，像久别多年的好友重逢，没有丝毫生疏。看到于小曼，李可乐压抑了许久的心情终于开朗了起来。于小曼站在李可乐面前，晚风轻轻地吹动着她的头发。李可乐深深地吸了口气，似乎感觉到了许久以来从未有过的舒畅。那种久违的洗发水的味道，夹杂着晚风，瞬间就钻进了他的鼻子，这似乎就是爱情的气息。三年不见，于小曼依旧不减往日的风采，清纯美丽、朴素大方的样子，一点都没有变。

看着李可乐，于小曼问：“你怎么啦，为什么看上去这么憔悴？”

李可乐说：“没有吧，可能最近没睡好。”

于小曼有点八卦地问：“为什么没睡好？不要说因为失恋哦！”

李可乐故意逗她：“估计是吧！”

于小曼说：“你就别贫了，你恋都没有恋过，怎么会失恋。”说完朝李可乐笑笑。

李可乐说：“以前的事情就不提了，也别总站在这儿，走走吧！”

于小曼拉起李可乐的手说：“好啊，正好你陪我逛街，不过街上人多，你得跟紧点，别把你丢了。”

看于小曼这么说，李可乐赶紧握紧她的手说：“好吧，为了不把自己丢掉，我还得牺牲自己成全你，冒充一下情侣！”

过了马路，两人沿着护城河一直往北走。于小曼告诉李可乐，毕业后她尝试找过李可乐，可一直没他的消息。谁知就在下午，她接到一个陌生电话，电话是一个女孩打来的。那个女孩在电话里告诉了她电话号码，还说听别人说李可乐不久前在一场车祸中死了，但她最近见过。于小曼说在她的记忆中，已经好久没有人打过电话给她了。突然接到那个电话，她感觉自己都快要疯了，虽然不愿意相信是真的，但还是赶紧打了过来，想看看究竟是怎么回事。李可乐说：“现在你不看到了，我有什么事儿吗？要不要验证一下我究竟是人是鬼？”

“谁知道，现在的鬼长得和人一样，难说。”于小曼白了李可乐一眼笑着说。

两人继续沿着河岸边走边聊。说起几年前的相遇，谈论李可乐离开后学校的变化。可能是那段纯真岁月的功劳，他们聊了很多。一路聊一路走，居然从北街到了东门。于小曼说有点饿，嚷着要李可乐陪她一起去吃酸辣粉。这样简单的要求，李可乐当然会百分百顺从。在路边上的小吃店要了两碗酸辣粉，于小曼吃得无比尽兴，一边吃一边说：“好久没吃过这么香的粉了！”

看了看于小曼，李可乐笑着说：“那就多吃点吧！顺便把下辈子的都吃了。”于小曼朝李可乐憨笑，说：“我要吃三碗！”看到于小曼开心，李可乐突然很释然。从小摊上出来仍然意犹未尽，辗转又到夜宵的摊子吃烧烤，还要了啤酒。也许人脑子清醒的时候会想着如何装，如何掩饰一些东西，但装久了掩饰累了就需要释放，而唯一能释放这些东西的似乎只有酒精。从零点多一直到吃完夜宵，已经快凌晨四点了，离开小摊时，于小曼已经喝多了。

“可乐，我终于找到你了，这些日子我是怎么熬过来的你知道吗？其实我很早就喜欢你！”在李可乐准备拉她起来时，于小曼一把抓住李可乐的手失声痛哭。

李可乐愣住了。

看着于小曼那样痛苦地失声大哭，李可乐的眼泪也不禁流下。

难道是为了于小曼吗？也许吧。但，也许根本就是为了自己在哭泣。是激动还是伤感？李可乐这会确实也说不清楚。但是他知道两年来暗暗藏在心中的感情，差点因为彼此的倔强成了一个永远也无法说出的秘密，随着大学生活的结束一起流失掉。还好，是于小曼又帮自己及时捡了回来。

尽管秦一铭带给李可乐的一切伤痕此刻还历历在目，但这一刻，当李可乐看着于小曼的目光时，他突然信心百倍，无所畏惧。他紧紧地搂住于小曼，好像要把她捏碎一般，紧得她无法呼吸，李可乐自己也无法呼吸。心还在不停地快速跳跃着，酸酸的，甜甜的。为什么酸？为什么甜？已经分不清楚，这紧紧的拥抱，已经挤走了李可乐所有的思想，挤没了秦一铭带给他所有的伤痛和烦恼……

“可乐，你知道我为什么这么晚才来找你吗？因为我今天还听那女孩说，杨子怡毕业后也留在这座城市，而且我也知道了你们以前的事情。我知道，杨子怡是为了你而留下的，所以我赶紧过来找你，因为我怕要是来晚了她会把你抢走……”

李可乐第一次发现于小曼像个小孩子，那么纯真，那么率直。从于小曼此刻的眼神里，李可乐真正读懂了她。他相信这三年里，她确实找过他，他也读出了于小曼的那种不愿轻易表露情感的倔强。

“你可不能笑话我。其实我喜欢你，你也是喜欢我的。对不对？只是因为彼此的倔强没有表露，对吧？”看着于小曼充满了晶莹泪光的眼睛，那一刻，李可乐感觉体内的血液开始燃烧。李可乐想告诉于小曼自己现在不能接受她的爱，因为他遇到了前所未有的麻烦，可当他注视着于小曼的那双眼睛时，话却留在了嘴中没能说出来。

“三年来，我一刻都没有忘记过你，你知道吗？其实那次我说我有男朋友是骗你的，我只是不确定我们能不能走在一起，我怕伤害到自己才那么说的。可是现在，我发现我骗得了你却骗不了我自己。”于小曼的话再次在耳边响起，李可乐仿佛拥有了无限的力量，趁着夜色鼓起勇气拉着于小曼一口气跑到了江边。

李可乐和于小曼一起沿着滨江大道奔跑。看着于小曼陷入了爱情的海洋，时而甜蜜地微笑，时而黯然地流泪，李可乐心里悲喜交加。

“瞧你一脸的忧郁，在想什么呢？现在还怕我跑了不成！”李可乐摸了摸于小曼的脑袋，和她并排坐在小北门码头的草地上。

“其实倒也不是怕你跑了，就是感觉你好像有点不高兴，告诉我你到底怎么了？是不是工作不顺心啊？”于小曼说着扬起双手往草坪上躺去，有点孩子气的动作。也正是因为她的孩子气，她的单纯善良，让李可乐不能对她说出自己的遭遇。再说了，李可乐也无法说出来，因为这些是男人间的事情，只能自己去面对去解决，没有人能帮助他，何况他更不能让于小曼为自己担心。

“傻姑娘，你又在瞎操心了，我怎么可能会在工作上有不顺心的事情呢？别想那么多！今晚我们什么都不想，你就枕着我的胳膊在这美丽的绿色地毯上好好地睡上一觉。”李可乐安慰于小曼。

“其实我又怎么会不知道我对你的爱是什么都比不了的呢？可是我现在不能接受你的爱，因为我有更重要的事情要去做。对不起了，姑娘。”李可乐在心里苦涩地想。

听完李可乐说的话，于小曼终于开心地笑了，原来她不冷漠的时候笑起来是这么好看。李可乐不知道该说什么了，只好陪着她笑。

夜渐渐地深了，于小曼靠在李可乐怀里睡着了。看着于小曼熟睡却还挂着泪珠的脸，李可乐的眼睛再次变得潮湿。回想起曾经面对林苒苒追逐的目光，他虚荣地嘿嘿一笑，那时候好像听到耳边响起了无数女生尖叫的声音。他知道自己还算优秀，无论是学习还是其他，可是一直觉得心里的于小曼离自己很远，远到他看都看不见。那个时候李可乐时刻想捕捉她的身影，而她总是那么冷漠，有时他甚至怀疑，她是冷血的，有几次擦肩而过都不知道抬头看自己一眼。但有时，总在那不经意间，他会发现，她似乎也再偷偷地看着自己，眼睛里闪烁的正是那熟悉的目光。两年前，李可乐也曾无数次追寻着那冷冷的眸子里偶尔流露的爱恋，甜蜜地幻想着有一天当自己对她说出“我爱你”的时候，她惊讶而感动的神情。但是两年来他一直无法开口，他知道，在那偶尔的流露前面，不可改变的事实就是已经挡着一个男孩子的身影，那是他怎么也无法跨越的鸿沟。尽管李可乐也曾努力地打听过那个男孩的消息，但自始至终没有人见过他的面。也许是怕自己受伤，也许是怕打扰她平静的生活，反正后来干脆再也不去想那个男孩究竟是谁，也从此不再幻想于小曼会真正属于自己。李可乐在心中默默祝福于小曼，希望她和那个男孩过得快乐。那以后多少次在校园里相遇，可他不知道，她的眼神中偶尔流露出的忧郁，是因为自己。更没想到的是，于小曼竟然会来找他。

想着于小曼在见到自己时那热烈的眼神，现在终于看到怀里躺着的女孩，就是他一直苦苦追寻的她，就是自己朝思暮想牵肠挂肚的于小曼。可秦一铭狗日的害得自己无法坦然地拥有这一切，再加上男人的虚荣心，李可乐一下子难以直接告诉于小曼，自己爱她其实已经很久了，所以他只能装作平静。

而现在，李可乐也明白，自己还是那么爱于小曼，她对自己是那么重要……

天亮了，李可乐送于小曼上了公交车，于小曼朝李可乐挥了挥手。看着于小曼离去，李可乐突然发现一直以来埋在心底的复仇火焰都因为这次和于小曼的见面一扫而光。他心里突然蹦出一个念头：君子报仇，等一年也不晚。仇，一定得报，但寻找秦一铭的事情不能让于小曼知道，来日方长。想到这里李可乐突然觉得应该暂时放弃报仇，先放些日子吧，等过了这段时间再找机会……

这也许预示着属于李可乐的旧时代已经过去，一个崭新的时代即将到来吧！为了自己的天使，不能活在仇恨当中。李可乐反复安慰自己。

3

但是幸福来得容易，失去时更容易。

不久后于小曼毕业签到深圳的一家公司工作。收拾起行李去公司报到的那天早上，于小曼问李可乐，“可乐，我是走还是留？”

李可乐提起行李坚定地说：“走吧。追求你的事业。”

李可乐送于小曼走，只是为了能让她飞得高飞得远，是想给她想要的自由！

于小曼背上行囊追着自己的梦哭着走了。

半年。李可乐在这边，于小曼在那边，中间隔了几千里路，但每个晚上他们都会在电话里相聚。

平安夜的前一天，李可乐想于小曼想得很痛苦，电话接通，他无奈地说：“小曼，我爱得很辛苦，快要透不过气来……”说完后于小曼哭了，挂了电话。

李可乐赶紧再拨，已经关机。

第二天，一直关机。圣诞夜，天空是一片白色，万里无云，狂风。风横扫着划过大地，在天空中扯动出呼呼的破空声。街上无人，也没有落叶纸屑随着风打旋，这个世界很清明，仿佛只有风，疯狂地窜动在这广袤的空间。

李可乐在拨不通于小曼电话的情况下只好选择了坐在家里看书。阳台上窗玻璃砰砰作响，就像风拼命要闯进来一样，扯破天空的风声让人的心很难平静下来。

就在这时李可乐收到一条短信：“可乐，圣诞快乐。不知道为什么我很怕。”号码显示：爱情海。爱情海是李可乐对于小曼的另一种称呼，因为于小曼的爱早已把他淹没，就像漫无边际的大海。后来李可乐在想，人的相识相爱和分离仿佛是一种戏剧性的存在，就像那一天的大风，那一晚的平静，那一条短信带来的温情，直到很久之后都不能忘记。

看到短信，李可乐知道于小曼开机了。于是，他急忙给于小曼拨了电话：“怎么了？有什么事发生了吗？”

“没有，我只是害怕分开时间长了就没感情了……”电话那头的声音很甜，很温柔，但有微微的颤音，李可乐感觉得到，哪怕一点不小心，电话那头的姑娘都会泪如雨下。

“傻丫头，感情怎么可能会因为分开而没了呢……”聊了很久，或者说倾听了很久，排解了很久，终于给她抚平了悲伤，李可乐暗暗地叹了口气。

半个多小时之后，电话那端的于小曼终于将情绪稳定下来，声音重新回归了那种水一样的柔软。她在电话那头轻轻地说：“可乐，拥有你我觉得很幸福。”听到那温婉柔软的声音，李可乐浑身通透，觉得这一番口舌值得，一如既往地回答：“夫妻夜话电话栏目随时欢迎您的拨通，有啥情感问题生活问题李可乐为您一应解决。”

这时候，电话那端突然沉默了，长达半分钟的空白，只听得见楼外风声的呼啸和电话里沙沙的电流的声音。李可乐仿佛听到那头又有一点抽噎的声音：“怎么了，爱情海同志？刚才不是好好的吗？怎么又开始哭？”

“可乐啊……”于小曼停了一下。似乎为了确定李可乐是否在听，又似乎在为后面的话酝酿感情。

“嗯，在听呢，怎么了你？”李可乐也听出来电话的那头似乎有一点不对劲，他可不想自己努力了半个小时才抚平的情绪又惊涛骇浪或者淫雨霏霏。

“问你个事情，你如实地回答我好吗？”说后半句的时候于小曼的声音已经很小，似乎被自己吞进去一般。

“那肯定的，你的问题我都如实回答，问吧。”李可乐似乎感觉到什么，毕竟他这个二十出头的少年情感敏锐得令很多人发指。

沉默了一小会，于小曼终于张开嘴：“你平时对每个女生都这么好吗？”

其实对于小曼，李可乐自从看到她第一眼开始就被这个姑娘的微笑迷住了，月半弯的眉眼，翘翘的嘴角，精致的鼻子，说话的声音温润滑软，像丝绸一样撩人心魄。

于小曼接着问了句：“李可乐，你爱过我吗？”李可乐心想，这话问得也太狗血了吧？瞬间觉得仿佛有一团蛋糕砸在自己的头上。

“你自己难道不知道我爱不爱你？你想什么呢？”李可乐把手插在口袋中，无奈地低着头来回踱步。

“我不能把自己押给一个一点安全感都给不了我的人。”

李可乐没有说话。他承认，他们在一起的这段时间，自己有些时候的确是做得不好，他也看得出来她是那种需要安全感的女孩。于小曼是那种很容易坦白的人，这么好的女孩自己如果辜负了，面对她的决心，自己真的会愧疚一生，所以他想只要让她看得到他的真心。

“我们还是分手吧。也许在我们还没有把彼此彻底伤透的时候分手，还做得了朋友。不过有一点请你相信我，可乐，我决心和你分手不是因为我喜欢上了别人。”

“好吧！既然这样，我尊重你的决定，只要你快乐，我接受分手。”李可乐连犹豫都没有直接回答，因为于小曼在这个时候的这句话给他的沉重让他无法挽留对她的爱，而接受她的决定是李可乐此刻唯一的选择。

4

李可乐的一句“只要你快乐，我接受分手”就这样结束了和于小曼的感情。

暗夜昙花，并不会孤独地绽放，在暗香浮动的那刻，爱情亦能悄然绽放，但属于李可乐的这颗在还没见到黎明的时候就悄然消逝。这似乎就是一场等待了多年却未曾言爱就分手的爱情，也是一个只属于童话里的美丽故事。

临睡前李可乐暗暗发誓：从现在开始，在不多的岁月里，我要快乐地活着。如果突然在某一刻，我又不小心暗自流下一滴泪水，那只是因为我不想忘记她是谁。我知道今生我再不可能重新开始我的新生活了，无论从精神上还是肉体上我都不可能再去奢望了。当然，我也绝不可能接受别人的同情和可怜，估计二十一世纪也不会再出现第二个像我这样的“傻子”了！

5

可是一觉过后，早上醒来，李可乐觉得还是应该弄清楚是怎么回事，于是下定决心去深圳看看。收拾好行李准备下楼，在推开窗子的时候才发现下雪了。上一场雪下的时候，是李可乐和于小曼相识五百天的纪念日。这次的雪，下得大，下得密，看到门外纷飞的雪，李可乐似乎身处北国，有一种漫山玉树琼枝的景象，仿佛来到了梦中的童话世界。李可乐心想，尽情下吧，天地一片洁白，最好把整个世界的一切伤痛埋葬。

看着漫天飞舞的雪花，李可乐想起和于小曼在一起的时候，于小曼最大的爱好就是拉着他的手在雪花飞舞的路上从头走到尾，她还告诉他这是她憧憬的幸福。

坐在公交车上，李可乐不停地想不停地想，甚至设想了很多个于小曼可能分手的理由。

在进火车站的时候，李可乐远远地看见了一个熟悉的身影。她拖着个大包，缓缓地从人群中走出来。

透过熙熙攘攘的人群，这个人抬起头，李可乐终于看清楚了，是她，杨子怡。

杨子怡从人群中挤出来，停下来整了整衣服，然后深深地呼了一口气继续往前走。走了没几步看见了李可乐，大老远就和他打招呼。李可乐站住。

这一刻李可乐突然不知道该怎么来面对她。也许多年前阴差阳错的离别让彼此早遗忘了那段青涩的情感邂逅。

“我没想到真的是你。”李可乐说，“你去了哪里？”

“韩国。”杨子怡回答。

“哦。”除了这个李可乐不知道还能说什么。

“我找过你。”杨子怡把行李放在了地上，“毕业后一个人心烦时我忍不住想过你，到底是为了什么，我自己也不知道。我也试图上网查过你的信息，除了知道你去了广州以外，再没有任何信息。再后来知道你回来了，而且听说你回来后开了公司，现在还好吗？”杨子怡问。

“还可以，不过公司第二年就出了问题，之后就一直工作，你呢？”

“也还好。”正在这时有人打电话给杨子怡，杨子怡接起电话说，“我有事先走了。”

“能把你的电话给我留下吗？”杨子怡走了几步又挂掉电话返回来问李可乐。

“OK！”李可乐和杨子怡交换了电话号码。

“以后别再让我找不到你好吗？”至今李可乐还从来没有听过别人以这种口气对他说话。

“好，我答应你。但我现在有要紧的事情要去做。”李可乐强装微笑，对杨子怡说。

杨子怡失落地走开了，李可乐目送着杨子怡拦了一辆出租车上车走了，自己才离去。陌路是早就想过的，和杨子怡的漠然也是预料之中的，为什么此刻还会有想要流泪的冲动……李可乐索性不想这些事情，径直朝候车室走去。

突然手机响了，李可乐一看号码是杨子怡的，心想，还真是神速！

“这次是准备去哪里？”杨子怡问，听得出来声音里有些疲惫。

“有点事情，去深圳。”

“什么时候回来？”

“不清楚，也许很快回来，也许不会回来了。”

“你等一下，我送送你吧！”

“不用了，火车马上开了，再说你坐车已经很累了，赶紧找个地方去休息吧。”

“那……好吧！”杨子怡犹豫了一下说，“回来的时候告诉我，我去接你。”

“到时再说吧，我都不知道我的下一座城市在哪里。”

“哦，刚才忘了问你，是不是经常很晚都不吃饭？看你还是那副清清瘦瘦的样子。工作再努力也不能拖垮身体啊！”

“没事的，我会照顾好自己的。谢谢！”

“我们真的没有机会开始了吗？”杨子怡问。

“也许吧！”这一刻，李可乐的心里只有于小曼。

“是不是因为那个于小曼？”

“不是，我认识你比她早，我们真的不合适。这个我想你应该知道的，在我们第一次见面的时候就有预示，和我遇到谁没有关系……”

李可乐一看时间，离发车时间还有两分钟。他挂了电话，赶紧冲向站台，还好赶上了。

6

告别杨子怡，踏上了南下的列车，离开这座熟悉的城市。在火车出发的那一刻，李可乐深深地感觉到思念于小曼的迫切，一种难以言说的感觉在他心里久久不能离去。

在李可乐所在下铺的中铺和上铺，两个女孩子都是襄阳人，她们用襄阳话热情洋溢地聊着天。近两年时间，虽然李可乐没有学会说襄阳话，但听襄阳话的本领练出来了。车厢里，一个从襄阳去广州的女孩和她的伙伴聊着身边的人和事，她似乎生来就很会聊，说话的声音也很甜，她们聊得很投入，从上车开始就没停过。李可乐第一次觉得襄阳话是如此好听，如此富有魅力。在襄阳待过的人都知道，襄阳话中“球”出现的概率很高，什么“挂球那儿”“算球啦”“烦球人”，一句话出来简直球字不断。她们聊天的时候基本把这些都说到了，李可乐听了感觉很好笑，可笑不出来。襄阳人称女孩都叫“俩娃儿”，李可乐在这座城市生活了这么多年都没弄清楚，还以为“俩娃儿”就是“娘们”，直到这次听这两个女孩子讲到某某和某某结婚生娃子了，生了个“俩娃儿”，才知道小姑娘也可以叫“俩娃儿”。

经过了近十六个小时的漫长火车路，来到了广州。一走出嘈杂的人群，看着眼前这座曾经李可乐书写过传奇的城市，他心头一乱，终于吐了出来，索性站在人行道上使劲地吐了个够，火车上吃的一份盒饭全部吐了出来。李可乐顿时脸色苍白，他心想：如果这会儿还没下车，估计就吐在火车上了，火车上那么多人，无论吐在谁的身上都要挨骂，或者会和别人打架也说不定。所幸他一直忍到下火车才翻肠倒肚，而且是在这夜幕下。

到了广州已经是晚上快十点，很累了，站在广州的街头，晚风吹来，李可乐心里打着战。不是冷，是孤独。头晕心乱，困得不行，上下眼皮直打架，凭直觉，他现在需要休息，需要睡觉，只好住宿。

在车站旁边找一家宾馆，普通房间一百块钱一晚上，去了一看卫生间还在外面，感觉还没自己在红灯区租的那房子好，很郁闷。心想出门在外，没办法，就将就下吧。刚走到二楼，就看到一帮风尘女子在那儿搔首弄姿，梳妆打扮，瞟了一眼没敢再瞟，径直去了房间。深圳那边事先说好接站的朋友发信息给李可乐说广州治安不好，小心些。李可乐开玩笑说：没事，我定力好。李可乐到房间把东西放好，感觉肚子有点饿了。出去在一家快餐店吃饭，点了个肉末茄子，吃了两口，感觉怪怪的，皱着眉头咽了第一口，可是再也没胃口吃第二口了。李可乐说：“老板，你做的东西怎么这么难吃？”老板说：“别人都吃得好好的，就你的不能吃，你是想找碴吧？”李可乐一看那老板穷凶极恶的样子，于是没再说话。转头看了旁边的人，他们个个都大口吃着。李可乐想八成都是饿出幻觉了，要不怎么连这东西都能下咽。于是摇了摇头，付了钱出来，在旁边的超市买了包方便面和面包就回去了。

坐了十几个小时的火车，人已经疲惫到没精力想烦心的事了。回去洗了个澡，刚躺在床上打开电视，电话铃声响了。起初李可乐没接，因为他知道是干什么的。没吃过猪肉，但见过猪跑，耳濡目染多了。可电话似乎和他较上了劲，清脆的电话铃声一遍一遍地在耳边响，看来不接不行。不是电话较劲，是小姐要较真。电视里正在播星光大道，湖南韶山女孩杨心灵那优美的歌声让人心驰神往。李可乐刚拿起电话，里面就传来嗲得令人发抖的声音：“大哥，需要小姐按摩吗？我们的小姐很美的哦。”听那声音就有一种让人心神荡漾的感觉。李可乐忙说：“不要，我要睡觉，别打扰。”可这里的小姐好像完全没听见李可乐说话似的，还是那样嗲，“小姐你可以随便挑，服务很周到。”

“有聊天的吗？”李可乐故意问。

“当然有啊，那我上来好了！”小姐似乎急不可耐，八成是觉得撞上有钱人了。

“你不用上来了，在电话里聊就成了，再说了，我也没什么聊的，就是想知道你们楼下饭店的老板怎么那么黑。”李可乐说。

“别嘛大哥，事情办完了你想聊啥都成。”

“办事情啊？那你找别人吧，我就不打扰你做生意了，如果你生意做完了还想聊那就打电话聊好了。”说完李可乐干脆把电话挂了。可是刚挂，电话又响起。于是干脆把电话线拔掉，这下世界总算清净了。

星光大道的节目进行到第三关，到了最后超越梦想的阶段，杨心灵和蒙古乐团进入了最终对决，这个美丽而又聪慧的女孩最终以一曲优美的歌曲超越了梦想，但李可乐的梦想又在哪里呢？

午夜十二点，李可乐关掉电视，静静地躺在床上等待着进入梦乡。就在这个时候，门外传来了敲门声，李可乐问：“谁？”半晌后一个娇滴滴的声音说：“大哥，需要小姐按摩吗？”李可乐一听，都上门推销了，忙说，“不需要，睡觉了别打扰。”“我们的服务很周到的，包你舒服满意呢！”李可乐是有定力的，至少为了他心爱的于小曼。“我困了，要睡觉你找别人吧。”小姐好像是听到李可乐的语气越坚决她越是较真，“大哥，有我给你按摩几下，就不困了。”那声音，听了就让人遐想，要是定力不好绝对下水。可是李可乐知道，他必须把持住。虽然是男人，但是人生中有些底线是不能碰的，有些红线是不能摸的。于是，干脆来个沉默不言。就在这个时候，李可乐听到了开门的声音，小姐居然有房门钥匙。一个为爱而受伤的男人，一个妖艳的风尘女子，在午夜十二点相遇，即便是在小说里出现都应该发生些什么的，然而没有。

李可乐毕竟还是李可乐。

“你要再骚扰，我就报警！”这会李可乐几乎是带着无比的愤怒吼道。

小姐这才关上门无趣地走了，这个小姐也许是第一次碰上李可乐这样的男人。

李可乐想，这也许就是于小曼所说的自己的性格里的太理想，要是倔起来连一个风尘女子都会失望。

7

此次故地重来，虽然很困，但睡不着。躺在床上，李可乐想起了自己和小 B 毕业前来广州闯荡的那段日子。在没有出来之前，李可乐曾多次站在学校宿舍的窗口向外望，楼下对面是一片草地，草地上经常有许多捡垃圾的村民，他们属于无业一族。那时候李可乐还想着自己不至于落到那样的地步，如果实在找不到机会自己干，大不了找个工作混口饭吃，或者干脆回家种地。而事实上，在进入传说中的广州之后，李可乐的所谓“不至于怎么样”很快就被现实击得粉碎，当口袋里的钱以每天最少上百元的速度减少，而发现自己如一头泥牛，掉入到广州这片大海里，不见一点影子时，慢慢觉得那时的自己与两种动物有极大的相似之处：一种是无头苍蝇，东一头西一头在这座陌生的城市里撞来撞去；一种是生活在七十度热水里的青蛙，备受从失望到绝望的煎熬。

李可乐和小B每天一大早就跑到一家一家的地下商场，挤在一个个买者和卖者之间，艰难地在一个个摊位间寻找商机。每一天都在无比繁忙的奔波中度过，却得不到什么好消息。

一个星期之后，偶尔也有一些机会了，但是，去谈的结果只有两种情况：一种是骗子们以各种借口想骗他们交钱；另一种则不骗，但会很客气地告诉他们不适合合作，然后很客气地祝他们发财，然而这些人的客气让他们更加沮丧。后来实在没希望了，李可乐建议先去南方人才市场找份工作，先混一点钱填饱肚子，再买张回学校的火车票，先把论文答辩过了。可是小B不干，小B说宁愿饿死也不去找工作。虽然李可乐没说服小B，但自己还是去了。当然求职也不是那么容易的事，李可乐一直希望做个编辑或者策划之类的活。那天的南方人才市场大厅里所有相关单位的招聘经理们依旧没有对他这个学机械设计专业却要搞策划和编辑的人表现出半点兴奋的样子，或男或女，他们都会拿着李可乐递过去的简历看上一秒钟，然后随口说："哦，学机械的，应届生，不太适合吧。留下简历，我们回去研究一下，到时再通知你。"他们好像是同一个公司的，神态极其相似，动作极其一致，就连说的话都像是同一个录音喇叭里传出来的，一次又一次地敲打着李可乐这颗近乎绝望的心。

李可乐在整个招聘大厅转了好几圈，看到了一个挂着"思欲文化传播公司"牌子的招聘企业，招聘要求上居然写着"中文或者其他专业"，于是兴奋地上前递简历。

"有没有写过情色小说？"一个男人婆模样的姐姐看都没看简历就直接低声问李可乐。

"什么情色小说？"大学时代，除了因为那个不知道所以的梦前前后后为小洛写过几部中篇小说，因为转移对于小曼的爱恋而拍下几部数字电影之外，李可乐真不知道在隆中山下那段光辉的大学岁月里还有什么情色之词可言。

"这都不知道？算了，你不适合我们的业务发展，你再去看看其他的公司吧。"

男人婆姐姐看起来很失望，将简历递还给李可乐就打发他走人。而李可乐除了狠狠地瞪一眼这个油头粉面的三八婆，又能做些什么呢？也许林苒苒说得对，他就不应该选择广州，应该回到她的身边去。

经历了那次打击后，李可乐决定还是先找个做机械的活干着。广汽工业集团是个国营大企业，李可乐心想既然都与国家挂上了钩，肯定很有钱，去了有个好的发展。后来在人才市场正好碰见个学长，说他有个朋友在那个企业工作，混得不错，在那儿没几年已经升为组长了。他说到时让他朋友帮忙说说话，进去绝对没问题。李可乐一听乐了，于是赶紧连夜找了个网吧写了份应聘机械工作的简历，简历写好了却没地方打印，最后只得拿到街上花了十块钱打印了两份。下午两点多李可乐和那个学长约好一起去了广汽，找到了学长的朋友小刘。小刘说让李可乐先去人力部填个表，等到技术面试时帮他说话。因为是第一次经历面试这样的考验，李可乐当时有些紧张。推开人力部的门，里面坐着两个年轻的女人，一听说是应聘的，她们看都没看就问了几个问题，然后丢给一张表让他填。李可乐刚拿起笔准备填表，那个年长的突然问他："你来应聘应该有简历吧？"李可乐说："有啊。"说着把简历递给她。那女的把李可乐的简历拿去扫了一眼说，"你是应届的吧？我们这边招的是机械工程师，你不符合我们的岗位要求。"李可乐连忙说，"我以前实习过的，机加冲压的工艺和现场管理都懂一些。"那人说，"也就是说你只是懂一些了？对不起，我们公司需要很专业的人才，而不是每样都明白一点的，或者只是以前做过的。"然后把简历又递给了他。妈的，李可乐此刻先奸后杀的念头都有了。李可乐说，"我专业方面肯定没问题，你可以找你们管技术的人来考我啊。"那女的说，"我们主管技术的副总不在，以后吧，以后有机会再面试。"李可乐心想，这不是侮辱自己智商吗？转过身自言自语道，"以后老子要还来你们公司，那不是我脑子进水就是你脑子进水了！"说完就出来了。出来正好碰见小刘，小刘问他怎么样，李可乐简单描述了一番在人力的遭遇。小刘说："主管技术的副总是不在，等副总回来了我跟副总说。"临走前那学长还千叮万嘱要小刘帮忙。

李可乐的第一次就那样结束了，那是他迈出校园的第一次应聘，也是最失败的一次应聘。

神情落寞地回到住的地方，小 B 问李可乐面试得咋样，李可乐简单地和小 B 描述了一下面试的遭遇。小 B 说："在网上找，找好了再去，多找几家。"要不是小 B 提醒还真忘了这事。晚上吃完饭，李可乐在网上查找了一些正在招人的公司，发现真正适合自己做的工作并不多，于是干脆做了份电子简历丢在了佛山人才网上。

休息了一天，第二天跑出去买了张专用的手机卡，把几家正在招人单位的电话都拨了一遍，结果是三分之一的单位已经招到了，反正没招到的一律去面谈，有的感觉不合适的就干脆先炒掉了。打完电话，李可乐把目标集中在两家企业：骏威和台展。

台展也是一家做电子产品的台资集团公司。去了台展，在李可乐没有拿出任何有效简历证明的情况下直接填了个表。最后是个技术部主管面试，说要看李可乐的技术水平。此人是个高职毕业的，据说在厂里做了很多年。开始给了李可乐一个产品 CAD 图，让他转绘成 PRO/E 图。李可乐一看，有点复杂，弄了半天才弄出了个基本样子，主管不满意。李可乐说：“PRO/E 不熟练我可以学。”那人说：“那你工资就得少要三百元，开个四千。”李可乐一听很郁闷，心想现在处境不容易，先答应着吧。李可乐刚要答应，那人又说要考 CAD。屁事真多。那人把一个完整的产品图删了一个示图，要李可乐补出来。李可乐心想，你这他妈也太弱智了，于是三下五除二就把该弄的都弄出来了。那人看了看图说，“CAD 水平不错，就是 PRO/E 不熟练，工资少开三百，每月三千五百元。怎么样？”虽然心里很郁闷，但李可乐还是绅士地说，“我回去考虑一下。”结果还没等李可乐考虑好，第二天一大早，就接到了台展人力部的电话，说是工资待遇还可以重新考虑，要他再去面谈一下。李可乐赶紧打了个车跑了去，结果等他去了一问，说还是三千五。李可乐心里骂，这不浪费老子的车费和时间吗？临走时，人力部还说：“小伙子，想通了就来，随时欢迎。”就像料定李可乐一定还会回去一样。

回到住的地方，李可乐才发现那晚网上投的简历还真起了作用，电话一个接着一个，不合适的都炒了。电话一直接到后半夜，最后接的一个电话是个女的，说他们的公司在佛山。李可乐一听这不就是黄飞鸿成就无影脚的地方吗？于是勾起了他的兴趣，在网上一查好像还可以。可等第二天坐车过去一看，原来是个小公司。到公司进技术部门口一看，就一个人在那抽烟聊 QQ。老板还让他面试，那人问：“你懂 3C 吗？”李可乐说：“懂！”其实他只想说，我就懂 WC。“你懂 AV 吗？”李可乐心想：老子上大学时经常看，去你妈的，我炒过的公司都比你见过的世面大，你还面视个鸟。但最后出于礼貌李可乐还是和那家伙坐着拉了会家常抽了根烟闪了。

从佛山回来，最后李可乐还是决定吃那棵回头草，就去了台展集团……

想想那时候如果一直干机械的活儿，没有拍电影，也许也不会有后来这么多事情，但是谁都知道，人生是没有回头路可走的。

8

想着想着就睡着了，半夜里李可乐又梦见了小 B 在台展集团宿舍踢那老板老二的那一脚。

第二天一觉醒来就是中午十一点多，洗漱完毕匆匆赶去买广州到深圳的车票。还没到售票窗口，一个中年女人老远就喊：“小伙子，去哪里？”李可乐说到深圳，这女人赶忙跑过去说，快去买票，在那个窗口，现在可能只能买十一点的。热情劲简直就像他妈。李可乐去了那边排队买票，那女人在外面等，李可乐还以为她是车站便衣，保护安全的，就没有在意。买好票，李可乐出来，那女的身边又多了个中年男人，那人说他也去深圳。两人你一言我一语，意思就是说那男人熟悉这路怎么走，去哪儿候车。李可乐说不是去候车室候车啊，那人就说候车室远，前面就可以候，一起去前面。李可乐想：也没什么太值钱的东西，光天化日，你还敢拿我怎么样不成？就跟着他们走。一边走，那女人一边问“你这笔记本电脑值多少钱？”李可乐这下立刻就明白过来了，原来是看上自己手里提的东西了。李可乐说：“一千多。”那女的反问“七千多？”李可乐说：“一千多。”“这么好的电脑怎么才值这么点钱？”听她的声音似乎都变了，李可乐才反应过来，原来是看上他手提包里的“电脑”了。包里其实是李可乐给于小曼买的衣服，因为出门时没包就顺手装在电脑包里。李可乐边回答边想办法脱身，对那女的说，“还有两个小时，我还是去候车室吧。”说着回头就走，李可乐看那女的也没拦，大概是觉得花大心思来骗他千把块钱的东西不划算吧。李可乐窃笑，不过也感到心酸，连骗子都不想欺负他了，可为什么于小曼还要欺负？

两小时的候车时间很快就到了，李可乐坐上了去深圳的车。一个西装革履的卖报人走上车：“卖报啦，卖报啦，陈冠希艳照又有新的进展，广州禽兽父亲强奸亲生女儿杀死妻子今天已经捉拿归案！”很久没有见到这么有意思的卖报人，忍不住买了张，觉得这边人做生意还真是有一套。车出发了，车上电视里放着各种浑浑的成人节目，就是半黄不黄的那种东西。李可乐在想，怎么也没人管。

下午四点多，李可乐终于到了朋友说的深圳龙华地税站，下车时坐过了站，还好记着坐过的路，赶紧下车从对面往回坐找到了。

李可乐在等朋友下班的空当里在超市买了玫瑰和百合，作为去找于小曼的见面礼。

晚上，那位朋友带他见到了于小曼。朦胧夜色，依稀的灯光，李可乐看不清楚于小曼的脸，而她漆黑的长发，放肆飘扬在寒冷的风中，犹如鬼魅。

高大的建筑和拥挤的街道，无数闪烁着的霓虹灯，游走在公路上的汽车的车灯，像是魔鬼的眼睛，充满着世俗的气息，都冷冷地看着李可乐被于小曼伤害。在午夜一片喧嚣和纸醉金迷的城市里，却又悄悄挤进这么个落寞的人而被心爱的女人无辜地伤害。

却能听到她如燕子呢喃般的唠叨，能听到她犹如夜的静谧的呼吸声。李可乐能够感觉到，于小曼身上，一些朦朦胧胧的气息，随着晚风，在四周游荡。而那种气息，是夜深人静，一个人独自仰望着天空明月，不经意间流露出的情感。

于小曼依然坚持要分手。李可乐一直以为，于小曼和自己属于同一类人。但这个晚上，他深切地感觉到她已经不再是以前的那个于小曼了。在那座灯光璀璨、繁华奢靡的城市里，能看见的只有金钱和权力。李可乐不明白，为什么那样的一种生活，让所有的人感觉害怕，并且身心疲惫，而他们每天依然营营役役，从未想过改变，或者说放弃，还要深陷其中，无法自拔。

可人就是奇怪的动物，就有那样的一群人，他们宁愿拼命挣扎着跻身在各个灯红酒绿的角落里寄生，却不愿意舒畅地呼吸自由的空气。

也许自己已经被现实淘汰了。李可乐想。

9

李可乐和于小曼从分别到分手，来也匆匆，去也匆匆，半年的时间过得真快。这半年的时间里，李可乐明白了思念，理解了寂寞，看透了爱情，也领略了伤痛。

看着于小曼缓步跨进那个名字叫富士康的500强企业的大门时，李可乐知道自己该走了，虽然含着泪，心碎得在滴血，一直滴，整整一个晚上，但是他必须走。

第二天临上车时，李可乐接到了杨子怡的电话：“李可乐，回来吧！我会在这里等你，一直等到你回来！如果你回来了，我要第一时间见到你。”

挂了杨子怡的电话，李可乐心里有一种忧伤，其实这种感觉在以前每每独自一人坐在某处时就有过。李可乐一直在想，如果当初接受了林苒苒，去了北京，现在的事情是不是改变了？如果能给杨子怡机会试着去接受她，也许不幸福，但也不至于如此受伤。可他没有那么做，也许人生的命运就是如此，有些人相遇时是缘，分手是因为无分，所以就算是曾经爱得死去活来，最后也不得不放手。想到这里李可乐忍不住给林苒苒打电话，但是电话里传来的只有停机的提示音。李可乐原以为自己不可能想起林苒苒，但事实证明他还是没忘却那个并不爱的女人。尤其在感觉特别孤单特别想念于小曼的夜晚，特别冷也特别心痛的时候，总会第一个想到林苒苒。总还想着看着她，哪怕和她说的话已经与爱无关，他的心也会感到一点温暖。李可乐总会想起林苒苒说的一句至理名言：“过去的誓言可以不管，说过的话可以不算，拉过的勾也可以不提，但爱过的人，真的可以再换吗？”现在看来是可以换，于小曼不就已经证明给自己看了吗？

爱是痛苦的。也有人说：痛苦的爱，经历多了不是坏事。可就算爱情的经历是诱人的，不管它多么浪漫，多么精彩，多么动人，多么绚目，可是结果呢？谁会知道是如此之痛心呢？

当李可乐孤零零地走出车站时，他才知道，自己是恨于小曼的。没有爱哪有恨呢？李可乐是真的把二十多年积累的满腔爱意都放在了于小曼身上，可是于小曼硬生生地砍断了他的情丝。李可乐的心空了，空得比遇到她之前更难受。难道爱情和激情都是过眼云烟，转瞬即逝吗？如果真是这样，人们这短短的一生，又经得起多少情爱的伤痛？

李可乐在迷茫和怨恨中挣扎的时候，接到了雷子的电话。雷子在电话里告诉他，阳光已经自立门户开始筹拍新的电影了。听完雷子的话，李可乐的大脑顿时“嗡”的一声，全身的血液都停止了流动，就像那天晚上梦见秦一铭说他为了陷害自己宁愿万劫不复一点都不觉得亏一样，他无法相信这一切都是真的。虽然李可乐明白人生在世各有理想，但是对于阳光在这个时候来这一套还是很不理解。

第十一章 命运转折

这一刻，两人似乎只是一对饰演真实生活的男女。在这个庞大都市的一个角落，女主角试图进入最原始的生活形态，男主角却在履行报复于小曼的计划。但有一点相同，他们都在用心投入一场本能的演出。

1

当李可乐带着于小曼给予他的心痛，经历一路颠簸从深圳回到襄阳，拖着疲惫的身躯挤出车站检票口时，杨子怡早已经等候在接站口，这一切似乎她早已经算好了似的。这回李可乐在看到杨子怡时却感觉到了从未有过的亲切，而且在她跑过来抱住自己时连一点陌生感都没有表现出来。

看来男人和女人一样，都有脆弱的时候，而且越是在脆弱时，越容易让自己的感情犯贱。杨子怡这会儿正好赶上了李可乐的感情犯贱期，所以她轻而易举就带着李可乐吃了饭，而且还让李可乐心甘情愿地带她去了那个已经大半年没光顾的红灯区租住的房子。就连他们一起进到房间里面脱光了衣服躺在床上的时候，李可乐还不觉得自己是在犯贱，因为他觉得自己在履行一个正常男人的责任。对于男人而言，每一个女人的身体都是美的。尤其面对杨子怡这样的美女，她的身体当然更有另外一番韵味。那天在车站相遇时，李可乐根本没有心思看清她的身体是不是美的。但在此刻，在这间房里，李可乐突然感觉她的身体每一处都充满了诱惑，于是他宁愿相信这只是因为对于小曼的报复而产生的幻觉。当然在报复于小曼的同时，李可乐不会计较眼前这个女人是不是真实的，更不会考虑她对自己的要求是不是发自内心的。

这一刻，两人似乎只是一对饰演真实生活的男女。在这个庞大都市的一个角落里，女主角试图进入最原始的生活形态，男主角却在履行报复于小曼的计划。但有一点相同，他们都在用心投入一场本能的演出。尽管身体还没有实质性的接触，但杨子怡的声音早已愉快，这越发鼓舞了李可乐。太多的伤害，太多的无奈，李可乐没有办法驾驭自己的感情生活，但是对于这个女人，他还没动一下手，她却马上步入了快乐的巅峰。李可乐感觉得出，杨子怡对于这件事情的技巧并不在行，但是她异常投入。这让他无法用一种逢场作戏的心态来应对她的真实。当杨子怡用不规则的声音告知他，自己的快乐之巅已经漫步而来的时候，李可乐已经全然地忘记了自己这次演出的初衷。这不是演戏，而似乎是在真实地寻找一场如歌如吟的快乐。

趁着杨子怡紧紧地抱着自己大口地喘气的空当，李可乐开始在一种极其复杂的心态中思考，自己为什么要这样做？难道仅仅是一种报复，没有渴望？

“叭！”突然传来关门的声音。

这意外的事件直接分散了李可乐的注意力。战斗没有打响，他却已经先行败退了下来。李可乐从床上一跃而起再回头时，门已经被一个人轻轻地关上了。显然，他们刚才一时情急都没有将门关好，这未免让李可乐有些震惊。他跳下床，连忙套了一件外衣跑到门外边看，但只听见有人轻轻地下楼的声音。

李可乐这才想起来当初预交的房租快到期了，估计是房东老太太上来收房租了，想到这儿他脸红不已。当他再回到房间时，杨子怡已在洗澡。“李可乐，你住这里挺好的啊，我倒是挺羡慕你的这个住房。一个人自由自在生活在这样的一个小角落里，也不用担心别人会在意你什么。”杨子怡似乎真的是有感而发。

“是啊，在这样的地方，反而感觉自己活得真实了。住在那套公寓里面的时候，总是觉得自己生活在云雾之中，缺乏一种踏实的感觉。”

“我也是一样的。现在的生活不像在韩国打拼时那样辛苦了，反而特别怀念那段时光。”

说着话，杨子怡已经披着李可乐的衬衫从卫生间里走了出来。当然，她的身体上面也仅仅是披着一件衬衫而已。

“清水出芙蓉，天然去雕饰。棱角分明！”李可乐站在一边，看着杨子怡光洁的身躯有点傻眼。

“去你的，这叫曲线美！”杨子怡笑着踢了李可乐一脚，却不想整个人倒在了他怀里。这时候的杨子怡再次感觉到李可乐的身体又恢复到了一个正常男人的状态。

“你就坏吧你，再去洗一下！”显然杨子怡知道接下来的表演。

李可乐放开杨子怡跑进卫生间匆匆洗了几下，然后就与她重新抱作一团准备继续战斗。就在这个时候，杨子怡的电话响了。

“烦人，真会赶时候啊！”杨子怡说着话已经拿起了电话。

李可乐现在可以肯定，对于杨子怡来说，看来这是一个必须接的电话。

“小杨啊，在忙什么？有几位重要客户要接待，你过来陪大家喝几杯吧。”电话那边，一个男人口齿不清地说。

“哦，刘总，我这会刚好有些事情，抽不开身啊！”

“小杨啊，这可是个财神爷，他这回来可是专门讨论明年开年投资地方院线的事情。过来吧。”

杨子怡拿着电话看着李可乐，似乎用眼神在请示自己该怎么办？

“那好吧，你们找个地方先点单，我这就赶过去。”看到李可乐点头，杨子怡这才答应了。

“他是我的一个客户，人其实挺好，只是与朋友吃饭喜欢让我过去给他充充门面，就是那种天生是个穷鬼却还硬要装富豪的伪道士。”杨子怡一边挂电话一边说。

李可乐当然相信杨子怡的话，而且和她的这场表演进入状态太快，让他差点忘记自己回来的任务了。

2

李可乐和杨子怡两个人的第一次亲密接触，就这样以没有实质性的结局而告终了。杨子怡穿好衣服收拾好东西就匆匆地下楼了。李可乐望着杨子怡离去的背影，心里突然有种无法说出的感触。但无论如何，他想自己不可能和杨子怡有什么故事发生。李可乐心里清楚，秦一铭的设计陷害，于小曼的感情背叛，这一切已经完全改变了他的生活，无论最后的结果会怎样，他都已经不再是从前的李可乐了。从离开深圳的那一刻开始，他已经无法相信任何一个女人的感情了。

杨子怡走后，李可乐怀着满腹的牢骚趴在桌前打开电脑，试图在网络上人肉搜索，看能不能找到秦一铭的什么蛛丝马迹。可打开电脑搜了半天没有任何收获，于是决定去聊天室逛逛。一进聊天室就看见有人发消息："Hi，大家好，我一直弄不明白，为什么男人在外面鬼混时自己一点不心虚，回家来却又担心老婆红杏出墙，害怕戴绿帽子呢？"

也许发消息的人并不以为然，但是她这个疑问让李可乐觉得十分有趣。当然现在的他孑然一身，是不怕有人给自己戴绿帽子的，倒是给别人戴绿帽子这事他觉得很可取。

"你知道吗？我说的那个男人，我就被他骗了，他说自己是未婚，可是今天下午才知道，他孩子都好几岁了！"又一个女人似乎愤愤地说。其实对于这个女人说的这件事情李可乐并不吃惊，原因是秦一铭早已经用实际行动告诉了他，这个世上除了男人不能生孩子，其他的什么事情都有可能发生。

"男人啊，反正我还没有遇到过好的！"怎么这个聊天室的女人都是在痛斥男人？李可乐心里在想，这世界到底是怎么了？似乎世间的所有男人都辜负了女人，可为什么自己偏偏就被于小曼抛弃了呢？想到这里心里突然有点酸酸的感觉，经过这几天的折腾人也累了，李可乐决定关上电脑，先美美地睡上一觉好好休息一下，然后继续实施对秦一铭下一步的报复行动。刚躺下准备熄灯，这才想起晚饭还没吃。白天给杨子怡这么一折腾，居然连吃饭这么重要的事情都给忘了，现在才知道原来古人把食色放在一起是有道理的。李可乐决定下楼先吃点东西，顺便再备点明天的早点。

在经过"阿玲发屋"的时候，李可乐发现阿玲不在洗发屋里，这很让他意外。这个时候她应该在洗发屋里的，莫非她已经跟"阳痿"回家结婚去了？可转念一想又觉得不大可能，于是止住了脚步。李可乐突然担心起了"阳痿"。"阳痿"一个靠办假证维持生计的人，成天和警察叔叔玩着猫捉耗子的把戏，行走在刀锋剑刃上，莫非真的出了什么事情不成？

想到这里，李可乐连忙拨通了"阳痿"的电话。

"喂，李可乐啊，你回来了？"听到了"阳痿"的声音，李可乐心里悬着的石头总算落地。

"兄弟，你怎么了啊，是不是生病了？"

"没有什么事，可能有点感冒吧，休息一下就好了。"听得出"阳痿"此刻一副有气无力的样子，但他显然不想麻烦李可乐。这就是"阳痿"的本性，明明身体虚得不行，却还硬要夹根木棍装爷们儿。

李可乐没有多说什么，原准备去看望一下看他到底是怎么了，但是走到楼下的时候，又停下了脚步。李可乐知道，"阳痿"是个把面子看得比命还重要的人，万一他真有什么不想让自己知道的事情，去了反而适得其反。于是，李可乐决定先到 PGO 的汽修店里去问问，看 PGO 知不知道。因为如果“阳痿”真有什么事，PGO 肯定会知道的。

3

PGO 自被那个女人拿下说要改邪归正后就开了一家汽修店，汽修店生意还不错，店面虽然不大，但因为开在一个车流汇集的路口，上下班高峰时补轮胎的车子那可是排着长队等着，经常搞得 PGO 双手沾满胶水咧个大嘴忙得不可开交。起初李可乐还纳闷为什么 PGO 的生意会如此红火，一直想不明白到底是 PGO 补胎的技术过硬还是店面的风水选得好。直到有一次在店里看见一个家伙一天内来了三回，李可乐问 PGO 是怎么回事，PGO 这才告诉他，说店面门前的那段柏油路上其实早就布满了钢针，所以打那路过的那肯定都要来照顾他的生意了。

可这次李可乐看见 PGO 时，他却清闲得很。看李可乐来了，PGO 连忙找了一个凳子出来，还大老远就问他吃过饭了没。

李可乐说：“PGO，我刚从阿玲那边经过时，发现她的店关着门呢。后来我给你那老弟‘阳痿’打电话，他接了，但感觉他有气无力的样子，不会发生了什么事吧？”

“哦，没有没有。”话未说完，PGO 已经做出了要溜的架势。

“你这是要干什么？要出去吗？”李可乐问。

“没有没有，你不没吃饭嘛，我给咱们弄吃的去，你先等会。”PGO 说着转身往对面的小炒店走去。

不大一会儿，PGO 提着两盒土豆烧回锅肉回来了，PGO 知道李可乐最喜欢吃的就是这个。

PGO 这回弄回来的土豆烧回锅肉那可真是色香味俱佳，李可乐却吃不出什么味道来。

“‘阳痿’真的没事吗？”匆匆扒了几口，李可乐一边擦嘴一边再次试探着问 PGO。因为李可乐有一种预感：“阳痿”肯定出事了。

“真的……真的没事，我没骗你，我骗你干啥？”从 PGO 吞吞吐吐的话语里李可乐更加肯定了自己的判断。

“没事？没事你吞吞吐吐干啥？告诉我，他遇到什么麻烦了？”李可乐说。

“也没什么麻烦，就是……就是阿玲她……她……”PGO 说话时几乎不敢抬头。

“阿玲到底怎么啦？”李可乐问。

“她……她和我好了。”PGO 的声音小得连自己都快听不到了。

“哦，我知道了。老兄你真行，出息了，抛弃了结发妻子挖了兄弟的墙脚，你够狠！”李可乐说着扔掉手上的饭盒转身离开了 PGO 的汽修店。那一刻，他心里是无限感伤，不知道是为“阳痿”还是为他自己。

从PGO的汽修店出来，李可乐顺道在旁边的超市买了一些零食，提着往回走。

提着东西进小区的大门时，刚好见到房东老太太要关门，老太太转身看到李可乐，脸上有种歉意的笑。李可乐一下子想起之前与杨子怡在房里忘记关好房门的情形，不免也有些不好意思，只好尴尬地向她笑笑，然后上楼。

李可乐心想，下次杨子怡再来，一定会记着先关好房门。

刚进到房间躺在床上，林苒苒就打来了电话。

“李可乐，我请假来襄阳看看你，好不好？我实在不放心你。”林苒苒在电话里似乎是轻描淡写，却让李可乐困意全无。

“啊？我现在这个样子，你来了也不能陪你玩，过一阵再过来好不好？也许用不了多久我就可以证明自己是清白的了，那时候你过来，我带你好好玩一下。”对李可乐来说，现在基本是一个乱七八糟的状态，他可不想林苒苒在这样的时候加入自己的麻烦当中。

“这样啊，那好吧。不过，你一定要多注意安全啊，我这几天总是做噩梦。你一个人住在那里，真的让人放心不下。”

林苒苒的这个电话让李可乐再次陷入伤感，如果有办法重新回到学校的那段时间，他可能会选择与林苒苒一起，好好去珍惜她。可是现在，自己只是一个复仇者，还有太多的事情等着他去做。

结束了与林苒苒的通话，李可乐躺在床上开始整理思路准备接下来的复仇行动，整理好思路后倒头就睡了。这一觉一直睡到第二天下午两点，李可乐心想，此时秦一铭肯定还在鱼梁洲的那座别墅里面。于是他找出一年前拍摄的那段秦一铭的性爱录像，打算去秦一铭的家，给他老婆看看这个男人的真实面目。

李可乐出了巷子口，走了没有几步，就看见了 PGO 与阿玲。PGO 小心地扶着阿玲在前面走，看样子他们应该是要去医院。阿玲显然病得很重，整个人全部倚在了 PGO 的身上，任凭 PGO 抱着她的肩，两个人慢慢地向前走。阿玲突然回了一下头，就看到了李可乐。虽然隔着一段距离，但是李可乐仍然能看清她那复杂的表情。李可乐知道，那不是因为生病而表现出来的痛楚，而是在向他传递着背叛了他兄弟“阳痿”的歉意。

李可乐终于没有勇气再看下去，转身从另一条同样狭窄的巷子走了出去，一边走一边突然开始有点羡慕PGO。心想，PGO就算背叛兄弟挖了墙脚，至少可以和自己心爱的女人在一起。而自己呢？除了复仇，还能剩下什么？和于小曼分手之后，他感觉复仇的欲望就如一团烈火，每分每秒都有可能将他吞噬。

4

在丽江柏林小区，李可乐扮成天然气安检人员小心地敲门，秦一铭老婆出来开门。第一眼看到李可乐时一愣，继而表现出礼节性的热情：“请问你是？怎么看着好面熟啊？”

“你好啊，余姐！来检查下天然气表。上学时找过你们公司要赞助，没成，还记得不？”

“哦，是李可乐！什么时候改行了？赶紧进来，那事儿没帮上，我挺愧疚的！”

“没事儿，今天你能认出我来就很高兴了。你看我这毕业多年，一直也没见到你，你还能记得，真是荣幸啊。”李可乐已经越来越佩服自己了，说谎的时候已经不会有丝毫的脸红和心跳。PGO的建议也许不错，等复仇成功，他也许真的可以考虑去做私人侦探了。

进了房间之后，秦一铭老婆给李可乐又是拿水果又是倒茶，但李可乐一直在考虑应该如何将口袋里的光盘交给她。李可乐甚至还在妄想如何可以借机在她家里找到对自己有用的证据。

秦一铭老婆热情地领着他参观她家的房间，但是唯独到了秦一铭的书房门口停住了脚步：“这里面都是他公司的机密，不允许任何人进入，我都不能进他的房间。”

通过秦一铭老婆这句话，李可乐更加坚信在这个屋子里肯定藏着秦一铭致命的证据。而现在只要自己进入他的书房，也许一切问题就都可以解决了。但是，如何进入秦一铭的书房是目前面临的最大难题。

“余姐，你老公是干什么的？”李可乐想从秦一铭老婆的口中试着了解一些关于秦一铭的情况。

“他啊，以前做房地产的，后来搞影视，不过搞到后来好像出了点什么事儿，具体是什么情况他也没告诉过我，反正我作为女人也不好问，只要他不会做坏事就成。”秦一铭老婆说这句话时嘴角还挂着一丝微笑，显然，她对秦一铭是相当信任的。

秦一铭这只老狐狸你要说不佩服他还真的不行，他在外面一夜一夜地搞女人，在家里居然还是个三好男人。不过眼前这个女人的迟钝也让李可乐有些惊讶，为什么自己老公在外面偷情她却一点都不知道呢？难道这又是一出阴谋吗？

“余姐，你老公姓什么啊？我要是下次见着了也好打招呼，要连老哥姓啥都不知道，可就给你丢人了！”李可乐还在试图找出一些关于秦一铭的真实的资料。他心想：你秦一铭可以骗我，骗许多人，总不能连自己的老婆都骗吧？

“姓秦，叫秦一铭。”秦一铭老婆说。

其实这个名字，老麦在调查时已经委托一个警察朋友查过了，整个襄阳有二三十个叫“秦一铭”的人，但是，这其中并没有一个是他们认识的这个。秦一铭用的是一个假身份。但李可乐没有想到居然连他自己的老婆都不知道他的真名。

“三年前，我们是在一个商务舞会上认识的……”秦一铭老婆在投入地回味与秦一铭交往的甜蜜过程。

李可乐以前一直以为余莹就是秦一铭的结发妻子，没有想到他们仅仅才认识三年。这越发证明了秦一铭这个身份的诡异。因为按老麦了解的情况，另外一些商业诈骗案就是从三年前开始的。莫非秦一铭就是与余莹结了婚之后，才开始进行这些骗局的？或者说，这场婚姻干脆就是一个为了他方便诈骗而做成的幌子？

“余姐，你们家就只有你们两个人吗？”李可乐靠在客厅的沙发上看着秦一铭老婆问，他想借机多了解一些情况。

“不是的，你秦哥还有一个女儿。但是在我们结婚后不久她就去英国读书了，一直没有回国，后来又去了韩国，现在我都不知道她具体在哪里了。”这句话着实让李可乐兴奋，因为他终于发现秦一铭居然对自己还说过一句真话。

整个下午，直到秦一铭可能回来之前，李可乐一直在这个女人身上打探秦一铭的信息。当然除了聊天之外，李可乐也一直在反复考虑是不是该将那张光盘交给她，揭发秦一铭，但是最后他还是放弃了。因为他觉得这样做的后果，其实更多是在惩罚一个毫不相干的女人。如果自己让一个无辜的女人知道她老公的不忠，恐怕只会弄巧成拙。对于一个不忠的男人而言，往往起初都是瞒着老婆偷情。但是如果捅破了这层纸之后，他就会肆无忌惮。这样一来反而就是帮了秦一铭，这样就与自己的目的背道而驰了。李可乐心想，做大事不能急于眼前，只要静下心来一定可以找出让秦一铭接受惩罚的办法。转到阳台上时，李可乐看到衣架上晒着秦一铭老婆的性感内衣，他再次触景生情，于是坚定了那个新的想法。其实，这想法之前就有过了，但是那次因为于小曼的造访让他放弃了。现在既然不能和她在一起，那么面对这个无耻的想法，李可乐便没有了太多无耻的感觉。又或许，当一个人生活在别人的无耻之中的时候，他也会变得无耻起来。

虽然李可乐的脑子里面是不光彩的报复计划，但是他更清楚，无论是什么样的计划都需要一个清醒的头脑去执行。他知道这个计划里最重要的就是进一步拉近自己与秦一铭老婆的距离，先从思想上再到身体上。但这个跨越不能急于求成，也不能一蹴而就，需要时间，他现在要做的就是从思想上先进入余莹的身体。因为李可乐看来只要一个男人能从思想上攻入一个女人的最深处，那么再从肉体上进入身体最深处一定就会手到擒来。李可乐虽然是一个机械系的毕业生，但这些年的人生经历教会了他不少的哲理。他想在一个女人面前表现出自己对人生的独特见解，那根本就是小菜一碟。所以，如此一场谈话下来，李可乐装出来的深沉已经成功让秦一铭老婆的心灵产生了共鸣。

“你真是一个让人无法拒绝的男生，如果我和你年纪相当，我肯定会为你着迷。”送李可乐下楼时余莹对他说。

李可乐知道，当一个女人喜欢一个男人时，她就会刻意制造一些障碍来阻止自己去做那些被现实所不允许的事情。但随着彼此关系的深入，其实那些个她所谓的障碍迟早会被证明只是她为了加深了解那个男人而刻意伪装自己的幌子。

“余姐说的哪里话，看你这么年轻漂亮，如果和我站在一起，有谁能看出你比我大？再说，要是我能天天和你在一起，不开心死才怪！”李可乐说这话时已经握住了余莹的手。余莹先是轻轻地推开，李可乐再去握，她再轻轻推开。当李可乐放弃了的时候，她却主动拉住了李可乐的手。

“可乐，我们只是朋友，明白吗？姐有老公，他是个好男人，当然你也希望姐做一个好女人，是不是？”说这话时，余莹更是用力地握了握李可乐的手。

李可乐点点头表示赞许，其实心里清楚这并不是结束，而只是一个良好的开始。因为他已经感觉到了，自己已经进入了这个看似安守本分的女人的内心最深处。而在那里，深藏着一位女性的真正寂寞和一颗想要打破寂寞却没有勇气进行挑战的心。

5

虽说这次和秦一铭老婆的正面接触使得预谋的计划有了很大的进展，但这样的进展并没有给李可乐带来多大的快乐。可转念一想，无论这件事多么痛苦，他还必须得选择去做，因为他需要一个报复秦一铭的载体。

道别的时候，秦一铭老婆突然提出了一个让李可乐始料不及的请求。

“老弟，明天到我家吃晚饭吧？我亲自下厨给你做菜吃，弥补一下以前没帮上你忙的亏欠，顺便再介绍你给我老公认识。你不是想要认识我老公吗？”李可乐知道，这一刻也许余莹是诚心的，对于他而言，却是不能答应的事情。因为要是让秦一铭看到了自己，那将是一件很无趣的事情。

“谢谢姐，明天就先不去了吧，等过一段时间我都了解透了你，然后再去认识他吧。”

“我说你啊，真会开玩笑，我有什么好了解的呢？我与其他的女人都一样的。”

“不，你与其他的女人不一样，你很特别的！”李可乐的话让余莹开心地笑了，可惜她并不知道这话背后特别的含义。

对李可乐来讲，现在复仇行动已经很明朗，一方面是通过接近余莹对秦一铭进行精神上的惩罚，当然最重要的目标是找出秦一铭诈骗的证据将其绳之以法。而实现这个目标最快的途径就是找到进入他书房的办法。经过一段时间的跟踪观察之后，李可乐发现秦一铭每天上午十点到下午六点都在鱼梁洲的那个别墅里忙着做什么见不得人的事情，所以这一段时间就是他可以充分利用的。李可乐后来开始主动联系余莹，不久就混得很熟了。两人胜似姐弟却已经超越了姐弟，甚至可以紧紧地握手。但在她的家里，却找不出一个可以进入秦一铭书房的借口。

应该怎么办呢？这个时候，李可乐想到了一个人——PGO，他应该有办法，于是决定去找他。PGO 最近有些神经兮兮的，大概压抑久了重新找到感情归宿的人都是这个模样，况且他还是挖了兄弟的墙脚修了自己的窝，所以这一点就更能理解了。现在 PGO 不仅私人侦探的工作早已经停止了，就连汽修店门前的钢针也好久没插了。

“没有办法，她坚决不准我再去马路上插钢针，也反对我继续做侦探。还好她没要我帮她去搞她的洗头屋，那才是最无聊的事情。乌烟瘴气的不说，万一哪天老子忍不住与哪个小姐上了床，那麻烦就大了。”PGO 是在抱怨，却让李可乐羡慕不已。与李可乐相比，他这只是被幸福冲昏了的烦恼。

“好了，不要抱怨了，以你的聪明才智，搞一点小事业应该不难。比如搞个婚介公司，或者干脆开个成人用品专卖店，都不错的，反正不用再担心别人挖你墙脚。”

“你还别说，其实这两个都是可以考虑的，还是机械系的思考问题比较有水平，我刚还在发愁呢。”没想到李可乐随便的几句调侃居然给 PGO 人生的转变带来了契机。

“好了，你的事情我先不管了，今天我是来向你求助的。现在我的复仇行动已经到了最后冲刺阶段，目标就锁定在两个地方，我敢肯定，在那里可以找到我要的证据，但是我现在不知道如何是好。在你功成身退、退隐江湖之前就帮我一把吧。”李可乐将自己的期望毫不掩饰地说给PGO，其实之前他一直想要靠自己的努力去实现复仇，觉得那样对秦一铭的惩罚才更具震慑。但后来现实告诉他，当侦探并不是那么容易的事情。当然这回李可乐找PGO的目的除了让他帮助自己尽快寻找到证据之外，还想腾出精力实施另一个惩罚计划。

“没问题，既然你这么看得起我，我哪有理由不出马？你将最近发现的情况给我说一下吧，我来安排接下来的行动方案。”

“现在已经有迹象证明，秦一铭不只操作野狼影视项目这一个骗局，而是曾经泡制过多个相同或类似的骗局，唯一不同的就是这次我这个菜鸟不知怎么就入了他的法眼，被折腾了。这一阵跟踪的收获就是找到了他丽江柏林小区的家、他老婆还有鱼梁洲上的一座三层别墅以及里面可能隐藏着的神秘内幕。”

“你确定从这两个地方肯定能找到你想要的证据吗？”

“应该是的。秦一铭这个人虽然狡猾，但他的行踪比较固定，现在基本周一到周六都是待在鱼梁洲那个神秘别墅里。虽然在世纪新城有过一个相好的女人，但是后来那个女人离奇地消失了。另外，我还从他老婆口中得知，秦一铭在家里的书房从不准外人进入，所以我猜那房间里肯定有一些重要的证据。而鱼梁洲那个别墅我想肯定就是他在背后操纵各种骗局的大本营，所以在这两个地方肯定可以找到相关的证据。”

“哦，你这还真的是青出于蓝而胜于蓝啊，居然一下子挖出了这么多有价值的信息，那现在就好办多了。”PGO说着拿出笔，随即在一张纸上面画下了一大一小两个圈，然后用笔一遍又一遍来回点在那两个圆圈上，对李可乐说，“根据你提供的线索，接下来我们的突破点就在这两个地方：他丽江柏林小区的家和鱼梁洲的这个神秘别墅。通过分析来看，从他的书房着手寻求突破的难度相对低一些，所以这是重点。”

“我已经认了他的老婆做姐姐，而且她很中意我，估计想办法进入丽江柏林家中的书房问题不大。至于进他鱼梁洲的那个别墅，估计有难度。不过不要紧，老麦正在找人帮我查别墅的相关资料，他说这几天就会给我结果。”

“好，我们先从那个书房开始。你看这样行不？你利用他老婆对你的信任，来个调虎离山之计，将她从家里引开，然后我潜进书房寻找证据。”

“这个我想过，但是实施起来难度有点大。就算我可以将她约出来，你又如何进去呢？那小区二十四小时有保安值班。”

“哈哈，你怎么这么笨啊，进别人家难道一定要爬窗户啊？你不会拿着她的钥匙光明正大地进去？”

PGO的话一下子提醒了李可乐。他记得上次秦一铭老婆送自己出来锁门的时候，她就是将钥匙放在包里面的。要是能把她约出来一起看场电影，然后趁着看电影的时候偷偷将钥匙拿出来给PGO，也许是个值得尝试的办法。想到这些，李可乐就来了精神。一切都可以按预想的开始了，包括寻找证据，也包括给秦一铭戴绿帽子。后者虽然让他有些内疚，但是想到秦一铭所给自己的痛苦，李可乐就觉得无耻也是无法回避的现实。

6

李可乐从PGO的汽修店回来已是晚上，经过“阿玲发屋”，看到阿玲正在洗发屋里面打扫卫生。李可乐本打算绕开的，可阿玲已经看见了他，所以就迈步走到了里面。

“可乐，是你啊，要洗头吗？”自从“阳痿”介绍李可乐给阿玲认识后，每次阿玲见到他都是一副开心的样子，李可乐也是如此。每次看到这个只比自己大一两岁的女人，对李可乐而言都无比的放松。她是真实存在着的，她没有别的奢求，无论怎么选择，她只是在努力地追求自己的理想。在都市这片水泥混凝土构筑的森林里，见到这样的女孩，也算是一种幸福了。

“是啊，洗个头。”李可乐本来只是因为阿玲看见了他才走进去的，但是想到她与“阳痿”、PGO三人的关系，便立即将自己定位成一个陌生的顾客。

“可乐，这应该是我最后一次帮你洗头了。”李可乐在镜子里看到阿玲的表情有些不同寻常，她突然停顿了一下，然后说了这样一句话。

“啊，为什么？不开店了？”李可乐有些吃惊。

“是的，我已经答应了阿鲍，过几天就跟他回老家结婚。我想过了，一个女人始终还是要嫁人的，他人挺好的，特别是在我生病的时候，他那样细心地照顾我，让我很感动，能遇到他也是一种福分。”这本是一件开心的事情，但是话从阿玲的口中说出，却有一种淡淡的无法抹去的感伤。

“等等，你刚说的阿鲍是谁啊？”

“就是PGO啊，他的名字叫曹鲍。”

“哦，这么个性的名字！”其实到此刻李可乐才知道PGO真正的名字。曹鲍，看来他还真是个草包。

“那你还会再回来吗？”李可乐问。

“应该会回来吧，但是不知道什么时候会再回来。我们两个人离开襄阳之后先去我家见父母，然后再去他家。也许结了婚要在他家里住上一段时间才出来吧。”

从阿玲的话里能听出，她和“阳痿”两个人已经没有什么再复合的可能了。想到这里，李可乐为兄弟“阳痿”感到有些心酸。但仔细一想，这样也许可以让“阳痿”死心了，并非坏事。不像自己，明知道于小曼已经离开了，但是心里还留着那个空缺，无法填充。李可乐似乎已经可以看到自己将来的生活，秦一铭被绳之以法，除了一个清白之身，自己还可以获得什么呢？也许他最终可以成功地复仇，但是复仇之后可能再也回不到正常的生活状态了。秦一铭伤害了自己，仇是要报，但是这报复会伤害其他的人，偏偏自己没有勇气去中止这样的行动。秦一铭已经改变了李可乐的人生轨迹，如果不能让秦一铭得到足够的惩罚，李可乐自己的人生似乎就会失去继续存在的意义，这是多么可怕的心态。但是，这无法改变。

接下来的时间，李可乐和阿玲都没有说什么话。当洗好吹干头发，李可乐准备离开的时候，阿玲站在门边悄声地问了他一句：“可乐，那天是你告诉‘阳痿’我和 PGO 好上了对吧？”

“我没有，是他自己发现的吧。”既然阿玲和 PGO 的结合已成事实，李可乐也不想让阿玲把自己想象成为了“阳痿”而拆散她和 PGO 的人。因为他知道有些事情也许从一开始就已注定结局，没有办法改变，就像自己和于小曼的感情。

“我知道是你，我要谢谢你的好心了。”阿玲将“好心”两个字咬得好重。李可乐突然觉得这两个字就像两根针一样狠狠地刺在他的心上，很疼，但是他不想让任何人知道。

出了洗发屋，李可乐重新进到了红灯区民房的嘈杂声之中，这种嘈杂在许多时候为他所记恨，然而在此刻给了他一种别样的感觉。

李可乐的面前开始浮现出一个人来，这个人的体形还有她的声音都一点点在脑海里开始重现。他知道，这个人的身影已经永远地刻在了自己的脑海里。从留在这座城市之后，李可乐的遭遇就被贴上“离奇”的标签：一夜之间成名，一夜之间邂逅秦一铭，再一夜之间被设计，一夜之间把于小曼抱在怀里，又一夜之间失去。这一切的一切，都在一夜之间，他所有的经历似乎都将在一个接一个的离奇事件中开始又结束。

这样的时候，李可乐已经不需要再去思考自己为什么依然还放不下她了，既然命运和自己开这个玩笑，这反而坚定了他的信心。于是李可乐继续开始想复仇的事情，在这个时候对她的思念已经变得无足轻重了。

7

第二天醒来时，已是上午十点。

襄阳少有这样灿烂的阳光，在建筑物密集的红灯区里面，阳光更是一种稀缺资源。一束阳光从云间照下来的时候，躺在床上可以见到阳光的形状，这让李可乐有不错的心情，甚至幻想着沿着光柱一直爬上去会是如何一种情形。但是，很快就落到现实中，现在李可乐是在自己房间的床上躺着。既然梦回现实，终究是要面对的。无论过去发生了什么，他知道，是到了去约余莹看电影的时候了。

李可乐打电话给余莹，说想约她出来看电影，余莹显然十分乐意。虽然她已经觉察出李可乐这个弟弟的不安分，但是她还没有想到他的不安分只是一个借口，真正的目的却是利用她惩罚秦一铭。

李可乐和余莹在离丽江柏林小区不远的那个电影院的门口见了面。余莹挎了一个咖啡小包，穿了件紫色长裙，越发显出一派雍容典雅的成熟风韵。李可乐看在眼里，心里却在诅咒秦一铭，多么好的一个女人，却要瞒着她做那么多的坏事。当然，诅咒秦一铭的同时也在诅咒自己，多么好的一个女人，却要在她身上实施如此不堪的计划。

“余姐，你今天好漂亮啊！”李可乐的赞叹是由衷的。

“你真会说话，姐已是三十多的女人了，估计是因为和你在一起，才显得年轻吧。”

两个人聊了几句，就检票进场。当然余莹没有看到李可乐在进场的同时已经与坐在不远处打扮得人模狗样的PGO交换了眼神。他们已经计划好了，整个下午有两场电影，每一场电影中间都有十分钟的休息时间，李可乐就是要利用余莹去卫生间的工夫将钥匙拿出去交给PGO。原来他们是打算先将钥匙拿出去配好，然后再找时间行动。但是李可乐后来留意过余莹家的防盗门，那种门的钥匙除非是厂家，一般小摊上是根本没有办法配制的，所以最后更改了计划，决定直接拿钥匙开完门后归还。果然，一切都顺利进行。

落座后，余莹就去了卫生间，趁着这个空当，李可乐从她的包里找着了钥匙，赶紧转身递给了PGO，PGO风一般就出去了。时间不像计划的那样紧迫，但是PGO必须要在一个多小时的电影散场前赶回来，因为李可乐还要想办法将钥匙重新放进余莹的包里。好在PGO是专业的，上次李可乐在小区看他爬水管的麻利样子就知道这小子天生适合做一些游走在法律边缘的活。想着这些，李可乐总算放松一些，可以装模作样地陪着余莹继续看电影。

还好这天的片子都有一个共同的特点，那就是让人很不容易看懂。虽然李可乐的情商智商都不算低，甚至在机械设计理论课堂上还偷学了不少电影文学理论，但是在这样的时候，他的心思并不在电影上面，所以根本就无法明白银幕上面蹦蹦跳跳活动的人都在做些什么。余莹倒是极其投入，甚至将李可乐的手当作表达她情绪的地方，李可乐甚至能随着她的用力与否感觉到整个电影情节的进展。

开始的时候李可乐只是在惦记着 PGO 的进展，后来时间越久反而越放心，然后就将注意力放到了电影上，终于明白这也是一个探讨人性之复杂的影片。但是他的注意力很快又分散在了余莹的手上。当然这不是他们的手第一次握在一起，上次在秦一铭家的时候，就已经握在一起了。不过余莹曾给他们的握手作了个定义："我们是朋友。"其实李可乐心里清楚，这样的一个借口对于他而言相当于没有，余莹只是掩饰了她的尴尬而并不会妨碍自己报复计划的实施。现在，在电影银幕的画面闪换中，李可乐的手握住余莹的手，然后悄悄贴在她的腿上游走。书上说女人的发梢上都有敏感的神经，更何况现在李可乐摸的是余莹的大腿。于是他开始扬扬自得，而余莹并没有拒绝，更说明李可乐和她不仅仅是朋友。

"弟弟，莫乱搞。"当李可乐的手游走的势力范围开始越过三八线肆意扩张的时候，余莹的手伸了过来，很坚定地将他的手拉开。李可乐的手想要再摸回去，却被余莹的手给牢牢地固定在座位上。显然，她的态度是坚定的。但是，余莹此刻的坚定给李可乐的只是鼓励，因为在这个时候，作为男人的李可乐，他的欲望与复仇的急迫交织在了一起。

电影在继续，李可乐却在黑暗中开始了一场拉锯战，一个男人与一个女人最原始的决斗。这样的事情总是要经历的，和于小曼在一起的时候一切水到渠成，还没有轮到拉锯她自己就已经主动了。而现在，李可乐和别人的老婆开始一种拉锯战，竟然觉得是一种兴奋，充满了成就感，只是这个成就的背后却充斥着上不了台面的阴谋。当李可乐的手再次碰到余莹身上最敏感的那个地方时，她只是轻描淡写地说了句："好了，不许闹了，安心陪姐看电影，看完电影你想干什么就干什么。"话虽这么说，但余莹已经不再控制李可乐手的运动路线了。于是，李可乐全身上下充满了放肆。就在这个时候，突然感觉有人在后面轻轻拍了一下脑袋，李可乐不用猜，知道 PGO 回来了。

可 PGO 是成功了，还是一无所获呢？

8

想到这里，李可乐哪还有心思继续抚摸这个半老徐娘的大腿。于是借口去了卫生间，果然看见PGO正在卫生间里等他。

“兄弟，怎么样？找到证据了吗？”

“找到了很多，都拍下来了。先不给你看了，等你送她回去之后，到我那里，我们再商量接下来的事情。”PGO满脸是笑，将钥匙递给李可乐。

PGO刚要走，李可乐发现他居然还带着录音笔，当下有了主意，一把将他的录音笔拿了过来。

“你要录音笔做什么啊？”PGO十分不解。

“我要录下……电影的对白，挺精彩的。”李可乐本来要说录下秦一铭老婆快乐的声音，话到嘴边才晓得这样的事情是不应该告诉别人的，于是生生给换了内容。

“算了吧，看这些电影，简直比杀了我还难受，有时间我情愿看看毛片。”PGO转身就走了，这也证实了李可乐的担心，本来他担心PGO在里面有些事情是不方便做的。

送走PGO，李可乐重新回到座位上，正要考虑如何将钥匙放回余莹的包里面，余莹小声对李可乐说：“我去一下卫生间，你帮我看一下包。”

真是天助自己！李可乐没有想到这件事情会来得如此容易，整个行动变得全然没有一点技术含量。完成所有的一切，仅花了前后不到一小时，这时距离电影的散场还有一个小时左右的时间。现在，翻腾在李可乐脑海里的兴奋告诉他，自己已经完全没有任何心思继续去给秦一铭戴这顶绿帽子了。他得赶紧先回去，从PGO那里拿到证据，把秦一铭送进监狱再说。因为李可乐突然觉得，看着秦一铭双手戴着手铐一步步走进监狱时绝望的眼神，比让他听到余莹的呻吟更解恨。

9

李可乐和PGO躺在红灯区那间房子的床上，精心地分类整理秦一铭的犯罪证据。正尽兴时，雷子突然打来电话：“可乐，你现在可以解放了，秦一铭去自首了。”

“什么？自首了！这是什么天理啊这！”雷子突然带来的这个好消息，对于李可乐来说，似乎更多的是失落，因为毕竟不是自己亲手把他送进监狱的。

“该不会是他老婆回家后发现证据被盗，然后告诉秦一铭，他主动自首争取从宽处理吧？”PGO 在一旁说。

“秦一铭虽然自首了，不过结果可能并不是你想要的，因为秦一铭已经出来了！据说野狼公司已经撤诉，而且公司账户上之前消失的那一千万又回来了。”雷子在电话里说，“在公安局澄清事实的时候，秦一铭说一切都是误会，他只是换了个账户转存了一下钱而已，并没有洗钱，就连挪用公款都够不上，所以他无罪释放。”

“你是听别人说的还是？”此时的李可乐无法相信雷子在电话里的话。确切地讲，他无法接受一个即将在下一秒就被自己送进监狱的仇人转眼又在阳光下呼吸着自由的空气逍遥快活的事实。

“秦一铭人都已经回来了，现在就在天娱，坐在他的办公室里。这是他回来后自己说的，确实也是事实，而且账户资金我都已经查过了，先前消失的钱确实都回来了。”雷子说。

“雷子，秦一铭回来了我信，那一千万回来了我也信，但是秦一铭所说的这只是一场误会，打死我都不信。就算和野狼公司的这个事情是个误会，那为什么他要把公司法人代表不经我同意就直接改成我的名字呢？这事怎么解释？”现在让李可乐相信秦一铭那就等于背叛自己的人格。

“秦一铭把公司法人代表改成你的名字，这件事情确实是他出于私心，因为原打算把正在国外留学的女儿秦怡许配给你，他想让你继承他的家业。如果这件事情事先说出来，让大家知道了肯定会伤害到我和阳光，所以他就没有通过任何人，自己做主做了变更。关于这件事情王大鹏是知道的，可是当初不是俱乐部出事了吗？所以他知道只有你能帮他盯着，就干脆假装不知道，没说真相。”

“那为什么在医院门口，他会被秦一铭的人带走？”

“那是他自己找人给你演的戏，为了让你认定一切都是秦一铭干的。现在王大鹏也回来了，秦一铭也回来了，你和秦一铭已经闹翻了，他说这次回来马上就要召集大家搞公司董事会换届改选，要重振天娱。”雷子顿了顿说，“既然现在我们和他已经闹掰了，无论如何他肯定会记恨我们，所以往后和他一起经营天娱的日子估计也已经走到了尽头。如果跟着他也只有任他蹲在头上拉屎拉尿的份了，你赶紧回到天娱来，我们联手，干脆一不作二不休通过这次改选把他的董事长位子干掉，让他从此滚出天娱。”

“这倒是个不错的主意，就这么定了！”现在李可乐坚信秦一铭的最大阴谋肯定还在后头，这次回来只是他欲擒故纵的把戏。还有阳光，他的反目和离开，这里面一定有着什么不可告人的秘密。王大鹏怕承担法律责任，演苦肉计他信，但是秦一铭和阳光的所作所为他一点都不信。为了解开这所有的谜团，李可乐现在必须站出来。

“既然秦一铭能花这么大的代价满口仁义道德堂而皇之地表演，那我李可乐现在就只能奉陪了。”想到这里，李可乐决定了，这次天娱董事会换届他一定会参加，而且他要让秦一铭看到自己的厉害。

10

一周后，天娱召开股东大会，进行董事会换届的相关工作。

秦一铭作为在任董事长，自然是必须要参加的，而阳光此时也神秘出现。秦一铭虽然无罪释放，但是因为他给天娱带来的声誉损失，已经导致他名声败坏无法继续任职，他为了稳固他的势力，自然要在会上力推阳光。于是会上秦一铭站出来为阳光护航，夸赞他的管理能力如何如何强，经营头脑如何如何好，还夸赞他的才华，列举他给天娱做出的贡献，当然除了秦一铭外也有人跟着附和。但是，随后雷子站出来说的一番话，让支持他的一派人哑口无言。

“秦总，这次公司董事会换届选举关系到天娱的生死存亡，所以不管怎么样，抛开电影上的成就和管理之外，人品是最根本的。而阳光的所作所为，就差之甚远。别的不说，几个月前的那场背叛丑闻，我想大家还记得吧？”李可乐知道雷子说的是传言阳光和环宇公司老板合作的事情。

雷子的话，让此前还兴高采烈的秦一铭灰溜溜地低下了脑袋。

一时间会议室里安静得连蚊子飞过都听得见，争论也没有了，所有人都看着李可乐，目光中带着无限的崇敬。关于董事长的候选人，秦一铭被否决了，名字紧跟其后被秦一铭提上来的阳光当然也没有被众人认可。因为雷子所说的那段话虽然很短但很有杀伤力，已经让别人所拥有的任何理由都变得不再是理由。最后提名的两个董事长候选人就成了李可乐和秦怡。秦怡留学归来，以秦一铭的股份继承人身份进入天娱，阳光进入不了管理层，她就是秦一铭最有利的继承人。可事实上，秦怡决定进天娱，是有着自己的打算的，她并非为秦一铭。

接下来选举正式开始，小惠宣布全场投票。选票发下来之后，现场响起了一阵沙沙声。

十分钟后，选票统计结果出来，结果是李可乐以绝对的优势掌握了天娱的统领大权！

李可乐能当选新一届董事长，一方面的原因是雷子说的那些他对天娱的贡献和顾全大局的人品，这是众所周知、有目共睹的，另外就是秦怡回到公司听说了传说中的李可乐后，内心里就默默暗许了董事长给他。而且背后放出风声，自己并无意去做管理层。

而阳光除了得到他们自己人的选票之外，就没有得到其他人的了。统计结果一出来，会议室里立刻响起了热烈的掌声，就连阳光和秦一铭，也向李可乐表示祝贺。其实要说实话，对于阳光和秦一铭两个人来说，激动到鼓掌这样反常的举动倒是让李可乐很是奇怪。

换届选举结束，李可乐当了董事长。这是一个看似众望所归、皆大欢喜的结果。但是李可乐心里有种预感，这是一个新的阴谋的开始。

雷子高兴地向李可乐挥挥手，示意他给大家说几句话。李可乐这才缓过神皱着眉头站起来："各位股东，谢谢大家这么信任我，很感谢。今天在这里我要说的是，能够再次回到天娱，能站在董事长的位子上，对于我来说，是受之有愧的，因为在我的面前，有秦怡这样的留学海归，也有雷子这样的天娱功臣，还有王大鹏和雷二顺这些优秀的人才。在他们面前获得这个职位，我是很惭愧的。"李可乐这话有些是客套，但有些确实是发自内心。

"李可乐，你就别谦虚了，这里没有人比你更合适了！"台下传来了一声高呼，然后所有人都笑着鼓起了掌，表示同意。

李可乐笑了笑，赶紧正色道："从今天起，我希望能尽我最大的努力，回报大家的厚爱，以更多更优秀的作品，为天娱的发展贡献力量！"这话一出，众人齐声叫好。

天娱新一任董事会成员和经营班子随后也在李可乐的提名下诞生。新的经营班子一旦确立下来，接下来的事情就好办了。其他的事情对于别人来说没有什么重大的区别，所以在讨论的时候也就根本没有出现先前的争论乃至针锋相对的情况。

接下来，会议室里不断有人窃窃私语，喜气洋洋地和身边的朋友讨论了起来。

王大鹏、雷二顺、小惠和胡子都拥有了自己的职位，接下来他们新的计划要开始了。

经历了洗钱风波的洗劫，沉寂了好久的天娱一下子变得星光灿烂。讨论一直持续到晚上八点钟，中间连晚饭的时间都取消了。众人虽然又累又疲，却兴致高昂，毕竟这是一个重新让人振奋的机会，还有谁会不关心呢？

随后的时间，董事会就开始一个人一个人地讨论团队组建。凡是此时还留在天娱的人，凡是做过一定贡献的人，基本上都被拉出来做了讨论。到最后，编剧组、策划组、商务组等五大组干脆把各自的成员名单拿了出来。到了八点多，轰轰烈烈的天娱董事会换届选举和新一任经营团队组建会议才告一段落。

“各位，明天上午十点，我们在这里举办一个集体的留名仪式，同时启动我们新片的拍摄计划，还望大家准时参加。”王大鹏总结性地说道。

“这么快？经历了这么大的风波，能一夜之间重新振作起来吗？”台下有人对这么快的办事速度很是惊讶。

李可乐笑着说：“这个大家就不用担心了，我今天晚上加班，会在明天会议之前拿出新片筹拍计划的草案，明天会上大家直接讨论修改就 OK 了。”

股东会结束之后，众人在离公司不远的万福堂花园酒店庆祝。大厅里觥筹交错，欢声笑语，人们三三两两地聚在一起，谈的都是接下来新片拍摄的事情，气氛异常热烈。

酒会在晚上十一点多结束，回家的路上，天娱仅有的 5 辆车子里都传出了阵阵欢歌笑语。尤其是雷子、王大鹏这几个家伙，看到李可乐回来简直乐翻了天。开着车子连红绿灯都不管了，一路飞奔。

在最后面的一辆车上，李可乐靠在座位上闭目养神，同时也在推测着这次顺利登上天娱董事长职位的背后可能隐藏着的巨大阴谋，秦一铭在他当选的时候那平静的眼神，让他不得不这样认为。

“李可乐，要是秦一铭他不把事情澄清，你难道真的要背负着那些罪名离开天娱东躲西藏地生活不成？”坐在前排的雷二顺转过脸来醉醺醺地问李可乐。

李可乐耸耸肩：“这也是无奈的事情呀，总不能因为内讧让天娱倒了吧？再说，秦一铭又不是真的要把我送进监狱。”

胡子点了点头，接着又摇了摇头道：“话虽然是这样说，可是被陷害的时候摊上谁心里都不好过。李可乐，我真佩服你能有如此的肚量！”

其实，他们两个哪里知道李可乐和秦一铭的真正较量其实刚刚开始。

11

从酒店出来，李可乐就心急火燎地跑回租住的房子准备赶紧连夜写计划书。可刚一进门，就看见“阳痿”躺在他的床上。

“‘阳痿’，你怎么来了，我正要找你呢！”李可乐一屁股坐到床上，扯住“阳痿”的手说。

"阳痿"打了个哈欠，从床上坐起来对李可乐说："没事就不能来找你了？看你这话说的。不过我今天来，还真是有事求你。"

"怎么，出什么事情了？"李可乐有点担心起来。

"阳痿"看了李可乐一眼，说："李可乐，我今天回家见了我老爸老妈一面，被骂了个狗血淋头。"他激动得口齿打结。

"究竟是怎么回事儿？你慢慢说，别急。"李可乐拍了拍"阳痿"的肩说。

"他们说我都这么大人了还一事无成，白养我了。特别是我老妈，哭得鼻涕一把泪一把的，说我就知道鬼混，钱钱挣不到，人人见不到，一年到头也回不了几次家。所以，我几乎是被老爸老妈赶出了家门。"

"不会吧，这么惨，那你继续办假证啊，争取赚钱证明给他们看啊。"

"阳痿"一听李可乐这样说，二话没说，蹭的一下从床上跳下去就准备走。

李可乐这才知道，"阳痿"来找自己是想进天娱的，于是赶紧过去拉住他说："兄弟，我也想你跟着我，但是你知道我现在把你弄进去别人会怎么看我？他们肯定会说我是要篡位吞权，搞山头拉队伍。"

"阳痿"咂吧了一下嘴，说："说得也是。你现在是天娱的董事长了，德高望重，而我只是一个街头混混，一个被洗头女甩了又被家人赶出门的流浪汉而已，我有什么资本来抱你的腿？"

看着"阳痿"，李可乐的心里像打翻了五味瓶，脑袋也顿时大了起来。

这时身后突然有人扑哧一声笑了出来："董事长同志，你也太认真了吧？让我明天带他去公司给他安排个位子不就行了嘛。再说，还有谁敢说董事长把自己的兄弟拉进公司的不是呢？"来的人是秦怡，她是酒会后一路跟着李可乐来的。

"这位美女说得不错！就这么办！""阳痿"转忧为喜拍手称赞。

"行吧！兄弟，明天你就来公司上班，和胡子一起搭档。"秦怡正好给李可乐搭了个台阶，他赶紧顺水推舟，点头示意秦怡坐下。

"阳痿"笑了笑说："和谁搭档都行。"李可乐发现他的笑容里还是流露出了辛酸，"阳痿"走过来悄悄地在李可乐耳边说，"我能跟着你李可乐混进影视圈，真是做梦都没有想到。"

看着"阳痿"的表情，李可乐明白，"阳痿"心里其实还是有疙瘩。这么长时间来，为了不给自己添麻烦，"阳痿"从来都没有找他帮过任何忙，而这一次要不是他真的走投无路也绝不会求自己。

这一次，李可乐能重新站起来，能在众人的注视之下走上天娱的董事长位置，"阳痿"是有功劳的。这个自在学校就一直崇拜他的兄弟，这个一直把他的成功当成自己无限光荣的兄弟，所要求的不多，就是想跟在他身边通过努力让自己家人认可自己，他就心满意足了。这，也许就是"阳痿"最大的心愿。

李可乐站在“阳痿”的立场上想，阿玲跟着PGO跑了，唯一崇拜的人还那样对他，他怎能心里没有疙瘩？

“兄弟，从明天起你也穿公司高管的西服，让秦怡今晚就去给你订做，我和你是兄弟，以后我去哪里你就跟着去哪里！”李可乐强忍住泪水对“阳痿”说。

从此以后，李可乐不管别人看到自己和“阳痿”一起出现会怎么想，也不管因为这个别人会不会想到他和这个办假证泡洗头房小姐的人的关系，他什么都不管了！他只知道，自己欠“阳痿”太多太多了，他因为自己，上学时挨了一砖，差点连自己的性命都搭上了，如果自己连他这样的心愿都满足不了的话，那还算是他的兄弟吗！现在开始，李可乐不但要和他一起出现，还要堂堂正正地握着他的手，告诉别人他是自己兄弟！他要让“阳痿”从此以后昂着头出现在所有人面前！

“可乐，我知道我的半斤八两，有些场合不适合我这样的人，而且，我和你一起出现在公众场合，只会给你带来麻烦。以后，我只负责给你开车打杂什么的。”“阳痿”听了李可乐的话，笑了，眼里净是满足的光芒。

“兄弟，从今往后你也别说什么适合不适合的，我要让全市人都知道你‘阳痿’是我李可乐的兄弟！”李可乐紧紧地握住了“阳痿”的手。

听完了李可乐的话，“阳痿”的眼泪唰的一下滚了出来。这个曾经身中七刀都没有流过一滴眼泪的汉子，这个曾经被人追杀出几条街都不曾皱一下眉头的男人，因为李可乐的一句话，泪流满面。

“好！乐哥，我听你的！明天开始，我就到天娱上班。我绝不给你丢脸！”“阳痿”抹着脸上的泪水，破涕为笑。

“加油，我们都要加油！”李可乐握着“阳痿”的手。

“李可乐，你刚才不是说找我有事吗？什么事情？”哭过笑过，“阳痿”低声问道。

李可乐神情一紧，背对秦怡说：“我还真的有一件棘手的事情，除了兄弟你，这城市里恐怕没有人办得到。”

其实李可乐要找“阳痿”办的事情就是要他帮忙验证PGO从秦一铭书房里拿出的那一堆身份证里哪一个是真的，他要挖出秦一铭真正的背景。

12

第二天新片筹划会上，定下了新片筹划的方案，按各项工作安排了关于新片的筹备工作。忙了一个多星期，花出去了八万多块钱，基本上完成了演员招聘场地的布置任务。他们刚刚把这些事情搞定，海报也做好送来了，20 米长 10 米高的海报在天娱绝对是从来没有出现过的。海报送来挂上的当天，整条东街都轰动了，人们拥挤在公司门口，看着那红色半月牙的图标被安置在公司的大门之上议论纷纷。

东街是整个襄阳最穷的一条街，除了两三家小得不能再小的食品公司之外，没有人愿意在这里落脚，而李可乐这次的大手笔，让别人多少觉得他们的公司给东街增了光，所以对他们很欢迎，那些处于社会底层的落魄商贩则暗中打听他们需不需要群众演员。

雷二顺按照李可乐的要求，在公司的大门口处贴了一份征聘演员的告示，主要信息表达的是天娱因为新片筹拍需要新招聘一批演员，有意愿的可以到公司人事处报名。

为了招聘到好演员，片酬自然不能马虎，但是李可乐这次不想用那些已经出了名的演员，更何况他也用不起。这次的女二号角色对于现在思想保守的演员们挑战极大，里面的许多镜头可以说绝对会前所未有地冲击她们的道德观，那些名演员自然不会出演，而对于挣扎在社会底层的那些跑龙套的三流演员，可就完全不一样了。更何况李可乐把群众演员的片酬定到了上百元，这个价格比起在大公司一天才几十元的报酬来说，绝对是个不小的诱惑。第二天一大早，公司的院子里摆开了两张桌子，李可乐和雷子、秦怡、王大鹏四个人在后面，前面是前来应聘的庞大的演员队伍，队伍从公司大门一直排到大街上，形成了一条由人流组成的长龙。

一听是要起用平民演员，前来应聘的演员各种各样，有老人、小孩、健壮的男人、落魄的民工，还有涂脂抹粉的风尘女子，看得李可乐眼花缭乱。

“老大，这人来得太多了，到现在我们才面试了不到四分之一，而且面试的人里面符合你要求的还不到十个人，别忘了我们现在只是在招群众演员。你的要求也太高了，我看只要是差不多就行了。”雷二顺揉了揉太阳穴向李可乐抱怨。

“你懂个屁，一部电影能不能成功，很大一个原因来自于里面的演员，演员要是表演得不好，鬼去看！”李可乐瞪了雷二顺一眼。

胡子也在旁边连连点头，他自然比谁都知道演员的重要性。

忙了一个上午，李可乐的心情又喜又忧。喜的是居然发现现在的平民演员都朴实得很，也许和他们没有经过灯红酒绿的洗刷有点关系，他们不会像那些有点呼声就骄傲得找不着北的演员那样使用伎俩帮助自己出名，他们只是老老实实地按照自己说的做相应的表演。而他忧的是，所有的演员，清一色带有明显的舞台表演风格，看着他们表演，会感觉到他们在演话剧，而不是电影。这也是起用平民演员的弊端，他们在演戏的时候心里总是想着自己是在表演，而不是出自内心地和自己要扮演的角色融合在一起，他们不知道怎样把生活原汁原味地表演出来。

一上午，李可乐只挑选出了四分之一的演员，至于女主角的人选，更是一个也没看上。

“雷二顺，你到大门口再贴张告示，就说我们的征聘范围扩大，即使不是演员出身的人也可以前来应聘。”李可乐吃了一口面包，对雷二顺说。

听完这话，三个家伙顿时齐齐对李可乐瞪大了眼睛。

“老大，我可从来没有听说过平常老百姓也能演电影的！”“阳痿”一脸的迷惑不解，雷二顺和胡子也抱有同样的想法。

李可乐指了指面前的人群说道：“你看看这些演员，一身的舞台表演习气。电影嘛，没有什么大不了，就是生活的直接剪影，可现在大家坐在电影院里，看到的是什么呢？要么是虚假的特技制作要么是借电影之名搬上银幕的舞台剧，演员的表演更是离生活太远。我要选的演员，就是那些能让观众感觉到随便走到电影院外面的大街上就可以遇到的人，这样他们的表演才能从内心彻底征服观众，让他们觉得自己不是在看电影，而是在跟着电影里的人一起生活，那样观众才能和他们一起哭一起笑，懂吗？”李可乐的话，三个人虽然听得不是太懂，但多多少少觉得他说得有点道理，也便极力配合。

雷二顺的告示贴出之后，整个大街的人都轰动了。他们在这座城市待了这么长时间，从来没有听说过哪个导演招聘普通人，所以那些街上的流浪汉、店里的服务员、交通协管员、马路清洁工、垃圾场老大爷等各色人物纷纷拥向了天娱的大门。两天里，应征的队伍立马增加了一倍，雷二顺甚至摇着头道，估计整个大街的人全部跑过来应聘了。

“李可乐，你这动静闹得大了，估计明天一早我们就要上《楚天都市报》的头版头条了。”王大鹏笑着说。

如果真的能上头条那就好了，这可是免费的宣传呀，李可乐心里盘算着。他现在越来越明白，挑选演员不是件容易的事情，一个又一个人从你面前晃过，各种各样的脸，到最后，看起来竟然都是同一个模糊的表情。

“小惠，我们录用了多少？”李可乐揉了一下眼睛，问小惠。

“12 个，离 40 人的总数还差不少。”小惠数了一下手里的录用登记表说。

李可乐掏出手机看了看时间，已是下午四点了。心想，招聘演员的工作今天是不可能完成的了。他站起身来，走到人群中，高声喊道：“现在听我口令，所有人分为两队，原本是演员的站到右边，不是演员的站到左边。”

人群听到李可乐的话，迅速地做出反应，分两队站在两边。

“好，右边的这个队列解散，左边的这个队列留下！”李可乐大声喊道。

哗！人群里顿时响起了巨大的议论声。

也许从没有人见过把专职演员打发了而挑选那些平头老百姓的导演。不仅是那些演员，连雷二顺他们也完全傻眼了。

李可乐回到座位上，继续挑选，根本没顾及那三个家伙的目光。

李可乐觉得需要换个挑选办法了，电影里需要什么职业的演员，就从人群里寻找相同的职业，他们表演的都是自己平时做的事情，肯定做作不起来。

“下一个！”胡子在李可乐旁边喊了一嗓子。喊完后就看见一个衣服破旧、须发花白的老头站了起来，眼神混浊，动作迟钝，周围的人纷纷讥笑他，说这么个死老头竟然也想拍电影。他们嘲笑他，挖苦他，有几个年轻人竟然还对他吹口哨。

“老大，要不要直接 PASS？”胡子贴着李可乐的耳朵小声问。

李可乐没有理胡子，而是把目光放到了这个老人身上。看得出来，这个老人已经活生生被生活磨得失去了希望，没有地位，没有尊敬，甚至连人的最后一点尊严都没有了。

“大爷，叫什么名字？”李可乐微笑着问。

老人拿掉头上的破帽子，向李可乐恭恭敬敬地鞠了一个躬，发白的头发杂乱地在风中飘动，让人心酸。

这就是都市，这就是在世人眼里声色犬马灯红酒绿的钢筋混凝土的建筑群落，在这里人们看到了明星大腕，看到了珠光宝气，可有几个人看到过这些生活在最底层的人？有谁看到他们为了一块面包辛勤奔波？有谁看到他们在深夜的某个破落的角落里独自抽泣？

“我叫鲍铁舟。”老头努力地向李可乐挤出了一丝微笑。

“现在是干什么的？”李可乐问。

“导演，我是城南垃圾场捡垃圾的，已经干了快有二十年了，我今年 68 岁了。”鲍铁舟毕恭毕敬地回答。

“导演他撒谎，他今年已经有 76 了！”人群里一个锐利的声音传来，然后是哄堂大笑。

老人头上冒出了细汗，不好意思地冲李可乐尴尬地笑了一下：“导演，我是 76 了，但我不是成心骗你的，只是，只是……”老人眼眶湿润起来，“只是垃圾场那边最近来了一群孩子，我太老，抢不过他们，我要是再找不到工作就要被饿死了。”老人越说越伤心，紧紧攥着手里的那顶破旧的帽子，又对李可乐鞠了一躬，低着头转身离开了人群。

老人觉得，到了他这把年纪，社会已经抛弃了他，没有人肯花钱雇这么个连走路都费劲的人工作了。

“鲍大爷，你等一下。”李可乐站起身来，走到老人的跟前。

老人疑惑地看了李可乐一眼，抹去了眼角的泪水，轻声说道："导演，你……"

李可乐笑着拍了拍老人的肩膀说道："后天到剧组报到，你被我们录用了。"

听到这句话，老人张着他那张牙齿已经快要掉光了的嘴，呆呆地看着李可乐，一句话也说不出来。李可乐从口袋里掏出一百元钱背对着人群塞到他手里，小声说："先找个地方吃饱肚子，再安安稳稳睡一觉，你可是要上电影的。"

鲍大爷握着李可乐的钱号啕大哭。在跨进这个大门之前，他还认定自己也许挨不过这个冬天。可现在，眼前的这个年轻人不仅给了他一份工作，还说要让自己上电影！老人泪如泉涌，一边哭一边不停地向李可乐鞠躬，然后把那一百元钱又塞到了李可乐的手里："导演，只要你能给我一口饭吃我就知足了，怎么还能要你的钱！"老人说着指了指公司的大门，"我看公司有门房，我也没有什么地方去，如果你允许的话，我就给你们看门吧，你放心，我看门看了几十年，不会出什么差错的。"

"行，不过你可要记住，从现在起，你就是咱们天娱的人了，是演员，不是看门的。"李可乐笑着对他说道。

"好！"老人破涕为笑，走向天娱的门房，收拾东西去了。

第十二章 万箭穿心

李可乐心想，反正已经越过了秦一铭这具“尸体”，现在阳光又是中伤洛禾又是和自己叫板。无所谓了，鱼死网破就那点事儿，再多跨过一具“尸体”又有何妨。

1

自打天娱洗钱风波后，秦一铭就失踪了。李可乐差点被通缉，东躲西藏一直没敢露面。阳光继续去做他的电视台主持人。就剩下雷子一个人打理着天娱。昔日的三剑客，也就此解散。这回李可乐回到天娱，和雷子联手，招兵买马，重整旗鼓准备东山再起。秦一铭欠的债，自感理亏，退出去是好事，但按照阳光的性格，自然不会就此轻易放弃。看着李可乐和雷子的新片开拍到处招募演员，大动作频频，果不其然，一直沉寂无声的阳光按捺不住了，先是制造谣言说“看不惯天娱公司对演员的剥削”，说要为女演员洛禾“合同纠纷案”充当诉讼代理人。因为在李可乐的新片筹备初期洛禾正式签约加入了天娱，她虽然在此前和北京的一家公司有过合作，但事实上并没有签订合约。阳光却揪着这点小事大肆渲染，说三道四，其后又高调接受当地媒体采访，说院线运营混乱，并痛骂这些人……

不少媒体纷纷揣测，阳光“谣言官司”和“疯狂骂人”是为自己即将新开的栏目造势。阳光这边口口声声喊着“从此不再涉足影视”的话音刚落，那边却有消息说他已正式搭上环宇公司出手阔绰的女老总林晓妮，说要投资300万让阳光导演一部反映西部农村教育题材的小成本影片。

这边正说着，那边有消息爆料说林晓妮愿意包养阳光，可究竟林晓妮长什么样没人知道。阳光也公开回应，说因天娱洗钱风波退出后生活困窘，宣称希望被包养。于是，一夜之间立刻成为千夫所指。有网友纳闷儿：别人被“包养”也许不稀奇，可阳光还需要被“包养”吗？难道他真的到了不被富婆包养就无出路的地步？再说了，阳光与他老婆江一帆自合作《新聊斋之未了情》后成了公认的一对才子佳人，他还曾坦言，和江一帆之间绝对是互补。还放言说无论穷困潦倒到什么程度，都要白头偕老。记得当初接受媒体采访时，记者问及他和江一帆的感情，他还曾酸酸地说：“我们俩走到一起很简单，本身天性里就有一些互相渗透的东西。《新聊斋之未了情》最初的影子就是我的东西，其实找江一帆担任女一号本就是早就计划好的事情，这个故事原型是我想出的，李可乐给拿过去写了一个小说。李可乐是一个半路出家的导演，事无巨细，像放烟什么的都会自己去做，他是搞机械出身的，爱盯道具什么的。但说实话他在片场经常睡觉，我就担任执行导演，当然和女一号的接触肯定就最多，培养了感情。”

在对人叫骂后，阳光又开始攻击李可乐的作品，说从合作完《古城夜生活》开始，就再也不看李可乐的作品，甚至连早期的《青春攻略》都没看过。对后来《人性的借口》上线的事情，阳光还算口下留情：“我前段时间看过李可乐的《人性的借口》，带着老婆江一帆看的，我还哭了。”

至于自己为什么看《人性的借口》会哭，阳光说：“李可乐在影片里讲了很多。关于人性，关于权力，其实讲了很大的概念。有人觉得有点做作，但我和老婆看时，是降低到儿童的角度，当动画片看的，老实说李可乐是真诚的。”

阳光说自己对于曲万里，一直有着感恩之情，他放话：“老实说我这辈子没有私敌，我没有对不起一个人。我这次说某些人的时候，对曲万里是不好意思的，我准备临死的时候，写一封信给他老人家道歉。老实讲，曲万里是我的一个贵人。”

现在李可乐才知道，其实人这一生最怕的是朋友。敌人好办，针锋相对；朋友出没在身边，他要是阴你，防都没法防。

2

阳光终于撕破脸皮，在电视媒体上公开叫阵。他新开播了一个栏目，叫《一线阳光》，寓意自己在第一线揭露新近发生的大事特事，这回正好借此平台和李可乐叫板。其实一开始李可乐就明白，阳光开这个栏目的初衷，就是要搞人的，这个人就是自己。当然在节目中，阳光明确表态，“欢迎李可乐到演播室决斗，演播室有的是地方，正好对着全市观众决一雌雄，让大家评评胜负。”“至于决斗方式，建议最好还用摔跤和相扑等单挑方式，赤手空拳，不要动刀动枪。”有互动观众发短信问阳光，是否已经想好决斗一事，阳光回答：“李可乐欺诈洗钱，栽赃兄弟，对我来说，是种最严重的精神伤害。如果他不还兄弟清白，还这么继续诬陷下去，我就一定要和他决斗。但是如果当着大家的面，他还兄弟清白，把事情说清楚，这事就可以既往不咎。”他还评价说，“李可乐就是过去式的、已经死亡的草根导演。”到后来就信口开河，“李可乐可能也是想借此重生，寻找新的突破，但是用这样卑鄙的手法延续生命是不对的。”

雷子一直低调，可李可乐希望他在这个时候能够重新登场。再者，李可乐心想，既然雷子本人还没有和阳光闹僵，也没有卷进天娱的洗钱风波，要说在大众面前，天娱四巨头里现在最清白的就数雷子了。所以，李可乐一直期盼着他能站出来在媒体面前为大家说句公道话。可是阳光叫了那么久，自始至终没见雷子提这事。其实，李可乐想，肯定不是雷子不想上媒体。实际上这些年，雷子的名字早就和三波新闻发生了联系。首先，雷子那年拍了一部《一个卖淫女的支教计划》的纪录片就引起了很多媒体的持续关注。后来，他们三剑客自掏腰包拍电影那更是家喻户晓的事情。再后来，秦一铭加入他们组建天娱，那更是把电视台演播室都当成了自个的家，每次访谈雷子总是第一个发言，一发言就是一顿海侃，后来搞得主持人都不敢把话筒给他了。可在这段时间阳光频频开炮时，雷子却低调得就像放了屁的亲戚，一直没有露面。李可乐原以为雷子这样做是因为要避阳光的锋芒，直到后来才明白，他这样千辛万苦地装孙子，是有更高的目标，有他深沉的理由。

这天吃完晚饭，雷子在回办公室的路上问李可乐：“可乐，是不是觉得我不够兄弟？”

“也不是，我只是觉得阳光这家伙最近太嚣张，我是当事人不好出面，你应该出面压压他的火。不过既然你选择了沉默，我想你这样做也肯定有你的道理。”李可乐笑着说。

“只要你理解就好，你就让这只疯狗先吼着吧！我们有的是事情做，也有的是时间陪他耗，但不是现在。我们的那部《人性的借口》就要全面上线，还有，重组后我们新片子的筹拍工作马上就要进入最后关头了，我们没必要放下工作和他成天叫这些板。”

“你和我想到一起去了，我今天准备和你谈的就是这个事情。”李可乐顿了一下说，“不过有了此前公司的这场变故，眼下这两件事情开展起来肯定都是很有些阻力的，你我都得做好充分的思想准备。”

雷子说：“这个我知道，而且从和兄弟你绑上一条船那天起，我早就做好了背水一战的准备。”

从谈完话起李可乐和雷子就完全潜下心来投入到新片子的各项筹备工作中，一心想着通过片子把重组后的天娱展示给观众看，不再理会外界的事情。

3

李可乐和雷子彻底装㞞，这下阳光更是来劲了，成天吃饱喝足了就对着个摄像机镜头没完没了地叫骂：“李可乐这哥们儿现在拍东西也不过脑子了！一个老大不小的人，混了半辈子，没吃过猪肉也没见过猪跑？莫非拍揭露人性的片子就可以这么乱来？我看真正子虚乌有的是李可乐的电影。他描述的人们只要会些拳脚，有意见就把人往死里打，这不是热血男儿，也与浩然正气无关，这与野生动物有什么两样？”

“李可乐是该被灭了，所有人都觉得他是臭大粪，这话现在都在小声说，不久之后肯定就会大声说了。这要不灭，影响极为恶劣，现在只等待着一个契机。”阳光还特别指出李可乐即将上线的《人性的借口》是“极度虚假，假装深沉”的泡沫作品。阳光这样叫了没几天，沉寂了几个月的秦一铭也突然作为《一线阳光》的嘉宾走进演播室和阳光同台出现在节目里，并且痛斥李可乐是个无赖。秦一铭这次在洗钱风波后高调复出，痛骂天娱重组后的人是一群无知的“王八”，并怒骂雷子是鬼迷心窍，为虎作伥。

李可乐唯一不能理解的就是一年前还在义正词严，满嘴“红卫兵年代”的仁义道德，痛斥秦一铭欺诈如何天理不容，为自己的“死”喊冤叫屈的阳光，忽然就跟对方合作了，拥了抱，结了盟，绝口不提他为之打抱不平的秦一铭欺诈事件，而改口成了李可乐诬陷兄弟。后来李可乐躺在床上仔细一琢磨才弄明白，这说明秦一铭洗钱的故事背后，肯定有阳光和他联手打造的不可告人的秘密。

不过这不是大家最关心的，大家最关心的是曾经那个态度坚决、个性十足的阳光现在怎么除了骂人还开始满世界道歉了？歉又道得那么真诚，就像他当初跳出来骂那些人时一样真诚……

后来李可乐总结了一下发现，凡道歉者，大约分两类：一类是真心悔过，表示歉意；另一类则是说完话有些后怕，怕事态真扩大了得罪人，只好道歉，这是权宜，是假道歉。李可乐知道阳光不是怕事的主儿，却也不是惹了事就能在那儿死扛的主儿，所以说他的道歉有一些真，也有一些权宜。李可乐清楚阳光又在卖什么关子，一定又有什么新的动向，尽管这次他葫芦里究竟卖的什么药自己还猜不出来。

也许别人会相信前些日子阳光的那一通“天真烂漫”的胡侃是无意为之，但李可乐隐隐约约感觉这件事情并不是表面上看到的那么简单，看得出阳光现在有圈人脉的迹象，虽然可能暂时还跟他想要的结果差着一段距离，但一切都肯定在按照他预期的轨迹上演，这就是阳光的明智所在。像宋祖德那样的性情中人，不是每个都能见容于媒体。能让媒体觉得既性情又可爱的人，绝对都有丰富的世俗经验，阳光便是这样的人。每次一出来，都是携风带雨一副声东击西的表情，弄到最后，总会给别人一个意外惊雷。你说是社会这个大家庭的险恶教会了人谋生的智慧吧，听着似乎有些不妥，像在破坏社会和谐似的。但你回头一想也找不出什么娄子，毕竟市场经济在全世界已经风光了数百年，每一个想弄到钱的商人要打败对手总是要用些手段的嘛。所以关键不是赚不到钱让人发蒙，而是考虑怎么样实现赚钱和打败对手这个过程会让人发蒙。像阳光这样的一派流氓，年轻时只知道犯混、造反是世间最爽的事；到后来发现犯混不行，不如做主持人高级，所以爬上了主持人的位子；好容易主持上有所成就，又因屡遭单位守旧一派打压，正感到憋屈没地儿发泄的时候赶上李可乐和雷子招兵买马，于是就被拉在一起。一年多的磨合终于在拍电影这个事情上又赶了把时代新潮，现在又重新回到电视栏目中开骂……他这整个人生的变幻曲线中，有理想、有抱负、有追求，但最后还是回到了起点，难到这就是这代人最后把个性玩成了儿戏的根本？

李可乐思来想去还是觉得这不大可能，要换成别人他可能相信，但在阳光身上出现这样的事有点说不过去。于是，李可乐肯定这里面一定有事情，但是什么事情还是猜不出来。

4

果不其然，半个月后，阳光有了非常的动作。同一天里，日报、晚报都上了他的专访，他终于趴在报纸上拿着那些陈芝麻烂谷子开始说事了。

阳光此前在报纸上叫骂别人，似乎已经是大半年前的事情。现在，这位久未在报纸媒体上露面的骂人奇才在《一线阳光》栏目开播后又开始趴在报纸上折腾了。他从自己老阳家的孩子洛禾的官司谈起，一直说到电影界的一些名人。

李可乐知道阳光这样说的原因就是洛禾从北京回来和自己那次见后就留在了天娱，而且还确定要出演新戏的女一号。

大半年没怎么露脸儿的“伪君子”，这次一上专访就没边没沿地胡侃，足足占了两版。结果真还没让那些成天把他看作“君子流氓”的粉丝失望——这哥们不仅说的事儿和电视上一样，就连原话似乎也没怎么变，当然还是骂李可乐，要和李可乐决斗！

专访的内容如下：

【阳光语录】

★洛禾一进他们公司就被签了两部戏，钱没挣着，要解约他们不让解，说“解约的话就别在演艺圈混了”，这是明摆着的敲诈勒索！控制演员其实有很多方法，人身控制是最可耻的！

★你们知道洛禾是谁吗？她是骆宾王的后代，骆宾王是谁？初唐四杰之一的唐代诗人，这孩子是我老乡，知道不？所以我得管。

★因为这个事，现在我当洛禾的经纪人，要不然我师出无名。前几天居然在外面跟乱七八糟的人说，我弄死你个娃子，疯了吧。弄死我得了，真有意思。

记者：“请您谈谈对此前天娱洗钱风波的看法？”

阳光：“目前天娱的事情，说实话我说不清楚，最清楚的人其实应该是李可乐。但上升到一个高度看这件事情，李可乐说是秦一铭把他陷害了，但我觉得最多也只能是一种人性的冷漠。其实在这个世界上，冷漠，有时候并不是无情，只是一种逃避被伤害的工具！这个我理解。但我要说的还是那句话，洗钱事件最关键的还不是所谓的陷害，而是有些人诬陷兄弟了，可还是不愿意承认。其实就算是诬陷也并不可怕，可怕的是诬陷了却还不说实话，不承认。骂我兄弟，天理不容啊，所以这一点还是让我受到了严重的精神伤害。”

记者：“请您说说洛禾的事情吧？”

阳光：“洛禾啊！洛禾其实在进入天娱之前是被香港总公司下面的某媒给告了，说她不诚信，签了几年约解约，他们要求赔偿40万，因为他们受了损失。当然我们不认为这个合约是建立在公平的基础上，不知道合约公布了没有，你们看没看，合约首先是要建立在诚信的基础上，不诚信当然不公平。香港总公司的经纪工作室，主任叫欧阳石。欧阳石这人太讨厌了，他忽悠了一批外地孩子到这里来当无名演员。在娱乐业里面最底层的是无名的演员，很可怜的。所以后来我就把她推荐给了李可乐，没想到现在红了却不认这事了。”

记者：“那么请问您为什么要帮她打官司？”

阳光：“我先问问，你们知道洛禾是谁不？这孩子是我老乡，知道不？所以我要帮她，这是我义不容辞的。都知道白毛女的故事吧？外地的孩子来到这里是无助的，一个喜儿要想在完全陌生的地方发展找谁管？经纪公司啊，但经纪公司实际是一个风险投资，这孩子我帮了她总得找到人管，你要对人家负责啊。本来我也可以做经纪人的，不过我思前想后总觉得人身控制是最可耻的，而且控制不了。于是我想到了李可乐，他没有能力培养演员，我一想这不现成的吗！于是就像妈咪领着孩子去夜店陪酒一样送货上门了，推荐到他的剧组上戏，上戏之后抽她 40% 的片酬。”

记者：“啊，抽这么高？”

阳光：“当然了，而且这个纠纷是怎么起的？原因是这孩子出现重叠签合同的事情，我不知道她在离开原公司前和两家签了合同，重叠签合同可以，但是得协调好了，两个组拍摄不能冲突了，可这个孩子没什么钱，刚来什么都得花钱，所以合同的事情她也没告我，我也就没告诉李可乐，结果就造成李可乐对我的误会。”

记者：“听说因为这个事情让李可乐损失了不少钱，有这事吗？”

阳光：“也算有吧。我认为关键不是损失多少钱的问题，能留住个好的演员才是最重要的。可他李可乐不这么想，我一直觉得能用钱解决的问题都不是问题，不过话说回来，问题是毕竟我们都是穷人嘛，所以我觉得还是有一定的损失的。”

记者：“那后来为什么她又死心塌地留在天娱，而您又为什么要让她离开呢？”

阳光：“这个嘛，跟你这样说吧，外地来的孩子，到这里来她毕竟人生地不熟是吧？肯定就有点像以前那个门前冷落车马稀的味道对吧？这孩子就有点耐不住寂寞了，微微心里痒痒，就有点想把那棵小红杏儿往墙外伸的冲动，因为她已经不是小姑娘了。而这个李可乐呢，是个成了名的男人，也已经是大人了。对于这种特别危险的关系呢，我们都知道，一点就着，一点就炸的。所以要特别小心，不能让他们太接近了。一看到小火苗、小青烟，就得及时掐灭，要有防范意识，不能让他们往绷不住收不住的地方里溜，要不然后果将非常不堪设想，等待大家的将是不堪忍受的可怕的现实。”

记者：……

阳光：……

看到这里，李可乐实在看不下去了，他心里骂这些个媒体的版面责任编辑八成是喝假酒了，又或者是睡觉睡出幻觉来了。李可乐现在才知道最好笑的事情莫过于那些个经常自以为骗人的媒体却不知不觉中被一个做媒体的给骗了。他们手里拿了个当事人老祖宗过期四十年的护照，上面贴着当事人的大头贴在忽悠受众，结果被别人的一张遗像给忽悠了。还有阳光，李可乐也替他悲哀，都让人家一个大嘴巴子给抽出来了，自己在空中旋转了三百六十度还找门在哪儿。心想，你还玩什么炒作啊？赶紧回家学写作文去。还炒作？再炒，别人都把你做了。

5

说实话，这个世界太虚伪，单从表面上你无法判断一个人是好是坏。美国总统克林顿也玩婚外恋，学者教授也嫖娼，名校女大学生照样做三陪，明星也吸毒，这些其实大家都见怪不怪。但是李可乐万万没想到的是，和自己风里来雨里去搭档多年的拜把子好兄弟却暗地里助纣为虐，居然为了帮秦一铭公开和自己叫板。正如雷子所说的，也许那些个“小姐”的心灵都比他的干净。起初，李可乐只当这个家伙往自己兜里塞人民币，然后道貌岸然地站在前台摇旗呐喊，装名人。后来才发现阳光完全是想置他于万劫不复之地。李可乐不知道是世风日下了，还是阳光的世界观退化了，变得自私贪婪冷漠残忍无话可说，但卑鄙无耻阴险思维混乱就不得不说了。

阳光雪上加霜，在兄弟胸口插刀子。李可乐无意中就被亲爱的哥们儿甜蜜地糟蹋了。阳光让王大鹏给李可乐带话，说只要李可乐道歉万事皆休，如果不道歉就鱼死网破。他说要想尽一切办法，让李可乐的《人性的借口》上线后血本无归。听到这话，李可乐心想，反在已经越过了秦一铭这具“尸体”，阳光又是中伤洛禾又是和自己叫板。无所谓了，鱼死网破就那点事儿了，再多跨一具“尸体”又有何妨。

6

李可乐唯一庆幸的是和老马他们事先签订了放映合同，经过这几天的信息反馈，几天来宁波一线的电影院，可谓场场爆满，观众蜂拥而入。虽然后面的几天受到舆论的影响，特别是在阳光带领媒体的号召下观众大减，但是也至少保持了三分之二的上座率。李可乐心里盘算，再过一周，收回成本应该不是问题。但是，有一个阴影始终在李可乐心底凝结，久久不能散去。那就是这几天，派出去监督放映的雷二顺、小惠、胡子等人没有一个回来，连个电话也没有打来过，他们好像是人间蒸发了一般。这种奇怪的现象，让李可乐总觉得心里不踏实。

这天晚上，李可乐躺在床上正要睡觉的时候，被一阵激烈的敲门声惊起，开了门，胡子一头栽了进来。

“老大，不好了，大事不好了！我们被人耍了！”胡子急得扯着嗓子大叫，气喘吁吁，看样子自进了公司门就是一路小跑过来的。

李可乐把胡子扶到椅子上，给他倒了一杯水，问道：“你不是作为我们公司的代表被派到珠江三角地区监督电影的公映了吗？怎么跑了回来？”

胡子灌了一口水，叫道：“老大，别提了，除了第一天在珠海和湛江分别放了一场我们的片子之外，就再没上过线！”

“什么？”李可乐听了胡子这句话，眼前一黑，差点跌倒。

仅火线影片公司在珠江三角地区就拥有五十多家电影院，其他几家电影公司的电影院也为数不少，怎么可能一场都没有放映呢？而且，他们都是跟自己签订了合同呀！

“胡子，到底怎么回事？你给我说清楚！”

胡子哭丧着脸看着李可乐，叫道：“老大，我到这两座城市的时候，这几家影片公司的影院经理要么失踪，要么出差，只是把我安排在宾馆里等待通知，到了后来我觉得奇怪，就自己跑出去进了几家影院，结果发现电影院里放的根本就不是我们的电影，而且连宣传海报都没有。我偷偷问了一下他们的放映员，他们说根本就没有接到我们电影的海报！”

胡子又急又恼，脸色铁青，几欲晕厥。

“雷二顺回来没有？”胡子问李可乐。

“还没呢，他负责洛阳和郑州几座城市。”李可乐魂不守舍地回答。

胡子突然站起来，走到窗户跟前走过来走过去，如同热锅上的蚂蚁：“老大，我有预感，雷二顺估计马上也要回来了，而且绝对会带来不好的消息。”

听了胡子的话，李可乐几乎瘫坐在了地上。

这一整夜，李可乐就在办公室待着没动，等其他人的消息。

胡子的话，在半夜的时候，真的应验了。

晚上一点钟，天降大雨，闪电在云层之中划出道道耀眼的光芒，狂风呼啸，天空好像漏了一个大洞，瓢泼的雨水将世界吞噬，只能感觉到大地在晃动。

雷二顺出现在办公室门口的时候，浑身上下全部湿透，虽然已经到了六月份，仍然冻得瑟瑟发抖。李可乐和胡子把他弄进了房间，让他洗了个热水澡，然后换上了干净的衣服，这家伙才逐渐好转过来。

“老大，我们……我们被耍了！”雷二顺缩在被子里，看着李可乐，满眼都是泪水。

李可乐抽出一根烟，点上火，吸了一口，然后问道：“怎么回事，说清楚。”

“郑州的六家电影院第一天场场爆满，这几天虽然受到了影响但是上座率还能有三分之二，这些是真的。但是，这样的情况只发生在郑州。除了郑州之外，洛阳、南阳至整个中部，所有与我们签订放映合同的公司连一场电影都没有放过！”

“一场都没有放过？老马的影院也没有放过？”李可乐不敢相信这个事实。

“他们连一场都没有放过！老马从签完合同之后，我就没有见到过他人！”雷二顺眼睛里全是血丝，声嘶力竭。

李可乐呆住了！坐在椅子上，突然感到奇冷无比。

“难道除了郑州，别的地方就没有放映过一场电影？”李可乐心有不甘，扯住他们两个问道。

“有！”两个人异口同声地回答。

“和我们签过放映合同的公司中，只有环球公司在旗下的所有影院中放了我们的电影。前几天，光影公司放了一天突然停掉，闪电公司在广州和深圳的二十五家电影院也只各放了一场就神秘下线，蓝天公司也是如此。也就是说，现在这些签过合同的公司，只在他们郑州的影院里放映《人性的借口》，唯一身体力行把资金和影院都压上去的，只有环球一家！”胡子总结道。

也就是说，如果情况属实的话，天娱的电影，只在郑州的六家影院被放映，除此之外，只有环球全线上映。

李可乐被这帮地方运营商耍了！

为什么会这样呢？

照理说，从郑州这六家电影院的收益来看，几乎场场爆满，这帮公司的老板难道和钱过不去吗？！

“老大，我不明白老马他们为什么会耍我们，他们放我们的电影有钱拿呀！”胡子跟雷二顺和李可乐的想法差不多。

“你们问我，我问谁？不过从秦一铭突然出现在《一线阳光》演播室那时候起，我就觉得有点蹊跷。现在看来，我这预感还是蛮灵验的。”李可乐苦笑了两下。

“那总得想想办法吧！报纸电视对我们有指责，社会上批评之声一浪高过一浪，现在这些公司又集体不放映我们的电影，这样一来，天娱的前途就毁了！”

胡子越说越急。

李可乐看了看他们俩，抓起旁边的电话。第一个电话打给光线的戴经理，他的秘书接了电话，说戴经理去北京谈生意了，李可乐问什么时候回来，那个秘书支支吾吾说不知道。

接下来李可乐连拨了蓝天、火线、闪电、天河等公司经理的电话，结果都是他们的秘书转接，不是说他们的老板不在就是说老板病了，后来连卡罗、飞天这样的小公司的经理们也没了音讯。

7

李可乐越拨心越凉，只能把最后的希望寄托到了老马的身上。电话响了几声之后，李可乐听到了老马助理小叶的声音。

“小叶，马总在吗？”李可乐很着急。

“不在，李总，出什么事情了吗？”小叶问道。

“没，你知道他到哪里去了吗？”

“不知道，好像是在公司，也可能是出差了，我帮你问一下，然后回复你。”

小叶说完挂掉了李可乐的电话。过了几分钟打了过来，她告诉李可乐马总出差去了，两个星期之后才能回来。

放下了电话，李可乐顿时手足无措起来，这帮人突然集体和自己玩失踪，让他根本没有什么办法。

“不行，我们不能坐以待毙。雷二顺，你把王大鹏给我叫来！”李可乐对雷二顺吼道。

雷二顺出去不久把王大鹏叫进了房间。

“王大鹏，交给你一个任务。”李可乐声音低沉。

王大鹏挺直了腰板大声道：“老大，什么事，您说吧我听着。”

“你手下不是有不少人吗？从今晚开始，把他们分成几组派到和我们签订合同的这些公司附近，专门盯他们老板的梢，一旦发现情况，第一时间告诉我！”

“老大，放心吧，我这就去办！”王大鹏答应一声，披上了雨衣就迅速地消失在了大雨之中。

说实话，李可乐根本不相信那些老板真的像他们的秘书说的那样，出差的出差，生病的生病。他知道这些家伙很有可能是找个借口躲自己而已，如果派人死盯，肯定能揪出他们的狐狸尾巴来。

“老大，我们干什么？”胡子看着雷二顺.

“二顺，你去查一下环球公司的状况，我要第一手资料，包括他们的资金、公司的经营状况，这些虽然大部分是机密，但是你想方设法也得给我弄到手。胡子，你专门盯着阳光和秦一铭，看他们都做了些什么。”

这么多公司里，只有环球老老实实履行了合同上的条款，从阳光身上或许能找到突破点。

公司里能派上用场的人基本上都被打发出去了，只有李可乐自己坐镇办公室全程指挥。

李可乐相信没有人能明白这是怎样的一种煎熬，而他唯一能做的事情就是在房间里心急火燎地一边抽烟一边等，连雷子、秦怡他们到后来都隐约感觉到要出大事了。与此同时，李可乐不停地给各个公司打电话，手都拨肿了，得到的依然是同样的消息。

就这样熬了三天，看着镜子里的那个满眼血丝胡子拉碴、头发乱得跟鸡窝似的家伙，李可乐真的不敢相信那是自己。

7 月 4 号的下午，这种沉默的局面终于被打破了。

负责盯梢阳光和秦一铭的胡子回来，向李可乐报告，说发现环宇有了动静。

“老大，我们发现环宇的女老总林晓妮今天上午在四楼会议室的后室和一个很有来头的家伙谈了一个多小时。”胡子卖起了关子。

李可乐翻了他一眼：“都什么时候了，快说是什么人！”

“老大，是公司前任总经理秦一铭，而且陪同的还有阳光。”胡子一字一顿地说道。

“秦一铭！阳光！他们确实和环宇有勾搭？”李可乐心里一动，突然觉得有点头绪。

几乎一线的几家大公司都和天娱签订了放映合同，唯独环宇公司没有来人，现在秦一铭、阳光又和环宇关系密切，这不能不让李可乐觉得环宇公司有问题。

不过李可乐心想自己和林晓妮一无冤二无仇，就连她长什么样都没见过，她为什么要害自己呢？这一点他百思不得其解。

李可乐一句话也说不出来，他能做的，就是发呆。这一刻，李可乐完全明白了。既然阳光现在确实和环宇有勾搭，那么所有院线为何对自己片子那样处理就不言自明了。

8

果然，晚上的时候秦一铭就迫不及待地爬上当地的娱乐新闻，大放厥词，翻出陈年旧事，又一次掀起轩然大波。

秦一铭为什么在这个时候说这些事情？为什么退位后要自曝出自己诈骗洗钱差点蹲班房的事情？

正在大家胡乱猜测的时候，阳光又和秦一铭一唱一和在节目里谈起了对于秦一铭“商界复出”的看法：“我来说两句。大众都关心秦总承认诈骗洗钱的事情，但如果真正知道事情真相的人就不会有什么疑问了。”

秦一铭的出现，像给一直关注天娱洗钱风波的人打了一针强心剂，争议纷纷涌现。眼下“高调亮相”的秦一铭做客《一线阳光》节目。在短短一个小时的访谈时间里，话题包罗万象相当丰富，从给艺人出道秘笈到韩国艺人遭遇潜规则事件并预测各个院线新上片子的收益，从艳照门到女权主义，从器官捐献到崇拜偶像，连带着洛禾找错了投靠对象，哪个也没有逃过秦一铭的红口白牙。人们开始猜测秦一铭这是怎么了，突然再次选择面对镜头的他是为了什么？是为自己计划好的目的别有用心，还是为了自己即将商界复出的炒作？

电视里，面对秦一铭的这反常举动和状态，阳光在一旁添油加醋：“秦总现在只是刚刚开始，状态特别好、非常好。所有的人都用世俗的眼光看秦老板，那都是以小人之心度君子之腹，但是我觉得他非常牛！他已经达到了另外一种境界！有人说他为商界复出炒作，说他有其他目的，还有人说他疯了，但是这些争议根本影响不了秦总，因为他根本不在乎！十年前的秦总都不在乎了，更何况现在的他！那些说他疯了的人，其实是自己疯了，而且病得不轻！是不是啊秦总？”

李可乐真佩服秦一铭的这张老脸还真是能装。秦一铭笑了笑说：“是的，我没说过一句假话，我从一开始到现在站出来说的话，没有一句是假的。我是真正的身体力行、以身作则、以正视听、去伪存真！在虚伪的娱乐圈、穷酸的电影人里，没有一个敢说真话的人，所有人格的裂变，所有世俗的人们，不光是面对媒体，连生活中的事情都不见得敢说真话，那都是名、利、权这人生最大的三个骗子惹出来的。现在多数人都在自欺欺人，人家谁也没骗你，是你自己在涮自己，所以名利权的骗子才会在你身上得逞。我秦一铭不为这些，所以我不会说假话！我说的是心里话，我把自己放在最低点，以众生平等的心态来面对，在这一点上，还是那句话，李可乐和我比，一个地下一个天上！”

国人做事讲究“势”，也就是说，做什么事，首先要顺从潮流，如果潮流实在不对自己路子，那还得先想招制造潮流。到马路上走走，满大街假装如狼似虎的中年人和冒充青春无敌的年轻人都是艺术人的后备粮仓。现在李可乐终于明白“造势”的厉害，秦一铭所谓的复出，无疑就是在玩儿“势”。玩儿拍电影又不是秦一铭的优势——他可以玩放电影啊，拍电影就是为放的。当然秦一铭始终就是个商人，只要赚钱的事情他就干。反正拍电影和放电影都是控制市场的终端，既然拍电影的道路已经黑了，他干脆自己掌握别人的终端，与其让别人握住自己的命脉还不如主动握住别人的命脉。但这回肯定是花了血本买了那些院线的场，用自己的钱堵李可乐的路。

这就是传说中的秦一铭，谁能把做个电影院老板的事儿说出艺术味儿？谁能花这么大的血本，却只是为了报复对手和炒作自己复出？就他和阳光能。

这种“天上下美女，地上跑导演，大街小巷是个黑处就躲着个电影人，赶上谁都能成明星”的经典语录，还有阳光那种如野马般奔腾的对话感，只有他俩凑到一起才能有。

9

在李可乐和秦一铭的这次争斗中，阳光也借机逞了不少口舌之快。可以设想，如果某电视台给他开一个“阳光有话说”，收视率恐怕不会差。大众需要乐子，而阳光能给大众乐子。不过现在，他最多只是热闹，而热闹这种东西，比阳光会玩的大有人在。从在报纸上发表专访开始，阳光这个名字就已经开始分化为“受关注的阳光”和“受唾弃的阳光”两个角色。每次上媒体，他就是玩“爆料”，给秦一铭的“复出”抬轿子。李可乐知道，秦一铭这回所谓的“复出”，更多的只是在公众面前为自己的下一步阴谋做幌子。秦一铭的“复出”，还有最后一张牌没掀开。更准确地说，就是他那个神秘女人，还未露面。

这一堂生动的经历课证明，即使今天的秦一铭已经改邪归正，这个女人的面世绝对值得期待。因为这个神秘女人是秦一铭最后的压轴。可以看出来，在他和阳光两人连番登台之后，复出是肯定的。当然，至于秦一铭自己是否真诚就不得而知了，真诚不真诚，老实不老实，学乖没学乖，只有秦一铭自己知道。

用胡子骂秦一铭的话说，就是以假洋鬼子自居，令人作呕。在他眼里，美国绿卡算个卵！他说：“秦一铭若有种，应该给祖国纳税才是好汉。你小子若是正经华侨，就给你祖宗八代的家乡贫困孩子捐一美元！”胡子骂得够狠，堪称针针见血。

阳光本是个主持人，他的专长就是说话。为了单干，阳光抛开李可乐和雷子，贴上秦一铭，适当地炒作自己也无可厚非。问题是他这次把自己的老本都忘了，不以为耻反以为荣，真让人怀疑他的智商。

明眼人是看得见的，主持人的节操，在阳光身上已经碎了。为了炒作自己，阳光已经不择手段、费尽心机。只可惜是饥不择食，误把蟑螂药当成了伟哥！

阳光向来不是一个大雅之人，但又不肯做孙子，只喜欢装孙子。如今装成这样，就算不考虑自己，也得考虑一下大家的眼球吧！就算你没这么高尚，不考虑大家的眼球，也得考虑一下自己祖宗八代的脸吧！你退化成爬行动物是你的事，但别让你那祖宗八代也跟着你爬呀。

做主持骂人，是阳光发自内心的，率直尖锐，就连自嘲也显得很“男人”。李可乐已经在这里被害得哭爹喊娘了，他们还在那里立着牌坊干着婊子的勾当叫骂。为了把李可乐搞趴下，秦一铭和阳光真是花了血本，到头来弄了个两败俱伤：李可乐的电影票房被他们整垮了，他们也为此赔了一大笔钱为人家补偿。

在青春的长河里，人与人，尤其是有着复杂感情的男男女女之间，总会演绎出永远猜不透结局的故事。

第十三章 可惜没如果

午夜的街头，一盏盏霓虹像魔鬼的眼睛闪烁着。路上，行人已经稀少。天空，飘起了雪花。白的雪花，在霓虹的映衬下像鬼魅一样，在夜空里炫舞。一阵寒气袭来，李可乐终于感觉自己还活着。

1

如果这个故事是从李可乐坐在餐馆的角落里审视着眼前这个还没有看清真正面目的神秘墨镜女开始，也许那将会是另外一种结局。

可惜，这个故事是从李可乐见到于小曼开始的，或者准确一点说，是从二十多年前重复做的那个梦开始的。

李可乐和神秘墨镜女见面后的一天，突然接到一个电话。这个电话居然是于小曼打来的，说要来襄阳看李可乐。虽然李可乐不知道这次见面会意味着什么，但他还是去了。这次约见的地点，是他俩以前谈恋爱时经常光顾的一家小饭店门口。

从丽江柏林出来，打出租车到饭店，也不过十几分钟。李可乐故意比约定的时间迟到了半小时，所以见面时于小曼显得有点沮丧。可当李可乐真正看到于小曼时，原先聚积在心里所有的不快和怨恨，却瞬间被那个眼神融化。于小曼的眼睛依然神采奕奕，灵光闪闪，虽然戴着眼镜，但依旧挡不住那份美丽。尽管李可乐这会是激动的，但是曾经的伤害提醒他，一定要表现得有骨气但不失风度。想到这里，李可乐微笑着用平和的语气问道：“你刚到？坐这么长时间的车不累吗？”对于小曼的到来，李可乐故意表现得好像一点都不感觉意外，这多少让于小曼有些挫败感。

这一刻，于小曼的眼角有些泛潮，李可乐看见了。他其实知道，这些眼泪都是大半年前积攒的，只是放在现在一起流。但此时此刻，于小曼依然强装着，打起十二分的精神，不让李可乐看见自己的脆弱。

“你一点也不惊讶，难道我一点也没有变得更漂亮吗？”于小曼廾着蹩脚的玩笑，情不自禁伸手去接李可乐手中提着的包。

虽然这里面装着李可乐准备给秦一铭老婆用的道具，但于小曼接过时，他并没有拒绝。因为这个情节让李可乐想起了以前，和于小曼在一起买完东西回家交换着提东西的样子，多少让他有些释然。但在进饭店时，李可乐却没有和于小曼并排。李可乐径直走进去，丢下于小曼在后面默默地跟着。于小曼故意走快时，李可乐便走得更快。不知道为什么，李可乐忽然又恨起身边的这个女人来。

“她是我什么人？一个曾经拿刀狠狠地刺得我血流成河、悲伤满地的刽子手，还是一个自私得无以复加，让我无悔地付出那么多却依然受伤的恋人？无论前者还是后者，得到的不都是伤害吗？索性就把她的到来当作一次普通朋友的造访不是更好吗。”突然间冒出来的这些小气兮兮的报复想法，让李可乐自己感觉很过瘾。

此刻，李可乐明显感觉得到于小曼因为不被重视的酸酸的醋意，像雪花一般在她的心头萦绕。李可乐心想：现在，我要让你体会到被爱伤害的滋味。

进了大厅，坐的位子依然是三年前他们坐过多次的位子。透过玻璃窗，道路旁摇曳的梧桐树，叶子都已经掉光。古城墙灰扑扑的，午夜的街头只有霓虹灯在闪烁。

他们的旁边还有别人在嬉笑玩乐，喝酒谈天。不时有服务员拿着菜单或端着菜经过，也有人大声叫嚷着问服务员要这要那，附近的桌上有人来也有人走。

酒店人多，菜上得慢，李可乐和于小曼也吃得不快，一顿饭，吃了近两个小时。

除了加菜，换菜，他们两个几乎一直在沉默。是沉默，但并不尴尬。好几次目光相遇，李可乐发现于小曼一直在看着自己。吃完饭起身离开，有人过去跟李可乐打招呼：“嘿，李可乐导演，恭喜您又出新作。”

于小曼看了一眼打招呼的人，又转身看了一眼李可乐。她看得出来，在这座城市，李可乐依然保持着自己小小的名气。

“李可乐导演！”于小曼轻声地自言自语地重复着这四个字。

“天娱重组了，前几个月又筹拍了一部新的电影，下周开始将在全市巡映，媒体已经开始大肆报道，现在走到哪里都无法安宁。”李可乐笑着说。

“是吗？前几个月？看来你所有的时间全部用在电影创作上，同时也说明，你也许根本就没有再想其他的。这样也好，挺充实。”她语气平和，可笑容明显拘谨了很多。

“创作是一件很有意义的事，但也很辛苦。”于小曼看着自己慢慢移动的脚尖继续说道，“你肯定又和以前一样忙碌，估计连饭都没按时按顿去吃，这样可不好，你得学会爱惜自己的身体，身体是革命的本钱嘛。”

于小曼说的这些话，李可乐没有接茬。

“下雪啦，你穿这么少，冷吗？”李可乐赶紧找了个借口扯开她的话题。

也许于小曼万万没有想到，一年的分别，在李可乐这里并没有使这场重逢变得难得和感动。当然于小曼也没想到自己对李可乐的关切竟会得不到回应。李可乐不是小心眼的人，尤其对于这样一个自己心爱的女人，他也知道应该大度，但此刻只能表现得如此冷漠，因为他无法撒谎，也无法掩盖自己的真实情感。至少，在李可乐的脸上于小曼看不见自己想要的欣慰。

于小曼下意识地点点头，他们继续往前走，没有再说话。

2

两年前这个时候，同样在这里，天空同样飘着细小的雪花，就在离李可乐不到三米的店里，于小曼给他买了现在身上穿的羊毛大衣。

再抬头，那家店还在，门口有一对对的情侣出入，看来生意还不错。

李可乐突然感觉到一阵难以忍受的寒冷，他低头，眼睛里有冰冷的东西滴落，但很快落在雪地上，转眼消失不见。

幸亏于小曼没看见。她伸出手，轻轻地帮李可乐把大衣领竖起来，护住脖子。

两人的距离，因为于小曼帮李可乐竖领而再次拉近。于小曼仍旧那么仔细，连竖领的动作都那么熟悉，和以前一样，她的照顾和体贴总让李可乐无比踏实，让他那么迷恋，李可乐突然觉得这种感觉可能他早已经上瘾。

竖好衣领，于小曼轻轻地掸掉了落在李可乐头发上的雪花，两人继续往前走。

“时间不早了，你应该早点回去了。”李可乐想着刚才于小曼关心自己的一幕，突然少了些许的怨恨，有点莫名的高兴。

“没关系，好长时间没见面了，反正来了，我们可以顺便去江边坐坐。”于小曼想都没想就跟李可乐说。

李可乐知道，于小曼之所以选择去江边，因为那里是李可乐第一次牵她手的地方。说完这句话，于小曼就情不自禁上前拉李可乐的手。但在于小曼的手触到李可乐的手的一刹那，李可乐一直维持的那点笑容突然凝结在脸上。李可乐知道，于小曼肯定看见了，但他依然宁愿相信这只是幻觉。可结果证明不是，李可乐确定自己已经躲开，就是在于小曼伸手触到他的那一刻，他轻轻地缩回了手。李可乐的心里和于小曼一样，还是渴望，渴望此刻能像两年前那个 5 月 25 日的晚上，于小曼的手被自己的手牵着，在一起沿着江岸散步。

江边的灯，江边的风，江边的景，一切依旧亲切。只是身边的人，因何如此陌生？举手投足的距离，却让彼此感觉遥不可及。

“时间不早啦，去你住的地方看看，明天我就要走了。”于小曼对李可乐说，

“走这么急？你这次回来是出差还是回家？”李可乐问。

“办点小事，算不上出差，就当回家吧。”于小曼说完，深深地叹了口气，把脸转向远处。

“我不远千里从深圳赶到襄阳来看你，你说是算出差还是回家？”李可乐听见于小曼转身的时候嘴里嘀咕着，可表面上还要装得若无其事。

李可乐带路，于小曼跟着。他们一起走过七歪八拐的小巷，在北街一栋小区居民楼前停住，这是李可乐新租的房。在门口，李可乐掏钥匙，于小曼有点愕然。她似乎要说点什么的，但话到嘴边又咽了回去。

庆幸于小曼没问李可乐为何还要住在这里。

李可乐之前对于小曼说过，分手的第二个晚上，就再也没有回原来住的那个地方，因为那里有太多的故事，那里的每一样东西上都有于小曼的影子，李可乐不想再看到那里的一切。

分手的第一个晚上，李可乐在宾馆里度过。第二天，就租了这个房子，一直到现在。不知道为什么，此刻想起这些，李可乐的心就好像被蚂蚁咬，甚至有些疼。

至于于小曼此刻想起这些会是什么感受，也许也只有她自己知道。

跟在李可乐后面进门，于小曼环顾四周。虽然李可乐新住进的是一间小小的房子，但收拾得干干净净，一尘不染，只是没有了原来房子的气魄，没有了电视、沙发、茶几、洗衣机……也没有了满桌子他们那甜蜜的合影和齐全的生活用具。只有一张床、一张桌子、一大堆书、一个柜子和一些零碎的生活用品。

“这些东西都是新置的？”于小曼指着屋子里的东西问。

“嗯。”于小曼这句话却触动了李可乐的心，让他有些不安。

于小曼像新回家的主人，在房间里四下打量，继续仔细搜寻着。在床边的桌子上，除了电脑、书、碟片和摄像机，多了一只烟灰缸，烟灰缸里有一截未抽完的烟和两只抽完的烟屁股。自从于小曼离开后，李可乐学会了抽烟，这件事情于小曼没有想到。

于小曼已经注意到了烟灰缸，看着那些烟屁股，露出了满脸的惊讶。她有些尴尬地伸手，把烟灰缸往桌子里边推了一下说：“没想到，你开始抽烟了！”

“偶尔抽一下，不是很厉害。”李可乐轻声说。而其实此刻，李可乐想起的不再是烟灰缸或者如何学会了抽烟的事情，而是有一次有朋友发烟给他，李可乐接过刚放在嘴边向于小曼示意，请求她破例抽一根时，于小曼二话没说冲过来一把抢过去折成几截丢进垃圾桶，而李可乐为了不让自己尴尬，依旧笑兮兮地从垃圾桶中拿起那个完完全全没有烟丝的过滤嘴含在嘴里为大家解除难堪的情景。

“不知道你要过来，这里没有冰箱，所以没办法准备饮料，只有喝白开水啦。”

“不渴，渴了我自己会喝的。再说了喝白开水不也挺好的吗？”于小曼说。

“对了，吃巧克力吧？我有巧克力，还有很多糖，喜糖，今年好多朋友结婚送的。”说着，李可乐弯腰在柜子里找。

其实李可乐所谓的那盒巧克力，在之前清理东西时已经寄给了于小曼。那是一盒日本巧克力，是他的朋友去日本考察项目时带回来的。李可乐说好要留着给于小曼，后来因为分手，没有亲手交到她手里，于是寄东西时就一并寄给了她。这会突然想起来，虽然明知道已经不在了但他依然装作在寻找。李可乐也不知道，此时的自己，是在找寻一种解脱尴尬的理由，还是真把于小曼当作一个客人，从而维持一个主人应有的待客之道。

3

敲门声就在此时响起。门是于小曼开的。

进来的是秦怡。一看进来的是一个女孩子，再加上已近凌晨，于小曼的脸色显得有些不安。

看见于小曼，秦怡开始有一点惊讶，但很快就转为平静，这个过渡不到三秒。

不知道怎么回事，平时不大注重打扮自己的秦怡这回却穿得格外漂亮，纯白呢子大衣，粉红色毛衣，配着她那长长的头发，俊俏的瓜子脸在灯光的照射下白得像凝固了的椰子汁。蓝色牛仔裤下配着一双干净的白色运动鞋，身材修长匀称，和于小曼并肩站着时个头甚至还比于小曼要高一些，再加上她性子里潜在的男孩子的阳光之气，表现得特立独行。这样的一个女孩子在深夜突然闯入李可乐的屋里，确实给于小曼搞了个措手不及。

“可乐，来客人啦？”秦怡的声音，似乎也比平日里更柔弱，温柔得让人陶醉。

她进门后，把包往桌子上一放，就径直走到房间一角的饮水机旁，取纸杯，放茶，倒水，轻车熟路，一气呵成。

“喝茶。”秦怡倒好后端着走过去，对着于小曼伸出修长白皙的胳膊。

“谢谢，我不渴。”于小曼摇摇头说。

其实李可乐能够感觉到，于小曼不是不渴，只是因为看着秦怡对这个地方的熟悉，还有那种坦然得如同主人的神气，让她无法说服自己坦然地接过那杯茶，即便再渴，她都不能。

“你是于小曼吧？欢迎来我们这里做客。”

“秦怡怎么知道于小曼的名字？又是怎么认出她的？”李可乐不能理解，秦怡的问话吓了他一跳，“你们什么时候认识的？”李可乐问。

于小曼也惊讶地从凳子上站了起来。看得出，她比李可乐还诧异。

“哪有啊，瞎猜的。”秦怡说完这几个字，仰头一口气喝完杯中的茶，一屁股坐在床上继续说，“我上次到你那屋帮你取电脑，看见满屋都是你和一个女孩子的合影，其中有一张挂在床头的超大型合影的海报下面写着：李可乐、于小曼永不离弃。我觉得照片上那个女孩和她长得很像，所以顺口猜猜而已。”说着，她又起身去倒水。

又一杯水喝尽，秦怡用亮晶晶的眼睛看着于小曼，带点挑衅地说：“应该是吧？我不会看错的。”

不知为什么，于小曼似乎突然怕了秦怡的这种眼神，于是别过头去看窗外的夜色。

秦怡也没再说话，放下杯子低头开始在刚带来的包里翻腾，捣腾了一会，掏出来一张光盘和一本书丢在桌子上。

“碟是下月电影首映仪式用电影预告片，书是昨天我收到中国文联出版社寄来你那部《爱情向左，生活向右》的样书，有时间你看看，出版社说月底上市。”说着走过去把烟灰缸里的烟屁股端起来倒进了垃圾篓里。

其实秦怡平时可没这么细心，今天这反常的表现和尽力维持的这一切细节，是要让于小曼看到她对这里不是一般的熟悉，她要证明给于小曼看，自己和李可乐的关系不是一般朋友的关系，也不是一般的同事关系。可于小曼并不知道这些都是秦怡故意演给她的戏，她此时心里想的都已经全部写在了脸上，以至于转过身看李可乐时，表情已经有些尴尬。

“我叫秦怡，是李可乐的助理。很高兴认识你。”秦怡说这话时，脸上带着发自内心的微笑。

于小曼这才意识到自己的失态。她伸出手，慌乱地迎着秦怡伸过去的手：“你好，我是于小曼。”她的话语有些吞吐。

“还真的是于小曼，跟陆小曼只差一个字啊。不过也确实和她是如出一辙啊！谁都知道，陆小曼是一朵带毒的蘑菇，沾过她的男人，都被毒得够惨。”秦怡挖苦道。

秦怡这句话一出，于小曼如坐针毡，坐立不安。

“秦怡，”看着于小曼难堪的样子，李可乐终于忍不住说话了，“你要没别的什么事的话可以先回去了，或者把电影预告片的光盘拿过来放上，让于小曼也一起看看。”

听见李可乐在赶秦怡走，于小曼的脸上突然莫名地浮现一丝快慰的表情。

她为什么无故地仇恨一个见面才不到几分钟的女孩子？当然是女人的本能。

“不了，你们看吧，电视台专访的材料我还没准备，我去加班。”秦怡仿佛也感觉到了于小曼的不悦，果断地站起身来，走到桌边拿起包来朝于小曼挥手道别，“你们老朋友好不容易见面，好好聊会儿，反正我也经常来，再见！”那句“再见”说得格外用力。

秦怡是在为于小曼说“再见”，李可乐心里很清楚。

可看得出来此刻的于小曼根本无力还击，她伸出手，礼貌地道别，然而手臂在空中挥着，表情却一片呆滞。看着秦怡匆匆离去，于小曼的脸上渗出了一种无法言语的失落，但同时看得出来她内心里掩饰不了的庆幸：对头终于走掉。

屋里，只剩下李可乐和于小曼两个人。

于小曼呆呆地望着门口，半天终于拼出一个完整的微笑。李可乐几乎能听见她不安的呼吸和心跳的节奏。

“她是个不错的女孩。当然，我是说她是一个好助理，好帮手。”后面这句话谁都听得出来，她在赞赏秦怡的同时似乎也在对李可乐解释着什么。

“小曼……”李可乐打断于小曼的话。于小曼这才抬头看李可乐。

在李可乐的心里，突然涌出很多复杂的感情，他无法释然。是仇恨？是拒绝？是惋惜？是伤心？还是疼痛？复杂得理不出头绪，此时此刻他无法做到镇定自若，也无法强装出开心。这一切也都已经写在了李可乐的脸上。

其实李可乐也清楚这对于小曼来说，何尝不也是不愿面对的回忆。

“小曼，谢谢你，谢谢你还记得我。”李可乐知道，在这一刻最好的办法就是让于小曼赶紧离开，“也谢谢你能顺路来看我。”其实李可乐很清楚，于小曼根本不是顺路，她是专程来找自己的。但李可乐告诉自己，一定不能因为曾经的爱就忘记伤痕，就这样失败地回到她的身边，他要给自己找回自尊。

“已经不早了，你回去吧，要不太晚了路上不安全。我还有点事，可能会忙得晚一些，就不送你了，自己出去路上小心点。”李可乐说着走到门口拉开了门。

其实谁都知道李可乐这样做意味着什么，对于于小曼来说，她比秦怡的命运好不到哪里去，只多待了几分钟。但李可乐这个举动做出后她没有拒绝，也没有表现出不高兴，只是低着头轻轻地“哦”了一声就出了门。

李可乐送于小曼到门口，然后礼貌地道别：“小曼，谢谢你来看我。路上小心，再见！”

“好了，可乐，同样也谢谢你，谢谢你还能让我再次见你，也很欣慰，你还能叫我小曼，没有叫我于小曼。我走了，你自己保重！”说完这句话，于小曼再也没有回头就直接下了楼。

从于小曼转身的那一刻起，那句话一直不停地在李可乐耳边回荡，他脆弱的神经一次次被反复地冲击着。

现在在李可乐和于小曼之间，最后彼此能和对方说的话只剩下“谢谢”两字而已。

显然，都依然是那么在意自己的尊严，以至于忘了所有留给对方的伤害，只记住了对方留给自己伤害的话。

不过这一切都已经结束了，无论这个结局怎样，总算是一种了结。

4

时间再回到一年前的下午。

李可乐奔跑着冲过深圳火车站检票口的那一刻，于小曼跟在李可乐身后，被工作人员拦下来，没能穿过检票口的护栏。

“我会等着你！”说完这句话李可乐回过头继续追赶即将启动的列车。于小曼没有说话，只是静静地站着看着他。李可乐原以为于小曼会追赶，但是他错了，于是李可乐向已经启动的列车飞奔而去。

李可乐一直深信，既然是爱，那肯定就是两个人的事儿，一个人的，那不叫爱，充其量也只能算作剃头挑子一头热。所以自始至终，他总觉得自己和于小曼的感情是能叫爱的。因为这份感情是两个一起干了的，就连结束的时候也是两人一起干，还是拉勾，于小曼的小指套着李可乐的小指，说着和开始时一样的话：“第一，你以后只许对我一个人好，而且要好一辈子；第二，要是吵了架，无论你在哪里都要来找我，哄我；第三，即便是将来分手了，你也要来找我！”

以前这话是于小曼说李可乐听着，最后一次却是李可乐自己说，于小曼在听，听后她不仅笑还在摇头。李可乐知道，她已经反悔了。她第一次和自己拉勾时的豪言壮语在那一刻已灰飞烟灭，狗屁不算。一切都结束在冬季，那个最让人讨厌的季节。

尽管在深圳冬日的气息不怎么明显，但李可乐清晰地想起自己从襄阳出发时纷纷飘落的大雪。

记不清那天是在德克士还是华莱士，反正情侣套餐吃了一半的时候，李可乐的心里突然堵得慌。抬头时，他看见挂壁电视里在放琼瑶的言情剧《情深深雨濛濛》。

何书桓正在俯身抱着满脸泪水的陆依萍准备亲吻，一句赶不上一句地说着“想你，想你”……

李可乐不知道他们是隔了多久之后的重逢，但他清楚那时自己和于小曼已经别后整整一百零八天了。

此前去过，那次同样是相别三个月的相见，但于小曼不顾李可乐旅途奔波的疲劳，一见面就冲过来搂着他，吻得他上气不接下气。可再一个三个月后的相见，她的那股子劲儿却消失得无影无踪。

李可乐知道，和于小曼的爱，已经用完了。那一刻，他不想听她说话，也不想吃任何东西，只想伤感地麻木地坐着等待离开。

“可乐，快乐一点，没什么大不了的。离开我，离开我你可以找一个更好的，更漂亮的！”于小曼一遍又一遍的劝导和安慰让李可乐感觉她根本就是在存心报复，有意地伤害自己。

可是天知道，李可乐不想要更好的，更漂亮的。他就想要眼前这个不好的，甚至曾经很多次感觉讨厌的。

“求你啦！放过我，你让我死也死个痛快，我不想再被你这么伤害，你懂吗？”李可乐哀求，同样愤怒。

“可以啊，过了今天，确切地说就是现在吃完这顿饭，我们就永远也不会再见面，我永远也不会打扰你！你过你的日子，我做我的事，谁也不会碍着谁。但今天，你还是我男朋友，还是，你必须陪我吃完饭。”

于小曼认真、严肃。这语气、这台词李可乐听得太多，已经习惯，他无法还击。

“我们真的就连坐下来好好谈谈的心情都没有了吗？”李可乐总觉得这是一个梦，但同时他也清楚地认识到这个梦已经成了现实。

“是你没有，我有。我在听啊。你说，我听着就可以了！”

李可乐终于体会到了当一个女人不和你争吵时的可怕。

“你为什么要这样？”

“我怎么啦？”

“我们的感情，你为什么突然要放弃我们苦苦经营这么多年的感情？要变成这个样子，你说啊！给我一个我可以接受的理由！”

“我已经说得很清楚了，没感觉了。我现在有自己的事情可以做，我觉得我可以不依赖你，不和你联系我也没什么了！”

“这是理由吗？两年的感情……你还是不是人啊你？”李可乐已经语无伦次，“感情的事，不是现在没感觉的问题，问题是你一生的感觉，不能因为一时的冲动、一时的意气用事说放弃就放弃，你冷静地想想。你很残忍，你知不知道？”

“唉，我是很残忍，很过分，可是你也同样伤害了我，你知不知道？你跟我在一起了，你敢说不是对我的伤害吗？”

于小曼所说的在一起，李可乐当然知道是指什么。

“那不是我一个人的事，我们两个是因为相爱，再说也不是我伤害你，是因为分手才变成伤害，我们当初不是想好了才爱的吗？怎么能说我伤害你呢？”

“你想想，我自己现在是什么了，我以后的路怎么走？你可以追求你的幸福，可以有更好的人等着你，和你一起，而我呢？”

“你搞清楚一点，现在是你要分手的，不是我要和你分，是你在伤害我，我从没想过要伤害你！”

“那你为什么当初要让我遇见你？为什么要找我？为什么要爱我？”

“是我自己在爱吗？”

“我也在爱，我也在付出，可为什么要我爱上你？”

“你爱我不是我的错，请你搞清楚一点。”

“如果当初我不爱你，我就不会和你在一起，我今天就不会是这个样子。”

“那你今天为什么要这个样子？”

“我怎么知道？我要知道为什么这个样子那不就好啦！”

“你知不知道我们现在分手对我们两个人都是一种伤害？我们好端端的为什么要自己选择这种伤害？仅仅因为一时的感情波动就要放弃这段感情？这不仅是伤害，更是一种遗憾你懂不懂？我们不是玩小孩子过家家，不是说分就分说好就好的时候啦！你弄清楚一点。”

“我知道，但我不想想，我想也想不清楚。”

“你不想可以，但总该明白遇上一个值得自己一生去爱的人是多么不容易的事，这个我想你应该很清楚吧？”

“我知道，我也明白，可是我现在就是想离开你，我想一个人过自己想要的生活。”

“你想要什么样的生活？我给你。”

“我就是想要分开，我不想让我像以前那样依赖于你，我要摆脱你，要独立。”

“分手就是你要的独立？摆脱我就是你要的独立？你简直幼稚，独立就是你这样思考问题的吗？要是你觉得分手就是你要的独立，那我告诉你，你这一辈子都不会独立。”

“够啦！没错，我不好，我不好你为什么要找我？你去找更好的呀！去啊！”

“你会不会听话？你几岁啊你？”

“幼稚了是吧？现在觉得幼稚了是吧？你终于说真话啦！去啊！找个不幼稚的啊！”

“好！你不幼稚，你成熟行了吧？可你得动动脑子想想啊，分手也总得有个分手的理由啊！即便是你所谓的没感觉，但总得有个过程吧！不是昨天还有，今天说没就没的。先不说我们两个感情的事，就算是两个普通朋友之间还得讲点最起码的道义吧！两年了，在你的概念里，两年的感情，说没就没，是个人我想都不能接受啊，你想过没有？”

“可是我现在真的没感觉，不难受，不伤心，不信你可以试试，我真的能做到。”

“没说你做不到，做不到的人是我，你别忘了还有我啊。走到现在，感情已经不是你一个人的事情，你可以，但我不可以，你太自私了，我很受伤你懂吗？”

“有什么好伤心的？不就少了个人，过几天不就好了？你可以把我忘记啊，或者你可以找别人替代啊，或者你也可以做自己的事啊。”

“我不是神，我是人，是人就有感情，我没你那么超脱。”

“我知道，可是怎么办呢？我真的没感情了，我变了，我变了你知不知道？我已经不是以前的那个我了！在这种地方，换了你也会变的。”

“是半年了！可这半年过来的时间不是好好的吗？我的时间和你的时间一样，没比你少啊。”

“是好好的，可我现在变了，我现在不爱你了！”

“为什么不爱？”

“不爱就是不爱，没有理由，就像当初爱你没有理由一样！”

此时此刻，李可乐才真正知道自己对眼前这个女人一点儿也不了解。她的心里究竟装着多少东西？她想要的究竟是什么？两年来她为了自己付出的感情究竟是为了什么？两年来她为了紧紧地抓住自己流尽的眼泪究竟是为了什么？难道只是为了换取一句没感觉吗？

5

列车开动的前三分钟，李可乐一直在奢望着一件事儿，他不是希望于小曼突然回心转意，说句要和好。他所期望的，只是想明白为什么会这样！希望于小曼能坦诚地告诉他分手的真正理由。

到检票进站，于小曼都没有再说话。

当于小曼抱着自己的手从腰间松开的时候，李可乐知道一切都已经结束了。

列车要启动了，李可乐甩开于小曼还搭在自己肩膀上的另一只手臂，慌里慌张地冲过检票口时，他看见于小曼朝着自己挥着手。

“李可乐，我以后再也不要见到你……”这是李可乐进站后听到的最后一句话。

当李可乐确定自己已经坐在车上，车子驶出深圳车站的时候，他感觉到了生平从未体验过的空虚，空虚得一时间天旋地转般恶心。

“没啦！什么都没啦！”李可乐一边拍着包一边喃喃自语。

“小伙子啊，人没事就好啦。包不也还在吗？深圳这地方啊，那可是活活地抢呢，乱得很，丢的东西多不多？”

坐在旁边的老头子安慰李可乐，带着七分的同情夹着三分的世故。

李可乐说：“大爷，丢的不是东西，是人，是我把人弄丢啦。”

“怎么会把人弄丢呢？大人还是小孩？怎么丢的？”

“大人，小孩怎么会丢呢？”

“大人那好办，打个电话不就找着了？没电话的话我这儿有，用我的。”

李可乐不知道该怎么和大爷解释，于是干脆闭口不言。

“年轻人啊，不着急，打电话，说号码，我给你打！”老大爷说着掏出了自己的手机。

李可乐急忙说：“谢谢大爷，她没有电话的。”

泪水，已经抑制不住溢出了眼眶，流出来的他趁擦眼睛的时候悄悄地伸手抹去，还在准备往外挤着的，只能尽最大努力让它们流回去。

列车开始提速，汽笛一声长鸣，列车剧烈颤抖着，李可乐的心也随之猛烈地抽搐了一下。

很疼，谁都知道这是看不见的伤，很深。

透过朦胧的泪眼，李可乐看见，于小曼在站台上绝望地撵着火车奔跑，使劲地向他挥手，喊着，奔跑着，最后摔倒在地，随后慢慢地模糊，直到什么也看不见……

当李可乐压住心伤，强装无所谓地擦掉还噙在眼角的最后一滴泪水时，他知道自己幻想的这一幕似乎太过于滑稽！滑稽得不仅可怜更是可恨，因为于小曼根本就没走出候车厅一步。

作为一个男人，居然能滑稽到这种地步，连李可乐自己都无语。

6

那一刻后，李可乐再也没能看到于小曼的眼睛。整整一年时间。直到今天，一年后的今天。

于小曼转身下楼，当李可乐再一次看到那双自己亲吻过无数遍、现在闭上依然想念却又无法触及的眼睛，那里混合着多重情感却难以言表的眼神，是自责？是恳求？还是早已了然于心的告别？

此时此刻，李可乐仍然不敢问自己，如果时间可能再退回去，如果让自己再做一次选择，是否依然会选择和她说再见。

答案是肯定会。

可是不知为什么，李可乐还是放心不下让于小曼一个人在午夜里离去，回屋里披了件衣服也赶紧跟着下楼，但为了不让她发现，故意保持着很远的距离跟在后面。

7

雪已经停了。

于小曼把头缩在大衣领子里，紧紧地抱着双肩，但还是冷得打着哆嗦。

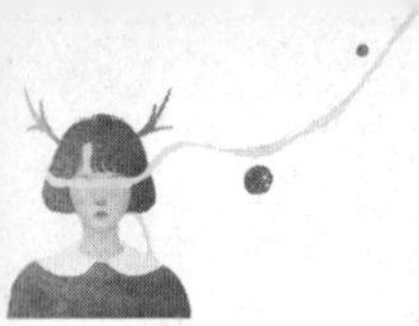

“等一等，于小曼！”后面有人喊。

于小曼猛地站住，短暂地停留后又往前走，以为耳朵出了问题。

“请你等一下，于小曼！”这回确定是一个女孩的声音。

于小曼听见有人喊她便站定，回头。

怎么是秦怡？这个家伙啊，天生就是受不了别人欺负的主，她对人没有坏心眼，但是个睚眦必报、眼里容不得沙子的家伙。

秦怡已经站在了于小曼的面前。在昏暗的路灯的映射下，她的美丽又增色了不少。

“有什么事吗？”于小曼问。

估计是冷风已经让她冷静了不少，所以语气还算平和。

“你不应该再来找他的。”秦怡说着回头望了一眼李可乐房子的方向，“他现在一定很痛苦的，你知道吗？”秦怡后来的那句话带着责备，声音很大，几乎是在吼于小曼。

按于小曼以前的那脾气，是绝不会面对如此情形还能继续维持礼貌保持镇定，可这会儿不知道为什么她做到了。

“来不来、找不找他那是我自己的事，我爱干啥干啥，你管得着吗？”可话虽还是如此说，而且基本是一字一句，但是于小曼的声音明显在颤抖。

“我等在这里，本来是想对你解释我和他的关系。”秦怡根本不接于小曼的话茬，“可是看你出来时的表情，我才知道，他也许已经不再爱你，又或者说，至少他已经在试图去忘记你。”

也许秦怡此刻的主动出击能力已经远远超出了于小曼的预料，弄得她有点措手不及。

无可置疑，于小曼已经输给了秦怡。

秦怡坦然地微笑，她对情绪的控制已经远远胜过了于小曼，于小曼小觑了这个家伙。

说完话，秦怡伸手，轻轻地掸了掸于小曼头发上的雪花。

这个意外让跟在远处的李可乐愣在原地，半天没缓过神来。

“于小曼，是你伤害了他，对吧？是你给他的爱情带来希望，却又让他失去希望并且变得绝望，是吗？你觉得时间会让他那样执着的人改变信仰吗？金融危机带来的生活压力使你们短暂地分离，这就是你和他结束爱情长跑的理由吗？一句出自你口的轻松的没感觉，你以为就可以抹掉他那么多年和你一起所有的感情投入？一句苍白的分手，难道就可以赎回你曾经给他所有海誓山盟的承诺？你为了解除自己对爱的疼痛，用尽一切言语去伤害他，你不觉得自己很卑鄙、很残忍吗？你摸着良心问问自己，你能假装看不到，但他能吗？你可以用工作麻痹自己，让他在你自己的世界里慢慢淡去，你考虑过他的感受吗？你让他整整两年时间有家不能归，流落在民房里栖居，你心里安宁吗？这就是你，于小曼，这就是一个亲口对他成天念叨着说要永远不离不弃的于小曼做的事，对吗？”

秦怡一口气说完这些话，几乎没有停顿，没有思考，但字字珠玑。

于小曼瞠目结舌，呆呆地怔在原地。能感觉到，秦怡的每一句话犹如利剑般刺进了于小曼的心脏。于小曼现在才发现，其实秦怡所知道的何止是她此前说的“瞎猜猜而已”！

是谁告诉秦怡的，或者说她是怎么知道的？这真的连李可乐自己都不知道。

但秦怡所说的话没有一点错，甚至有些是连李可乐自己没想明白的，她都帮自己说明白了。

李可乐的生活、感受，秦怡居然比李可乐还清楚。李可乐原以为自己的这些往事，除了于小曼，除了自己，没有第三个人知道。但是现在事实证明，秦怡对于他的过去不是一般的清楚。李可乐使劲为这件事找可能的理由，可是无从找到。

“于小曼，我说的话你也听到了，我知道以前你们很相爱，但是那已经是过去。如果真的爱他，你就发发善心，离开他，不要让过去的一切再打扰到他，就算我替他求你，可以吗？”

“是打扰吗？”于小曼已经词穷到无话可说，连辩解都没了力气，但最后她还是拼命地蹦出那几个唯一能在此代表反抗的字。

秦怡果断地点了点头。

“是他自己跟你说的？”于小曼又问。

“是。”秦怡往于小曼面前走了走又继续说，“他那天喝醉了酒，哭了，我从来没见过李可乐那个样子，我相信连你也从没有见过他那个样子的，肯定没见过。我见到他的时候，他倒在泥水中，手机摔碎在路边上。他迷迷糊糊中一直重复着一句话：‘我不能给她打电话，不能，我要忘掉过去的一切，重新站起来。’他为了不和你联系，每一次感觉自己忍不住要拨你电话时，就会把手机摔碎。上周摔了一次手机，那已经是他摔碎的第十一个手机。你知道吗？他刚刚开始有了自己的平静生活，请你不要再那么残忍，不要再用你所谓的爱把他推向沉重的过去，好吗？”秦怡的语气到后来忽然变得柔弱，几乎是在请求。

“好，我承认我于小曼输了。秦怡，这次我在你面前是输得心服口服，你能为了李可乐这样求我，我自叹不如，但这也真正地体现出你对他的爱，你的无私。你不知道他过去的风光，你此刻维护着的只是还流落在一个民房中的他，这更加衬托出了我的自私、虚荣，今天在你的面前更多的都成了无地自容。宽容和实在的守护与自私与虚荣的占有相比，你更有资格去爱。我退出！但是请你记住了，他永远爱的只是我。”于小曼说到最后时已经无法再抬头看她，说完最后一个字便转过身，带着失败离去。

其实谁都不知道，在这一刻，泪水已经模糊了于小曼的双眼。一直以来，于小曼是个坚强的女孩子，在这一刻却泪如雨下，瞬间变成了一个泪人。

此前李可乐也无数次地幻想过让于小曼面对这样一个惨痛的结局，让她看到因为自己的自私与虚荣而带来的悔恨，让她真正懂得爱情是需要付出的道理，让自以为天资过人以至于自命不凡、不可一世的她觉醒，让她认识到没有一个人永远会在她的那种爱的肆虐吞噬中安然无恙任她摆布。到最后，看来所有李可乐预期的结果证明：此时此刻的她，已经完全败退，变成了一个蓄谋行刺而最后被俘获的俘虏，一个给她放生而她自己却找不着归路的俘虏。

但不知道为什么，当这一刻真正到来的时候，李可乐感觉不到快乐。

8

午夜的街头，一盏盏霓虹像魔鬼的眼睛闪烁着。路上行人已经稀少，天空又飘起了雪花，白的雪花在霓虹的映衬下像鬼魅一样在夜空里炫舞。

一阵寒气袭来，李可乐终于感觉自己还活着。

目送着于小曼逐渐远去的背影，李可乐终于想起自己还在街上，这才想起回家。沿着北街往前走，在走过农贸市场的一个烧烤摊时他感觉肚子饿，于是要了几串烧烤，又点了瓶啤酒。酒瓶还没打开，透过烧烤的烟雾，他看见一张平静而漠然的面孔在注视着自己。

看见李可乐在看她，那个女人慢慢向李可乐这边走了过来。

走到桌前，很娴熟地坐在对面，然后看着李可乐道："你心痛了吧！"

李可乐虽然感觉莫名其妙，但还是苦笑了一下礼貌地说，"小姐，你认错人了吧。"

这个女人不仅没接李可乐的话，而且轻蔑地笑道："原来你还是忘记不了她啊！我当你有多大能耐呢，到头来还是一个为情所困的懦弱男人。"说这话时，那女的突然就变了个嘴脸，粗野的话语与她此时完美的外表是极为不符的。

李可乐听得是一头雾水，还没来得及问那女的是谁，有人抢先开口了，是秦怡。其实她和于小曼在楼下谈判的时候就发现了李可乐，所以后来她一直反跟着李可乐。

秦怡冲上前来恶狠狠地瞪着那女的，上下瞅了瞅后开始叫嚷："哟！我说这位阿姨，瞧您这小身板挺不错的，看面容估计都过了更年期啊，怎么脾气还这么暴躁，难不成是被人休了啊？”

其实那女的年龄还很小，也就跟秦怡差不多大，一听秦怡叫她阿姨，气得吹胡子瞪眼：“你是谁呀？我是来找李可乐的，你挡在前头算是怎么一回事儿呀？”

秦怡又往前站了站：“李可乐的事儿就是我的事儿，他是我老大，怎么了？”

李可乐一看秦怡这架势，一副不是你死就是我活的样子，赶紧站起来上前使劲把秦怡往远推，他怕秦怡一激动和人家打起来，引来警察或者围观的人，那可就完蛋了！在这个节骨眼上可不能再卷进一些乱七八糟的事情当中。

拉开秦怡，李可乐回到座位上，语气缓和：“这位小姐，请问你是哪位？我好像对你没有印象。”

那女的愤愤说道：“李可乐，你听好了，我叫什么并不重要，重要的是我要告诉你一个秘密，我要你知道你所经历的一切其实都是一场阴谋，包括于小曼的离开！”

虽然李可乐知道此前自己所经历的可能都是秦一铭为了洗钱搞的陷害，但对于于小曼的离开他真的从来没想过会和这件事情有关。李可乐听得有点儿纳闷：“你说什么？我和于小曼的分手也是一场阴谋？”

“对，我不会无缘无故来找你的，有人策划了这出阴谋，但不知道怎么跟你摊牌才好，所以花钱雇我来传话。从我个人来讲，因为你是名人，我还是挺崇拜你的，可我是出来混的，凭这个吃饭，没办法，即便是让我杀你我也得想办法去做，只要开的钱够数。不过今天我只是替别人来给你传话的，她要我告诉你：现在，于小曼离开了你，她的目的已经达到，她只想让你知道这一切都是你咎由自取，之前遭受的都是你自己应该付出的代价。如果你还不停手，你将会更惨。”

那个女人说完，转身就走了，她的身后还跟着几个保镖，也不知道是什么时候从哪里蹦出来的。

秦怡跟李可乐说：“可乐，这叫怎么一回事啊？这女的谁啊？这个世界还有没有王法了啊？”

“如果真有这回事儿，迟早是要浮出水面的，我也终究是要面对的，早一天总比晚一天好。”李可乐摇摇头，故作轻松地笑了笑。其实他心里也七上八下的，回忆起这些年来所经历的一切，再想想刚才那个女人的话，李可乐心里头真正感觉到了沉重。不过既然现在一切都已经无法挽回，那就继续和他们斗到底，无论是谁策划的阴谋，现在必须奉陪。

李可乐拉起秦怡的胳膊说：“好了，走吧，你也该回家了。这种小事情我自己能处理好的，说不定是哪个人认出了我故意恶作剧，你也知道的嘛，咱们这行就是这个样子！”

秦怡白了李可乐一眼：“李可乐，你别跟我装得像没事儿人似的，你刚才就应该胳膊抡圆了打那女的几个大嘴巴子，然后把事情问清楚。你倒好，都被人要了威胁了，还对人家表现得那样友善，我都替你抱不平。”

“打她？秦怡小姐，你说得轻松，难道你没看她身后那一帮子穷凶极恶的保镖啊？再说了，如果真有人杀了我，大不了你做天娱的老大呗，有什么大不了的！”

“什么你被杀了，就知道乱说，你就不能说点好话啊你！”

“没事儿！我这人命大，越是诅咒越长寿，越是遭受挫折越来劲。”

正说着，突然旁边的一辆轿车飞驰而来。

李可乐推了一把秦怡，秦怡倒在路边，而他自己已经来不及躲开了，车子后视镜重重地把他带上甩在了路边。瞬间只感觉天旋地转，不过隐隐约约听见秦怡的哭声。

李可乐醒来的时候已经躺在医院里，秦怡一脸责怪的眼神：“李可乐，你干吗要推我害得自己受伤啊？”

李可乐笑了笑说：“哎呀，我这不是为我自己着想吗？要是你这么漂亮个女人被撞了，不仅是咱们天娱的一大损失，弄不好传出去还成了我谋杀美女！”

李可乐嘴里这么说，心里却在想：他妈的那司机的车子分量还真是不一般，胳膊就这样光荣地被它给撞骨折了，自由惯了的人打着石膏躺在床上可真难受。人要是倒霉，喝凉水都塞牙缝，放个屁都能砸着脚后跟。才和秦一铭平息下来，又被一个陌生女人虎视眈眈地威胁，还没屁大个工夫就又莫名其妙地被车撞伤。

也许，李可乐的人生皇历上一定每一页都写着“久经磨难”。

秦怡白了李可乐一眼：“李可乐，我已经打电话告诉洛禾了，估计她马上就过来了。”

李可乐转头看着秦怡：“包括刚才那女的说的事儿？”

“对，我全部都告诉洛禾了，包括于小曼来找你的事儿，我看她等会来了之后你怎么跟她解释，你可千万别说你什么也不知道。”

“秦怡，我说你都快要做老大的人了，怎么还那么话多？”

“李可乐，你有没有搞清楚，我这是在帮你，你倒还怪起我来了。现在她于小曼不就是自讨苦吃的人吗？她有什么好嘴硬的，看她那不可一世的样。”

“算了算了，这事我不和你扯了。我问你，洛禾是怎么跟你说的？”

“她还能说什么？一听你被车撞了都快急疯了，赶紧跑医院都来不及，还说什么？”

李可乐嘱咐秦怡道：“秦怡，等会儿洛禾到了你可不要瞎掺和，啊，你看我眼色说话听见没？”

秦怡摇摇头，斩钉截铁地说：“不行，这事儿我还必须掺和，掺和定了我！”

李可乐看了看秦怡："哎！我说秦大小姐，赶紧回家去睡觉，明儿还要忙活公司的事情呢。"其实李可乐真怕等会儿洛禾来了秦怡招架不住，她一股脑把他的事儿全部倒给洛禾，那样洛禾感觉有机可乘，他就更不得安宁了。

秦怡撇撇嘴，一脸无奈的样子："李可乐，你说这都什么时候了，你还要把一切都独自承受着，你是觉得这样做你很伟大，还是怕我们缠着你烦啊？"

"没有没有，完全没有那层意思，我只是觉得，最近咱们公司的事情都忙不过来，这些个私人的事情就先不要提了，等大家都先忙完这一阵再说。"为了不让秦怡继续捣乱，李可乐赶紧板起脸说，"你先回去休息，明天由你继续组织按原计划安排下月公映的事情，我躺会儿，过会洛禾过来给我看着换药就好了。"李可乐知道，虽然自己把她们都宠得有些任性，可他一旦严肃起来还是很有用的。

秦怡走了，李可乐躺在床上开始整理这些年来所有发生在自己身上的故事。等他把所有的细节前前后后、仔仔细细地回放了一遍后，这才发现里面的确还有些东西他无法想明白。

那个通过 QQ 主动和自己认识之后又瞬间人间蒸发的女网友"凌萧"，那个出现在秦一铭别墅里的神秘女人，还有刚才代别人传口讯的陌生女子，她们到底都是什么人？秦一铭设局洗钱对自己的陷害，阳光和自己的反目，于小曼回到自己的怀抱然后又离去，这之间是不是真的存在着某种阴谋的关联？

第十四章 真相大白

从“蓝色湖”出来，李可乐看着茫茫的天空深深地呼了一口气，然后钻进车子里。从车子奔走在沿江大道上的那一刻起，他就决定将过去全部埋在了自己和那个女人对话的桌子上。

1

秦怡走后不久，洛禾就来到了医院。洛禾自病房的门里进来就板着脸，一直走到李可乐的床边，脸上就没露出一丝的温情。从她脸上的表情完全可以看出来，秦怡已经把所有的事情都告诉了她。

“没事的，所有要发生的终归都会发生，是祸是躲不过的。你回去吧，我这里没什么事情，护士刚来给我换过药了，打完这瓶药我就可以睡觉了。你回去告诉王大鹏，让他明天给我送早餐！”说这话时，李可乐依然装成一副什么事情都没发生的样子。

“说得是很轻松，但睡得着吗你？装什么坚强啊你？我深更半夜地跑来看你，就是为了听你说这些？”洛禾发火了，这是李可乐认识她以来第一次见她发火。所以此刻不仅不觉得生气，倒感觉还有几分可爱。

“不是，我是觉得让你们都这样麻烦，不太好。再说，这不是也没有什么事儿吗？”李可乐赶紧解释说。

“李可乐，你是不是这辈子都放不下她？你难道真的不明白我们大家这样在干什么吗？”

“洛禾，你这是怎么啦？什么明不明白的，你在说什么？”

“我在说什么？我想你心里比谁都清楚。都不看看自己现在被弄成什么样子了，还逞能。天娱对你来说就那样重要？于小曼对你来说就没人能够替代？难道我一步都走不进你的世界？”

“洛禾，你听我说，这与谁走进走不进没有关系，真的。你看我这个样子，每天都是麻烦，说不定更麻烦的事情还在后边呢。既然秦怡已经把所有的事情都跟你说了，那么我想你也应该知道，现在我要做的就是随时去应对将要发生的一切。我不能在这个时候再把其他的事情带到我的生活中来，你明白吗？”李可乐赶紧找借口岔开话题。

听完李可乐的话，洛禾沉默了好一阵子，然后走过来坐在床边，从背后紧紧地抱住李可乐。她的脸贴在李可乐背上：“可乐，其实我知道，你心里比谁都苦，你不要这么逞强好不好？让我照顾你。”

洛禾说这话时，李可乐明显感觉到她的身体在抽搐。

李可乐转过身，用还能动的右手抚摸着洛禾的脸庞，他感觉得到，有一行眼泪慢慢地流了下来。但洛禾很快便伸手擦去，然后说：“好了，你先躺下休息，我下楼去弄点吃的！”

说完洛禾扶李可乐躺下，帮他盖好被子，捡起包下楼。

洛禾走后，李可乐躺在床上翻来覆去地想了好久，就是弄不明白为什么自己会这么倒霉，刚斗倒了秦一铭，又跳出来一个神秘女人威胁，他们为什么要选择自己来做对手？而自己究竟是哪里得罪了他们？为什么这些人每一次都是在最关键的时候出来？越想越弄不明白，一时间他感觉到自己的大脑简直就像是火炉，好热，而且脑袋一点点开始变得混乱。就在这个时候，李可乐的大脑中突然闪现出了一道身影，好熟悉，是一个女人的样子，最后慢慢开始清晰了起来，竟然是于小曼。

后来，迷迷糊糊就睡着了。

2

“李可乐，洛禾去哪里了？电话关机，人却不见了，我在医院对面的巷子口见到了她的项链吊坠。”秦怡把李可乐从睡梦中喊醒。

这是李可乐天亮后醒来知道的第一件事情，他一听说洛禾的项链吊坠掉在医院对面的巷子里，就知道洛禾一定出事了。看来他最担心的事情还是发生了。

不一会儿，王大鹏也来了。王大鹏告诉李可乐，秦怡捡到吊坠后给他打了电话，他一大早把公司里所有年轻的员工全部派了出去找寻洛禾，她可能去和经常去的地方全部找了，依然没有任何结果。

“洛禾失踪了？”李可乐抓着秦怡的手问。此时的秦怡的脸上，往日里的调皮之色和醋意哪里还有一丁点？取而代之的却是一脸的焦虑，一脸的忧愁。

“是的，她昨天晚上说来陪你，然后到现在都没见到影子。早上我在来医院的路上捡到了她的项链吊坠。赶到医院看见她不在，电话一直关机。”秦怡一边说一边还不停地拨着洛禾的电话，还是一直处于关机状态。

“她晚上来看过我就出去了，说是下楼买点吃的东西，可我在她走后就睡着了。”李可乐从床上坐起来，把洛禾抱自己和他们对话的细节省略了。

“不要再作任何等待，我们必须尽快报警，因为只有选择报警才能找到洛禾。”李可乐已经有一种预感：洛禾出事了。

“可是按失踪报案登记的话，也得 24 小时后才能立案！”王大鹏说。

正说着，李可乐口袋里的手机响了起来。他先是一惊，接着本能地想接起来，但动弹不得，感觉自己的手臂血管膨胀，像要爆裂了一样，疼得他快要窒息。

王大鹏帮李可乐接通电话：“喂，您好，请问是李可乐吗？我是市刑警大队的刘强，刚才有人报案说你们公司的洛禾被绑架了，是不是真的？我打电话求证一下！”

“嗯，我是李可乐，是什么人报的案？洛禾确实是昨晚出去后就没回来，现在电话也一直关机！”李可乐赶紧说。

“具体报案的人是谁我们正在查，电话是从南郊一个公用电话上打来的，不过他只说了几句话就挂了。现在看来可能是真的，这样吧，那请你们马上派人到警队来一趟，赶紧立案，我们好介入侦查。现在这个节骨眼上洛禾失踪，这可是个轰动性的事情，弄不好会造成很大的影响。”

“好的，我这就来，这件事情也许和我有关。”李可乐挂了电话就让王大鹏开车送他去市刑警大队。

在刑警大队大楼门口见到了打电话的警察，他就是两年前在月亮湾公园李可乐准备制造投江假象的时候问他话的人，市刑警大队刑侦队的中队长。现在李可乐才知道他的名字叫刘强。和刘强一起的还有两个实习警察，一男一女，女的叫婷婷，长得挺漂亮，男的姓陆，刘强喊他小陆。

李可乐把前一天晚上在夜市上遭遇的事情和自己被车撞伤以及洛禾离开前后

的情况详细地向刘强描述了一番。刘强听完李可乐的讲述，随后把事情跟队长进行了汇报，在队长作了指示和批准后，他赶紧召集警队人员布置工作。部署完毕，刑警队里随行出警的每个人都去枪械室取了枪和防弹衣，就连那个小美女警察婷婷都拿到了真正的枪。看她拿到枪时的样子真是兴奋，这估计是她第一次在工作中接触枪，所以还故意摆了几个 POSS。

刘强走过来："行了，行了，赶紧行动了，怎么还嘻嘻哈哈的？这次行动任务艰巨，一定要注意安全，尤其是你们两个实习的，要是真有事情发生，你们一定要保护好自己，听见没有？"

婷婷和小陆爽快地答应着，小陆小声对婷婷说："这次你又得到便宜了，又扮情侣啊，不会弄假成真吧？"

婷婷气呼呼地说："不过也没办法，谁叫队长是这么安排的！"

刘强给他们把搜捕布控方案都详细部署好之后，跟李可乐吩咐了一些事情，便亲自负责电话监听。刘强知道，如果这真的是一起绑架案的话，绑匪应该会很快打电话和李可乐谈条件。

所有的事情都准备好了，就等绑匪的电话了，李可乐不停地看着电话的显示屏。

小陆和婷婷准备好监视的器材后，就下楼去查看医院附近的情况，看有没有人在监视李可乐住院的病房。李可乐和刘强还有几个负责电话监听的技术刑警坐在一辆黑色越野车上，随后出了警队大门。

小陆和婷婷走在前面，两人就像一对真的情侣一样，穿着风格相同的衣服，拉着手走在马路上，俨然一对幸福的恋人，还有说有笑的，像在欣赏附近的景色，其实就是在观察。他们把医院附近所有车辆的车牌号都记下来，然后发给了队里的人，一辆一辆核实车主的身份，确保附近没有可疑车辆。

李可乐和刘强坐在车子后排，随时准备接听绑匪的电话。

"刘队，你说这事情不是见鬼了吗？"坐在前面的一个年轻的警察说。

"什么意思？"刘强问。

"我们这边一查秦一铭，那边就出现了绑架，你说这中间会不会有什么联系？"

"可能性较小，不过这只是推断，虽然事情的缘由我们并不清楚，但是我们查秦一铭，并没有几个人知道。我们当时发布消息，也是寻找当时商业欺诈的证据链，并没提到秦一铭的名字，不可能会有人知道。而且根据当时那个报案人所讲的，他只是看到有人迅速将洛禾带上了车，也不知道是不是绑架，也没记住车牌，当时也没有发生什么挣扎打斗的情况。不过听那个人讲，洛禾是在上车后才开始喊的，应该不会和秦一铭有关。"另一个警察分析。

“据我分析，这伙人应该和你，或者至少和洛禾是认识的，只有熟人才会这么做的。如果不是熟人，闹市区突然冲过来一辆陌生的车子，任凭是谁都不会轻易上车吧？”刘强转过来问李可乐。

“我想也是，不过现在没有线索，只能是推测，等抓到人了，就知道事情的真相了。在没有重大发现之前，现在对秦一铭只能重点监控。”另一个警察说完，就吩咐司机把车开往丽江柏林小区监控秦一铭。

大概晚上八点左右，一辆轿车开进了秦一铭住的小区，直奔他们的车子而来。小陆和婷婷从望远镜里远远地就看见了这辆车，连忙用对讲机告诉了刘强。刘强从后视镜里看见了这辆车，仔细分辨后说：“车牌很熟。”李可乐认识这个车牌，是阳光的车。这个时候他怎么会来这里？阳光自然也认出了刘强的车，也许他也在纳闷，怎么在这遇见刘强？

刘强用后车灯闪了几下，阳光自然明白，停下车用手机给刘强打了个电话。

“你在这干什么？”

“有案子。”

“看到你给的提示了。”

“你来这做什么？”

“去拜访一个老朋友。”

“你自己吗？”

“对。”

“几号楼？”

“就在你们前面。”

“行，去吧，就当没看见我”。

“明白”。

阳光下了车径直向前走着，就像什么都没发生一样。刘强用对讲机告诉所有人警报解除。

在车上，一个年轻的警员问刘强：“阳光怎么又出现了？”

“我也不清楚？”

“每次出现案子的时候他就出现，一次嫌疑人，一次目击者，这次又是什么？”

“他是来拜访老朋友的。”

“哪天不能拜访，就正好约到今天？昨天、明天都不行？这太巧了吧？”

“你有证据吗？”

“没有。”

“那就好好看着。”

阳光上了楼，刘强这才关上车窗靠在后排的座位上问李可乐：“你有没有想到什么人？我觉得应该是你们认识的人，你应该好好想想。”

李可乐捂着头，抓着自己的头发想着：“我真的不知道，我认识那么多人，我想不出来。要是仇人干的还好一点，可要是熟人干的，那根本想不到，我总不能把我所有的朋友都想成是绑匪。”

就在这时，电话突然响了。所有人都准备就绪，刘强才让李可乐接了电话。

“喂！”一个女人打来的电话，李可乐似乎在哪里听到过这个声音，“洛禾在我手上，你如果不想让她受到伤害，最好拿五百万来赎人！记住，不许报警！别耍花样，最好识相点！五百万,一分也不能少……没关系，一时间凑不出，我可以等，晚上九点我再通知你时间、地点……再说一句，不许报警！”

刘强在画板上写着，然后让李可乐念：“这么多钱，你得给我几天时间。”

“你报警了吗？”

“我是不会报警的，我们都是江湖事情江湖了，你是什么人？有什么事情冲着我来，祸不及家人，你们这样做也太不符合江湖规矩了。”

“少和老娘说什么江湖规矩，你最好别报警，放聪明一点，不然就等着给洛禾收尸吧。我给你两天的时间准备钱，不要耍花样，我会再联络你的。”

放下电话，刘强摇了摇头，时间太短了，根本无法追踪到嫌疑人的具体位置。

刘强问李可乐：“能听出来是谁的声音吗？”

李可乐思考了一会说：“有点像我曾经见过面的一个女网友的声音，不过我不敢肯定。”

“这个人是干什么的？”

“是一个女白领，具体干什么我也不知道，我和她只见过一次面。”

“名字叫什么知道吗？”

“不能确定是不是她的真名，我只知道叫凌萧，见面那天听一个男的这么叫她。”因为有秦一铭的前车之鉴，所以李可乐知道名字这东西是最好骗人的。

“有什么特征？比如相貌、穿戴、饰物、文身什么的？”

“她是个长得很有灵气的姑娘，见她的时候戴个墨镜，脸上没怎么看清楚。不过记得她戴着一对黑色的蝴蝶形耳坠，上面镶有钻石。对了，她的脖子上文得有只蝴蝶。”

刘强用对讲机跟其他人说：“都注意，请户籍科把所有三十岁左右叫凌萧的女性照片发给各点，现在开始集中监控所有餐饮娱乐场所和商场，通过照片比对，重点寻找脖子上文只蝴蝶，耳朵上有一对镶钻石的黑色蝴蝶形饰坠的姑娘，动用你们所有的关系和线人，把这个人找出来。”

刘强又跟李可乐说：“李可乐，你再仔细想想除此之外还有什么其他的线索没有，尽可能提供出更多有利的信息，我们想办法先找到这个女人，也许这个人是我们目前最有用的线索。”

李可乐没说话，只是点了点头。

没过多久，刘强的手机响了：“刘队，我们通过照片比对找到了一个叫凌萧的女子，现在在市中心购物广场。”

“好，我知道了，盯紧她，看看她有没有什么动作，没有我的命令不要轻举妄动。”

刘强又给局里打了个电话，请求各巡逻民警多派人手盯住这个女的，看看她是否和这个案子有关。放下电话，刘强给焦虑不已的李可乐点了一支烟：“放心吧，我们一定把洛禾安全地救回来。”

几个人在车里闲聊着，其他人都守在自己岗位上，时而出来观察一下情况。小陆算是幸福的，有美女婷婷给他吃的，两个人就坐在路边，边聊边吃着。

3

两天的时间，刘强一刻都没离开过车子，所有的队员都轮流换岗看守着，而另一边对那个叫凌萧的女人的监控也没有什么重大发现。据报告的消息，这个女人平时出入的地方除了家里，就是商场、饭店之类的地方，丝毫感觉不出这起案子和她有关。他们也调阅了凌萧的档案，前科一大堆，在道上也是个有头有脸的人物，要说她绑架人，是很容易的事情，可是没证据。

约定交赎金的日子到了，李可乐通过银行帮忙弄到了几万的现金，下面垫了纸装进密码箱里放进车子。警队里的人都准备好了，就等对方约定好交赎金的地点。

上午十点钟，电话响了：“钱准备好了吗？”

“准备好了。怎么给你？”

“告诉你，别耍什么花样，现在出门开车到月亮湾公园！”

刘强用笔在画板上写着“确认人质还活着”。

“洛禾呢？我想听听她的声音。”

“好的，等等。”

“可乐，不要管我，别上这些强盗的当！”洛禾在电话里叫着。

“你听见了，现在快点出发吧，我可没多少耐心。”

明确了地点，刘强跟李可乐讲了一下大体的计划："我们会在你的身上安装一个追踪器，你说话我们就能听见。这是手机，我们安装了定位系统，你带着它，我们就能知道你在什么位置。我们会在你身边，放心吧。"

李可乐开车出了小区大门，刘强开着一辆吉普车跟在他后面，刑警队里所有人都赶往了交易的地点——月亮湾公园。小陆和婷婷依然扮演情侣，拿着照相机装成了游客，有一个年纪大点的警察装成了清洁工，还有两个扮成出租车司机，提前到了公园门口，另外一个女警察装成了卖报纸的。大家都隐蔽在人群中。

大家都明白，这次要想抓到嫌犯，难度很大。首先，公园市民太多，不好追踪嫌疑人。其次，一旦出现意外，他们又不能伤害到群众，范围大，人数多，的确不好办。

一个小时之后，李可乐拿着黑色的箱子，出现在月亮湾公园的喷泉旁边。因为是周末，公园里人很多，李可乐四周寻找着洛禾，警队里的人就在他的身边，都在密切关注着附近的一举一动，情况有可能一触即发。

突然，李可乐的手机响了："现在坐出租车返回到长虹路天河电影院。"

此时，李可乐只能照做。小陆和婷婷搭了出租车紧跟着李可乐，看他进了影院，随后也买了票跟了进去，其他人守在外面。

电话又响了："在四号厅六排十五号下面，有个袋子，你拿出来。"

李可乐打开了袋子，里面有一把钥匙。

"现在把你身上的所有东西都扔掉，别耍花样。"

李可乐跟着把衣服里的所有东西都扔掉了，只留下贴在领口的一个无线耳麦。"现在怎么做？"李可乐问。

"从电影院里出来，然后下楼到沃尔玛后面的停车场找一辆黑色奥迪车，找到后把你的手机也扔掉，车座上有部手机，我会用那部手机跟你联系。从现在开始，你只许听，不许说话。我要看有没有警察跟踪。"

李可乐扭头看了一下身后，扔了电话。

刘强早就预料到绑匪会转移地点，通过监听听到对话，赶紧启用事先准备的一辆停在路边等着的出租车，其他人跟着离开了月亮湾公园，跟在后面来到停车场门口不远处。

李可乐找到了那辆车，车座上除了那人说的手机外还有个本子，上面写着"到西门护城河"。为了不让警察暴露，他不敢说话，只能启动车子直奔西门护城河而去。

刘强换坐在出租车里跟着李可乐的车，其他人绕路前往。在李可乐把车子开到二桥头桥北的交叉路口时，电话突然响了："现在左转，快！"

李可乐没办法，一个急转弯，刘强没注意到突然的变化，来不及刹车直接开了过去，他只看见李可乐转弯了，赶紧告诉后面的一个警察跟上。一路上，李可乐不停地按照绑匪的要求改变行驶路线，警察不停地换班跟踪，绑匪对路线和行程设计得很详细，而且每次都是突然转弯。

李可乐听得见刘强用对讲机跟其他警察说话：“绑匪有可能正在某个地方监视着，所有人留意附近的高点，找其他的便衣过来帮忙，绑匪在和我们兜圈子。”

李可乐最后按照对方要求把车开到了一个餐厅的旁边，停了车，拿着包进了餐厅。小陆和婷婷正好跟踪到这里，看见李可乐下车，跟刘强汇报情况：“刘队，李可乐进了一个餐厅，我们现在跟进去恐怕会引起怀疑。”

“报告你们现在的位置。”

“建设路和前进路交叉路口。”

“守在门外原地待命，我们马上就到。”

小陆和婷婷看见李可乐在接电话，就从一个安全通道出去了，假装去洗手间。其实李可乐知道他们是在给自己暗示，让他注意安全。可绑匪这会可能已经发现了异常，他们要李可乐立即换车。李可乐只能按他们说的去做，从后门出去。

婷婷和小陆两个人在外面等了一段时间，还没见李可乐出来，觉得事情不好，就冲了进去。这时李可乐刚好从后门准备出去，两个人赶紧跟着。李可乐没有选择，只好上了绑匪指定的一辆出租车。

“刘队，刚才李可乐从餐厅的后面出去了，上了一辆出租车，车牌号是鄂FX7830，往城南去了。”在车子准备出发的时候李可乐听见小陆对刘强说。

刘强通过监听系统问：“李可乐，你要去哪里？”声音通过装在李可乐领子下的无线耳机传来。

“说话，你到底要去什么地方？李可乐。”为了防止耳机被绑匪发现，李可乐决定冒险，他狠下心，一把扯下无线耳麦丢到了车子外边。

李可乐知道绑匪一再要求让自己换他们的车子，肯定是在他们的车子里装了监听系统，自己要是一说话肯定就会暴露，而且那个无线耳麦也不能再留在身上。但这并不可怕，可怕的是李可乐此前已经把警察安在自己身上的定位跟踪器扔了，这才是最大的麻烦。但不管有多危险，李可乐现在必须去面对。开着出租车，按着绑匪指示的路线一路加速往城南边的余家湖去。

李可乐正在往前跑，一阵“嘿嘿”的冷笑从身后传来。进入郊区后的景色已经不再是市区的车水马龙，四周白茫茫的一片，让人看不清楚虚实，而车子里后座下不时传来的冷笑更是显得阴森恐怖。

“是谁？”李可乐赶紧刹车，停下来拉开后门站在车旁，故意装作一副害怕的样子，心想：哎，太小儿科了。当年遭遇陷害差点被通缉的时候，我和警察都面对面捉过迷藏呢。自己什么没见识过，又怎么会害怕你们这些藏头露尾的家伙？

“这就是老板要的人？嘿嘿，长得还真有点小帅呢！”突然一个尖锐的声音响起，李可乐用余光扫视了一下说话的人，是个体形娇小面目清秀的女人，说着她从车子后座的毛毯下钻了出来。

“是啊，我看这个家伙也只不过就是一个细皮嫩肉的小孩，枉费我们还动用了这么大阵势，真是浪费！”原来是那晚上传话的女的，怪不得声音那么熟悉。她从另一个后座下出来。原来她们把后座拆掉，藏了两个人在里面，还好李可乐上车后没说话，也把耳麦丢到了车外。

“好了，都别废话了，当心一会有警察跟来，到时候叫我们吃不了兜着走！”这时，从路边的灌木丛里出来一位身材修长的女人。

听到这个女的发话，她们两个人不敢多说，下了车一步步往李可乐身边走了过来。

“好了，老三，你上去把那个家伙打晕，记得下手要轻，不要一下打死了，不然老板怪罪下来可不要怪我没提醒你！”那女人手里拿着电棍。

“知道了，老大！”那女人说着快步移动身躯向李可乐迅速靠来。

李可乐不明白，她们把自己弄到这里来到底是为了什么？她们的老板究竟是谁？不知不觉中，急于解救洛禾的心情和潜藏在他身子里的调皮因子又发作了，竟然想跟着几个神秘女人一起回去看看她们的老板。他站在原地没动，任由那个女人走过来一棍击在他的后脑，李可乐配合地装作晕倒的模样顺势倒在她的怀里。

“老三，你带着这小子，我马上赶回鱼梁洲向老板汇报。”说着钻进李可乐开来的那辆出租车飞驰而去。李可乐被那个女人架上了一辆奔驰越野，反绑了双手丢在后座上。感受着透过车窗吹过自己脸旁的风，李可乐突然发现原来被绑架的感觉竟然那么好。以前总觉得被绑架是一件很可怕的事情，但在今天被人绑架后才感觉到原来也是一件挺好玩挺刺激的事情。

不知道到底走了多久，李可乐悄悄睁开眼去看，透过车窗玻璃发现进山的路口竟然站着一个异常妖艳俊美的女子，绿色的迷彩服穿在颀长的身上，真是一个迷人的女杀手！到底是什么人竟然能够带领一帮这么俊美的下属呢？

车子在开进一条山路的时候，李可乐被蒙上了眼睛。车抖动得很厉害，可以感觉到是往山上开的，没过多久，她们就架着李可乐下车，硬推着他进了一间房子。然后用绳子绑住他的双手、双脚，扔在一张硬硬的木板床上，之后再听不到一点声音。

看不见，想喊救命也喊不出，全身又被绑着，此时李可乐突然感觉到了前所未有的恐惧，勉力支撑着站起来，跳了几步，重重地摔在地上。一时间，陷入黑暗世界里的他，只有恐慌与无助侵袭全身，再也不敢动一下，只能缩成一团，不停地颤抖。

不知过了多久，肚子开始不争气地咕咕叫着，李可乐彻底地领悟到惊恐与饥寒交迫的真正含义，似乎一下子被打进了地狱，忍受着痛苦的煎熬，渐渐有些体力不支，意识越来越模糊，终于昏了过去。等他醒来，发现自己居然躺在床上，接着眼睛感觉一阵刺痛，也许是失去光明太久的缘故吧。李可乐使劲眨了眨眼睛，还是不能动，原来只是蒙眼的黑布被取了下来。打量一下四周，没有什么家具摆设，只有一个电视柜，上面放着一台很旧的电视。看来，比想象中差多了。李可乐拼命地挣扎着坐起来，额头上冒出豆大的汗珠。心里说服自己要坚强一些，绝不能坐以待毙，可是其中心酸只有自己知道。

突然，听到屋外有人说话，但却听不清她们说些什么，接着又是一片寂静。半晌，门吱嘎一声打开，李可乐的心一下子跳到了嗓子眼，不自觉地打了一个寒战，浑身发抖，一种不祥的预感油然而生，一幕幕可怕的画面闪现在脑海里。然而结果出乎意料之外，这些人进来后并没有伤害他，反而给他松绑。松完绑后走过来一个人，放下一份盒饭，接着所有的人都跟着出去了。

奇怪！心里正纳闷她们为什么对自己这么好，肚子早已饿得咕咕直叫。看着面前的半盒米饭，不管三七二十一，填饱肚子再说，于是端起饭盒几分钟内一扫而光。堂堂的天娱董事长，现在却沦落到要吃半盒剩米饭的地步，真是让人心酸呀！想起这些，又情不自禁直叹命运弄人。

也许是屋子太过于狭窄，空气不流通，感觉胸口闷得慌，他在屋子里来回地徘徊，始终想不出什么办法逃出去。眼看着天快亮了，李可乐被关在里面一天，外面却没有一点消息。一会儿两个女绑匪怒气冲冲地闯进来。看她们的神色，李可乐能猜出几分，这次一定是要倒大霉了。“老板！他竟然敢报警，要不干掉这个家伙？”那个身材娇小面目清秀的女人愤愤地说。“先留着他，长得这么干净，干掉太可惜了！”被称作老板的女人说着，一脸的奸笑。听她们谈话，李可乐知道了可能这个女的就是这次绑架的主使者，但是她戴着面具，李可乐看不见她的真面目。

“完啦，真是世界末日啊！她这会儿看见我没把钱带进来，一定是要撕票了。”李可乐从决定脱离刘强保护的那一刻起就把钱放在了餐厅地下室的一堆杂物后面，只提了个空箱子出来。心想这下是真的完了，接下来一切的不幸都将发生在他身上。处于这种境况，还要坐以待毙吗？横竖都是死，倒不如拼一下。怀着侥幸的心理，突然发现站在左边那个娇小女人的腰间插着一个黑乎乎的东西。李可乐心想，如果是匕首，只要把它抢到手，或许会有一线生机。李可乐使出浑身的力气冲撞过去，在倒进那女人怀中的一瞬间把它掏了出来。他猜得没错，确实是匕首，也许是没有拿过这东西，也许是太害怕，李可乐竟然在慌乱之中把它掉在了地上。她们见李可乐拿到了匕首，还处于恐慌之中时，又见掉到地上，全部都怔住了。两秒钟后，她们两个同时直奔上前想拾起匕首，千钧一发之际，李可乐快速地拾起匕首对准了被称为“老板”的女人，她们又不敢动弹，愣在原地，还好李可乐的反应够快。双方就这样僵持着，李可乐早已汗流浃背，都是被吓出来的虚汗。

“你们别过来，否则我就杀了她！”李可乐哆嗦地拿着匕首，舌头却像打结似的。

那女人没动，屏住呼吸，静静地看着李可乐。

娇小的女人冷笑说：“你以为你杀得了吗？来人，快把刀给我夺回来！”说完她朝周围环顾了一圈，而站在身边的老板一直没有动。

“喂！你们在玩什么？”突然，后面传来一阵冷笑，令李可乐不寒而栗，转身想看个究竟，却被那个娇小的女人从前面扑上来把他按住，并且粗暴地抢走他手里的匕首。死定了！刚刚被扭转的局势，再一次失败。

“可乐，你怎么这么傻！你以为她们是为钱而来的吗？她们就是想利用我把你引来。你上她们的当了！”说话的人是洛禾，她被两个大汉架着从门口走了进来。

“少废话！”一个满脸横肉的高个子从后面走上前，满脸不屑。

“你们既然要的是我，那就放了洛禾！”李可乐挣扎着想逃脱。

“吵什么吵？还不快用胶布封上她的嘴！”“老板”吩咐，那个满脸横肉的高个子大汉七手八脚拿出胶布欲封上洛禾的嘴，洛禾顺势咬了大汉一口，趁大汉松手时，李可乐冲到门口的洛禾身边。这时从洛禾的身后闪出一个人扶住李可乐，同时大叫一声：“兄弟，快跑！”

“兄弟？”李可乐瞪大眼睛看着来人，什么时候变成他的兄弟了？可转念一想保命要紧，充当一次兄弟也无所谓！于是他拉起洛禾的手准备逃跑。

可再一看，出去的路已经被堵住，心想既然跑不掉还不如站在原地别动。

这时，在场所有的人都大吃一惊，觉得匪夷所思。那个被李可乐夺刀的娇小女人更是惊愣，额头上直冒冷汗：“G 哥，你说他是你兄弟？不会吧！怎么可能呢？”心里直嘀咕：这天娱的老板什么时候变成你 G 哥的兄弟了？

趁那女人说话时，李可乐看了一眼喊他兄弟的男的，才发现竟然是 PGO。一时间李可乐乱了头绪，PGO 为什么会在这里？他们为什么要绑架洛禾？PGO 为什么又要救自己？还没等李可乐想明白，PGO 一个箭步冲到娇小女人面前，啪的一耳光打在她脸上，铁青着脸说：“连我的兄弟你也敢抓，是不是不想活啦！”

娇小女人恶狠狠地看着 PGO：“你兄弟？‘老板’也知道他是你兄弟，所以才叫你带着洛禾进来的，你终于原形毕露了！”

洛禾带着哭腔，连连叫道：“你们这群王八蛋，不得好死！”

“臭娘们，死到临头了还嘴硬！现在你只有两条路可以走。一是给我们老板跪下求她，二是在这里等着和李可乐一起做一对生死鸳鸯，你自己选吧！”娇小女人冷冷地说。

洛禾听完，深吸一口气，然后轻松地站起来：“来吧，有种你就杀了我，只要你放了李可乐！”站在洛禾后面的几个女人也都围了上来。

而 PGO 以及同来的那个大汉并没有显出惊异的神色，反而十分镇定。他们互递一个眼色，然后以闪电般的速度掏出腰间的电棍，一致对准了那几个女的。转眼间从对手变成盟友，现场瞬间一片混乱。李可乐还没反应过来，但 PGO 一直紧紧地抓着他的手，用自己的身体保护着他的安全，好像真的是他的拜把子兄弟似的。由于绑匪人多势众，手上还有武器，几个回合之后，PGO 明显处于劣势。体力不支的 PGO 看准时机，急忙逃出了小屋。

4

李可乐再次清醒过来的时候，发现自己又被那个她们称为“老板”的女人反绑在床上，她手里拿着他的那个玉观音吊坠，在他的眼前晃。

“你到底是谁？为什么会有我的吊坠？你为什么要绑架洛禾，又要抓我？”李可乐使劲地挣扎着。

那个女人笑了笑，然后说：“你先别急，终究有一天你会想清楚我是谁的。”

她一双清泉般的眼睛上下打量着李可乐。

李可乐刚准备骂她，那女人说：“你别骂了，你叫破嗓子也没人管你。这里全都是隔音材料，玻璃也是双层的。即便你的声音有幸传出去，还得再飞一公里才可能被人听到。我试过了，我是学过声乐的，你的嗓子不会比我的还好吧？再说了，这里只有我们两个人。”

李可乐心里咒骂这个不要脸的女人，同时有点惋惜，为什么相貌美丽和品德善良不能成正比。那女人说完低下头，老成地吻了他的脸和脖子。她这一路下来，李可乐也掩饰不住内心的激动，毕竟眼前的她是个肌肤如脂的美少女，虽然他看不见她的真实面目。

这女的嘴唇和舌头分外灵巧，仿佛可以弹钢琴。李可乐有点吃不住，嘴里骂：“不要脸！你个死花痴！变态！”可是不见效，于是他又说，“我有病，会传染的。”

那女人闻声停下，咯咯地笑，笑完后说：“你不是坏人，又怎么去染病？假如你是坏人，只要我往身前一站，你自然就会扑上来了。”李可乐察觉到那晶莹的眼神中闪过一丝哀怨，灵机一动，道：“你也曾经是受害者吧？”

那女的一惊，又瞬间平复下来，开始继续。但在触到李可乐的眼神时，又把嘴唇收了回来，得意地说：“我现在要做的就是想办法告你强奸，如果你敢咬我的话，就要加上暴力和虐待了，我相信你会配合的。”

两人对视着，也许是李可乐清澈见底的眼睛，让女子看到了曾经的自己，一阵悲伤涌入心头。她爬起来转身来到窗前，慢慢拉开窗帘，幽幽地说：“对！有人是强奸才得到了我的身体，也是在这里。其实我本不该陪他来和你玩这个游戏，将自己陷入绝境。那天我说要告他，他嘲笑我，仿佛在嘲笑地上的蚂蚁，说根本没用，上上下下都跟他有关系，要告他只会身败名裂，家破人亡，而且指使黑道对付我的父母易如反掌。”

她转头注视李可乐道：“你也斗不过他，其实你该庆幸他用这种方式，至少少了皮肉之苦。我不想害你，但钱更重要，加之身不由己。要不这样，我们把这当作一次约会，我解开你，自然一些，也算对他小小的抗议。”她说着开始温柔地替李可乐松绑。

房顶上的换气扇有气无力地转着，看得李可乐心情纷乱，各种各样的担心、郁闷、害怕，瞬间化成狂风，几乎要把他这颗可怜的小歪脖子树连根拔起。

想起将要来临的幸福生活已经烟消云散，像王子吻醒了睡美人，却被身后的利剑夺去了生命。幸福和灾难转换的一瞬，令人猝不及防。李可乐想到以这样的方式陷害自己，这真是一个万全之策，就连孔明也是决计想不出这计谋的。没用暴力胁迫，在自己身上找不到任何证据，别人身上留下的证据却是千真万确。

接下来，李可乐眼前一黑晕过去了。等醒来的时候才发现一切都按照那个女人设计的发生了，他没有任何选择的余地。那女的带着“证据”走了，丢下李可乐一个人在空荡荡的屋子里。

第二天，刘强才带领大队人马赶进山里找到了李可乐，把他从那个屋子里解救了出来。

从屋子里出来，刘强走在前面，他们一路相互掩护着仔细搜寻。在一个房子门前，刘强敲了几下，门开了，一个女的从里面走出来，左右手都有文身。那女人一张嘴，刘强和李可乐就听出来了，是电话里的那个人。她的手一直放在口袋里，看着刘强，一副傲慢的姿态，但站的位置始终没动，半晌后指着李可乐不屑地说：“他，强奸了我！”。刘强没说话，只是回头看了看李可乐，因为没看见洛禾在什么地方，所以还是不能动，于是他让另一个警察上去给那个女人戴上了手铐。临走之前刘强从窗户看了一眼，屋里没有人，也没有洛禾的影子，不知道这帮人把她藏到了什么地方。

大家慢慢向房子靠近，突然刘强好像踩到了什么东西，发出一点声音，而且比较软。他趴下来仔细地观察了一下，然后拨开土，发现了一个地窖。他犹豫着，估计是在想如果现在下去，要是里面有绑匪，要是有武器，那么可能会很危险。还没等刘强做出反应，小陆突然掀开盖子，一下子跳了进去，只听见砰砰几声响，然后就没了动静，大家的心瞬间悬了起来。李可乐心想，这小伙子太冲动了，现在也不知道里面的情况，只能观察着，心就像热锅上的蚂蚁。每一个人脑子里都想着“千万别出事，千万别出事”。

这时里面开始有了动静，动静越来越大，终于，终于听清了，是小陆的声音：“刘队，接一下。”

大家的心一下子从嗓子眼又咽了回去，终于看见小陆带着洛禾从地窖上来。刘强看着满脸灰尘的小陆说：“你疯了吗你？你知不知道你这样很危险？你根本不知道下面的情况，怎么能突然跳下去呢？要是你出了事，我怎么跟队里交代？”

小陆拍了拍自己身上的土，顽皮地说：“行了，我现在不是没事吗？人质也救出来了。刚才我突然跳下去，里面那么黑，根本看不清楚，即使有歹徒，在他们不注意的情况下我也会把他们制服，不会有危险的。”

大家正准备扶着洛禾往外走，突然从房子后面冲出来一个黑影，刘强马上回头掏出了枪，喊着：“警察，不许动！”可是那黑影根本不听警告，直接冲了过来。刘强看着自己没有上膛的枪，心想千算万算没算到今天，于是闭上了眼睛。

婷婷喊了一声：“刘队，小心！”

只听见砰的一声，刘强以为自己死了。大家也都傻了眼，等镇定下来，慢慢睁开眼睛，只见不足一米的地方一只藏獒头部中了一枪，躺在地上，流着血，身体还在抽搐。刘强回头看见婷婷的枪口还对着那只狗，才反应过来，点了一下头，然后竖起了大拇指。

小陆走了过来，拍了一下婷婷说：“厉害！”

婷婷又拍了下小陆说：“那是。”

大家都跑了过来：“原来我们队里不但来了个美女，还是个神枪手啊。”

刘强说：“好了，赶紧收拾一下归队，我们还有更重要的工作要做呢。”

大家把现场拍照，随后带着李可乐和那个女人返回了警队。

5

在警队大门口下车，洛禾慌忙过来扶住李可乐：“可乐，你怎么了？我相信你，你一定是被陷害的。”

她的话像强心剂，让李可乐暂时从崩溃的边缘稳住。李可乐慌忙抓住洛禾的手，洛禾点头说自己永远相信他，信任他。李可乐紧绷的身子才松弛下来，却像是被人抽掉了骨架，软软地扑进洛禾的怀里：“我不想坐牢，我真的不想坐牢。”

事实上李可乐的希望就像冬日的小草，已经被无情的现实吹打夭折了。事情不像洛禾想的那么简单，光她相信能有什么用？无论怎么解释，“证据”摆在面前，案件移交法院开庭，上了庭在证据面前就是强奸，不会有任何辩驳的可能。一想到一切都无法改变，李可乐的心蓦然间停止了跳动，感觉整个世界都平静了下来，人也变得安静了，安静的心，安静的血液。

洛禾不停地安慰李可乐：“不要紧，不一定判你有罪的，要相信法院和检察机关。”

李可乐静静地笑，然后说：“谢谢你，我不要紧了，上就上吧，我有心理准备，至于究竟怎么定罪，到时再说！”洛禾还不放心，李可乐继续道，“我没什么事，一个死过的人，还能有什么事情呢？”

洛禾还想再说，却不知如何开口，只好忘情地把李可乐搂入怀里，心里感叹命运无情，好人这般弱小。李可乐把头深深埋进洛禾的胸口，才感觉到她是如此温暖，虽然不能改变冷酷的现实，却可以温暖冰冷的身体。李可乐突然用尽浑身力气把洛禾抱紧，仿佛要尽可能多吸取到温暖，好存储起来，度过人生寒冷的冬季。慢慢的，冰仿佛融化了，生出水来，含在李可乐的眼里。好久之后，李可乐松开洛禾，抹了抹眼睛，像虔诚的基督徒瞻仰圣母玛丽亚，吻了吻她的手背：“好了洛禾，谢谢你相信我，连累了你让你受了苦，你回去吧！”李可乐推开洛禾，像僵尸般半蹲在地上，闭上了眼睛。

作为嫌疑人，李可乐只能被暂时收押在警队等候审讯。他躺在床上辗转反侧，右手上的痛刺入骨髓，寻求自由的欲望也一点点被疼痛侵蚀掉。李可乐不知道他的片子还能不能审核通过，那是他的灵魂，是他的寄托，如果灵魂残废了，生命也就毫无意义。

他慢慢抬起左手，张嘴探了探动脉的位置，迟疑着是否要咬下去。这时门打开，一个警察喊他出去，说有人来探视。

出去的时候，阳光已经在探望室坐好了，看到李可乐，心痛地摇摇头道：“真可怜哪，早知今日，何必当初呢？不过李可乐你不要太担心，我给你带来了一个好消息，如果你愿意选择的话，你就可以走了。”尽管李可乐知道阳光是装出的心痛，但他还是很激动，他猛地抬起头来，灰暗的眼睛里闪出一丝渴望的光彩。李可乐问阳光：“可以走了？什么意思？”阳光轻声道，“你是被陷害的，不过这件事得有人给你出面作证，所以你可以选择和我合作，我今天来算是保释，有没有意向？”

“作交换？什么条件？说吧！”李可乐不知道这个家伙葫芦里又在卖什么药，也许他说的是事实，但是他的交换条件又会是什么呢？又或者这又是他的计中计？一时间又琢磨不透。

阳光继续道：“是的，自由就在你的眼前，你可以选择。条件很简单，等电影公映完你就退出天娱，把它给我！”

李可乐听完阳光的话后沉默下来，眼前仿佛摆着两串甜美的葡萄，只能选一串，自己别无选择。皮之不存，毛之焉附？当他想起这些日子惨遭的痛苦时，所有的东西都染成了灰色。世界变成影院里的电影，虽然听得到看得到，近在眼前，但走不进去，眼前的世界和自己不在一个时空里面。李可乐知道习惯自由的鸟儿永远不能忍受牢笼的生活，所以一个公司和自己的自由相比，还是选择后者。也许放在以前他是绝对不会屈服的，但是现在他愿意对这个假仁假义的家伙屈服，因为只有黑暗真正降临的时候，才会知道生活残酷的另一面，就像亲身体验过汶川大地震的残酷，你才会知道生命的脆弱和宝贵。于是，对阳光提的条件他满口答应。

6

其实阳光早就算准了，李可乐肯定会选择和他合作，所以早就办好了保释手续。看着阳光得意的样子，此时李可乐已经无心理会其他的事情，只想及早回到天娱告诉大家自己已经平安，不然他们一定很着急。“谢谢你‘救’了我，天娱可以给你，但是请你记住，我和你的账还没完！”说完，李可乐急不可耐地转身欲走。阳光拦住李可乐，用挑衅的眼神看着他说：“空口无凭，你以为我三岁小孩啊？在这个上面签字！”说着他递给李可乐已经拟好的股权转赠协议。李可乐突然感觉自己很无奈，于是近乎乞求地说了句，“你知道的，我不喜欢被要挟，我说了给你就给你，别那么卑鄙！”然后推开他的手。阳光机械地笑着，什么话也没说，只是一阵沉默，好像在想些什么。半晌后，他终于说，“好的，没问题，我送你回家！给你三天时间考虑一下，到时我留个电话给你，你什么时候想好了就打电话给我，这样总行了吧？”然后笑吟吟地走开。

王大鹏把车开到李可乐旁边，李可乐拉开车门什么话也没说就上了车。王大鹏开着车一路飞奔，刘强也带人跟着，直接回公司。

车子刚靠近天娱大门，李可乐远远看见很多记者守在四周，“阳痿”拨开围观追问的记者，让王大鹏把车子一直开进公司，然后陪同李可乐一起上了办公楼。进去后发现PGO也在会议室等着他们，开始李可乐有些犹豫，觉得不好，毕竟李可乐清楚PGO此前的经历。结果没想到，他一点也不怕警察，反而主动上前打招呼，说明情况。

看见李可乐安然无恙地回来，“阳痿”喜极而泣，上来紧紧地抱着他泪流满面。

这时，刘强带着两个人走到李可乐面前，看见PGO，不禁失声说：“是你，老G？我还以为是谁救了李可乐，原来是你啊！”话中明显带着讽刺的意味。

“阳痿”惊讶地看着刘强，然后扫了一眼PGO，不解地问：“怎么？你们认识？”

PGO面不改色，坦然一笑，对视着刘强。刘强冷笑一声：“当然啦！在我们刑警队里，谁不认识老G？他在我们档案室里是有案卷的，只是还没拿到证据而已。”

PGO依然沉着，脸上平静如水，正视着刘强：“哪里，刘队抬举了！好像刘队来这里，并不是要说我在你们刑警队的地位吧？”空气中顿时弥漫着一股浓烈的火药味，压抑感随之而来。两人眼神对视，凶光一闪而过，双方故作自然地笑起来，气氛也似缓和了许多。

刘强随后一声令下，带着所有人撤出。刘强走的时候脸色铁青，看来PGO把他气得不轻。

晚上，“阳痿”特意挽留PGO吃饭。席间，两人相谈甚欢。“阳痿”并没有因刘强说的话而故意疏远PGO，也没有因为PGO挖了他的墙脚而记恨他，依然认准PGO是李可乐的救命恩人，也就是他的恩人一样，再加上他们的表亲关系，对PGO还是那么热情。高兴起来，酒也喝得特别多。“阳痿”喝得烂醉如泥，被王大鹏扶进房。PGO则好像千杯不醉，脸色只是微红，头脑还十分清醒，那点酒对他来说根本算不上什么。送PGO走的时候，他再一次提醒李可乐要好好考虑一下阳光说的话，李可乐点点头，目送他离开。

回到家里，李可乐痛快地洗了个澡，熄灯，躺在床上却怎么也睡不着。想起之前所发生的事，跟做梦一样。突然想起送PGO走时的情形，自己和阳光说的话他怎么会知道？而且阳光为什么知道那个女的是刻意陷害他？为什么他自己又能出面作证？那么《逆爱寻欢》面临被“枪毙”的背后是不是也与这场阴谋有关……一连串的疑问让李可乐再次联系到警察的定案结论：一直在背后操纵所有商业诈骗的主谋难道真的已经远走海外？那个女的难道仅仅是受人指使才绑架洛禾对自己敲诈，后来又陷害他强奸？秦一铭真的只是被误会？阳光只是为了和自己抢夺地位和商业市场……所有这些李可乐一时都无法想清楚。

躺在床上不久，电话响了起来。李可乐拿起电话，是林苒苒打来的。经历了这么多事情后听到她的声音，便抑制不住眼眶湿润。林苒苒在电话里很关心李可乐，一直为李可乐担心，听了事情经过，林苒苒执意要坐飞机回来看李可乐。为了不耽误她的工作，李可乐是怎么也不能让她回来的，好话说尽才让她安下心来继续留在北京准备 MBA 考试。

与林苒苒通过电话，心情平静了许多，也许失落的男女都会有这种感觉，有了人的关心什么也不怕。心情好了，但还是睡不着。心里重复着阳光对自己说的话，李可乐一遍又一遍推敲所有事情之间的联系。如果一切都是阴谋，那么这个主谋究竟是谁？

7

第二天醒来已是中午了，阳光灿烂，天空湛蓝。空气中弥漫着一股药水的香味，李可乐从阳台向下望去，看见喧闹的街市上升起袅袅的烟雾。伴着这股奇香，忽然感到肚子很饿，是那股烤肉味彻底勾起了他的食欲。

秦怡知道李可乐醒了，亲自端来一碗鸡汤让他喝，说是里面放了许多安神滋补的药材，用了一个上午才煲好的。一时感动，竟然眼睛湿了起来，李可乐端起来一口气喝完。

新的一天已经开始，深色的西装，黑框眼镜，李可乐又恢复了一贯的装扮。因为这次意外已经耽误了电影公映的时间，李可乐心想赶紧吃完饭好继续安排电影公映的事情。就在他准备去洗手间的时候，手机响了。

“李可乐，马上到鱼梁洲外滩的‘蓝色湖’，我有急事相告，请你务必相信我。”来电号码是陌生的，但这个声音李可乐太熟悉了，就是指控他强奸的那个女人。还没等李可乐说话她就匆匆挂了电话，回拨的时候已经关机了。

挂了电话，李可乐开始回想自己和这个女人接触的前前后后。那次在午夜的街头来给他传话的是她，那天在余家湖的山里说他强奸的也是她。但是李可乐知道，那天在那个屋子里真正得到自己身体的人根本不是她，尽管那天那个女人戴着面具，他没看见她的真实面目，但是声音是伪装不了的。李可乐敢肯定不是这个女人。那么这样看来，这个女人肯定是受别人指使，做了那个戴面具的女人的替身。如果真是这样，那么这个女人肯定知道很多内幕。既然现在她这么急于和自己见面，肯定是有什么事情要急于告知，或者是自己遇上什么麻烦。总之，她除了受人指使诬告强奸这件事情之外，对他应该是善意的，这在那天晚上街头传话的时候，李可乐从她的眼睛中看出来了。再说了，就算她对自己没有善意，但至少和她见了面后总会知道她是为谁做替身的。况且是在“蓝色湖”，那是很多人出入的一个岛上咖啡馆，在那里见面肯定不会有什么危险。临下楼时李可乐想到王大鹏那次自己演苦肉计找人绑架的情节，他还怕在这个女人身上真的发生什么意外，于是踩足了油门一路急速往鱼梁洲赶。

8

半小时后，李可乐赶在那个女人之前到了“蓝色湖”。

在李可乐刚找好地方准备落座的时候，就看见她从门口进来了。还没等李可乐上前打招呼，那女人早就看见了他，直接奔李可乐坐的地方来了。看来李可乐的判断没错，她是有紧急的事情要告诉他。

快走到李可乐面前时，她朝周围环顾了一下，脸上瞬间掠过一丝极其复杂的神情，但随后在和李可乐简单打了个招呼后就坐在对面。

“很高兴在这个时候你能信任我，单独出来见我。”说着她微微地笑了一下，小声说，“是不是还记恨我指控你强奸我的事情？”

“没有啦！过去的事情就过去吧，再说你也有自己的苦楚。”李可乐苦笑了一下说，“我还得感谢你没把我送进监狱。”

“你就别开我的玩笑啦，之前的事情我们就都别提啦。我的时间不多了，我们就长话短说。”说着她低头看了一下时间，“我下午三点的飞机，要去新西兰的，也许以后再也不会回到这里来了。但在走之前我想告诉你我所知道的事情，就算是我对自己的救赎，要不我即使走了，也会过得不安心的。”

“谢谢你帮我的忙，但愿不会因此给你带来麻烦。”看来这一切正如李可乐事先想象的，背后真的隐藏着巨大的阴谋。

“是他们让我走的，他们给了我一笔钱，帮我办了护照和签证，他们希望我走之后这个秘密就一起被带走，永远从这座城市，从这片土地上消失。可是我不安心，我觉得我走之前必须告诉你，要不我觉得自己就是一个恶魔！”说这话时她似乎有点伤感，“我不知道你还记不记得那个晚上我在北街夜市上和你说的话，其实那次车祸，就是他们策划好了准备让你死于非命的，但当时因为我不忍心伤害你，就把车子故意开向靠秦怡的一面。我想秦怡是秦一铭女儿，他总不能看着自己的女儿被伤害吧？所以最后避开秦怡的时候把你撞伤，他们就不会追究我的责任。”

“谁知后来他们看车祸不成就又制造了绑架，就利用洛禾引我出来，对不对？”

“其实当时说制造车祸也只是老板一气之下说的，但是那几个保镖都是蠢货，他们以为就是真的，结果动了真格的，要不是那晚上秦怡及时出现，可能我们今天都不会在这里见面了。”

“那后来在山里那个屋子里的女人是谁？为什么你要替她出面？”

“那个人你认识，因为她怕见到你，所以戴着面具，其实她一直爱着你。本来事先是安排我和你发生关系，然后指控你强奸把你送进监狱的，可是后来她临时改变主意了，她要和你发生关系，要我最后出面替她指控你。”

“我认识？这么说她也在帮秦一铭设计我？”

“你小看她了，秦一铭也只是她的一颗棋子！秦一铭是被她利用着设计你。其实四年前你和秦一铭的认识都只是她给你布下的一个棋局而已！”

“这么说，那天晚上秦一铭根本不是转了半座城找到我们，而是有人早已暗中盯着我们，故意让秦一铭演的戏？包括后来合作开公司以及公司法人变成我，之后的洗钱风波和俱乐部的事情，都只是这个故事事先设计好的一个小小的情节而已，是不是？”

“是的，但是中间有个环节是你给他们制造了意外。那就是在秦一铭神秘失踪后不久出现的那场车祸，要不是后来你跟踪秦一铭时被发现，他们还以为你真的在那场车祸中死了。”那个女人顿了顿继续说，“起初他们以为你真的在那场车祸中死了，结果放松了对你的警戒，等发现的时候你已经掌握到了秦一铭的致命证据！”

“什么致命证据？除了神秘别墅里那个我至今还不知道身份的女人，以及那堆在他丽江柏林小区的书房里找到的商业合同和几个假的身份证之外，好像根本没有别的什么重要的东西。”

“我说的致命的根本不是那些东西，其实你所掌握的对他最致命的就是你在世纪新城拍到的秦一铭的录像。”

“他还在乎这个啊？他明里暗里不知道有过几个女人，还在乎那段视频？再说了，他老婆又那么相信他，都以为他是模范丈夫呢！”

“不是他怕老婆，他是怕秦怡看到。秦一铭很爱自己的女儿，当他发现你还活着并且拍了他的录像后，你在暗处，他在明处，他怕万一你把视频给了他女儿，就会伤害他和女儿的关系。于是就想了一招置之死地而后生的办法，自己假装是误会又回到天娱，赶紧把女儿从国外叫了回来，同时也借董事会换届把你直接引了出来。其实那之前他已经和阳光串通好了，达成交换协议，拟定了协议书，准备换届后把天娱 30% 的股权给阳光的。谁知道换届时雷子和大家力挺你，结果没能得逞，还把自己给逼出了天娱。”

“这么说在这件事情上他们还真是失算了，于是活生生把天娱送给了我？”

“是这样的，所以后来他们就找人成立环宇公司并假装与其合作，暗地里自己出资买通地方院线运营渠道，联合抵制你的影片放映，同时通过关系找到电影审查委员会的人故意给你制造阻力，为此他们花了大手笔的资金！还有，其实最开始把秦怡从国外叫回来是准备对付你，后来他改变了主意，因为他没想到秦怡开始喜欢你，所以他就害怕你把视频交给她。可当后来他发现你也在乎秦怡的时候，他反而又不怕了，因为他知道你不会因为他去伤害秦怡。”

“秦怡知道这些事情吗？”

“她不知道，但是有个人知道。“

“谁？”

“于小曼，其实她知道，而且她是因为受到胁迫才离开你的。他们曾多次威胁于小曼，如果她离开你就相安无事，要不就会祸及于小曼的家人，他们甚至还派人拍了于小曼家人的照片。”

“是谁派人干的？是那个商业诈骗案的主谋？他们为什么要这么做？他们商业交易诈骗嫁祸给我，我可以理解，为什么还要威胁于小曼离开我？”

“其实他们说的真正的主谋根本没有远走海外，其实就是 G 哥，也就是你的那位兄弟 PGO。”

“怎么会是他？他就是所有商业诈骗的幕后操纵者？ G 哥又是怎么回事？”

“这件事情也许很多人都无法理解，就连我自己最初都不敢相信，可这的确是事实。你应该知道，PGO 小时候在邮轮上做过服务员，混到十七岁那年他就去了韩国，在韩国认识了一个商业巨亨，和他合作做生意。后来发现那位巨亨根本不是什么正道上的生意人，只是个黑社会的小头目，他所谓的生意也不过就是商业诈骗和绑架勒索，于是在二十岁那年 PGO 决定自立门户闯荡。结果此事被那位巨亨发觉，把 PGO 打了个半死。从那以后 PGO 就怀恨在心，但表面上强装出顺从。一年后在缅甸贩毒的一次交易中，PGO 随同那位巨亨交货，在和对方接头后发现竟然是黑吃黑，于是 PGO 一不做二不休乘机反水，在两家交火的过程中从背后开

了一枪，黑了那位巨亨的命。后来干脆自己直接取代了那位巨亨的名字，一直混迹在缅甸，五年前才从缅甸又回到韩国，之后又回到国内。”

“他后来回国的目的是什么？难道就只是为了那几起商业诈骗案吗？”

“他回国的目的并不是为了搞商业诈骗，其实都是进了老板给设的棋局，从秦一铭和韩国釜山的野狼公司签订投资协议的那一刻起，你们大家都进了这个事先规划好的局。”

“你一直说的老板究竟是谁？为什么矛头对准的一直是我？”

“看来你还真是一点都不知道，我说的老板就是杨子怡，也就是环宇公司从未露面的老总‘林晓妮’，你和她之间究竟曾经发生过什么事情我们没人知道，但是她一直如此精心设计每一步局算计你，我想你肯定是很深地伤害了她！”

“原来一切都是她在操纵！”李可乐自言自语重复着这句话，但人几乎窒息。半晌后，缓过神来，他终于明白，原来是她在报复。因为一段没有开始的感情，因为自己那么爱于小曼，以至于伤害了她。但是她这样太卑鄙、太阴险、太狠毒了。他想起来那晚上和王大鹏见面时在十字街看到她的一幕，原来那个时候自己已经在杨子怡的棋局下行走。那么，他去深圳之前和她在火车站的邂逅以及从深圳回来后和她见面的情景，这一切都是她给他演的戏，她在给他设置让他入戏的情绪。“太不可思议了！”李可乐苦笑着说。

“李可乐，杨子怡是爱你的，这一点是真的。她从韩国回来其实一直对你抱有幻想，所以曾偷偷地跑到学校去看过你，但是她发现你对于小曼是那样爱，爱得让她羡慕，爱得让她痛心，于是她操纵 PGO 一伙人给你演了一出戏。”

“这么说，PGO 从一开始就知道这件事情？那么我和他所有的合作杨子怡都知道，我做的一切都在杨子怡的眼底下？”

“那倒不是，其实 PGO 真正知道杨子怡对付的人是你，就是那天在山里的屋子里认出你的时候，那时候他也才明白自己是被杨子怡利用了。其实 PGO 此前就连杨子怡和秦一铭的关系都不知道，他原以为商业诈骗的替罪羊会是秦一铭，所以他才帮着你去对付秦一铭。”

“我明白了，杨子怡利用秦一铭和 PGO，她每天给两个人两边演戏，让他们两个明里暗里斗，其实她真正的局都布在我身上，对不对？”

“是的，她为了激起你的斗志，曾经专门化身你的网友出现在你身边，约你见面，然后带你看见秦一铭的背影。为了消除你的疑虑，她还策划了一出别人追求她的戏，还用了变声器隐藏了自己的声音。”

“我知道，那个女人原来就是她，怪不得当时感觉那样熟悉，她叫‘凌萧’，见面后就神秘失踪了。那这么说就是她在山里的屋子里设计我，然后安排你出来指控我强奸？”

“是的，其实她不敢面对你！她恨你，但她也爱你，这正是她的软肋。”

“那为什么阳光后来要保释我？”

“那是因为杨子怡得到你之后认为你们之间的游戏也该结束了，再加上警察已经完全介入，所以他们决定让我远走高飞去新西兰，然后就此结束所有的恩怨。阳光那只是借机敲诈一下你，就算你不答应，他们一样会放过你，不会指控你强奸的。也许你还想问他们为什么会选择绑架洛禾，那我告诉你，就因为他们知道洛禾喜欢你，也知道你会为了洛禾不顾自己的危险前来营救。再者，也许你也知道，洛禾是崔大志的女儿，崔大志和严海茹是死对头，而严海茹又是杨子怡的祖母。”

“严海茹是杨子怡的祖母？”天哪，怪不得她对自己是如此态度。

“是的，但是这个我是从秦一铭口中得知的，是他告诉我的，杨子怡没有说过。”

“原来是这样！我无法相信，但是不得不信。我输了，心服口服！”当着那个女人的面，李可乐情绪失控地感叹着。他原以为自己在驾驭着一切，岂知他走的每一步路都是别人早已经给他设下的局。他原以为自己和秦一铭在玩草船借箭，却不知他只是一片不懂得天高地厚的鸡毛，被早已布好的风吹在天空，无法找到自己的方向！

“好啦，时间到了，我也该走了。这次走后也许会老死他乡，从此再也回不来了，因为我知道他们的事情太多了，只有我走了他们才能安心。也许有些事情你不知道更好，总之，请你自己保重，反正他们也已经放手了，你就放手吧。我能对你说的也全说了，我也走得安心了。”说完她起身拿起行李走了，留下李可乐一个人坐在位子上。

李可乐本打算站起来送她的，可就在站起来的那一刻决定就让她这样离开，也许这种方式他们都更容易接受一些。现在看来，在和这个女人的谈话结束后，李可乐和她的恩怨就会全都算清！所有这些恩怨的背后，他们都失去了很多，她将背井离乡远赴天涯，而李可乐，除了看一眼那个真面目的杨子怡之外，还要做的也许就只是让电影顺利公映。至于PGO身上的故事、杨子怡身上的故事、秦一铭身上的故事以及阳光和他们之间的交易，李可乐已经没有任何必要再去过问，他宁愿什么都不知道，包括在世纪新城躺在秦一铭怀里的那个女人。

从“蓝色湖”出来，看着茫茫的天空，李可乐深深地呼了一口气，然后钻进车子里。从车子奔走在沿江大道上的那一刻起，李可乐就决定将过去全部埋在了自己和那个女人对话的桌子上。回到天娱后，李可乐要做的事情就是赶紧找人催促电影审查的事情。过去所有发生在他身上的事情，除了当事人，他不想让第三个人知道。从今以后，他将继续笑颜面对每一个人，包括秦一铭和杨子怡，他们之间的故事就此结束。

第十五章 首映典礼

生活是矛盾的，人生是矛盾的，犹如一部电影。不管是情节、人物、场景，还是龙套，都让人纠结。现实用残酷逼迫着每一个角色，让大家陷入深渊不能回头。什么才是最美的？是皆大欢喜还是生命消逝？

1

李可乐回到公司时，王大鹏在办公室来回溜达。看见李可乐进门，王大鹏赶紧迎上来问：“老大，我们都已经对外宣布了公映时间，可这片子审查的事到时要是还定不了怎么办？”

“这不，我正准备去看看呢。首映式你们准备得怎么样了？”李可乐指了指停在楼下的车子说。

“早准备好了，就差邀请人了。”说完这话，雷二顺和小惠彼此看了对方一眼。

听雷二顺和小惠这么说，李可乐满意地点了点头：“那这样吧，你们先拟个邀请人员的名单给我，片子的事情我这就去看，估计应该没太大问题。”

“可万一弄不好再出了问题怎么办？还有，老大你不想等等阳光的那部《乡村女教师》了吗？”雷二顺不放心片子是其一，更重要的是想惩治阳光。

“现在嘛，我觉得没有什么大问题，至于阳光那部电影，我们暂时不管它，反正会和它撞上的，我们早上映也好。”“阳痿”已经把车开到了楼下，李可乐一边说着一边下了楼。

“胡子，雷二顺，你们就按着一号首映的时间把首映式准备好，千万不要出现什么差错！”车子启动前，李可乐摇开车窗再三叮嘱。

胡子和雷二顺在车窗外给李可乐做着胜利手势的时候，“阳痿”深踩一脚油门，车子已经驶出了公司大门。

走进市委大院的时候，一种与以往截然相反的气息迎着李可乐的面扑来。以前进入这里，几乎听不到什么声音，用王大鹏的话说，那就是静得都能听见蚊子说话。即便是有人，也只是偶尔有几个年轻的文员奔走在各科室之间。但是这次当李可乐走进大门的时候，里面往来穿梭着的却是不同年龄的人。他们一个个忙碌得如同暴雨来临前搬家的蚂蚁，拿着文件急匆匆地走来走去。

“老大，这是怎么回事？”“阳痿”有点不可理解地问李可乐。

“怎么回事？嘿嘿，估计是新官上任正在烧火呗。辰市长这才刚刚上任，自然要忙起来了。”李可乐笑着说。

一进曲万里的办公室，就看见他正坐在办公桌旁打电话，桌子上到处堆放着文件，看到李可乐进来，对他笑笑挥了挥手，继续接听电话。

李可乐在沙发上清理了一块位置坐了下来，等他把电话打完。

“抱歉抱歉，可乐，让你久等了。”放下电话，曲万里一脸的不好意思。

“我的老领导，你这大院里到底是怎么了，怎么忙碌得跟菜市场一样？”李可乐指了指门外那些穿梭往来的人笑着说。

曲万里倒了一杯茶走过去放到李可乐的手里，然后把门关上，这才苦笑了一下：“忙呀，都快忙死了！你不知道，市里让我把一年来的文化工作整理一下向上面报告。一年的工作呀，这可是一项艰巨的工程。这不，新上任的领导连同办公室的人都忙活开了，我还能坐着？”

“难怪呢，我说连你老人家桌子上都摆上了资料，我还正纳闷这太阳怎么从西边出来了呢。”李可乐接过曲万里递过来的茶笑着说。

曲万里这才伸了个懒腰舒服地坐在椅子上，对李可乐摆手道：“我可不和你这小子斗嘴，我呀，再多长一张嘴也说不过你！说吧，你小子这次来又要干什么好事了？”

李可乐说：“这不，也快过元旦了，赶紧来看看你嘛。”

曲万里看了看李可乐，说：“可乐，你就不能说句良心话吗？我知道你无事不登我这门。”

李可乐嘿嘿笑了两声，起身走近曲万里的办公桌，敲了敲桌子说：“看您老也忙，我就不和你瞎扯了，咱长话短说。其实我是来打听我那片子的，大家还等着首映呢。”

曲万里对李可乐苦笑了一下，说：“你催命啊，我们都快忙翻了，你就不能再等几天？哪怕缓两天也行啊！”

李可乐一扬眉毛，转身坐在桌子上看着曲万里说：“爷，我已经等不了啦。我这大老远跑来，你就这样对待我呀？两天的时间，两天的时间你知道我损失有多大？赚不到钱，天娱怎么办下去？”

曲万里估计是被李可乐机关枪一般的话给轰晕了，连连告饶：“兄弟，你就放过我吧！我说不过你，谁不知道你那张嘴的厉害？我给你去催还不行吗？我这就去，你等着。”

曲万里一边说，一边按着手里的电话，拉开门噔噔噔地跑了出去。

“老曲在你面前一直就这样的呀？”“阳痿”见到曲万里滑稽的样子，笑着问李可乐。

李可乐耸了耸肩笑着说：“可能是我长得太帅了吧。”“阳痿”一听李可乐这话，咳嗽了一声，差点滑倒。

2

曲万里拿着电话出去忙活了半天，终于气呼呼地走了进来。

李可乐一看曲万里铁青的脸，心里咯噔了一下：“曲老，又出什么事情啦？该不会这次真的要被判定禁映了吧？”李可乐睁大了眼睛，霍地站了起来。

曲万里走上去把李可乐按在沙发上，回头望了外边一眼说：“那倒不至于，我只是在生那个严海茹的气。”

“严海茹，她又怎么了？”李可乐心想，“难道这次真的要和自己过不去不成？”

曲万里见李可乐一副怒火中烧的样子，赶紧说：“从那天审查结束，严海茹就放出话来，说是十分讨厌你的电影风格，还说你的创意破坏了电影艺术，会堕落人的灵魂，总之，她对你的这部电影很是不满。在我回来的当天，她一直还揪着这点不放，刚我给老崔打电话，老崔说她还在为此争执着不签字呢。”

“这个我知道，可我就是想不通她为什么那么讨厌我的作品，我招她惹她了我？”李可乐从沙发上站起来，差点对着曲万里叫了起来，“曲老，看看，她要连我这样的电影都不放过，那我的电影还怎么拍？”

曲万里无奈地耸了耸肩膀，说：“可乐啊，你别着急，着急也没用！”

“那她要是非和我过不去，我估计还真过不了这关。”李可乐放下杯子。

曲万里稍微缓和了下情绪说：“那倒没有那么严重。”

听曲万里这么说，李可乐心里一块石头落了地。

“怎么，害怕了吧？看你紧张的。没想到还能有让你李可乐紧张的事情！”曲万里一脸的坏笑。

“害怕倒是没有，紧张是难免的。”李可乐又喝一口茶，躺在了沙发上。

“你是不是做了什么亏心事了？”曲万里看着李可乐，目光意味深长。

有些事情，是心照不宣的，李可乐也用不着骗曲万里。他嘿嘿一笑，站起来拍了拍曲万里的肩膀说：“老兄，如果我不做一些事情，以我的性格你觉得我现在还能安心地待在这里吗？”

“可乐，这次审查我估计问题不大，你就回去安心准备你的首映吧。我敢打保票，你这部电影票房绝对会冲破八千万！”曲万里一边笑着一边冲李可乐说。

“去去去！你这是损我还是安慰我？这部电影只在天河下属的二十家影院放映，赚八千万票房的话就意味着每家影院都要有四百万票房，怎么可能？再说，这个档期和我们撞上的还有老贾的那部投资上千万的大片《风声月影》，我这三百多万的小投资，在人家跟前根本不算什么。想从观众口袋里掏这么多钱，我真的还没敢想。”李可乐对曲万里预估的这个数字心里确实没底。

曲万里可不管李可乐怎么想，把脑袋摇得跟拨浪鼓一样：“你说的不对！老贾的那部电影，大片不错，能赚钱也不错，但是不太可能在票房上赢过你。还有那个阳光，这家伙也太笨了，他更不该成心和你撞在一起。如果不和你打对手戏的话，他的电影绝对可以赚得比预期更多。可乐，相信我，我已经在这个圈子混了这么长时间了，我说的不会错！”

“对了，忘了问你了，阳光的那部电影什么时候上映？”李可乐突然想起了这件重要的事情。

曲万里嘿嘿一笑：“刚收到他们公司的申请，《乡村女教师》元月三号送审，十八号上映，你呢，首映时间不变了？”

李可乐眨巴了一下眼睛：“我们一向先下手为强，首映时间不变了，元月一号！片子的事情你盯紧了。”

说完李可乐和曲万里道别走出办公室。

3

从市委大院一出来，李可乐没有立刻回公司，而是让“阳痿”开车带他去找秦一铭。不知道为什么，李可乐这会儿想去见见他。

到了秦一铭的小别墅门前，正好碰见秦一铭在院子里修剪花草。见李可乐从车上下来，秦一铭立马放下手里的剪子走了过来。

“可乐啊，什么风把你吹到我这里来了？”秦一铭赶紧礼貌地请他进来。

李可乐没有进房间，就在院子里的草坪上，坐在椅子上喝着秦一铭给的咖啡说着话，秦一铭继续修剪花草。

“可乐，你来找我有事情吗？”秦一铭扭过头来笑着问李可乐。

“秦总，你对我的这部电影怎么看？”李可乐没有直接回答，可提的这个问题把秦一铭给问愣了。

秦一铭挠了挠脑袋装着糊涂说：“你的电影？是不是你即将首映的新片？”

“对。”李可乐喝了一口咖啡，很肯定地对他说。

“我对你这部电影了解的不多，不过从别人那里听说你这部电影两次送审都因大尺度镜头太多而没通过，后来不是说已经禁映了吗，你怎么还要举行首映？”秦一铭似乎在借机挖苦，但李可乐更加肯定他是为自己的失败找慰藉。

李可乐摇了摇头：“我没问你这些，我问的是你对我这部电影的票房怎么看？”

秦一铭其实也许早就明白了李可乐的来意，他略微思索了一下说：“我觉得，这种电影事实上也不像很多人想象的那样神秘，也许别人听着是很入胃口，但是一旦真正让观众看到它的本来面目，脱去了传说中的那层神秘面纱，恐怕会让他们失望。”

秦一铭的话，让李可乐很是满意。他满意并不是因为秦一铭说的人们对他这次的电影的期望，也不是他所说的那种神秘感，而是满意秦一铭能有这份当着自己的面挑衅的心情。因为只有秦一铭一直这样保持对自己的挑衅，他才能有继续打击对方的动力，也才能更进一步触到秦一铭内心的痛处。当然，秦一铭能在李可乐面前假装心平气和地发表这份见解，李可乐也很满意。

“秦总，我邀请你参加我的电影首映，有时间的话赏个脸如何？”李可乐笑着说。

秦一铭摊了摊手，半天才说：“可乐，你就别开我的玩笑了，我就算是买了票进去，你恐怕也得把我赶出来吧？”

秦一铭说这话时，“阳痿”把请柬从车里拿了出来，李可乐接过来双手捧给秦一铭。

“我让公司里的人到时专门给你做个欢迎的横幅，公映那天就挂在会场，你看如何？”李可乐指着“阳痿”用手比画着对秦一铭说。

秦一铭冲李可乐咧了咧嘴：“可乐，那先谢了。希望你的片子能够不被禁映，到时能在首映那天见到。你这可是为我们环宇院线接下来的成功做了一件大好事。”

“那就好，那就好，我恭候你的大驾。来的时候我还担心你不来呢，现在看来是我多虑了！”说着李可乐整理了一下领带，拉开车门上了车。

4

三天后，从北京传来消息，片子最后顺利通过审查。当然这意味着首映将按原计划进行。

首映启动仪式安排在八点开始，李可乐赶到影院已经是七点半了。下了车，李可乐赶紧站在门口迎接邀请的客人。

“老大，你怎么现在才到呀？有不少客人都已经进去了。”王大鹏对李可乐说道。

“我倒是想早点来，你没看见我车子里坐着两位大人物吗？一路上你掐我挠，我能活着到这里已经算是万幸了！”李可乐说着白了一眼洛禾和秦怡，然后赶紧换上一副笑脸向来宾打招呼，“冯先生，张先生，你们好，这边请。”

这次首映李可乐亲自给秦一铭发了请柬，过不过来，那就是秦一铭自己的事了。

除了一些民营电影公司的巨头和一些新锐导演，崔大志、市长辰强、市委宣传部长曲万里以及各大报纸的主编等，都在受邀请的名单里。

“乐哥，崔主任的车！”胡子指着一辆黑色的小车叫道。

李可乐赶紧带着一帮人迎了过去，亲自替崔大志开了车门，旁边围观的人见李可乐竟然亲自走过去开车门，纷纷议论车子里坐着的是什么人。

“可乐，准备得怎么样呀？”崔大志一出来就拉住李可乐的手问。

“崔主任，有你们大家的鼓励，我是信心满满啦！”李可乐笑道。

“那就好，那就好！我今晚就好好看场电影！”崔大志由胡子带领，朝影院大门走去。

曲万里跟着过来，低声道：“你小子还真是有点魄力，这样一来，其他公司的片子岂不是又被你踩到脚底下去了？现在就等你抱得美人归了。”

李可乐没说话，但他心里清楚，曲万里和自己说的这些并不简单。当得知洛禾其实就是崔大志的私生女的那一刻起，李可乐就清楚，崔大志那么拼命地为他争取这一切、在众人面前捧他、曲万里不断地提醒他要好好地照顾洛禾的意思。可他心底还藏着一个人，无法放下。

七点四十五分，秦一铭姗姗来迟，尽管是最后一个到场，但他还是来了。

白色宝马耀武扬威横冲直撞地停在了影院门口的停车场上，秦一铭一身黑色西装从里面走出来，手上的大钻戒银光闪闪，从另外的一边出来一个女人，穿着紫色的礼服，手里拿着白色的 LV 小包，两个人并肩而行。这个女人的出现吸引了不少目光。

“真是一对才子佳人呀。”有人发自内心地称赞。

王大鹏扑哧一笑：“我看倒像是一对奸夫淫妇。”

“别瞎说！”李可乐瞪了一眼王大鹏。

王大鹏大嘴一咧：“你不知道？在筹拍《古城夜生活》的时候秦一铭就和这个女人好上了，这老小子就喜欢吃嫩草。”

“什么？她不就是环宇老总林晓妮吗？怎么会在筹拍《古城夜生活》的时候和秦一铭好呢？”胡子反问王大鹏。

“那就只能有一种可能，林晓妮是个假名字。”王大鹏说得对，现在来的人就是杨子怡，那么李可乐此前经历的一切离奇就有解了。李可乐和阳光、杨子怡、秦一铭、PGO，还有于小曼他们之间发生的一切，就解开了。

“秦一铭不是有老婆吗？他难道包养杨子怡不成？我不相信。”李可乐嘴上这么说，其实心里都快恨死了。

“他睡过的女人还少？”王大鹏似乎有点不屑，“这个女人和他在一起好几年了。”

看着杨子怡当着自己的面和秦一铭一脸亲密的样子，李可乐知道，既然公开亮相了，那么他们之间的这个故事现在该接近尾声了。

“秦总，欢迎你的到来！”虽然心里对秦一铭早就鄙视到了极点，但是出于面子上的礼貌和接下来的顺利摊牌，李可乐还是笑脸相迎。

旁边的记者都知道李可乐和秦一铭不和，见他迎过去，纷纷举起了相机。

镜头在前，秦一铭不得不摆出他和李可乐初次见面时的那种谦逊的样子，李可乐也极为亲热地握手拥抱。

“你今天的电影不会让大家睡过去吧？我都失眠好几天了，如果是这样的话，散场后我请客，补偿你的精神损失。”秦一铭一边对着记者的镜头微笑，一边在李可乐耳边小声说。

“怕是会让你失望，秦总，失眠可不是件好事，你不会又做了什么对不起人的事情了吧？”李可乐在秦一铭耳边一字一顿说完，然后哈哈大笑，对秦一铭和杨子怡把手一挥，“请二位进去观影。”

秦一铭歪着嘴笑了一下，露出讥讽的表情。至于杨子怡究竟是什么表情，李可乐没有看，准确地说是没敢看。他俩一前一后进了电影院。

随着秦一铭的到来，首映邀请的嘉宾悉数到场。李可乐带着一帮主创人员从影院正门进去的时候，两旁的观众集体起立，电影还没有开始，掌声就铺天盖地地响了起来。

雷子抱着话筒在台上对观众叫道：“女士们，先生们，这一刻我们等得太久了，是不是呀？”

“是！”人们齐声高呼。

“既然这样，那么接下来就请李可乐给我们说几句吧！”雷子这家伙偷懒偷得有水平，本来按原计划要搞个首映晚会的，但中间出了那么多小插曲，所以没有特意安排首映仪式。可他居然直接跳过介绍嘉宾和领导发言的环节，把话筒交给了李可乐。

李可乐拿起话筒时，台下已经掌声雷动，甚至还有不少人吹起了口哨。秦怡和洛禾站在旁边看着他，脸上都露出骄傲的表情。

李可乐站在台上等，一直等到掌声停下来。

“女士们，先生们，今天是我的第四部电影首映的日子，也是天娱重组后拍的第一部电影，十分感谢诸位的捧场。”尽管一切从简，但客气话还是要说的。

“这部电影，确切地说，不是我个人的作品，它是所有天娱人集体智慧的结晶。同时在这里我还要感谢为这部作品的面世付出了很多的幕后人员，谢谢我们的两位主演洛禾小姐和鲍铁舟老大爷。正是有了站在我身旁的这些人和坐在台下的你们，这部电影才有诞生的可能。所以，请把掌声也送给他们！”

啪啪啪啪——人们对着洛禾等人鼓起掌来，长时间的掌声令台上的每一个人都兴奋异常，当然包括李可乐自己。

“天娱重组以来，得到了各级领导和单位各个方面的支持，对此，我代表天娱的全体人员向支持我们的人表示感谢。《逆爱寻欢》和《人性的借口》不同，在拍摄这部电影的时候，有人对我说在金融风暴来袭之时上映一部内容凄惨的电影是会亏本的，有人建议我拍励志剧，让更多的人找到斗志。可我要说的是，天娱拍电影，不是单纯为了赚钱，虽然天娱这么多人要通过赚钱来养活，也要通过赚钱继续做大，可正如崔主任说的那样，电影要对社会、对观众的灵魂负责。我不怕亏本，不怕让观众在看完电影后哭一回，恰恰相反，我认为广大观众最后会为这部电影鼓掌，我有这个信心！”李可乐顿了一下继续说，“虽然我们看惯了银幕上的歌舞升平，看惯了都市灯红酒绿下的男欢女爱，但我相信还没有人把目光关注到那些在都市灯红酒绿背后还忍受着饥饿，甚至挣扎在死亡线上的社会最底层的人群，现在是我们把脸转向他们的时候了。那些下岗工人，那些乞丐，那些低保民众，那些失业大学生，我们该为他们做点什么！”

“说得好！”

“好！”

台下的气氛被李可乐煽动了起来。

“下面，请大家欣赏电影。”

李可乐带着主创人员在台上向观众深深地鞠了一躬之后，搭幕拉开，影院里灯光熄灭，一束光线打到了银幕上，电影开始了。

李可乐回到观众席，坐在秦怡和洛禾旁边，另一侧不远的地方是秦一铭，和秦一铭紧挨着的是杨子怡。

此刻影院里特别安静，所有人个个绷直了身子盯着屏幕，看过《人性的借口》的他们，对于李可乐的电影早就渴望已久，更何况这部电影是千呼万唤始出来，早把他们勾得神魂颠倒了。

李可乐身边不远处的秦一铭则是一脸的不屑，看着屏幕故意装作哈欠连天。

5

出品单位字幕放完了。

第一个镜头是黑屏，然后慢慢淡出一段字幕来，大体介绍了一下下岗工人和失业大学生的生活，指出这部电影讲述的就是他们的故事。

这段字幕，立即引起了观众的兴趣，电影中有字幕常见，可很少有头一个镜头就是以字幕打头的。

李可乐看见老贾撇了撇嘴巴，一脸的意兴阑珊。

字幕渐渐模糊，画面由黑转白，大雾，一片白茫茫的大雾，隐约可以看见雾中有什么东西，但是看不太清。随着时间的推移，风吹雾散，一辆人力车缓慢地沿着人行道在前进。风在吹，上面破旧的帆布被吹得胡乱地舞动着。太阳一点一点从地平线上升起来，画面由暗转亮，镜头缓慢推进，呈现在观众眼前的，是一幅美丽的清晨都市风景。

忽然，一个女人冲进了画面，她身上的衣服被撕得破烂不堪，头发蓬乱，哭喊着在街上奔跑，眼泪一滴一滴地往下滴。这时候一辆出租车疾驰而来，那个女人被带了起来，然后迅速地被甩出一道弧线……

“啊！”电影院里的观众看到这个镜头，不约而同地发出了惊诧的叫声，很多人纷纷议论到底发生了什么，那个女人为什么会如此模样，她会不会死。

画面迅速切换，平静的柏油路面上渗出了一朵鲜红的花，那个女人再也没有起来，画面再次呈现静谧的状态，仿佛什么都没有发生。然后那辆人力车在没有丝毫征兆的情况下动了起来，原本空荡的街头突然用叠化效果填满了来回奔走的满脸愁容的人。接着，一队手持警棍的城管从街头天桥的十几层阶梯上缓缓而下……

人群混乱了，推车的、拉车的、背包的、摆摊的，他们赶紧收拾自己的东西开始奔跑，呼喊，场面彻底失控……中间插入了很多特写，有抱孩子的惊慌失措的母亲，有瘸腿的老人，有卖香烟的十几岁的姐弟，有扛着箱子的中年人，他们四散躲藏，面露恐惧之色。

电影院里的观众被前后迥然不同的镜头震撼了，纷纷站起身来。李可乐身边的秦一铭也终于放下了他的二郎腿，把目光聚集到银幕上。

银幕上的骚乱还在继续，城管们开始追赶小贩。一个童车的特写——一个母亲推着童车，身上挂着个大包跟在人群的最后面。城管过去一把抢过里面装着盗版光碟的包，人群顿时散开了一大批，那位母亲一个踉跄摔倒在地上。她睁大眼睛看着自己的孩子，看着童车失去平衡摇摇晃晃滑向迎面飞驰而来的轿车……

“啊！”洛禾叫了一声，紧紧地抓住了李可乐的手，因为电影里那个饰演母亲的人就是洛禾自己。

接下来，银幕上是一场混乱的争夺厮打，一边是城管们抢夺小贩们东西时得意的笑容，一边是鲜血淋淋的伤口，喷涌而出的泪水，撕心裂肺的呼喊。

全景、远景、中景、近景、特写、大特写，各种景别快速地交织在一起，让人喘不过气来。城管人员用警棍打、用脚踩，观众可以看到被打破手臂的老人、被吓得乱哭乱叫的小孩，还有更多拼命躲闪着的推着东西、拉着小车的中年小贩，以及背着包疯狂奔跑的落魄青年。

那个失去平衡的童车不停地出现在画面之中，成为焦点。

电影院里所有的人几乎连呼吸都忘记了，他们全部齐齐站起，捂着胸口睁大眼睛看着银幕上的画面，震惊得一句话也说不出来。

秦一铭则不停地推动架在鼻子上的眼镜，脸色严肃。

然后是童车中婴儿的主观镜头，童车离飞驰而来的轿车越来越近，镜头摇晃颠簸，观众的心也随着越揪越紧。最后，在童车快要冲进车子下面的刹那，车子里面突然甩出一块香蕉皮，而那块香蕉皮正好支在了车子的一只小轮子上，车子停在了斑马线的边上，孩子在摇篮里哇哇大哭。那辆车子从旁边擦着小童车飞驰而过，从车里飘出来一个女孩子的狂欢的笑声……镜头这才从一块印着“构建和谐，共同繁荣”的公益宣传牌上摇到孩子张开的大嘴的特写，从孩子的嘴里，迸出了片名：逆爱寻欢！

“天哪！”影院里一个中年妇女晕了过去。

影片的开头，彻底将所有人都镇住了。

从电影开始放映时起，电影院里就惊叫声不断，随着剧情的发展，所有观众或喜或悲，不少人被电影感动得稀里哗啦地掉眼泪，观影效果非常之好，好得超乎所有人的想象。这部长达一个半小时的电影，从第一个镜头到最后一个镜头，尖叫声几乎充斥全场，那完全是出于赞叹和惊讶。

6

首映的第二天，媒体上全是对这部电影的评价。

“真是部震撼人心的电影！少有的杰作！”

当然和《逆爱寻欢》一并被提及最多的还有黑龙影视公司的《风声月影》，这部电影带着鲜明的谍战风格。整部电影围绕着解放战争中潜入敌方卧底的故事展开，把那波澜壮阔、惊心动魄的谍战生活展现在了观众眼前，让大家结结实实看到了刺激和惊心！整部电影，悬疑迭起，老贾用自己对于悬疑设置的杰出掌控力证明了他有着与张艺谋相媲美的大片导演能力。虽然电影带着一丝粗糙的风格，当然这不是贬义，这种粗糙如同磨砺的砂石，有着无尽的质感！老贾在这部电影中，对于间谍潜藏和反间谍人物心理的刻画，十分的到位。

在艺术性上，老贾的《风声月影》最大的贡献在于它彻头彻尾地贯彻了信仰这个最崇高的东西，没有把这样的一部谍战反谍战的题材当成是悬疑大片来拍摄。他把它当成了一部悲剧，一部细腻的悲剧来拍摄，电影里面那种浓浓的宿命一般的悲怆基调，让整部电影悲壮无比。而整个故事带给人们的也不只是紧张刺激的情节与面对死亡的万般无奈，而是让大家看到了一个复杂的小世界里的崇高追求，就在那个建在海边悬崖上的黑色堡垒里，所有人都会为了自己所坚持的信仰而做出牺牲。而且从故事一开始，每个人都在经历着自己无法抗拒的牺牲。老贾用这样一种柔情的方式，让人沉醉，使整部电影都沉浸在这样的悲剧基调里面，迷人而震颤！

“这同样是一部杰作！与《逆爱寻欢》不相上下。”

《娱乐周报》对《风声月影》给予了极高的评价，这代表了全体电影人的观点，也代表了大众的感受。在投资上，《逆爱寻欢》和《风声月影》差远了。当然对于观众来说，李可乐的电影，基本上已经被打上了标签，那就是：从首映来看，《逆爱寻欢》显然比《风声月影》受欢迎。

就像《娱乐周刊》发表的评论：“李可乐总是给人带来那么多的惊喜，不管他拍摄哪种题材。那部《人性的借口》，妇孺皆知，是因为故事够吸引人。而对于《逆爱寻欢》来说，这样的一部简单反映生活的电影，对于观众而言可以说是没有任何的剧情悬念的。可在这种状况之下，他照样能让观众被电影吸引，这是一项十分艰难的工作。”《娱乐周报》对李可乐的编剧水平和画面冲击给予了极高的肯定，在这方面，《逆爱寻欢》得到了很多电影人的一致认可。

“表面上看，这部电影具备大片的一切特点，场面设计宏大，视觉效果极其震撼，和《风声月影》相比，在场面上，《逆爱寻欢》不但不弱，甚至更胜一筹。但是当电影结束的时候，所有人都会体会到，这部感官上的大片，其实是一部平静的电影，一部让人陷入安谧的境地深思的电影。

“整部电影，出乎观众的意料。在李可乐的编剧之下，生活的色彩减淡到了极点。电影里面的人物不像是人而更像是神，他们如同悬崖边的花朵，在命运的风中飘舞，盛开，随即又落下。

“电影中有着无数感人的细节，而这些细节在新锐导演中只有李可乐才能够有那么细致的能力让这样的细节出现在银幕之上。电影之中，女一号死的时候，凄美痛心，当她的尸体在地上被托着的时候，一片片雪花落下来，盖住了那张美丽的脸。那个镜头，简洁到了极点，却深刻地表现出了主题。李可乐用这样的一个镜头，表现了对一位社会底层妇女的敬意，虽然她饿死了，却死得回肠荡气。

“《逆爱寻欢》是一部杰作，比起《风声月影》来，这部电影更有底蕴，更有味道，形式上是部完美的生活故事片，内里是一部发人深省的艺术杰作。”《娱乐周报》采访老贾时候，他也对《逆爱寻欢》极为赞扬。当然除了老贾之外，不管是专业电影人还是普通的受众都认为这部电影胜过《风声月影》，虽然两者在深层上有着相似之处，但是比起《逆爱寻欢》来，《风声月影》显然有些不够精致，而且挖掘得也不够深刻。当然这部电影这一次有了个圆满的结果，得到了各方面的肯定之外带来的无非就是票房飘红。

这个结果，让天娱陷入了狂欢，雷子激动万分，大呼天娱复兴的时刻到了。自从阳光从天娱分裂出去之后，天娱就再也没有拍摄过一部像样的巨片。可以

说，这一次投资拍摄《逆爱寻欢》，雷子也是憋了一股劲，他要趁着民营投资的各大电影公司纷纷上马大片的有利时机，重振天娱的威风，毕竟天娱可是大片的缔造者。这一次，对于天娱来说绝对算得上是巨大的成功。而对于阳光和秦一铭来说，也绝对是一种打击，让他们深深地认识到天娱自从阳光的分裂之后，现在已经彻底走出阴影，重新恢复了过来。所以这部电影对于天娱来说根本就不是一部电影那么简单，这是一声吹响的号角。

长期以来，天娱都是拍摄小成本的电影。但是这一次，《逆爱寻欢》的辉煌让天娱风光十足，李可乐用自己出色的场面调度能力告诉大家，天娱也可以用小成本拍摄出大片，而且完全可以拍摄得极为成功。最值得一提的是，在这部电影里面，担任主演的洛禾和鲍铁舟老人获得了各方面的认可，这两个人的出色演技，几乎征服了所有人。

《风声月影》和《逆爱寻欢》如同两门巨炮，在它们震天的轰鸣声中，地方电影新潮正式开始。这仿佛是一场战斗，声势浩大的战斗。在这些大片跟前，观众仿佛是面对着呼啸而来的成千上万的骑兵，感觉到的是发自内心的震颤！

虽然首映式办得十分的简陋，但反响十分成功。

“《逆爱寻欢》为地方民营电影竖立了一面新的旗帜，开辟了一条新的道路。如果要定义的话，笔者觉得称之为黑色写真电影为好。这种题材的电影，在中国电影史上绝对是里程碑一样的作品。”

“李可乐历来是个多面手，反映小人物的电影几乎所有的题材他都拍过，而且他拍过的电影几乎部部成为这一类型中的经典之作，而李可乐显然不满足于现在已有的电影题材，更习惯于开山立派，这部《逆爱寻欢》显然就属于此类作品。”老贾更是十分喜欢《逆爱寻欢》，这部电影的独特的气氛深深感染了他。

“李可乐是不折不扣的电影新锐！在任何题材的电影中，他都称得上创新！《逆爱寻欢》的闪光点很多，最吸引人的就是整部电影的镜头特写了，这种风格，犹如梦境，很是美丽。但是我要说的不是这些。其实只要仔细思考一下就可以看出来，这部电影的剧情十分简单，几乎没有什么繁复的内容，既没有多线设置也没有玩什么花样，而且里面的人物几乎都是性格鲜明，好就是好，坏就是坏，单纯得如同童话一般。这童话，是孩子的童话，也是成年人的童话，反映的却是一个现实的让人身死的世界。”而除了老贾之外，对这部电影喜欢得发疯的就要数韩延了。

韩延本人就擅长拍摄黑色幽默的电影，对于黑色电影，一向有着偏爱。对于《逆爱寻欢》，韩延的看法和很多人都不一样，他把这部电影看成是一部黑色童话，让李可乐很是赞同，几乎有了一种知己的感觉。

7

在观看了老贾的那部《风声月影》后，李可乐想，如果是自己，也会问同样的话，因为在现在这个时代，谁会傻到为了一个“风声”葬送性命呢？问题是那个时代的人比现在的人多的是信仰与坚持，她觉得一条命换一个消息，值！

对于自己现实生活中的这个故事，李可乐也在反思，比起于小曼的牺牲，其他每个人的牺牲便显得微不足道。于小曼所有的伟大与伤痛没让别人看到，所以没有人会同情她，她成了一场游戏中的一个可有可无的棋子，注定的牺牲品。但是，她永远刻在了李可乐的心里。

杨子怡为了报复，秦一铭为了美色，阳光为了名利，乃至于小曼为了爱情，他们都甘愿做出牺牲。而现在的李可乐，已经丧失了牺牲的勇气。

李可乐认为《风声月影》中的每个人都有信仰，因为他们都希望活下去。为此李可乐也在思考，为什么 PGO 那么容易就抛弃了自己的原配而挖掉了“阳痿”的墙脚？为什么杨子怡在几次见到他的时候眼神中会有不忍？为什么自己看到于小曼娇小的身躯满身伤痕的时候心里是那么的难过？为什么这么多年之后他对林苒苒还会牵肠挂肚？当然，这只是他的一种寄托，其实他一直爱着的还是于小曼。因为人若有爱，内心必然会有一处软弱的缺口，一处脆弱。眼泪就是最好的证据，此刻他的眼睛湿润了。

在李可乐生活的剧本里，最简单的人非于小曼莫属。因为谁都能看到她的固执、任性、偏执、善良以及单纯。杨子怡让她离开自己是对的，这个充满血腥、欺诈、屠戮的战场是不适合她的。于小曼斗不过杨子怡，斗不过秦一铭，她会对敌人仁慈，不想有无谓的牺牲。这样一个简单的人，怎么承受得住这种战争的残酷？除了那些曾经留下的美好记忆，别人都看不到一句于小曼内心的独白。李可乐想，老贾在《风声月影》里塑造的那个女人一定会对一个人毫无保留地倾诉，就像片尾那样，诉说惆怅与无奈。可是于小曼没有，她选择了沉默。

生活是矛盾的，人生是矛盾的，不管是情节、人物、场景、龙套都让人们纠结。现实用残酷逼迫着每一个角色，让人们深陷深渊不能回头。什么才是最美的？是皆大欢喜还是生命消逝？

杨子怡和李可乐面面相觑，她心里会想什么？她为什么要跟随秦一铭一起面临艰难的抉择，经历这些可怕的生生死死？如果让李可乐来理解，就像《风声月影》主创在向那些敢于牺牲的人致敬。《风声月影》的主题就是勇气，就是牺牲。这正是他们最缺乏的东西。

也许生活就是这样，处处皆阴谋，善意的、恶意的、报复的、保护的，有些事情，逃避不了就要去面对，做了，就不后悔。要知道，遗憾比缺憾更难接受。

尾声

首映结束，所有的人都已散去。李可乐独自一人回到公司。

伴随午夜敲响的钟声，旧的一年默默无闻地结束，新的一年悄无声息地来临了。

李可乐记得小时候在语文课本上学过，这叫年复一年。那会儿根本不理解年复一年究竟是什么意思。现在想想，有些事情不理解可能远比理解要好。这就像当初走进大学校门，只要体检合格，成绩够线，大家清一色叫大学生。可当你在里面待过1460个夜晚，然后再走出那个大门，就完全不一样了，比如说“阳痿”，比如说老朴，比如说大黄，比如自己，都他妈曾经一样的天之骄子，如今却是完全不同的人生，现在才知道做人比做鬼还难。

夜很静，李可乐一个人坐在办公室里，开始没有理由地思念于小曼。尽管他非常清楚，于小曼和自己的爱情早已被现实拍死在了沙滩上。可恍惚中，他总感觉于小曼的一言一行都在回归。如今的李可乐，已经成了一个无法接受爱的人。因为，他怕自己再次受到伤害，所以使劲地逃避这种思念。

想着想着，李可乐不知不觉就趴在办公室桌子上睡着了……

睡得正香的李可乐被喊醒，连忙起身，穿好衣服下楼。胡子说电影得到了电影节的提名。再看楼下，准备参加电影节颁奖仪式的人早就在院子中等待了，秦怡、雷子、雷二顺、王大鹏……还有所有天娱的员工，都密密麻麻地站在院子里，面向李可乐办公室的方向静静站立。

当李可乐出现在楼梯口的时候，院子里立刻开始欢呼。李可乐下楼，也不知是谁高呼一声：“李可乐，必胜！”众人都叫了起来：“李可乐，必胜！李可乐，必胜！”院子里立刻响起了一阵阵的高呼。紧接着，响起了一片掌声！

站在台阶上的李可乐，大手一挥，高喊道：“出发！”

“出发！”雷子跟着他，大步走向停在公司门口的车子。

可是到了公司的大门口，李可乐呆住了。从办公室到门口的那条街上，早已密密麻麻站满了人，根本不知道有多少！他们拥挤在街道两侧，街道上仅留出供一辆车子驶过的通道。所有人望着大门，目光坚定，默默无语。一眼望过去，整条街道就像是一条绵延翻滚的人的巨龙，龙头的方向，就是天娱的大院！

街头，一整条街区最高建筑的顶上，竖起了天娱的那面旗帜。旗子上面半个红色月牙图案，像一个火把，映红了新年第一天的天空！

这一刻，全市所有父老乡亲都知道，是天娱出征的时刻！这一刻，全天娱人都知道，是李可乐梦寐以求的一刻！大家自发集合起来，用自己的手和肩膀，用祝福和期盼，托起天娱这条腾飞咆哮的巨龙，托起李可乐的希望！

“李可乐，天娱所有人从早晨就开始忙活了，他们每家都打开电视机，今天晚上，所有人都放下了手里的活，他们将通过电视来见证咱们在颁奖典礼的一切。”胡子在李可乐旁边道。

“所有人徒步前行，向大家回敬！”李可乐没有让众人上车，带着大家大步走上公司前面的大街。他出现的时候，没有人发出声音。所有人都静静站立着，没有掌声，没有人语，都挺直腰板站在那里，目光随着李可乐缓缓移动。所有人都对李可乐举起了紧紧攥着的拳头，无论是男人、女人，无论是老人、小孩，都高举拳头给李可乐送行。

这是力量和胜利的象征！

到了街心，刘大爷和陈老板带着许多人端着酒水站在那里。

“可乐，我们给你们大家送行，你们可一定要打个大胜仗！”刘大爷看着李可乐，颤颤巍巍举起了他的拳头。

“可乐，在古代，军队出征前都要饮酒饯行，你们这也算是出征。来，喝了这杯酒，去为我们争光！”陈老板端着一杯酒走到李可乐跟前说。

酒是上好的酒，喝下去辛辣无比，却是那么痛快！

举起一杯白酒一饮而尽，李可乐抹了抹嘴巴对还在高呼的人喊道：“天娱的兄弟姐妹，有人能告诉我，我们要得的奖叫什么奖吗？”

“最佳影片奖！最佳导演奖！”

“最佳女主角！最佳男主角！”

“对！今天，我们天娱人要像出征打仗那样，在一个个的竞争对手中杀出一条血路来！我们要用行动告诉所有人，告诉全市人民，我们天娱的人，要成为这些奖项的主人！”

对着密密麻麻送行的人，李可乐像大伙一样，高高举起了拳头！

一声声高呼，犹如滔天的巨浪，震动得连脚下的大地都微微发抖，震动得连周围建筑都开始摇晃！

“李可乐，一定要加油，为乡亲们争气。”李可乐看着眼前这些吼得群情激昂的兄弟姐妹，不由得泪流满面。

“天娱，加油！”天娱的人，跟着李可乐齐齐喊了出来。

“李可乐，加油！”周围的人高呼着口号，开始移动，他们像是托起巨龙腾飞的巨浪。

“天娱，加油！”

“李可乐，加油！”

呼声之下，那面飘扬的大旗猎猎作响，仿佛是出征前的号角！

“出发！”李可乐对着王大鹏等人再次挥手，众人纷纷和周围的兄弟姐妹们挥手告别，一脸坚毅坐进了车里。

二十几辆车，如同一条长龙在众人的高呼声中缓缓开出天娱，向着机场方向驶去。那里，是战场的通道！是大伙为荣誉浴血奋战的地方！

这一晚，天娱的兄弟们会大获全胜，还是折戟沉沙？

颁奖大礼堂门前的大街，已经人满为患了，街道两旁已经围满了观众，每一辆出现在酒店门口的车，都会引起一片惊叹声。警察被派出来维持秩序，但到了后来，连警察都参与到了欢呼的人群中，气氛极其热烈。

街道的两旁都架上了大喇叭，以便于外面那些不能入场的观众能够了解现场的情况。更有不少热心影迷把自己家里的照相机和 DV 机都扛了出来，看来是做足了准备。

戛纳电影颁奖典礼，天娱人早就翘首以盼了。这一晚，也是所有热爱电影人的盛宴。

礼堂门口，长长的红毯一直铺到路上，毯两旁，各家媒体记者纷纷占据有利地势架好了各自的摄像机。在一堆记者中间，李可乐看见了那个瘦瘦的脸庞在向自己微笑，是老麦，他不知怎么也来了。闪光灯的光亮频频亮起，很是热闹。

那些明星大腕、一流导演、电影公司的老板、制片人，更是一个个西装革履，意气风发。

“李可乐，怎么这么热闹呀！”坐在李可乐旁边的于小曼看着外面欢呼的人群，兴奋异常。

坐在后排的李可乐老妈和老爸则激动地抓住李可乐的手，这样大的阵势他们哪里见过。

看到车牌上标有天娱标志的五辆车驶过来，街道两旁观众的热情到了顶点，很多人高呼着支持天娱的口号，不少人把鲜花投向了李可乐他们的车子。天娱是这次戛纳电影颁奖典礼的主角，李可乐的出现，把礼堂外面欢迎人群的气氛引向了高潮。

等李可乐的车子到达门口，前面的王大鹏、雷二顺等人从车子里下来时，两旁维持秩序的警察再也抵挡不住一拥而上的影迷，队形一下子被冲垮，很多影迷冲到了王大鹏的跟前向他索取签名。

“可乐啊，怎么这么多人呀！”车子停下来的时候，李可乐老妈被那些对着车子高喊着口号的影迷给吓住了，抓着李可乐的手，迟迟不敢下车门。

“原来当明星是这种感觉，爽！”李可乐老爸却在另一边美滋滋地说道。

车门打开，于小曼、洛禾、秦怡三个人最先出去，三个美女打前阵，一出来就震惊全场。

“那是秦怡小姐！太漂亮了！”

“我看还是洛禾小姐漂亮，怎么着也是蓝天的玫瑰！”

“错，现在是天娱的玫瑰了！”

“我觉得洛禾和秦怡都有味道！你看看她们身上的衣服，那叫一个英姿飒爽！”

“于小曼更漂亮！比刚才的那批女明星漂亮多了！”

“中间的那个老太婆是谁！？”

“应该是李可乐的母亲。”

……

车窗之外，影迷们的议论声此起彼伏。

“老爸，该我们出场了！”李可乐在加长轿车里收拾了一下全身上下，冲老妈和老爸笑了笑。

“我先上！”雷子早就按捺不住了，一低头推开车门就走了出去。

外面的影迷们见车里走出一个男人，还以为是李可乐，立马齐声高呼：“李可乐！”

但是当他们看到是雷子的时候，都愣了一下。

“那不是李可乐？是谁？”

“这个人是不是三剑客之一的雷子呀，你们看看。模样长得和李可乐差不多。”

“有道理！”

两旁影迷惊讶的神色让雷子无比受用，他站在车门旁，腰板挺得笔直，如同一个战场上威风的将军，惹得很多女影迷纷纷向他狂抛鲜花，站在雷子不远处的王大鹏则对着小惠直比画拳头。

……

李可乐一行人出现，不但把影迷们忙坏了，也忙坏了在礼堂门口负责向影迷们介绍的主持人。

“女士们先生们，现在朝我们走来的是《逆爱寻欢》剧组全体创作人员！我们可以看到雷子、阳光，还有洛禾小姐。女士们先生们，我看到李可乐导演了。著名的三剑客齐聚一堂，这可是三剑客重归于好后首次在公众面前集体亮相！如果我没有猜错的话，他们身上穿的应该是专门为了迎接颁奖而特制的服饰吧！”

这个主持人说话像机关枪一样，等李可乐来到她跟前，她一把拉住了他。

“李可乐先生，请问一下，你们身上的衣服是为了迎接颁奖典礼特制的服饰吗？”

李可乐笑着点了点头。

“你们做了这么充分的准备，请问你觉得你们天娱今天晚上能捧回多少个奖杯？”

“重在参与，能捧一两个更好。再多，就要看影迷们的支持呀，你们支持我们吗？”李可乐握着话筒朝着影迷大声喊了起来。

“支持！”

“这个夜晚属于天娱！”影迷们齐声高呼起来。

礼堂的一楼是一个巨大的大厅，大厅中央，搭着一个巨大的有几个台阶的平台，能容纳五百多人。平台之上，左右两边立着两个巨大的三米多高金羽奖杯的大模型，后面则被布置得华丽异常。

台下是一排排的座位，每个座位都被红色的高级座套包裹。五百个座位被划分了不同的区以便安排各个剧组代表。除了一楼五百个座位，二楼上大回廊里，也容纳了几乎一千多人，安排在那里的都是社会名流和有身份的人士。再往三楼，则容纳了近千名影迷。

李可乐和团队走进去的时候，里面几乎已经坐满了。他和于小曼搀扶着老爸和老妈走在前面，雷子等人走在中间，王大鹏等人跟在后面，这样的一个队伍，立刻引起了大厅里所有人的注意。人们都惊讶于李可乐老爸、老妈和于小曼的出现，更惊讶于他们身上的那套绚烂的礼服。不管是明星大腕还是大牌导演，不管是电影公司大老板还是政府要员，看着他们身上的礼服，一个个眼睛都直了。

这次天娱电影公司获得了五项提名，是获得提名最多的公司，所以第一排一整排的位子都安排给了他们。

李可乐一边向周围的人频频致意，一边小心搀扶着于小曼，生怕她滑倒。

“李可乐，我的心好慌呀，怎么这么多人？”于小曼捂着胸口说。

李可乐嘿嘿笑道：“老婆，这好戏还没开始，你就慌了！你可是一向沉稳，这点阵势哪能入你的眼？”

“就会油嘴滑舌！”于小曼拍了李可乐一下。

李可乐来到第一排入座，后面的老贾一把抓住了他。

“可乐，你小子也太嚣张了。所有人搞个服装秀让我们开开眼心里痒一下也就罢了，竟然把这么漂亮的美女也带来秀了啊！”老贾指了指于小曼对李可乐低声吼道。

李可乐一咧嘴，无赖道：“老贾，你这样说就不对了，什么叫我把美女也带来秀了？这衣服是她自己穿的，长得漂亮也是她自己长的，我又没逼她。再说，你看她穿这衣服漂亮不？”

“你还别说，还真够漂亮，有一种与众不同的味道！”老贾看着于小曼，点了点头。

“那不就得了。”李可乐白了老贾一眼，一屁股坐了下来。

第二排的位置上安排的是环宇和蓝天两家公司，坐在老贾旁边的秦一铭听了李可乐的话，哈哈大笑。

“你笑什么？你没看见你女儿也成了李可乐的人了！”老贾转过脸去生气地对秦一铭说道。

秦一铭耸了耸肩道：“女儿大了，有些事情就由不得我了，你没听说嘛，现在的天娱啊是玫瑰的天下了，只有天娱的玫瑰才是最入眼的。”

“不管是别家的玫瑰还是天娱的玫瑰，都是玫瑰！你们环宇有吗？！”老贾冲着秦一铭龇牙咧嘴道。

“你！”秦一铭被呛得一句话都说不出来，不由得攥紧了拳头，摆出了要打架的姿势。

看着这一条疯狗一条恶狼，李可乐叹了一口气，转过头去。这两个家伙，属于那种见面就打的。李可乐往周围看了一下，人几乎都来得差不多了，华谊兄弟坐在他斜对面，正在小声嘀咕着，也不知道在商量什么。天河公司的人也来了，老马本人坐在位子上脸色凝重，一副不开心的样子。也难怪，他上次跟着秦一铭和阳光阴了李可乐，现在看着李可乐拿奖他心里肯定很惭愧。

环宇、环球、天娱三家公司的人坐在一起，老贾满面春风，韩延面色平静，而阳光频频向李可乐微笑。他趴在雷子的耳边一边说话一边笑，脸上露出了谄媚的神色。

秦一铭他们纯粹是来玩的，他们是放映公司，不出产电影，唯一投资的阳光的《乡村女教师》也没获得提名，所以来参加颁奖典礼就是充充人数，乐和乐和。

在颁奖台的旁边，单独布置了一排座位，那里坐着的，有各大院线和广电总局的人，也有地方政府的人，还有一些地方派过来的代表。这些人，一个个安静得很，看着表，专心等待颁奖典礼开始。

当大厅里的钟响了八声之后，三层楼同时安静了下来。

两个主持人从自己的座位上站了起来，整理了一下衣服，缓步走上台去。面对着两千多人，面对着台下的记者，握着话筒的主持人有点紧张，也有点激动。

“女士们，先生们，我们等待这一刻，已经很久了！很长一段时间以来，在评委会的辛勤工作之下，在广大影迷的直接参与之下，经过了一番番的筛选和投票，最终提名和评选出了今晚的各个奖项。今晚，是个充满着荣誉和激动的夜晚。我希望广大电影人，能够在新的一年里再接再厉，创作出更多更优秀的电影，以推动电影事业更好地向前发展！让我们一起为我们电影的光辉明天而努力！”

哗哗哗——大厅里响起了热烈的掌声。人们的情绪被主持人调动了起来，大厅里的气氛变得有些骚动。然后两个主持人相互看了一眼，异口同声对着话筒喊道：“我们宣布，颁奖典礼，现在正式开始！”长久的掌声再次响起。

“可乐，颁奖典礼马上就要开始了？”于小曼转脸紧张地问李可乐。

李可乐挺直了身子，长出了一口气，笑着道：“是的，开始了。”

看着于小曼灿烂的笑容，李可乐用力去拉于小曼的手，拉了半天没抓到，情急之下惊醒。

李可乐这才知道原来是在做梦。

李可乐从梦中醒来时已经是第二天了，他突然不知道自己到底还应该做点什么。

在这座就着面条下酒的城市里过了八年。八年的时间里，他已经从一个毛头孩子成长为一个经受了感情和生活多重历练的成熟男人，从一个为了一份工作奔走在大街上的学生变成了执掌天娱的董事长。现在电影顺利首映，得了口碑赚了票房，名利双收，应该知足了。可是回过头来发现内心里依然是空的，就算赚再多的钱，拥有再多的荣誉，其实也并不快乐。也许这就是宿命。李可乐是个为感情活着的人，有了感情的支撑，他无所不能，再大的苦难都承受得住，再大的困难都能面对，而离开了感情后就一无所有。现在于小曼走了，也不知道是谁伤害了谁。无论是出于无奈还是有意，这个结果是既定的事实，已经无法改变。没了寄托，就算还有洛禾以及秦怡那一大帮美女，但是李可乐知道那些都不属于他，因为他只需要于小曼。还有天娱，那本来就是人家秦一铭的，折腾在自己手里也没什么留恋的，现在还是还给人家，自己从哪里来的还是得回到哪里去。所以李可乐决定离开，离开这里，尽管还不知道下一个要去的是哪座城市。

记得几年前刚到这座城市，在一起喝酒时人们最喜欢说的、也是听得最多的是：“在某某街区没人敢惹老子，不少老板要我们罩场子。”但现在时隔几年，物是人非，没啥感觉了，豆腐面现在成过早主打了，老白条现在并不好抽了，襄江水的口感也不如以前了，老街老巷都在改造，城市改襄阳的说法成现实了。这里正处在一个历史与现代、人文与民俗交汇的十字路口，有些东西熟悉着，但被抛掉，有些东西陌生着，但被接受。这里的人正学得越来越务实，虽然还有一点懒散，虽然还有一点看重别人施舍给自己的所谓人际关系，其实要不了多久，这里的人就会知道，与其靠别人改变自己的命运，不如靠自己的努力奋斗去创造改变命运的环境。

这，就是这座城市。李可乐在这里生活了八年。

八年时间里，在这里，他摊上了这些已经只能永远忘记和已经永远不能忘记的人和事。

用老朴的话说："李可乐，人家毛爷爷小米加步枪八年抗战都胜利转移阵地了，你还要在那里待到什么时候啊？"

是的，此时此刻，李可乐觉得老朴说得有道理，现在自己是该走了。想到这里，他赶紧起身烧了一壶水，撒一把茶叶，泡一杯酽茶，抽一根黄鹤楼，收拾行李，赶下午的航班走吧！